윤동주
프로젝트2

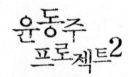

윤동주
프로젝트2

유광수 지음

1판 2쇄 발행 | 2012. 10. 22

발행처 | **Human & Books**
발행인 | 하응백
출판등록 | 2002년 6월 5일 제2002-113호
서울특별시 종로구 경운동 88 수운회관 1009호
기획 홍보부 | 02-6327-3535, 편집부 | 02-6327-3537, 팩시밀리 | 02-6327-5353
이메일 | hbooks@empal.com

값은 뒤표지에 있습니다.
ISBN 978-89-6078-150-4 04810
ISBN 978-89-6078-148-1 04810 (세트)

윤동주 프로젝트 2

유광수 장편소설

Human & Books

봄.

봄이 오면 속에 시내처럼 흘러

돌, 돌, 시내가 치운 언덕에

개나리, 진달래 노—란 배추꽃,

三冬을 참어온 나는

풀포기처럼 피여난다.

즐거운 종달새야

차례

2부 | 바람의 혼돈

2006. 07. 05. 수 _007

2006. 07. 06. 목 _019

2006. 07. 07. 금 _023

3부 | 별의 노래

2006. 07. 08. 토 _037

2006. 07. 10. 월 _045

2006. 07. 11. 화 _048

2006. 07. 12. 수 _060

2006. 07. 14. 금 _104

2006. 07. 15. 토 _111

2006. 07. 16. 일 _121

2006. 07. 17. 월 _149

2006. 07. 18. 화 _233

2006. 07. 19. 수 _253

4부 | 시의 진실

2006. 07. 22. 토 _261

2006. 07. 23. 일 _284

2006. 07. 24. 월 _320

2006. 07. 30. 일 _329

2006. 07. 31. 월 _346

2006. 08. 15. 화 _359

에필로그 _415

작가의 말 _422

AM 11:30

"강 형사, 김 순경이 찾던데."

자판기에 동전을 집어넣으려다 말고 멍해 있는 그를 향해 천 반장이 말했다. 흐리멍덩하던 정신이 들었다. 천 반장이 고개를 절레절레 흔들고는 가버렸다.

강 형사는 천 반장이 생각하는 것처럼 일본으로 간 현진이 때문에 맘고생하는 거라면 차라리 낫겠다고 생각했다. 힘들어도 이것은 아니었다. 어떻게 낳아준 아버지가 이럴 수 있단 말인가…….

그나마 그가 버틴 것은 논리적인 문제 때문이었다.

자식을 아버지가 테러범으로 몰아가는 것이 가능한가? 다른 집안은 어떨지 모르지만, 그리고 인정하고 싶지는 않지만, 아버지라면 충분히 가능했다. 물론 내가 미워서는 아닐 거였다. 더 중요하다고 생각하는 그 무엇 때문에 그랬다면 충분히 가능하고도 남았다. 아버지의 우선순위에 자식이란 상당히 낮은 위치에 있으니 가능했다.

군용 폭약을 빼돌려 세종로를 폭파시킬 실질적 능력이 있는가? 그랬다. 영안실에서 보았던 사내들이나 성처럼 쌓아 놓은 집 앞에 검은 양복들을 볼 때 가능해 보였다.

하지만 세종로를 폭파시키는 방법은 아들은 물론 일개 형사 하나를 잡아넣기에 너무 과도했다. 거기에 풀려난 후 새로운 조치가 없다는 것도 궁금했다. 누가 풀려나게 했는지도 의문이었다. 사라진 폭약은 여전히 오리무중이고, 후지와라가 도대체 왜 끼어 있는지도 의문이었다.

밤새도록 생각하고 생각했지만 다람쥐 쳇바퀴 돌듯 빙빙 돌기만 했다. 강 형사는 빼든 커피를 들고 멍하니 서 있었다.

"뭐야, 아직 안 갔어. 급하게 찾았다니까."

화장실을 다녀온 것 같은 천 반장이 인상을 썼다. 비로소 김 순경이 찾더란 말을 천 반장이 했던 것이 기억났다. 강 형사는 커피를 그대로 쓰레기통에 던져버리고 그냥 씩 웃었다. 하지만 속은 시커멨다.

상황실에 들어서자마자 김 순경이 말했다.

"아까 전화가 왔는데요, 아저씨를 급히 찾았어요. 다급한 목소린데, 핸드폰 번호를 알려줄까 하다가 규칙상 알려주지 않았어요."

경찰서에는 생각보다 이상한 사람들이 수시로, 정말 많이 전화를 해댄다. 그들을 일일이 상대하다가는 업무를 하나도 볼 수 없었다. 그런 것을 잘 아는 김 순경이 굳이 자신을 찾아서 말한다는 것은 노상 있는 전화와 달랐다는 뜻이었다.

"누군데?"

"어떤 아주머니셨어요. 어디 보자, 써 놨는데…… 아, 여기. 정순영이라는 분인데요."

"정순영? 글쎄 처음 듣는 이름인데…… 모르겠어."

"그래요, 강릉이라고 하면 알지 모른다고 했는데."

"강릉?"

선생의 며느님일지도 모른다는 생각이 퍼뜩 떠올랐다. 기분 나쁜 불안감을 누르며 선생 댁 전화번호를 눌렀다.

"여보세요. 며칠 전에 찾아갔던…… 예, 그때…… 예? 뭐요?"

입이 멍하게 벌어진 강 형사는 하늘이 노랗게 되는 것을 어쩌지 못했다.

한참 후, 수화기를 내려놓은 그의 눈앞에, 깜짝 놀랄 선물을 주겠다고 하시며 호탕하게 웃으시던 선생님의 모습이 나타났다. 그 옛날 수업시간에 쫓아내시던 서슬 퍼런 표정도 떠올랐다. 한밤중에 조곤조곤 말씀하시던 소리도 들려왔다. 하지만 이젠…….

'돌아가시다니……'

심장마비라고 했다. 저절로 민 박사가 떠올랐다. 우연일 수도 있었다. 선생은 연세가 있으셨다. 하지만 그의 멍한 머릿속은 고개를 획획 저어 댔다.

돌아가신 장소 때문이었다.

도저히 불길한 느낌을 떨쳐버릴 수 없었다. 아니 오히려 오만가지 것들이 들러붙으며 점점 더 커져 갔다. 선생께서 돌아가신 곳은 우리나라 그 많은 도시 중에 하필 남원이었다.

내 고향, 아니…… 바로 아버지가 있는 곳이었다.

PM 12:20

엑셀 위에 붙은 경광등이 찢어지는 비명을 질러대며 경부고속도로를 달렸다. 질척거리며 내리는 빗길을 미친 듯이 질주하는 강 형사의 마음속은 울음으로 가득 찼다. 흔들리는 와이퍼가 모든 것을 다 닦아냈으면 좋겠다는 생각을 했다. 귀에 수화기 너머에서 울렸던 며느님의 목소리가 되살아났다.

'아버님께서는 정말 오랜만에 흥겨워하셨어요.'

선생은 너털웃음을 지으셨다.

'잃었던 제자가 찾아왔다며 얼마나 아이처럼 좋아하셨는지 몰라요.'

선생의 하얀 한복이 눈에 시릴 정도로 밝았다.

'내가 고놈에게 얼마나 많은 기대를 했는지 아냐며, 하신 말씀을 또 하시고 또 하시고 그러셨어요.'

쫓겨나던 2학년 강의실이 떠올랐다.

'그런데 갑자기 학업을 중단하고 경찰이 되었다며 아쉬워하셨어요.'

호통소리가 차 안에 쩌렁쩌렁했다.

'작년에 신문을 보시고 당신 아들이 장원급제한 것처럼 마냥 흥분해하셨지요.'

선생의 방 안 가득한 냄새가 코끝에 스며들었다.

'그리고 무슨 일이 생기면 꼭 형사님께 연락하라고 하셨어요.'

시야가 일렁거리더니 주르륵 눈물이 흘렀다.

PM 05:40

10년 넘게 쳐다보지도 않던 고향을 뜻하지 않게 두 번씩이나 오게 되었다. 둘 다 죽음 때문이었다. 그것이 가슴을 심란하게 짓밟았다. 운명이란.게 어쩌면 있을지도 모른다는 생각이 들었다.

남원경찰서에서 나온 민 형사와 함께 추적거리는 비를 맞으며 선생께서 발견된 여관으로 향했다. 주인의 신고로 민 형사가 현장에 제일 먼저 출동했고, 선생의 신원을 확인해서 주소지인 강릉에 전화한 거였다.

비에 젖은 해쓱한 얼굴로 나타난 강 형사의 모습에 50대 여관 주인은 겁먹은 표정이었다. 좁은 시골 동네에서 사람이 죽는 것 같은 큰 사건은 평생 가야 보기 힘들다는 것을 감안하면 더욱 그랬다.

주인은 얼떨떨한 말투로 한참을 더듬거려, 퇴실 시간이 한참 지나도 기척이 없기에 마스터키로 문을 열고 들어갔다고 말했다. 침대에 똑바로 누운 채였다는 말도 했다.

201호로 올라갔다. 시신은 이미 옮긴 후였다. 방 안을 꼼꼼히 조사하는 강 형사를 보고 민 형사가 특별한 외상 흔적이나 타살 의혹은 전혀 없었다고 말했다. 서울에서 강력8반 형사가 이런 단순한 일에 왜 내려왔는지 도무지 영문을 모르겠다는 말투였다. 그럴 만했다.

하지만 입술을 잘근거리는 강 형사는 자신의 부주의가 저주스러우리만치 미웠다.

'곧 네게 깜짝 놀랄 선물을 할지도 모르는데, 허허허허…….'

선생의 환한 얼굴이 또 떠올랐다. 그냥 의례적인 말씀이라고 생각했다. 그때 여쭈었어야 했다. 깜짝 선물이 무엇인지를…….

강 형사는 넘어오려는 뜨거운 것을 억지로 삼키고 살펴보던 침대에서 일어섰다.

그 선물이 무엇인지 이제는 분명했다. 《하늘과 바람과 별과 시》 초판본을 건네주시면서 그보다 더 놀랄 선물이라고 하셨다. 그건 하나밖에 없었다.

'초판본이긴 해도 유일본도 아닌데 뭘 그깟 것으로 그러냐.'

선생의 목소리가 귀에 쟁쟁했다.

'공 교수가 사료를 발굴했다.'

분명했다. 그것이었다. 공 교수가 발굴했다는 윤동주의 사료. 알려지지 않은 일본에서의 행적에 대한 사료. 그것이었다.

연세대 연쇄살인의 범인은 윤동주를 메시지로 보냈다. 틀림없이 윤동주와 관련이 있는 거였다. 선생께선 정준오와 홍학규를 조사하시다가 연결고리를 찾으신 것이 분명했다.

'그가 죽었다. 귀가하다 강도의 칼에 찔렸다. 누군가가 중간에서 빼돌린 것이다. 그게 벌써 20년이 더 된 옛일이다.'

분명했다. 틀림없었다.

'곧 네게 깜짝 놀랄 선물을 할지도 모르는데, 허허허허.'

공부를 팽개친 제자에게 윤동주의 사료는 선물이 될 수 없다. 선물이 되려면 하나밖에 없다. 한참 엇나가 경찰이 되고만 배은망덕한 제자 놈에게 선물이 될 것은 오직 하나. 위아래도 모르고 선생께 수사를 부탁한 못난 놈에게 줄 선물은 바로 그거였다.

연세대사건의 핵심. 바로 20년 전 천재 공 교수가 찾아냈던 윤동주에 대한 기록. 선생께선 사건의 본질에 다가가셨다. 그 옛날 사라졌다던 동주의 기록에 접근하셨던 것이다. 그래서 돌아가신 것이다. 연세대사건에 접근하는 것을 끔찍이도 경계하는 놈들이 다시 움직인 거였다.

강 형사는 아마득해지는 정신 속에서 어쩔질 못했다. 여관을 나와 민 형사와 헤어졌다. 비는 추적거리며 내렸다.

강 형사는 알았다. 자신이 정준오와 홍학규에 대해 조사를 부탁하지 않았다면 절대 이런 일이 생기지 않았을 거란 걸……. 아니 청국장 집에서 선생의 말씀을 흘려듣지만 않았어도 이렇게까지 되지는 않았을 거라는 걸, 너무 잘 알았다.

그리고 한 가지를 더 알았다.

선생께서 사건의 본질에 접근하셨다면, 그래서 놈들이 움직인 거라면, 선생께서 돌아가신 이유가 바로 그거라면, 너무나 분명한 한 가지 사실이 남았다.

그 옛날 윤동주의 기록이 바로 여기, 남원에 있다는 거였다.

PM 10:20

"안 됩니다. 면회 시간은 이미 끝났어요."

"알고 있습니다. 너무 급한 일이어서 그렇습니다."

마뜩치 않다는 표정으로 입을 꾹 다문 육중한 몸집의 수간호사 비위를 살살 맞췄다. 애초에 경찰 신분증 같은 건 이런 사람들에게 통하지 않는다는 것을 잘 아는 강 형사는 동정심에 호소했다.

비를 쫄딱 맞은 해쓱한 모습도 도움이 되었다. 한참 후, 수간호사가 어쩔 수 없다는 듯 어깨를 으쓱하며 한숨을 길게 내쉬었다.

"만약 주무시고 계시면 어쩔 수 없습니다. 내일 오셔야 해요."

"예, 그럼요. 주무시는 것을 깨울 수는 없지요."

당연하다는 듯 맞장구치며 육중한 수간호사 뒤를 따라 길게 늘어진 복도를 재빨리 걸었다.

남원만으로 알 수는 없었다. 문득 20년 전 죽은 공 교수를 추적해야 한다는 생각이 들었다. 공명환 교수에 대해서는 김 순경이 알려주었다. 전남대 사학과에 재직했다는 것을 말해주자 신상정보는 금방 나왔다. 선생께서 말씀하셨던 것처럼 강도상해로 1982년 사망한 것으로 되어 있었다. 1남 2녀의 자식들은 모두 서울에 거주했다. 강 형사가 알고 싶은 것은 따로 있었다. 자식들은 만나봐야 모를 거였다. 공 교수의 부인은 전주 외곽에 있는 한 노인요양병원에서 8년 전부터 지내고 있었다.

강 형사는 노부인에게 꼭 물어볼 것이 있었다.

문을 두드리는 소리에 안에서 인기척이 났다. 강 형사는 지을 수 있는 최대한 밝은 미소를 지으며 수간호사의 뚱뚱한 얼굴을 바라보았다. 낮은 한숨을 짧게 뱉으며 그녀가 노크를 했다. 누구냐는 소리에 이름을 말하고 손잡이를 돌렸다. 그리고는 반쯤 열린 문에 기대서 용건을 말하고는 강 형사에게 돌아서서 다시 주의사항을 반복했다.

강 형사는 당연하다는 표정을 지으며 말마디마다 고개를 끄덕였다. 수간호사는 못 당하겠다는 듯 어깨를 으쓱하고는 그를 안으로 들여보내고 제자리로 돌아갔다.

부인은 곱고 품위 있게 늙었다.

"늦은 시간에 죄송합니다, 사모님."

부인은 주름진 얼굴을 펴며 손사래를 쳤다.

"아니, 괜찮아요. 늙어서 잠도 없는데, 뭘. 찾아오는 사람이 있는 게 더 반갑지."

강 형사는 의례적인 몇 마디를 늘어놓은 후, 조심스럽게 알고 싶은 쪽으로 이야기를 돌렸다.

"바깥 어르신께서 돌아가시기 전에 주로 누구를 만나셨나요?"

이 질문 전까지 온화한 인상이던 노부인의 표정이 순간 찌푸려졌다. 돌아가신 분을 떠올리게 해서 그런 것이라고 생각했지만, 그게 아니었다.

"송범구 교수와는 아는 사이신가?"

"예?"

깜짝 놀랐다. 제대로 된 길을 찾았다는 것을 직감했다. 재빨리 감정을 지우고 답했다.

"제 대학 은사님이십니다."

지금 남원에 싸늘한 시신이 되어 누워계신 선생의 모습이 눈에 어렸다. 순간 머리를 스치는 것이 있었다.

"선생님께서도 사모님을 찾아오셨습니까?"

말없이 고개를 끄덕이는 노부인의 얼굴에는 왠지 모를 깊은 회한과 함께 홀가분한 인상이 뒤섞여 있었다.

"학자들이란 아무튼……. 집보다 자식보다 더 좋아하는 것이 따로 있지. 그게 목숨보다 더 중요한 것인가 봐……."

목숨이란 말에 살짝 긴장했다. 부인이 강 형사의 얼굴을 지그시 쳐다보았다.

"내 바깥양반도 그랬어. 죽기 며칠 전 중요한 사료를 발굴했다며 어린아이처럼 흥분했지. 그리고 어제 별안간 찾아온 송 교수도 와서는 한참 다른 말을 했지만, 결국 자네와 같은 것을 묻고 싶어 했어. 송 교수도 그래서 일부러 여기까지 온 거였지. 공부란 게 그런 건가? 늙어서도 그렇게 알고 싶은 건가……."

강 형사는 뭐라 말할 수 없었다. 부인은 한참 옛일을 되새기듯 하시더니 말씀하셨다.

"바깥양반이 돌아가신 후 연구하던 자료들을 누군가가 다 가져갔지. 학교에서 온 사람들이라고 하고는 다 가져갔다네……. 내가 지금만 같았어도 달랐겠지만, 그때는 어려서 무서웠어."

갑작스런 말이었다. 부인은 잠시 입안에서 말을 고르는 것 같았다.

"난 그들이 학교 직원이 아니란 걸 알고 있었네."

홀가분한 표정이 되는 노부인과 달리 강 형사는 충격을 받았다.

"바깥양반은 오랫동안 선생이었어. 선생 부인이 학교 직원들에게서 풍기는 기운을 모를 리 없지. 그들은 그렇지 않았어. 그들의 기운은 꼭…… 막아서면 당장 누구라도 해코지할 것 같았어. 그래서…….”

노부인의 눈이 물기로 반짝거리기 시작했다.

“바깥양반이 그렇게 갑자기 돌아가시고 나자 난 두려웠네. 애들을 보호하는 게 그땐 우선이라고 생각했지. 그래서 그들이 학교 직원이 아닌 줄 알면서도 모른 척했어. 그들이 그렇게까지 가져가려는 것이 평생 바깥양반이 쌓아올린 전부라는 걸 알면서도 말이야……. 학자의 부인이 그러면 안 된다, 힘으로는 못 이겨도 기백으로 이겨야 한다, 호통이라도 쳐서 돌려보내야 한다, 바깥양반의 평생 연구를 지켜야 한다, 그렇게 속에서 끝없이 외쳤지만……. 그렇지만 그러지 못했어…….”

노부인의 얼굴이 번질번질해졌다.

“나는 정말 무서웠어. 어제 송 교수가 왔을 때도 이 말은 못했지. 그냥 남편이 마지막으로 자료를 찾는 데 도움을 준 사람이 누구냐는 질문에 답을 해주었을 뿐이야.”

노부인이 울음으로 그렁거려진 입을 꼭 다물었다 떼며 그를 똑바로 쳐다보았다.

“자네에게 이제 처음이자 마지막으로 하는 말이야.”

강 형사의 가슴이 두근두근 뛰었다.

“자네가 꼭 좀 이 한을 갚아주게. 우리 바깥양반은 억울하게 죽었어. 정말 억울하게 죽었어. 모두 다 그것 때문이었지. 자네가 이 원한을 풀어줄 수 있겠나? 응?”

강 형사는 끄덕였다. 그럴 수밖에 없었다.

“바깥양반이 돌아가시기 직전에 사료를 구하려 한 것은 남원에 사는 사람에게서였네.”

예상했던 거였지만 가슴이 콱 막혔다.

"바깥양반이 누군지 이름을 말해주진 않았네. 또 듣는다고 내가 알수 있는 사람도 아니었을 테고. 그리고 원체 바깥양반 성품이 그런 걸 말씀하는 스타일이 아니기도 했고……."

그럴 거였다. 학자들은 마지막까지 혼자 품안에 끼고 있기를 좋아했다.

"그냥 남원에 간다고만 했지."

조바심이 났다.

하지만 이어진 노부인의 말에 강 형사는 상상할 수 없는 큰 충격에 사로잡혔다.

"바깥양반이 만난다는 사람은 일본을 자주 오간다고 그랬네."

당연했다. 너무 당연했다. 공 교수가 건네받으려던 기록은 동주가 일본에서 지냈던 기록이었다. 당연히 일본에서 건너와야 했다. 그동안 생각 못한 것이 오히려 이상했다.

남원은 좁은 동네였다.

공 교수가 다니던 20년 전에는 더 좁았다. 그 좁은 동네에서 일본을 왕래할 정도로 잘나가는 사람은 손으로 꼽을 수 있다. 20년 전 그때는 자유롭게 해외에 나갈 수 있는 때도 아니었다. 일일이 신고하고 관청에 허락을 받아야 했다.

다른 누가 이 말을 들었다면 기뻐했을 거였다. 옛날 기록을 조사하면 누군지 대번 나올 테니 말이다. 하지만 강 형사는 그럴 수 없었다. 아니 그럴 필요가 없었다. 일본에 자주 다닌 남원 사람이 누군지 알아볼 필요도 없었다.

그 옛날 이 좁은 촌 동네에서 일본을 왕래한 사람은 딱 한 명이란 걸 잘 알았다.

강신앙.

바로 그의 아버지였다.

2006. 07. 06. 목.

AM 00:40

어떻게 병원을 나왔는지 기억이 나지 않았다. 억수같은 비를 맞으며 엑셀에 올랐던 것만 떠올랐다. 정신이 들었을 땐 폭우 속을 미친 듯이 달리고 있었다. 놀란 정신이 브레이크를 밟았다. 비명을 질러대며 미끄러지더니 결국 멈춰 섰다.

그제야 퍼붓는 비를 와이퍼가 닦아내고 있는 것이 현실로 느껴졌다. 핸들을 쥔 두 손이 와들와들 떨렸다.

이젠 피할 수 없었다.

모르는 것이 수두룩하지만 분명히 아는 것도 많았다. 적어도, 누가 자신을 세종로테러범으로 몰았는지, 그리고 누가 윤동주의 기록을 가지고 있는지 알았다.

그건 세종로를 폭파시키고, 또 노인들을 고문하고 살해해 연세대에 유기한 것이 누구인지를 말해주는 것이었다. 서대문형무소역사관에서 사진에 찍힌 반쪽짜리 얼굴의 킬러가 누구인지도 비로소 알았다. 그래서 낯익었던 거였다. 영안실에서 만났던 병정 눈을 가진 그 사내. 동옥 이모 목에 칼을 들이대던 그 사내. 아버지의 보디가드, 바로 그였다.

만나야 했다. 따져야 했다. 왜 아들을 테러범으로 몰았는지는 궁금하지 않았다. 알고 싶지도 않고 듣고 싶지도 않았다. 사람들을 살해한 이유도, 그들이 정말 죽어야 할 짓을 저질렀는지도, 궁금하지 않았다.

묻고 싶은 것은 하나였다. 딱 하나, 그것을 꼭 묻고 싶었다.

AM 02:10

성채같이 높은 대문 앞에 찢어지는 비명을 지르며 엑셀이 멈췄다. 느낌이 이상했다. 지난번에 와서 볼 때와 달랐다. 억수같이 퍼붓는 비 때문이 아니었다. 한밤중이어서도 아니었다.

있을 수 없는 일이었다. 대문 앞에 아무도 없었다. 그 옆 경비초소에도 인기척이 없었다. 쏟아 붓는 빗줄기에 자갈들만 서걱서걱 소리를 낼 뿐이었다.

'안 돼! 안 돼!'

문을 벌컥 열었다. 총을 빼들고 폭우를 뚫고 뛰었다.

아무도 없었다. 정말 아무도 없었다. 대문을 두드렸다. 정신없이 두드리다 총을 쏴 자물쇠를 부쉈다. 문을 발로 차버리고 들어갔다. 정원 곳곳을 미친 듯이 뛰었다. 본채와 별채 두 곳 모두를 샅샅이 뛰어다녔다. 없었다. 아무도 없었다. 쥐새끼 한 마리 없었다.

다시 정원으로 나온 강 형사는 치밀어 오르는 분노에 실성한 듯 펄떡펄떡 서성거렸다.

"야, 나와! 나오란 말야!"

목이 터져라 고함을 질렀다. 빗소리에 섞인 소리가 건물에 부딪쳐 윙윙 울렸다. 광기로 눈이 번뜩번뜩했다.

"야, 나와!"

하더니 그대로 총을 쏴 버렸다.

탕―

본관 현관 유리창이 산산조각이 났다.

"나와, 나와, 나오라고!"

탕― 탕― 탕― 탕―

고함소리에 섞인 총소리가 검은 어둠을 찢으며 날아갔다. 건물 곳곳이 부서졌다. 이윽고 총이 빈 소리를 철컥철컥 냈다.

"으아아아!"

총을 내팽개친 그는 두 손으로 머리를 감싸며 몸을 뒤흔들었다. 그대로 정원 한가운데 쓰러져 발버둥을 쳤다. 그의 몸 위로 쏟아 붓는 빗줄기는 점점 더 거세지기만 했다.

묻고 싶은 것이 있었다. 아니 꼭 물어야만 했다.

윤동주의 기록을 아버지가 가지고 있다는 것을 아는 순간, 모든 것을 알아버렸다. 윤동주 기록을 어디에 보관하고 있었는지, 왜 아버지 방에 비밀의 방이 따로 있었는지, 아무도 그 방에 들어가지 못하게 했는지를…… 모두 알아버렸다.

아버지가 방을 만들었다. 당신 방에서만 들어갈 수 있게 따로 만든 작은 방. 자물쇠로 철컥 잠가놓았던 그 방.

처음부터 방을 만들지 않았다면, 자물쇠로 걸어놓지 않았다면, 아니 애초부터 우리 집에 그 기록이 있지 않았다면, 이 모든 일이 없었을 것이다.

정말 묻고 싶은 것이 있었다.

'윤동주의 기록이 그렇게도 중요한 거예요?'

분명한 목소리로 똑똑히 듣고 싶었다. 우리를 죄다 팽개칠 정도로 그렇게 소중한 것인지, 그래서 뭐가 달라지는 건지…… 정말이지…… 꼭 묻고 싶었다.

마른 눈물이 흘러 귓가를 따라 떨어졌다. 하지만, 쏟아지는 빗방울이 더 굵었다.

2006. 07. 07. 금.

PM 01:30

뜨거운 태양이 내리쬐였다. 영종도 을왕리해수욕장이 텐트와 파라솔로 가득 찼다. 백사장에는 밥 먹으란 소리를 흘려버리고 첨벙거리는 아이들과 밀어를 나누는 연인들로 가득했다. 튜브를 끼고 물에 뛰어드는 아가씨들 사이로 비치볼이 탱탱거리며 날아다녔다. 시원한 쥬스를 들이키며 느긋하게 태양을 즐기는 선탠족들의 늘씬한 다리가 햇빛에 적당히 그을려 있었다.

군번호판을 단 흰색 아반떼가 해수욕장 주차장에 멈췄다. 윤 소령이 차에서 내렸다. 엑셀에 기대서 기다리고 있던 강 형사를 발견하고는 앞으로 다가왔다.

"왜 하필 여기지요?"

윤 소령은 약속했던 한 가지 소원을 말할 테니 나오라고 하지 않았으면 절대 나오지 않았을 거란 표정이 역력했다. 그녀는 을왕리해수욕장으로 나오라고 한 것보다, 하와이안 티셔츠에 반바지, 샌들 차림인 강 형사의 모습이 더 믿기지 않는 눈치였다. 피서 복장은 아니지만 윤 소령도 사복 차림이긴 했다.

"강렬한 태양 아래서 마지막을 멋지게 장식하려고요."

수척한 얼굴의 강 형사가 씩 웃었다. 윤 소령은 어처구니없다는 표정이 헛웃음으로 바뀌었다. 강 형사가 엑셀에 기댔던 몸을 일으키며 윤 소령 앞으로 과도하게 다가섰다. 소령이 한 발짝 뒤로 물러섰다.

"지금 뭐하는 거죠?"

"자주 들으시죠? 끝내주게 아름답다는 소리?"

"예?"

강 형사는 다시 한 번 씩 웃었다. 윤 소령은 놀라지 않을 수 없었다. 알고 있던 강 형사가 아니었다. 생판 남처럼 느껴졌다.

"저도 어떻게 좀 해보려고 했는데 잘 안 됐네요."

"뭐라고요?"

강 형사가 다시 웃고는 능글거렸다.

"오늘이 마지막인데, 이대로 끝내기에는 제가 너무 손해인데요. 키스한 번 못했으니 말이에요."

윤 소령의 눈초리가 찢어지게 올라갔지만, 눈망울은 불안으로 흔들렸다. 평소와 너무 달랐기 때문이었다.

"좋아요. 할 수 없죠. 언제나 손해 보는 제가 그냥 참죠. 조금 걸을까요."

하고는 앞서서 해변 쪽으로 걸어가 버렸다. 윤 소령은 도무지 알 수 없다는 표정으로 그의 뒤를 따랐다. 비치볼을 던지며 환호하는 사람들 옆으로 걸을 때였다.

"연세대사건은 정말 이상해요. 가는 족족 벽에 부딪히니 말이에요. 소령님이야 이젠 별로 연세대사건에 관심이 없으시겠지만 말이에요."

자신에게 절교하듯이 필요 없는 증거물 박스를 보낸 것을 꼬집었다. 하지만 윤 소령은 듣기만 했다.

"소령님은 폭약도 못 찾으시고, 저는 범인도 못 잡고. 아무튼 저는 형사 자격이 없나 봐요."

갑자기 우뚝 서더니 강 형사가 천연덕스런 표정을 지으며 그녀를 돌아보았다.

"아 참, 아직 말 안 한 게 있네요. 송범구 선생님께서 돌아가셨어요. 일전에 서울 오셨을 때, 안국동에서 수육에 약주를 받아드릴 때까지만 해도 정정하셨는데 갑자기 심장마비로 돌아가셨어요. 도대체 뭐 하러 남원에 가셨는지 글쎄 여관방에서 돌아가셨지 뭐예요."

순간, 윤 소령의 표정에 당혹감이 스쳤다. 강 형사는 정말 대단한 여자라고 생각했다.

"이 어리석은 제자가 은사님을 이번 사건에 끼어들게 해서 돌아가시게 했어요. 정말 못 말리는 제자지요. 아, 심장마비요? 그건 조작이에요. 당연히 살인이죠. 물론 증거는 없지만요."

강 형사는 남의 말 하듯 주절거렸다.

"참, 내 정신 좀 봐. 연세대 연쇄살인범이 누구인지 알아낸 것도 말씀을 안 드렸네. 하지만 보고를 하나 안 하나 마찬가지에요. 이미 도주해 버렸거든요. 또 잡아도 딱히 증거가 없어요. 발뺌하면 그만인 거죠. 정말, 빌어먹을 짓이에요. 범인인 줄 아는데도 증거가 없어서 잡을 생각을 못하니 말이에요."

비치볼이 날아와 강 형사의 머리에 부딪쳤다. 중학생으로 보이는 거뭇거뭇한 입매의 남자 애가 달려와 꾸벅했다. 그리고는 주워서 시원한 환호성을 지르며 힘차게 손으로 날려 보냈다.

"그래서요, 저 이제 형사짓 그만 하려고요. 자격이 있어야 말이죠. 그걸 말씀드리려고 나오시라고 했어요. 더 이상 보고를 하지 못할 테니 말이에요."

다시 걸었다. 둘 다 말이 없었다. 물이 발목에 찰랑거리는 곳까지 왔다. 햇빛은 시커멓게 구워버릴 정도로 쨍쨍거렸다.

소령이 입을 열었다.

"제게 하실 말씀은 다 하셨나요?"

"아니요. 아직."

그가 몸을 핑그르 돌려 소령을 쳐다보았다.

"마지막으로 하나, 딱 하나가 남아 있어요."

강 형사의 입가에 미소가 지어졌다. 그렇지만 눈은 웃지 않았다.

"모르는 것투성이인 사건들 속에서 그래도 하나는 알겠더라구요. 그래도 명색이 강력8반 형사인데 그만둘 때 그만두더라도 한 가지는 분명하게 마쳐야겠더라구요."

"그게 뭔……?"

강 형사가 갑자기 윤 소령의 어깨를 확 끌어안으며 키스를 했다. 동그랗게 놀란 눈이 된 윤 소령은 밀어내려 안간힘을 썼지만 손만 퍼득거렸다. 진한 키스를 끝내고 얼굴을 떨어뜨리자, 그의 얼굴로 즉시 하얀 손이 날아왔다.

짝!

강 형사의 고개가 돌아갔다.

"무슨 짓이에요?"

놀람과 차가움이 반씩 섞인 목소리였다. 옆으로 돌아갔던 강 형사의 고개가 능글거리며 돌아왔다. 그러더니 다시 윤 소령의 입술을 덮쳤다.

끅끅 눌린 소리가 소령에게서 흘러나온 후 몸이 떨어지자, 다시 소령의 하얀 손이 야멸치게 날아왔다.

짝!

"무슨 짓이냐니까?"

윤 소령의 하얀 얼굴이 수치심과 분노로 벌게졌다. 강 형사의 돌아갔던 얼굴이 능글거리며 돌아오자, 즉시 뺨을 다시 때렸다.

짝!

"큭큭큭큭."

고개가 옆으로 돌아간 채 강 형사는 무엇이 그렇게 우스운지 참지 못하겠다는 듯 웃어댔다. 큭큭거리는 고개가 돌아오자 윤 소령은 다시 힘껏 그의 뺨을 올려붙였다.

짝!

강 형사의 볼에 매서운 줄이 생기며 부풀어 올랐다. 그러자 강 형사의 큭큭거리는 소리가 좀 전보다 커졌다. 이젠 참을 수 없다는 듯이 어깨까지 들썩거리며 키득거렸다.

바로 옆에 있던 사람들이 조금 멀찍이 떨어지고, 물장구를 치며 신나게 놀던 사람들도 서서히 멈춰 섰다. 다들 괴이한 커플의 수상한 행동을 이상한 눈으로 쳐다보며 수군거리기 시작했다.

웅성거리는 소리에 섞인 키득거림에 윤 소령의 손이 다시 매섭게 날아갔다. 하지만 이번엔 소리가 나지 않았다. 그녀의 팔목을 붙잡은 강 형사는 재미있어 죽겠다는 듯 키득거림이 멈추질 않았다. 너무 웃어 눈물까지 나올 듯했다.

"소령님 가슴 좀 끌어안았다고 지금 이러시는 거예요?"

"뭐요?"

소령의 얼굴은 분노와 수치심으로 울긋불긋해졌다. 강 형사는 계속 키득거리며 이 세상에 이렇게 재미있는 일이 없다는 듯 말했다.

"아니면, 입술 좀 훔쳤다고 이러시는 거예요?"

"뭐? 뭐요?"

키득거리던 목소리가 갑자기 딱 멈추며, 강 형사의 얼굴이 정색으로 변했다. 윤 소령을 똑바로 노려보았다. 그의 눈이 미친 빛을 뿜어댔다.

"이러려고 나에게 접근한 거 아니었어?"

팔이 잡힌 윤 소령의 입이 벌어졌다.

"뭐…… 뭐요?"

강 형사의 얼굴에 경멸의 표정이 떠올랐다.

"이렇게 해달라고 나에게 접근한 거 아니었냐고? 아하, 키스가 조금 약했나?"

그러더니, 다시 윤 소령의 허리를 껴안으며 입술이 부풀어 오를 정도로 키스를 퍼부었다. 이번에는 하얀 손이 날아오지 않았다. 소령의 얼굴이 공포로 변해 있었기 때문이었다.

"강…… 강 형사님, 도대체 왜 이러세요?"

강 형사의 눈빛이 광기로 서서히 물들어 갔다.

"왜 이러냐고? 왜냐고? 몰라서 물어? 네가 왜 나에게 접근했는지 너는 알 거 아냐?"

"무…… 무슨 소리에요?"

"끝내 오리발을 내미시겠다. 그래 좋아. 그럼 어쩔 수 없지."

강 형사의 눈빛이 터질 듯이 타올랐다. 강 형사의 손에 잡힌 그녀의 팔이 떨렸다.

"넌 처음부터 우리를 감시하러 온 거였잖아. 아니야? 내가 감옥에 들어간 동안은 현진이를 감시하고, 현진이가 일본에 간 후엔 나를 감시하려고, 그래서 온 거잖아? 세종로테러를 핑계로 현진이를 감시하고, 연세대사건을 핑계로 나를 감시했잖아. 아냐?"

"도…… 도대체 무슨 말씀이세요?"

"나쁜 년."

그러면서 잡고 있던 그녀의 팔을 패대기치듯 팽개쳤다. 윤 소령이 넘어질 듯이 휘청거렸다. 잡혔던 팔목을 주무르는 그녀의 모습을 보고 강 형사가 코흘리개 어르는 표정을 지었다.

"재미있는 얘기 하나 해줄까?"

강 형사의 눈빛이 점점 날카로워졌다.

"연세대사건의 핵심은 윤동주의 기록이야. 그걸 가지고 살인범이 협박을 했지. 아까 말한 것처럼 난 그가 누군지 알아. 찾아갔더니 도주해버렸더군. 처음엔 분노가 치밀어 몰랐는데, 정신을 차리고 나니까 이상한 거야. 도주할 이유가 전혀 없었거든. 내가 올 줄 어떻게 알고 도망쳤을까, 왜 도망쳤을까를 생각하다가 진실을 발견했어, 진실을."

강 형사는 병이 도진 듯 다시 키득거리려 했다.

"그자는 동주 기록을 감추려고 도망친 거야. 그걸 뺏으러 오는 놈들이 코앞에 왔다는 것을 알았거든."

소령의 표정이 어두워졌다.

"처음엔 그자가 선생님을 죽인 줄로 생각했어. 선생께서 윤동주의 기록을 추적하고 계셨으니 말이야."

강 형사의 얼굴이 기괴할 정도로 일그러졌다.

"그런데 그럴 수 없다는 것을 알았지. 살인범은 힘없는 노인 하나 때문에 도망칠 인간이 아니었거든. 또 그자가 죽였다면 선생의 시체를 그대로 여관에 둘 리 없었지. 자신이 남원에 있다는 것이 들통 날 수도 있는 멍청한 짓이니까."

심각한 표정과 달리 그의 말투는 연인과 정담을 나누 듯 사근사근했다.

"무엇보다 중요한 것은 말야, 그가 절대로 선생을 죽일 수 없었어. 왠지 알아?"

윤 소령의 어깨가 몰라보게 바들바들 떨렸다.

"바로 시간이야. 시간."

소령의 얼굴이 더할 수 없을 만치 창백해졌다.

"선생께서는 아침에 강릉 댁을 나오셔서 서울로 오셨지. 이 못난 제자를 만나시겠다고 말이야. 점심값도 극구 선생께서 내시고는 휘휘 떠나셨지. 그리고 다음 날 남원에서 시체로 발견되셨지."

강 형사의 눈빛이 빛났다.

"나도 처음엔 남원에서 돌아가셨기에 서울에서 곧장 남원으로 가셨다고 생각했지. 하지만 아니었어. 선생께선 남원이 아니라 전주로 내려가셨어. 처음부터 목적지가 전주였거든."

조롱 속에 갇힌 새를 놀리는 심술궂은 개구쟁이 표정이 되었다.

"서울에서 점심을 드실 때만 해도 선생은 남원을 생각도 못하셨지. 당연히 나도 몰랐지. 그래서 너에게 전화로 보고할 때, 선생께서 정준오와 홍학규에 대해 더 조사할 것이 있어 가신 것 같다고만 했지. 기억나?"

윤 소령은 그를 똑바로 쳐다보지 못했다.

"선생은 전주 노인요양병원으로 가셨어. 공 교수의 사모님을 만나 동주 기록을 입수하려고 했던 경위를 물어보실 요량이셨지. 멍청하게도 난 사모님이 하루 전날 선생께서 찾아왔다는 말씀을 하실 때도 미처 이런 시간적 차이를 깨닫지 못했지. 이미 눈이 뒤집혀 있었으니까."

강 형사의 목소리가 집요해졌다.

"이제 알겠지? 그러니까, 전주에서 사모님을 뵙기 전에는 남원에 동주 기록이 있는지 선생께서도 모르셨던 거야. 그러니 남원에 가실 생각을 하실 수 없었던 거지. 이제 알겠어?"

와들거리는 윤 소령의 창백한 얼굴을 보고 강 형사가 코웃음을 쳤다.

"이제 네 똑똑한 머리로 한번 생각해봐. 연세 드신 노인이 아침에 강릉을 떠나, 서울, 전주를 들러 남원에 갔다면 과연 몇 시쯤에나 도착할까? 내가 남원경찰서에 연락해봤지. 여관주인에게 물어보라고. 거의 11시가 넘어서 체크인 하셨다고 그러더군. 그리고 방에 들어가신 후 한 발자국도 나오지 않으셨고. 이제 알겠지? 무슨 말인지?"

강 형사의 얼굴이 험상궂게 변했다.

"선생께선 그날 사람을 만날 수 없었어. 남원에 도착하기도 빠듯한 시간이었으니까. 당연히 다음 날 만날 생각이셨겠지. 전주에서 얻은 단서는 남원에 산다는 것과 일본을 자주 왕래했다는 것뿐이었어. 이름은 물론, 전화번호도 주소도 모르셨다고. 그러니 어떻게 그 밤중에 그와 연락을 하겠어? 일단 내일로 미루시고 피곤한 몸을 침대에 누이셨겠지. 그러니 남원에 사는 그자가 어떻게 선생을 죽일 수 있었겠어? 선생이 남원에 왔다는 사실도 몰랐을 텐데."

햇빛이 모든 것을 터뜨려 버릴 듯이 내리쪼였다.

"그런데도 선생께서는 즉시 살해당하셨어."

강 형사는 긴 여행을 끝낸 것 같은 피곤한 얼굴이 되었다.

"누가 그랬을까? 누가 선생께서 사건의 실체에 접근했다는 것을 알고 있었을까?"

뚫어질 듯 노려보는 강 형사의 눈길을 윤 소령은 쳐다볼 수 없었다.

"연세대사건을 일으킨 자, 동주 기록을 가지고 협박한 자, 바로 그자가 선생을 죽인 것이 아니라면 도대체 누가 죽였을까?"

소령은 아예 석상이 된 것처럼 조금도 움직이지 못했다.

"연세대사건을 일으킨 자가 아니라면, 덮으려는 자겠지. 그들은 계속 그랬으니까. 경찰서에 불을 지르고 검시의를 죽인 것처럼, 그렇게 선생을 죽인 거지. 사건이 밝혀지지 않도록 말이야."

놀리는 듯한 말이 이어졌다.

"그런데 말이야, 선생께서 사건의 본질에 다가갔다는 것을 놈들이 어떻게 알았을까? 서대문경찰서에 사건 서류가 있다는 것이나 검시의가 민 박사라는 것은 조금만 뒤지면 알 수 있는 사실이지만, 강릉에 사는 늙은 노인이 엉뚱하게도 연세대사건의 본질에 접근하고 있다는 것을 어떻게 알았느냔 말야?"

윤 소령의 얼굴이 잿빛으로 변했다. 눈망울이 심하게 흔들렸다. 강 형사의 울분에 찬 눈에는 물기가 고이려 했다. 그가 고래고래 악을 썼다.

"그래 맞아. 이 바보 멍청이 같은 제자 놈이 선생님을 죽였어! 바로 이 미친놈이 여자에게 홀딱 빠져서 선생을 팔아먹었다고! 사악한 마녀에게 전화해서 선생께서 정준오와 홍학규에 대해서 더 조사하시는 것 같으니 조금만 기다리라고, 이제 곧 실체가 다 밝혀질 것 같으니 기대하라고, 주절주절 환심을 사려고 알랑거렸다고!"

터질 듯한 고함을 질러댔다.

"야, 윤 소령! 말해 봐! 내 말이 맞다고 말해 봐. 그 잘난 입으로 말 좀 해보라고!"

큰 포성이 터진 후에 뒤따르는 긴 포연처럼 그의 목소리가 잦아들었다.

"넌 알잖아…… 내 말이 진실이라는 걸……"

그의 눈가가 그렁거렸다. 증명할 수 없는 것이 땅을 칠 만큼 원통했다. 그녀가 모든 일의 배후라는 것을 증명할 수가 없었다. 확실하지만 증거가 없었다. 선생께선 그래서 그날 밤 그녀를 믿지 말라고 신신당부하셨는데…….

"비…… 빌어먹을……"

시끄러운 해수욕장에 아이들 소리조차 들리지 않았다. 파도소리만 몰아쳤다. 피서객들은 느닷없는 광경에 멀찌감치 떨어져 놀란 얼굴이 되어 있었다.

한여름 쨍쨍한 태양 아래서 귀신을 본 듯 해쓱해진 강 형사는 비척거리며 몸을 돌렸다. 그 뒤로 낮게 웅얼거리는 소리가 흘렀다.

"진실 사냥꾼이라고? 네 진실은 뭔데? 나쁜 년……"

넋이 나간 표정으로 석상처럼 굳어 있던 그녀가 스르르 무너지고 말았다.

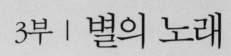

3부 | 별의 노래

2006. 07. 08. 토.

AM 08:00

토요일 경찰서 안은 여느 날보다 번잡했지만, 강 형사의 마음은 정반대였다. 정례회의로 모든 형사들이 회의실로 갔지만 그는 자리에 남았다. 텅 빈 사무실의 고요가 낯설었다.

강 형사는 책상 서랍에서 흰 종이를 꺼냈다.

아무것도 없는 빈 종이를 대하자 지난 사연이 떠올랐다. 처음 8반에 배속되어 장 반장에게 혼나던 일로부터 차례차례 하나씩 하얀 빈 공간에 지난 시간의 기억과 그림자가 떠올랐다 사라졌다. 매듭지어지지 않은 것들에 대한 아쉬움은 앙금이 되어 가라앉았다.

세종로도 연세대도 그리고 현진이도······.

그렇게 지난 모든 것이 마음을 훑고 지나가자, 이젠 정말 떠나야 한다는 생각이 가슴을 채웠다. 편치는 않았다. 그렇다고 울적한 것은 아니었다. 나른한 몸처럼 지친 것은 분명하지만 끝낼 수 있어 다행이라는 작은 생각뿐이었다.

하지만 입안에 쓴 맛이 느껴지면서 뭔가가 넘어오려 했다. 억지로 참아 넘겼다.

아버지를 수배하지 않은 것이 정말 증거가 없기 때문인지, 아니면 잡고 싶지 않아서인지, 더 이상 따지고 싶지 않았다. 갈등도 방황도 물릴 만큼 했다.

강 형사는 서랍을 열고 굴러다니는 볼펜을 꺼냈다. 종이 위 중간에 '사직서'라고 크게 썼다. 담담하다면 거짓일 것이다. 복잡한 심경이 세 글자에 다 모였다. 모든 것을 다 안다고 큰소리를 칠 때가 좋았다. 옳고 그름이 명확하게 나뉘어 있던 시절의 어리석음이 그리웠다. 그때가 정말 좋았다.

더 이상 경찰에 몸을 담을 수는 없다. 머물 이유도 뻔뻔한 자신감도 없다. 진실을 밝히려 들지 않는 형사. 범죄를 파헤치려 하지 않는 경찰. 이들은 더 이상 형사도 경찰도 아니다. 아니, 아니어야만 한다. 작은 양심이라도 남아 있을 때 떠나야 한다.

그때 사무실 문이 살짝 열렸다. 저절로 고개가 그쪽으로 갔다. 김 순경이 주먹만 한 크기의 상자 하나를 들고 들어왔다.

"어제 택배가 왔어요."

흔한 누런 봉투 겉에 '종로 경찰서 강태혁 형사'라고 써 있었다. 이젠 더 이상 그런 명칭을 볼 일이 없겠구나 하는 생각이 들자 묘한 서글픔이 스며들었다. 고맙다는 의례적인 인사로 김 순경을 돌려보내고 상자의 포장지를 뜯었다.

작은 선물용 향수 세트 상자였다.

'누가 보냈을까?'라는 생각보다는 이제 그만두는 마당에 그래도 김 순경에게는 이런 작은 선물이라도 해야 할 것 같다는 마음으로 향수 세트 뚜껑을 열었다.

순간 입에서 새된 비명이 터져 나왔다. 충격은 뒷골이 패일 정도로 강렬했다. 그건 상자 속에 가지런히 놓여 있어야 할 향수 병 대신 엉뚱한 것이 놓여 있기 때문이었다.

하얀 솜을 깔아놓은 위에 새끼손가락 마지막 마디가 피를 흘리며 놓여 있었다.

AM 09:30

김 순경에게 손가락의 지문 조회를 부탁하고 강 형사는 경찰서 마당으로 나왔다. 등나무 벤치 있는 곳에 앉았지만 가슴이 진정되지 않았다. 담배꽁초가 산처럼 박힌 재떨이를 보고 벌떡 일어나 경찰서를 나와 현대사옥 쪽으로 무작정 걸었다.

충격이 심했다. 그리고 그런 심한 충격을 받은 자신이 더 불안했다. 이런 정도로 놀라 가슴을 진정시킬 수 없다는 것이 이상할 정도였다.

핑계는 있었다. 형사 일을 그만둔다는 생각에 나약한 마음이 되었고, 그래서 저도 모르게 잘린 손가락을 보고 놀랐다는 설명이 그럭저럭 맞아 보였다. 하지만 남들에게는 그렇게 설명해서 수긍한다고 해도 그게 사실이 아니란 것을 자신은 알았다. 말은 돼도 진실은 아니었다. 다른 이유가 있었다. 마음이 극심하게 요동칠 정도로 충격을 받은 이유가, 그리고 이토록 진정되지 않는 이유가, 분명 따로 있었다.

그런데 그것을 알 수 없었다. 희미한 안개 속에 진실이 묻힌 것처럼 마음속에 불안과 두려움만 던져주고 무겁게 내리누르기만 했다. 그리고 그건…… 기묘한 데자뷰를 불러일으켰다. 윤 소령에게 심문을 당하던 취조실 안에서 약에 취해 혼미한 가운데 저도 모르게 얼핏 보았던 바로 그거였다…….

하지만 그게 무엇인지, 그것을 가로막고 있는 벽이 무엇인지 알 수 없었다. 아니 그보다 더 괴로운 것은 그 벽에 다가서려 하면 할수록 심장이 터질 듯이 제멋대로 뛰어댔기 때문이었다.

현대사옥을 지나 풍문여고 쪽으로 걸어 북촌 방향으로 뛰다시피 걸었다. 하지만 도무지 진정되질 않았다.

미치도록 100미터 달리기를 쉬지 않고 달린 선수처럼 헉헉거리며 북촌에 있는 오래된 고택 담벼락에 주저앉았다. 땀이 비 오듯 쏟아졌다. 억지로 요동치는 가슴을 부여잡고 진정시키려 했다. 심호흡을 길게 하며 냉정해지려 했다.

연세대사건에서 피살자들이 손가락이 잘렸던 것 때문에 자신이 충격을 받은 것은 아닐까 생각해 보았다. 하지만 아니었다. 연세대사건의 피살자들은 모두 왼손 약지 손가락 마지막 마디였다. 하지만 자신에게 보낸 그 손가락은 오른손 새끼손가락이었다. 곧 지문 조회가 나오면 분명해지겠지만 전혀 다른 거였다.

누가 보냈느냐는 알 수 없었다. 적은 많았다. 사방에 널려 있었다. 그 누구든 가능했다. 누군지 아는 것보다 왜 잘린 손가락을 보냈는가를 아는 것이 더 쉬워 보였다.

주머니에서 핸드폰이 울었다. 김 순경이었다.

폴더를 열어 김 순경의 이야기를 들었다. 그리고 놀랍게도 김 순경의 보고를 듣는 순간 터질 것 같던 심장의 떨림이 잦아졌다. 그리고 폴더를 덮는 순간 그의 가슴은 평소와 다름없이, 아니 평소보다 더 차분하고 냉철하게 가라앉았다. 자신의 변화가 놀라울 정도였다.

손가락의 주인은 그가 예상했던 사람이었다. 정확하게는 아니더라도 막연하게 예상했던 사람의 것이었다. 그리고 누가 보냈는지는 모르지만 왜 보냈는지는 확실히 알 것 같았다. 그건 도발이었다.

손가락은 강 형사의 아버지, 강신앙의 오른쪽 새끼손가락이었다.

PM 03:50

솔직히 강 형사는 경찰서로 돌아와 정문을 통과하는 순간까지도 마음을 정하지는 못하고 있었다. 아버지가 어찌되든 자신이 알 바 아니라는 생각도 마음 한켠에 있었다는 것을 부인할 수는 없다. 하지만 복잡한 그 한가운데 뛰어들고 싶지 않은 마음이 더 컸다.

세종로를 아버지가 폭파시켰는지는 확신이 없다. 하지만 자신을 테러범으로 몰아 궁지로 몰고 결국 잡혀 들어가게 한 것은 아버지가 분명했다. 도대체 왜 그랬는지 만나면 따져들고 싶지만 그것도 만났을 때 얘기였다. 그런데 뜬금없이 어디론가 사라진 아버지의 손가락이 떡 나타난 거였다. 복잡한 생각에 관자놀이가 욱신거렸다. 아버지가 스스로 손가락을 잘라 보냈는지, 아니면 누가 잘라서 보냈는지, 알 수도 없고 또 알고 싶지도 않았다.

'도발하려면 맘대로 해라. 난 이제 경찰 옷을 벗을 거다.'

멀리멀리 떠나버리고 싶었다. 모든 것을 다 던져버리고 말이다.

하지만 경찰서 마당에 들어서면서 그런 마음이 싹 사라졌다. 당장이라도 쓰러질 듯한 모습의 동옥 이모가 경찰서 현관 앞에서 서성이고 있었기 때문이었다. 그를 보자 이모는 참았던 눈물을 왈칵 쏟아냈다.

"태혁아…… 니 아버지가 큰일 났다……."

PM 04:30

몇 번 드시라 했지만 점심도 걸렀을 이모는 김치찌개를 바라보기만 했다. 자신이 먹지 않으면 안 드실 걸 잘 아는 강 형사는 억지로 밥을 떠 넣었다. 입안이 사포로 문지른 듯 깔깔했다.

동네사람들이 이모에게 며칠 전 비가 억수처럼 쏟아지던 날 밤에 총소리를 들었다고 말했다고 한다. 아마도 그건 그가 쏜 총소리였을 것이다. 이모는 허겁지겁 집에 가봤는데, 난리가 난 것처럼 아수라장이 된 집에 아무도 없었다고 했다. 속이 달아 오른 이모는 여기저기 알 만한 곳을 찾아다녔지만 아버지가 계신 곳을 알 수 없었다고 했다. 그렇게 전전긍긍하고 있을 때였다고 한다.

밭에 일 나갔다 와보니 툇마루에 엽서봉투가 놓여 있었다고 했다. 처음엔 집배원이 놓고 간 거라 생각했는데 아니라고 했다.

"이거여."

이모는 평범한 엽서 크기의 편지를 건넸다. 겉봉투에는 아무것도 적혀 있지 않았다. 봉투 속엔 두 번 접은 하얀 종이가 들어 있었다. 컴퓨터로 써서 프린팅한 그 종이에는 단 두 줄이 적혀 있었다.

물건을 돌려보내라
다음 달 보름까지

처음엔 못된 동네 아이들 놈의 장난이라고 생각했는데, 며칠 뒤 다른 것이 왔다고 했다. 그러며 이모가 건넨 것은 폴라로이드 사진이었다.

사진에는 아버지가 찍혀 있었다. 파란셔츠를 입은 아버지가 재갈이 물린 채 굵은 밧줄로 의자에 꽉 묶여 있는 장면이었다. 아버지의 눈가는 고통으로 일그러져 있었는데 그건 뒷모습만 보이는 고문자가 아버지의 오른손 새끼손가락을 작두에 끼워 넣고 반쯤 자른 모습을 하고 있기 때문이었다.

'이놈들이…….'

강 형사의 입이 부들부들 떨렸다. 손가락만 볼 때와는 달랐다. 절연했다고는 하지만 바로 눈앞에서 보자 피가 끓으며 분노가 치밀었다. 제 감정에 자신도 놀랐지만 부인할 수 없는 원초적 반응이었다.

다시 사진을 보자 이모는 눈물을 뚝뚝 떨어뜨리며 괴로워했다.

화급한 마음에 무작정 상경할 수밖에 없었던 이모의 심정을 생각하자 마음이 처량해졌다. 그나마 기댈 곳이 알량한 형사라는 집나간 패륜아뿐이었던 거다.

김치찌개를 그대로 남긴 채 나온 강 형사는 그의 팔을 붙들고 울음을 참는 이모를 안심시켜 남원으로 내려가게 했다.

"이모, 걱정 마. 집에 가 있어. 내가 알아보고 다 처리할게. 별일 없을 거야."

마지막은 거짓이었다. 별일 없을 리 없었다. 놈들이 원하는 것은 분명했다. 아버지가 가지고 있는 윤동주의 기록이었다. 동주 기록 때문에 큰 피해를 본 놈들은 기록 찾기에 혈안이 되어 있었다. 그러던 놈들이 아버지가 동주 기록을 가지고 있다는 것을 알게 된 거였다.

'윤 소령, 이년이…….'

이가 갈렸다. 당장 달려가 주먹으로 가식적인 얼굴을 짓이겨놓고 싶지만 불가능했다. 소용없었다. 그녀는 하수인일 뿐이었다. 사냥개일 뿐이었다. 정보는 위로 올라갔고 움직인 것은 윗선의 명령을 받은 다른 놈들일 것이다. 어쩌면 정말 그녀는 자기 보고 때문에 무슨 일이 벌어지는지 몰랐을 수도 있다.

아버지를 두고 복잡한 감정이 순간에도 몇 번씩 왔다 갔다 하는 자신을 보자, 스스로 짜증스러웠다. 형사로서 아버지를 쫓아야 할지 아니면 구출해야 할지, 아버지의 손가락을 자른 놈들을 징벌해야 할지 아니면 무시해야 할지…… 도무지 중심이 서질 않았다.

머릿속이 혼잡한 강 형사는 사건의 핵심만 생각하기로 맘먹었다. 옳고 그름과 잘잘못은 일단 핵심을 틀어쥐고 나서 생각해도 늦지 않았다.

핵심은 간단했다.

윤동주의 기록이었다. 찾아서 동주 기록을 봐야 한다. 도대체 거기에 무엇이 써 있기에 놈들이 이다지도 야단인지 알아야 한다. 그래야 핵심을 쥐는 것이다. 그리고 지금껏 가만히 있다가 왜 하필 이제 와서 이런 일들을 만들었는지, 꼭 알아야 한다. 그래서 놈들의 약점을, 놈들의 간악한 비밀을 틀어쥐어야만 한다. 꼭 그래야만 한다.

강 형사는 다짐했다.

초췌할 대로 초췌한 모습으로 남원행 버스에 오르는 이모의 뒷모습을 두고 이를 물었다.

이대로 두지는 않겠다고. 아버지 때문에 이모의 삶까지 망치게 할 수는 없다고……. 그게 자신의 어린 시절 그를 그답게 살게 해준 이모에 대한 작은 보답이었다.

잠시 후, 그는 오늘 사직서를 쓰지 않아 정말 다행이라고 생각했다.

PM 05:00

교토 외곽의 고택에는 여전히 새소리와 시냇물 소리가 한적했다. 아기자기하게 꾸며낸 정원의 깊은 곳에 위치한 다다미방 안에는 울상의 노인이 흡족한 미소를 짓고 있었다. 원숭이처럼 쭈글쭈글한 주름살이 모두 펴질 듯 환한 표정이었다.

조금 전 한국에서 온 보고를 받았다. 모든 것이 그 때문이었다.

　토끼가 굴을 벗어났습니다.

기모노 입은 젊은 여인이 공손히 바치는 찻잔을 받아든 그는 그윽한 향을 음미했다. 더없이 좋았다.

　우리를 향해 달려가고 있습니다.

울상의 노인은 앞으로 펼쳐질 일을 생각하면 짜릿짜릿한 흥분에 조바심이 났다. 이보다 더 흥분될 일이 없었다. 문득 기모노 입은 여인을 향해 욕정이 솟았다. 오래전에 잊은 감정이었다.

노인의 명령에 기모노 여인이 살포시 일어나 천천히 기모노를 벗었다. 이윽고 하얀 나신이 된 여인이 노인에게 다가와 그의 품에 안기며 노인의 화려한 유카타 속에 가는 손을 넣어 물건을 찾았다. 그리고 잠시 후 노인의 늘어진 중심을 입으로 물고 익숙하게 세우기 시작했다.

서서히 환락의 열정에 빠지는 울상의 노인은 여인의 유방을 움켜쥐며 저도 모르게 키득거렸다. 중심이 빳빳하게 서 오는 것이 여인의 유연한 입술 때문인지 아니면 자신이 주무르는 하얀 유방 때문인지 구분이 되지 않았지만, 한 가지는 분명했다.

오늘은 정말 오랜만에 여인의 따뜻한 곳으로 자신의 중심을 집어넣을 수 있을 것이란 사실이었다.

벗어날 수 없는 구멍으로 몰고 있습니다.

여인은 자신의 입안에서 맥박 치듯 꿈틀거리는 중심을 느끼자, 물고 있던 노인의 중심을 토해놓고 천천히 일어섰다. 그리고 이제 물기가 충분해진 여인의 은밀한 그곳이 힘겹게 세운 노인의 중심을 향해 천천히 내려앉기 시작했다.

이제 시작입니다.

위아래로 서서히 오르락내리락 하는 여인의 입에서 가녀린 교성이 토해져 나왔다. 노인은 절정의 고점으로 점차 치닫더니 이윽고 환락에 극치에서 늙은 몸을 떨어댔다.

놈들을 물어뜯을 사냥개가 준비되었습니다.

노인은 마지막 남은 한 방울까지 모두 다 토해냈다. 그리고 흡족한 쾌락 후에 나른해진 중심을 정성스레 담는 여인의 입술에 모든 것을 맡겼다.

PM 01:00

"7월 17일이면 제헌절이네요?"

"그렇습니다."

덥수룩한 머리의 가이드가 관광객들을 향해 고개를 살랑살랑 끄덕였다. 찌는 듯한 여름인데도, 세기의 결혼식을 며칠 앞둔 도쿄는 전에 없는 한국 관광객들로 때 아닌 호황이었다.

떨어질 팁과 들른 상점에서 받을 수당, 거기다 잘만 꼬드기면 펑펑 떨어질 가이드비 계산으로 가이드의 머릿속은 작은 환호성을 질러대고 있었다. 가이드가 도쿄 중심에 있는 일왕의 거처인 고쿄[皇居]를 지나 바로 오른쪽에 있는 왕실 정원인 히가시교엔[東御苑]에 이르자 자연스럽게 곧 있을 결혼식 이야기를 꺼낸 거였다.

쨍쨍거리는 햇빛을 손으로 가리며 여고생 티를 막 벗은 귀여운 여학생이 물었다.

"일부러 우리 제헌절에 결혼식을 하는 건가요?"

가이드는 너무 천진난만한 생각에 우스웠지만, 미소 짓는 표정을 유지했다.

"그건 아니고요, 7월 셋째 주 월요일이어서 그날 하는 겁니다. 공교롭게도 올해는 한국의 제헌절과 같은 날짜가 됐을 뿐이고요. 그러니 정말 하늘이 내린 세기의 결혼이 아닐 수 없습니다."

고개를 갸웃거리며 다시 그 여학생이 물었다.

"7월 셋째 월요일이요? 그게 무슨 날인데요?"

가이드가 손으로 이마의 땀을 닦아내며 말했다.

"일본 사람들이 바다의 날海の日이라고 부르는 국경일입니다."

"바다의 날?"

가이드는 급히 공부한 것이 티 나지 않게 조심하며 말했다.

"옛날 메이지明治 시대, 일왕이 전국을 순례하면서 화려한 전통예식을 펼쳐 보였습니다. 그런 순례를 통해서 메이지 일왕을 중심으로 정통성을 강화시키려는 거였죠. 그렇게 모인 힘으로 국가주의의 기초를 닦았고요."

"너무 어려워요."

뿌루퉁한 핀잔에 며칠 사이 우격다짐으로 넣은 머릿속 지식이 달랑달랑했다. 가이드가 황급히 입을 열었다.

"간단히 말하면, 일왕이 배를 타고 동북지방을 순회한 후 무사히 도쿄의 외항인 요코하마에 도착한 것을 기념해서 만든 국경일입니다."

"아니 그런 것도 국경일이 돼요?"

눈을 깜빡거리며 자신을 쳐다보는 여학생 뒤로 다른 사람들은 더위에 지친 표정이 역력했다. 시들한 분위기에 조바심이 바짝 났다.

아까부터 그 여학생에게 잘 보이려고 하던 반바지 차림의 20대 후반 남자가 짐짓 끼어들었다.

"혜영 씨, 그건 제가 말씀드리지요."

가이드는 반바지 남자가 일본사를 전공하는 대학원생이라고 자신을 소개할 때부터 긴장하고 있었다. 남자는 한껏 심각한 표정을 지으며, 정말 문제라는 듯 말을 늘어놓았다.

"바다의 날은 겉으로는 바다의 은혜에 감사하며 해양국 일본의 번영을 기원하는 날이라고 다들 그렇게 말하지만, 사실은 군국주의적 침략 야욕을 되새기기 위해서 1996년 즈음에 제정한 국경일입니다."

반바지 남자의 미끈한 설명에 여학생뿐만 아니라 뒤에서 떠들던 중년 아저씨들까지 시선이 그에게로 모아졌다. 가이드의 조바심이 절정에 달했다.

"옛날 우리나라를 침략하고, 러일전쟁, 만주사변, 태평양전쟁 등을 일으켰던 군국주의 망령을 되새기며, 19세기 메이지 일왕이 퍼뜨렸던 강력한 일본의 이미지를 현대로 끌어들이려는 술수지요. 그래서 제정한 날입니다. 그러니 지금 일본 정치가들이 계속해서 독도를 자기들 땅이라고 하는 것도, 크게 보면 이런 기류에서 생겨난 거고요."

가이드는 더위보다도 반바지 차림의 남자의 설명에 더 진땀이 났다. 이렇게 잘난 척하고 나서는 자들이 있는 패키지 상품은 피곤할 뿐만 아니라 돈도 짰다. 귀국할 때, 별로 해준 것도 없으면서 무슨 가이드비 타령이냐며 대거리하기가 일쑤였다.

가이드가 재빨리 끼어들었다.

"자, 그럼 여러분, 결혼식이 열릴 히가시교엔 구석구석을 살펴볼까요. 여러분들은 운이 좋으신 겁니다. 며칠만 지나면 여기를 한동안 통제할 테니까요. 자자, 다들 이쪽으로 가시죠."

가이드는 재빨리 발걸음을 옮기며 진땀을 닦았다. 하지만 가이드는 이때는 미처 알 수 없었다.

그 정도의 진땀은 정말 아무것도 아니란 것을.

PM 02:00

세기의 결혼식으로 만나는 사람들마다 이런저런 의견들로 일본 열도가 들썩이고 있었지만, 정작 당사자는 다른 일로 정신이 복잡했다.

방 형사는 오늘도 어김없이 도쿄대학 도서관의 한쪽 열람실을 차지하고 앉아 있었다. 왕실 역사를 공부하겠다는 핑계를 대고, 거의 매일 출근하다시피 앉는 자리였다. 도수 없는 뿔테 안경에 약간의 변장을 했기 때문에도 그렇지만, 원체 주변 사람들에 관심을 두는 것을 금기시해서 그런지 그녀를 알아보는 사람들은 없었다.

책을 향하고 있는 그녀의 눈과 달리, 머릿속은 그녀가 만났던 왕실 사람들이 한 마디 두 마디 흘렸던 말들과 몰래 조사했던 장소들을 서로 꿰맞추고 있었다. 그렇지만 여전히 알 수 없었다.

그동안 도서관에서 찾아본 책들만 해도 짧은 기간을 감안하면 만만치 않은 분량이었다. 19세기 메이지시대부터 1945년 종전 때까지 방대한 분량을 샅샅이 뒤졌다. 미 국무성과 OSS 기록, 그리고 연합군 최고사령부SCAP 문서보관소의 자료들까지 빠짐없이 검토했다. 특히 태평양전쟁을 일으킨 히로히토에 대해서는 논문을 쓸 수 있을 정도로 파헤쳤다.

히로히토 밑에서 육군참모총장으로 있었던 스기야마 하지메[杉山元]가 참모총장으로 재직하는 동안 있었던 여러 회의 내용을 일기 형식으로 기록해놓은 《스기야마 메모》와, 히로히토의 옥새관玉璽官이었던 기도 고이치[木戸幸一]가 기밀취급 비서 때부터 옥새관이 된 이후까지를 자세히 기록해 놓은 《기도 일기》는 많은 도움이 되었다.

태평양전쟁 때, 공습을 대비해 도쿄 왕궁 밑에 벙커를 팠다는 것은 다 아는 역사적 사실이었다. 그런데 《스기야마 메모》와 《기도 일기》에선 그 공식적인 벙커 외에 다른 곳을 은연중에 암시하는 구절들이 있었다.

　분명 거기에 있을 거였다. 하지만 명확한 단서는 아니었다. 더욱이 그 장소가 어딘지는 여전히 오리무중이었다.

　방 형사는 짧은 한숨을 내쉬었다. 어깨를 풀고 목덜미를 주물렀다.

　그녀는 일기를 찾고 있었다. 일왕 히로히토의 비밀 일기.

　태평양전쟁을 일으켰던 전범 히로히토는 꼼꼼한 사내였다. 11살 때부터 빠짐없이 일기를 썼다. 당연히 그 일기에는 태평양전쟁과 광복에 대한 것들이 자세히 기록되어 있을 것이 분명했다. 하지만 전쟁이 끝난 후 그의 일기는 발견되지 않았다. 1989년 히로히토가 죽은 이후에도 마찬가지였다. 1945년 8월 15일 항복한 일본은 연합군이 일본에 진주하기 전 각종 기밀 자료들을 모두 불살라 버렸다. 대부분의 학자들은 그때 같이 불살랐을 것이라고 추측하고 있었다.

　그렇지만 방 형사의 생각은 달랐다.

　'스기야마나 기도 같은 작자들도 일기를 남기는 판에 일왕이 자기 일기를 스스로 불살라 버렸을 리가 없다.'

　그녀의 생각은 단순한 추측이나 바람이 아니었다. 히로히토의 숨겨진 일기에 대해서 홋카이도에 있던 어린 시절에 들은 바가 있었기 때문이었다.

　아버지가 일본 대사로 있던 시절, 그녀는 홋카이도의 별이라 칭송받는 나카모토 신이치의 어린 제자가 되어 그의 집에서 살았다. 영리하고 꾀바른 그녀가 행복하게 지내던 그 시절, 유일하게 불호령이 떨어졌던 날이 있었다.

우연히 사부의 밀담을 엿듣게 되면서였다. 누구와 말했는지는 모르지만, 인자한 할아버지 같던 나카모토 신이치는 어린 그녀가 장지문 뒤에서 엿들었다는 것을 두고 불같이 호통을 치셨다. 언제나 인자하던 사부였기에 정말 무서웠고, 그렇기 때문에 히로히토의 비밀 일기를 잊을 수 없었다. 이후 다른 일로 호령을 듣게 될 때마다 그때 일이 떠올랐고, 그렇게 히로히토의 비밀 일기는 그녀에게 진실이 되어 버렸다.

방 형사는 후지와라와의 결혼이 결정되고 며칠은 넋이 나가 있었다. 삶의 의미가 통째로 사라져 버렸다. 통속극에서 숱하게 들어왔던 원치 않는 결혼으로 인한 방황 따위는 사치스런 감정이었다. 방황도 무엇을 해야 할지 알 때나 가능한 거였다. 어디론가 갈 곳이 있고 만나야 할 사람이 있을 때나 할 수 있는 거였다. 그녀는 아무것도 없었다. 완전히 텅 빈 껍데기가 되어 있었다. 격려와 위로는 물론 비아냥거림과 모욕도 그녀에게 충격을 주지 못했다. 그렇게 박제가 되어 버린 그녀는 언론의 플래시 아래에서 인형처럼 웃었다.

특별전세기로 성남의 서울공항을 떠나 도쿄로 향하는 기내에서 좁은 창으로 바라본 한국은 너무 초라해 보였다. 한없이 작아보이던 한국이 시야에서 사라지고 푸른 하늘 아래 파란 바다가 이어지자 이젠 한국을 고국이라 불러야 한다는 생각이 들었다. 그러자 눈물이 핑 돌았다. 옆에 앉아 있던 후지와라는 무신경하게도 눈을 감고 잠을 청하고 있었다. 이미 그물에 든 물고기에게 떡밥을 던져주는 것은 한심한 짓이란 태도였다.

핑 돌던 눈물이 속으로 삼켜지며 뜨거운 것이 치받았다. 자신의 처지를 돌아보았다. 평생을 일본에서, 아니 도쿄의 좁다란 방 안에 갇힐 운명이었다. 죽을 날만 기다리며 병실에 틀어박힌 시한부 환자처럼 일본에 도쿄에 틀어박혀야만 했다. 저들은 그렇게 만들고 그렇게 요구했고 그렇게 하라고 윽박지를 것이다.

눈물이 핏발이 되었다. 그녀는 다짐했다. 순순히 먹기 좋게 놈들 뱃속에 들어가지는 않겠다고. 피눈물 속에서 이를 악물었다. 놈들은 자신을 잡았다고 기뻐하겠지만, 자기들 뱃속에 집어넣은 것이 송곳이라는 것을 느끼게 해줄 작정이었다. 뱃가죽을 뚫고 나와 그들을 찢어발길 피 묻은 송곳이라는 것을 뼈저리게 깨닫게 해줄 작정이었다.

그때 홋카이도에 계신 사부께서 말씀하시던 히로히토의 일기가 떠올랐다. 그걸 찾기만 한다면, 그 일기를 손에 넣는 순간, 놈들의 숨통을 찍어 누를 수 있었다.

꼭 찾고야 말겠다고 다짐했다. 몸에 잊고 있던 피가 끓어올랐다. 그렇게 새로운 의미가 생겼다.

지금은 어느 때보다도 숨겨진 일기에 접근할 수 있는 좋은 위치였다. 약혼녀의 지위로, 짧은 시간이긴 하지만 일본 왕족과 귀족들을 깊숙이 사귀었다. 왕족과 연관된 주요 장소도 빠짐없이 살폈다. 우습게도 형사가 되기 위해 받았던 수사, 수색 훈련들이 이렇게 쓰일 줄은 몰랐다.

하지만 별다른 단서는 없었다. 어쩌면 단서가 없다는 것이 단서일지도 몰랐다. 왜냐하면 뒤지지 않은 곳이 딱 한 군데 있기 때문이다. 밖에 없다면 그곳에 있을 것이다.

고쿄[皇居]. 현 일왕의 거처이자, 역대 일왕들의 거처.

방 형사는 책을 덮고 일어섰다.

PM 08:30

간사이[關西] 공항을 나서자 영어를 하는 사람을 만나기 어려웠다. 일본어를 못하는 강 형사는 난감했다. 날씨까지 갑갑했다. 한국보다 더 후텁지근한 것 같았다. 끈적끈적한 땀이 셔츠를 적셔댔다.

오사카로 가는 전철을 탔다. 일단 하룻밤을 난바 근처 비즈니스호텔에서 묵을 생각이었다. 오늘 교토까지 갈 수는 있지만, 한밤중에 방문한다고 해서 기다렸다는 듯이 아버지와 교류한 적이 있었다고 확인해 줄 것도 아니었다. 정작 만나줄지도 의문이었다.

강 형사는 손가방 안에서 오래돼 보이는 편지봉투를 꺼내 보았다. 뭔가에 젖어 글자가 희미해진 부분도 있지만 보낸 이의 주소를 못 알아볼 정도는 아니었다.

교토[京都] 사쿄[左京]구 다나카다카하라[田中高原]정. 신노우[神農]

언제인지는 알 수 없지만 아버지에게 보낸 편지였다. 신노우라는 사람이 아직도 이 주소에 살고 있는지도 확실치 않았다. 게다가 동주 기록과 이 사람이 관련이 있는지는 더 미지수였다.

하지만 단서는 오직 이뿐이었다.

봉투 말고 편지 내용이라도 있었다면 나았겠지만, 달랑 봉투만 남아 있었다. 그 이유는 내가 편지봉투만 가져다가 이모네 벽장 안에 다른 장난감들과 숨겨놓았기 때문이었다.

'너 엄청 혼났단다.'

이모는 그 옛날 내가 혼날 때도 이 편지봉투가 딱지, 구슬, 새총과 함께 당신 집 벽장 안에 있었는지는 몰랐다고 하셨다.

'네가 남원을 떠나 고등학교를 간 다음에야 알았으니까 말이다.'

이모가 벽장 안에 참기름을 넣어두었는데 그게 잘못해서 깨지는 바람에 할 수 없이 벽장 안의 물건들을 다 들어내고 청소를 했다고 한다. 아마 참기름이 깨지지 않았다면 영원히 이 편지봉투를 발견하지 못했을지도 몰랐다.

며칠 전 남원에 다시 가서 이모를 만난 이유는 백방으로 노력해도 잡혀간 아버지에 대한 단서가 없어서였다. 윤동주의 기록도 마찬가지였다. 그래도 이모는 뭐라도 있을 줄 알았다. 아니 그러길 바랐다.

하지만 이모가 알 리 없었다. 당연했다.

'아버지가 옛날에 일본에 가지 않았어? 이모 잘 몰라? 그때는 그래도 친했잖아?'

다급한 김에 한 말이었지만 나중 말은 할 필요 없는 말이었다.

'뭐래도 기억해봐. 아버지가 일본에 갈 때, 주로 간 곳이 어딘지 몰라? 뭐라도 좋아. 작은 거라도 혹시 기억나는 거 없어?'

이모는 고개를 저었다. 이모는 공연히 당신의 죄이기나 한 양 안절부절못하며 미안해 하셨다. 하지만 이모의 잘못이 아니었다. 모르는 것을 모르는 것일 뿐이니까.

멍하게 앉아 한숨만 한참 쉬고 있을 때, 이모가 갑자기 뭔가 생각난 듯 벌떡 일어나, 건넛방으로 들어가셨다. 조금 있다 들고 나오신 것이 바로 이 봉투였다. 한눈에 오래돼 보이는 봉투였다.

이모는 나를 생각해, 마징가Z가 그려진 오래된 종합장, 부러진 크레파스, 몽당연필, 75점짜리 사회시험지 같은 것부터 새총, 딱지, 구슬, 조잡한 스티커같이 자질구레한 것들까지 하나도 버리지 않았다. 이모는 내가 이모 집에 이렇게 저렇게 흘리고 간 것들을 신주단지처럼 소중하게 간직했던 것이다. 그러지 않았다면 이 단서가 남아 있을 수 없었다.

전철이 덜컹거리며 흔들렸다. 강 형사는 상념에서 벗어났다. 천천히 봉투를 뒤집었다. 봉투 뒤에는 연필로 삐뚤빼뚤 쓴 글씨가 있었다. 편지를 보낸 이가 쓴 것은 아니었다. 어릴 적 그가 쓴 것이었다.

강 형사는 그 옛날 자신이 왜 이 편지봉투를 들고 이모 집에 갔는지 알 것 같았다. 자랑하려고 그런 거였다. 이모에게 칭찬 들을 양으로 그런 거였다. 학교에서 글자를 배웠다며, 집에서 연습한 것을 들고 신바람 나게 이모에게 달려간 거였다.

봉투 뒤에는 갓 글씨를 배운 솜씨의 삐뚤빼뚤한 글씨가 써 있었다.

아부지가 참 조아요.

이러던 적이 있었다. 아니 있었을 것이다. 어디서 틀어졌는지 모르지만 분명 그때는 그랬을 것이다. 지금과는 너무 다른 생경한 느낌에 강 형사는 눈을 감았다.

정말…… 기억나지 않는 진실이었다.

PM 10:00

교토 다다미방 안의 원숭이 노인은 깊이를 알 수 없는 울상이었다. 다카하시의 보고를 듣는 내내 눈을 감고 있었다.

잠시 후, 낮게 흥얼거리는 노랫가락이 노인의 입에서 흘러나왔다. 다카하시는 아연하지 않을 수 없었다. 노인의 흡족하고 기쁜 의향을 도무지 짐작할 수 없었다. 조금 전 자신의 보고는 우려스러운 것들이었다.

중년 남자는 바늘방석에 앉은 심정이 되었다. 금기를 깨고 입을 열었다.

"옥토끼가 여기저기 쑤시는 것이 아무래도……."

"다카하시!"

노인의 날카로운 목소리에 그만 찔끔하고 말았다. 노인의 축 쳐진 눈꺼풀이 바르르 떨리며 감긴 눈이 천천히 떠졌다.

"두어라."

갑작스런 말에 다카하시는 더 당황했다. 그 모습에 원숭이 노인이 눈살을 찌푸렸다.

"그대로 두란 말이다. 아직도 모르겠느냐?"

아무리 생각해도 방 형사가 여기저기를 쑤시고 다니는 것은 도저히 묵과할 수 없는 중대한 일이며 위급한 상황이었다. 자칫하면 '하운드 프로젝트'가 송두리째 뒤집힐 수도 있는 심각한 국면이었다. 그런데도 노인은 이해할 수 없는 말을 해댔다.

"다카하시, 언제부터 네가 생각을 했느냐?"

부드러운 말투에 섞인 매서운 질책에 남자는 움찔하였다. 재빨리 노인을 향해 머리를 조아리고 다다미방을 나섰다.

다카하시는 매사가 안개 속을 더듬는 것같이 어렴풋한 이번 프로젝트가 못내 찜찜했다. '하운드 프로젝트'가 어디로 흘러갈지 계획을 입안한 자신도 정작 그 방향을 가늠할 수 없었다.

단 한 가지만 생각하기로 했다. 언제나 자신의 상상을 넘어 기획하고 계산하는 주인은 매번 엄청난 성과를 가져왔다는 것. 바로 그것만 생각하기로 했다.

그렇게 전 관방장관이자 집권당 실세인 다카하시 사케 의원은 가까스로 마음을 진정시키고 교토를 떠났다.

PM 12:30

교토는 차분하게 번화했다. 곳곳의 유서 깊은 건물들이 오랫동안 일본의 중심지였다는 것을 말해주었다. 일본의 정신적 고향이란 말이 정말 어울렸다.

시내에서 산 카메라를 목에 걸고 가끔씩 셔터를 눌러댔다. 지나는 일본 학생들이나 사람들을 붙잡고 영어로 취재하는 척했다. 더운 날씨에 일본을 방문한 관광객 정도로 보이도록 노력했다. 어떻든 일본에선 조심해야 했다. 사방에 저들의 눈이 깔려 있지 않다고 장담할 수 없었다.

주소는 생각보다 쉽게 찾을 수 있었다.

교토의 버스터미널에서 우연히 만난 한국 관광객 덕분이었다. 미영 씨는 일어를 못하는 재미교포 프리랜서 사진기자에게는 천사 같은 존재였다. 배낭 안에서 여행자 가이드북을 꺼내보더니 가이드북에도 올라 있다며, 엄청난 것을 발견한 것마냥 환호했다. 그 집이 하숙집처럼 운영되는 곳이란 설명까지 들려주었다. 서른이 되기 전에 30개국을 여행하는 것이 목표라는 그녀는 시종일관 즐거운 미소를 놓지 않았다. 그가 말한 장소 앞까지 데려다주고는 손을 살랑이며 떠나는 경쾌한 그녀 때문에 강 형사는 잠시 복잡하고 무거운 마음을 내려놓을 수 있었다.

그녀가 데려다준 집은 교토예술대학[京都藝術大學]과 붙어 있는 하숙집이었다. 여행자 가이드북에 호텔보다 저렴하고 믿을 수 있는 민박집으로 올라 있다고 한 그녀의 말을 떠올리며, 천천히 대문을 밀었다.

여러 사람이 들락거려 그런지 낮에는 대문을 잠그지 않는 듯했다. 마당에는 미국인으로 보이는 덩치 큰 흑인이 조그만 벤치에 앉아 담배를 피우고 있었다. 일본에서 흑인을 보는 것도 그렇고, 또 몸집에 안 맞는 작은 벤치에 엉덩이를 걸쳐 놓은 것도 그랬다. 놀라울 정도로 낯선 풍경에 작은 충격을 받았다. 아무래도 옆의 대학에 다니는 외국인들이 많이 하숙하는 모양이었다.

마루에 종종거리는 소리가 나더니 20대 초반의 단발이 예쁘장한 여자가 나타났다. 등에 멘 배낭과 목에 건 카메라를 보더니 묵을 거냐고 묻는 것 같았다. 왠지 일본 여자보다는 한국 여자 같다는 생각이 들어, 그녀의 일어에 대뜸 한국어로 답했다.

"일어는 못합니다. 하룻밤 묵으려고요."

여자가 눈을 반짝이며 반겼다.

"아, 한국 분이시군요. 반갑습니다."

어색한 억양이었지만 정말 반가워하는 목소리였다. 그녀의 반가운 한국말에 교포인 줄 알았는데 그렇지는 않다고 했다. 할아버지에게 배운 거라고 했다.

"저는 사요라고 합니다. 잘 부탁드립니다."

강 형사는 자연스럽게 거짓말을 했다.

"강태혁이라고 합니다. 프리랜서 기자입니다."

어려서 가족과 함께 미국으로 이민 간 재미교포라는 말에도 그녀의
눈망울은 변함 없었다.

"아, 그러세요. 우선 안으로 올라오세요."

그녀를 따라 안으로 들어갔다. 전통적인 일본의 일반 집과 비슷한 구
조였다. 다만 앞에서 본 것과 달리 뒤로 비슷한 크기의 2층집 서너 채
를 도넛처럼 빙 둘러 연결해놓은 것 같은 방식이어서 꽤 넓었다.

연결해 놓은 집들이 모이는 중간 즈음에 있는 커다란 마당 같은 공간
에 이르렀다. 그 마당 위 터진 공간에는 유리로 지붕을 해놓아서 햇빛
이 눈부셨다. 그 널찍한 공간 여기저기에 의자와 테이블을 벽에 붙여 아
기자기하게 놓은 것이 꼭 미술관의 밝은 중앙 홀 같은 느낌이었다. 위로
한낮의 태양이 내리쬐었지만 에어컨이 시원해서 오히려 햇빛에 기분이
상쾌했다. 비가 오는 운치 있는 날이면 그 유리 천장 위로 기가 막힌 연
주소리가 들릴 거란 생각이 들자, 저절로 탄성이 흘러나왔다.

그의 생각을 아는지 사요가 옆에서 웃었다. 발랄한 여자였다. 처음
만났는데도 왠지 오랫동안 알고 지낸 사이처럼 친근하게 다가왔다. 하
숙과 민박을 오래해서 그럴 수도 있겠거니 했지만 천성 같았다.

"모두들 처음 오시면 거기 서서 유리 천장을 한 번씩은 꼭 보시죠."

내리비치는 빛을 머리 위에 한가득 얹은 그녀가 활짝 웃었다. 그리고
지나가는 사람들에게 일일이 뭐라고 말하는 것이 무척 꼼꼼하고 붙임
성 있어 보였다. 작고 사소한 것까지 정확하게 기억하는 것에 감탄하는
표정으로 지나는 하숙인들이 그녀의 말에 응대했다. 강 형사는 마치 자
기 일인 것마냥 괜히 기분이 좋았다.

그녀가 가리키는 한쪽에 놓인 빈 테이블로 가서 마주 앉았다. 다른
곳에는 몇몇 사람들이 간단한 음료와 토스트를 먹고 있었다. 살펴보니

라운지 한쪽 켠에 토스트 기기와 음료 자판기가 있었다.

"보통 여기가 저희 집 사무실 겸 데스크입니다. 조금 허술하죠?"

"아닙니다. 굉장히 좋은데요."

"자, 며칠 정도 묵으실 거죠? 일어를 못하시니 관광하시려면 가이드를 소개시켜 드릴 수도 있고요. 아니면 여기 묵고 계신 다른 분들과 같이 다니실 수 있도록 연결시켜 드릴 수도 있고요."

오래된 편지봉투에 적힌 주소와 이름만 들고 찾아왔다. 신노우라는 사람이 동주 기록과 관련이 있는지는 물론, 정작 그가 여기 살고 있는지도 의문이었다. 가벼운 긴장으로 가슴이 두근거렸다.

"아니 관광은 하지 않을 겁니다. 사실, 어떤 분을 만나 뵈려고 왔습니다. 여기 오면 그분을 뵐 수 있다고 해서요."

"누구요?"

사요는 천진난만한 눈을 반짝였다. 강 형사는 살짝 긴장했다.

"신노우 씨를 뵈려고 합니다."

이름을 듣는 순간, 사요의 얼굴에 가벼운 놀람이 스쳤다. 그러나 곧 장난스런 표정을 지으며 말했다.

"어떤 신노우요?"

"예?"

"저를 만나러 오신 건가요?"

작고 달콤한 목소리였다. 강 형사의 당황해하는 모습에 사요가 뱅그르르 웃었다. 단발머리가 찰랑거리며 흔들렸다.

"아참, 죄송해요. 초면인데도 반갑다고 이름만 말씀드렸네요. 습관이 돼서요. 신노우 사요입니다. 잘 부탁드립니다."

일어나서 다시 고개를 숙여 인사했다. 그렇게 인사를 다시 하는 것이

나, 말끝마다 '잘 부탁드린다'는 말을 붙이는 것까지 정말 일본사람다웠다.

"어떤 신노우 씨를 만나실래요?"

아무래도 아버지에게 편지를 보냈다면 나이가 있어야 했다.

"아무래도 사요 씨보다는 더 윗분을 만나 봬야 할 것 같은데요."

"더 윗분이라면 아버지를 말씀하시는 건가요?"

"예, 그렇습니다."

사요는 만나려는 사람도 정확하지 않으면서 어떻게 왔느냐는 듯이 눈을 흘기더니 웃어버렸다.

"이 집에 신노우는 저와 할아버지밖에 없어요. 할아버지를 만나시려는군요."

큰 실례를 범했다는 생각이 들었지만, 사요는 개의치 않는 표정이었다.

"그런데 무슨 일로 저희 할아버지를 만나시려고요?"

거짓이 성공하려면 80%는 진실이어야 했다.

"제가 지금 한국에 있는 연세대학교에 다니고 있습니다."

"어머, 그래요. 실례지만 나이가 많아 뵈는데요?"

"미국에서 대학을 나왔는데, 어려서부터 아버지께서 한국에 대해 귀가 따갑게 말씀하셔서, 늦은 나이지만 한국을 더 배워보려고 연세대학교에 입학했습니다. 지금은 대학원에 다니고 있습니다."

적당히 나이가 맞는다고 생각했는지 그녀는 알겠다는 미소로 끄덕였다.

"석사 논문을 준비하는데 학교가 연세대학교다 보니, 연세대학교를 다녔던 선배 시인 윤동주에 대해서 관심이 생기더라고요. 그래서 지금 자료를 모으고 있는 중이에요. 그 윤동주가 죽은 곳이 이곳 일본이어서……."

강 형사는 예전 논문을 쓰던 때를 살짝살짝 떠올리며 적당하게 지어냈다. 한참을 말했다. 자신이 생각해도 그럴싸했다. 아니 자기 말대로 이렇게 자료를 모아 쓰면 논문이 될 것도 같았다.

사요는 강 형사가 하는 말마다 고개를 끄덕이며 긍정적으로 대했다. 하지만 모든 말이 끝나자 어렵다는 표정을 지었다.

"그래서 할아버지를 뵈려고 하시는군요. 그런데 어쩌죠, 할아버지는 바깥사람을 만나지 않으시는데……."

어렵사리 찾아왔는데 물러설 수 없었다. 신노우라는 사람을 모른다고 할까봐 걱정하던 조금 전과는 달랐다. 근거 없는 무리수를 두었다.

"한국에서 윤동주의 자료를 건네주신 분이 꼭 신노우 씨를 만나 보라고 해서 여기까지 왔는데……. 어떻게 잠시라도 좋으니까 뵐 수 없을까요?"

"연세가 많으시고 몸도 많이 불편하시거든요."

그녀가 윤동주와 할아버지 신노우와의 관련을 아는지 모르는지 별다른 반응을 보이지 않았다. 그것은 긍정도 되고 부정도 될 수 있는 거였다.

강 형사는 석사논문이 중요하다는 것부터 외국에 사는 교포로서 한국의 뿌리를 찾으려 한다는 것, 진정한 가치가 퇴색되어 가는 이 시대가 문제라는 것까지, 새로운 역사를 위해 전통의 가치를 아는 것이 무엇보다 최우선이라는 등의 번지르르한 말을 다시 늘어놨다. 처음엔 화끈거리며 간지럽던 것이 반복하자 차츰 익숙해지면서 자신도 진짜처럼 믿어졌다. 정말 만나주지 않으면 당장 한국 역사가 결단날 것 같은 느낌마저

들었다.

그녀도 그런 느낌을 받았는지 귀여운 한숨을 몰아쉬었다.

"좋아요. 일단 제가 가서 한번 말씀드려볼 게요. 그래도 할아버지께서 안 된다고 하시면 저도 어쩔 수 없어요."

다짐받듯이 야무지게 말하고 일어나 안채로 들어갔다.

앉아 기다리는 시간이 채 5분도 안 걸렸지만 5시간처럼 지루하고 초조했다. 그녀가 안쪽에서 걸어 나올 때부터 결과를 짐작할 수 있었다.

"아무래도 어렵겠는데요. 할아버지 건강이 더 안 좋아지셨어요. 죄송합니다."

고개까지 숙였다. 일본사람들은 아무리 친절하게 말해도 속에 자신들이 정한 것 이상을 내주려 하지 않았다. 앞에서 사람이 쓰러져 죽어도 어쩔 수 없는 것은 어쩔 수 없다고 할 것 같았다.

여기서 밀리면 방법이 없었다. 강 형사는 초강수를 빼들었다. 결과는 운명에 맡겼다.

"그럼 그냥 할아버지께 한 가지만 전해주실래요?"

그것마저 곰곰히 생각을 했다. 강 형사는 최대한 간절하고 애처롭게 보이려고 노력했다.

"그럴게요. 뭐죠?"

강 형사는 배낭을 열어 종이를 꺼내 재빨리 뭐라고 썼다. 그녀가 볼지도 모르지만 지금 그런 것을 따질 때가 아니었다.

종이를 받아 쥔 그녀가 다시 안채로 들어갔다. 10분이 더 지나도 나오질 않았다. 아까보다 시간을 더 지체하는 것에 좋은 느낌이 들었다.

이윽고 나온 그녀의 안색은 어두웠다. 눈동자가 가볍게 흔들리고 있었다.

"들어오시랍니다."

가슴을 쓸어내렸다. 최대한 표정관리를 하면서 일어나 그녀를 따라 안채로 향했다.

그가 적어준 문장은 아는 사람만 아는 모호한 말이었다.

남원에 계신 분에게 그 기록이 꼭 필요합니다.

물론 한글로 썼다. 손녀가 한국어를 저렇게 잘한다면 그 할아버지 역시 한글을 알 거라 생각했다. 사요는 교포가 아니라고 했지만, 일제강점기에 건너와 귀화했을 가능성이 높았다. 그렇지 않고서야 한국어를 손녀에게까지 가르칠 리 없었다. 신노우 노인이 동주 기록과 관련이 있는지는 정말 미지수였지만, 일단 성공했다.

넘겨짚은 것이 옳다는 생각에, 곧 아버지와 동주 기록의 진실이 밝혀질 거란 생각이 겹쳐지자, 가슴이 팽팽하게 흥분되었다.

진실이 자신을 어떻게 바꾸어 놓을지 그때는 전혀 몰랐기 때문이었다.

PM 01:40

서양식 서재로 꾸민 방이었다. 벽에는 오래돼 보이는 수묵화와 인물화들이 걸려 있었다. 사람 몸에 황소 머리를 한 남자가 손에 쟁기를 들고 있는 그림이 무척 인상적이었다. 그 그림 아래, 휠체어에 앉은 노인이 기다리고 있었다.

신노우 노인을 보는 순간, 강 형사는 일말의 죄책감이 들었다. 족히 아흔은 돼 보였다. 세상의 갖은 풍파를 다 겪은 신산한 얼굴로 휠체어에 의지한 모습이 말라붙어 박제가 된 미이라 같았다. 바지 밑으로 보이는 발목은 어린애의 그것처럼 앙상하기 그지없었다. 강 형사를 잡아먹을 듯한 눈빛만 아니었다면, 베옷 수의 대신 유카타를 입혀 놓은 시체라고 해도 믿을 것 같았다.

"이쪽으로 앉으세요."

사요가 손으로 소파를 가리켰다. 그리고는 노인에게로 가서 강 형사와 적당한 거리로 마주보게끔 휠체어를 옮겼다. 사요는 조금 전까지의 밝은 표정과 달리 무거운 눈빛으로 고개를 숙여 인사하고는 방을 나갔다.

노인은 가끔씩 숨을 토하듯이 몰아쉬었다. 보기 안쓰러웠다. 하지만 강 형사의 폐부까지 뚫어보는 듯한 눈빛이 매서웠다. 온몸의 힘이 모두 눈으로 몰린 것 같았다.

가끔 일어나 걷기도 하는지, 지팡이가 가로로 길게 두 무릎에 올려있었다. 지팡이 끝에서 한 뼘 정도 되는 곳을 단단히 움켜쥐고 있는 왼손의 앙상한 뼈마디에 퍼런 힘줄이 돋아 있었다. 여차하면 들고 때릴지도 모른다는 강한 느낌을 받았다.

힘겨운 긴장을 깨고 나온 노인의 말은 한국말이었다.

"자네 아버지는 어디로 갔는가?"

목소리는 나이에 비해 힘이 있었다. 그래서 순간 자신이 거짓말을 하고 있었다는 것을 잊어버렸다.

"예?"

"거짓말을 하려면 제대로 해야지. 자네가 강신앙의 아들이 아니더냐?"

그제야 깨달았다. 조금 전에 다른 말로 대꾸했어야 했다. 노인의 말투와 눈빛은 털끝만 한 가식도 인정하지 않겠다는 듯했다. 폐부를 훑듯이 바라보던 눈빛에 발가벗겨진 느낌이었다.

"방금 자네가 들어올 때, 난 젊은 강신앙이 들어오는 줄 알았다."

아버지를 알고 있다는 것이 분명하게 확인되었다. 그렇다면 동주 기록이 어디서 시작되었는지는 몰라도 노인을 통해서 아버지에게 연결된 것은 틀림없어 보였다.

이제 선택해야만 했다. 이 노인에게서 동주 기록의 진실을 알아야 했다. 그리고 그 기록을 얻어야 했다. 만약 노인이 엉뚱한 이야기를 하면 곤란했다. 알면서도 모른다고 하면 정말 곤란했다. 그 말이 진실이 아닌지 알 방법이 도저히 없었다. 지금 필요한 것은 진실이었다. 그리고 진실만이 진실과 공명하는 법이었다.

강 형사는 솔직히 털어놓았다. 자신이 형사라는 것부터 시작했다. 연쇄살인사건에 윤동주의 기록이 끼여 들어갔다는 것까지 빠짐없이 말했다. 낯선 일본에 와서 누군지 제대로 알지도 못하는 휠체어에 의지한 앙상한 노인에게 중요한 기밀을 말한다는 꺼림칙함이 없지 않았지만, 그는 숨기지 않았다. 숨기는 것도 속이는 것이었다. 사실 이제 더 이상 감출 것도, 숨길 것도 없었다. 여기서 밀리면 이대로 끝이었다. 동주 기록을 찾지 못한다면 아버지는 그대로 끝이었다. 모든 것이 천길 낭떠러지로 추락하게 되는 거였다. 이미 지저분하게 헝클어질 대로 헝클어진 자기 인생은 말할 것도 없었다. 동주 기록을 찾아왔다는 이야기까지 했다. 아버지가 잡혀 있다는 말을 하려다가 멈췄다. 그건 조심해야 했다. 노인은 아버지와 어떤 관계로 안면이 있는지 알 수 없었다. 좋은 쪽이든 나쁜 쪽이든 일단 관망하는 것이 현명했다.

이야기를 듣는 동안 노인의 눈빛이 점차 풀어졌다. 이야기를 마칠 즈음 차를 가지고 사요가 들어왔다. 잠시 말이 끊어졌다. 그녀는 곧 나갔다.

노인이 처음 한 말은 의외였다.

"나도 TV는 본다."

잠시 의미를 이해하지 못했다. 그러다 노인의 미묘한 웃음기가 주름진 얼굴에 퍼지자 비로소 알아챘다. 자신의 일이기에 자신은 잊고 있지만, 남들은 자기 일이 아니기에 더 잘 기억했다. 노인은 작년에 있었던 광화문사건을 말하는 거였다. 스쳐 지나가는 뉴스의 한 장면이 이렇게 위력적일 줄은 정말 몰랐다. 흘러가는 수많은 시간 속에서 쏟아져 들어왔다 우르르 몰려 나가버리는 온갖 뉴스들 속에서 용케도 그걸 기억하는 사람들이 있었다. 물론 광화문사건은 일본에게도 민감한 사건이긴 했다.

노인은 방에 들어올 때부터 그가 형사라는 것을 알고 있었던 거였다.

"원하는 것이 무엇이냐?"

열린 질문이었다. 진실이 진실과 호응한다는 말이 그냥 경구가 아니기를 빌었다.

"윤동주의 기록이 필요합니다."

노인의 얼굴이 어두워졌다. 그건 노인이 윤동주 기록에 대해 알고 있다는 뜻이었다.

"그건 옛날에 자네 아버지가 가져갔다."

곤란했다. 진실일 수도 있지만 주지 않겠다는 거절일 수도 있었다. 노인의 표정은 거짓 같지 않았다. 하지만 아버지를 잡아간 놈들이 새끼손가락을 잘라 협박한 것은 아버지에게 지금은 동주 기록이 없기 때문이었다. 있다면 손가락이 아니라 목을 잘랐을 것이다.

강 형사는 잠시 아버지가 끝내 입을 열지 않았을 수도 있다는 생각을

했지만 이내 흘려버렸다. 약물까지 투여하는 요즘 심문기술을 생각하면
불가능했다. 아버지에겐 동주 기록이 없었다.

강 형사는 결국 마지막 카드까지 꺼내 보였다. 아버지가 납치되어 곤
경에 처했다는 말을 꺼냈다. 밧줄에 묶여 손가락이 잘리는 사진과 잘린
새끼손가락이 경찰서로 보내져왔다는 것도 숨기지 않았다.

노인은 납치범들이 동주 기록을 요구하는 것 같다는 말에도 별반 동
요하는 기색이 되지 않았다. 딱딱하게 굳은 표정에서 오랜 세월 풍파를
헤치고 살아온 삶의 깊이가 묻어났다. 눈빛만이 살짝 흔들렸을 뿐이다.
노인은 진정이었다. 진심으로 안타까워했고 아버지를 걱정했다. 하지만
그런 노인의 표정에 강 형사는 절망했다.

이젠 전혀 방법이 없다는 뜻이었다.

강 형사는 앞에 놓인 찻잔만을 맥없이 바라보았다. 그때 노인의 흘려
버리는 것 같은 목소리가 나직하게 들렸다.

"이것도 운명인가……."

놀란 강 형사가 노인을 쳐다보며 물었다.

"무슨 말씀이신지요?"

노인이 차분하고 편안한 얼굴이 되었다. 아니 그런 것 같았다.

"자네가 여기에 온 것이 어쩌면 운명일지 모른다고 한 걸세."

조금 전 보았을 때와 아무것도 바뀐 것이 없었지만, 왠지 다른 사람
으로 변한 것 같은 느낌이었다. 휠체어에 의지하고 있다 뿐이지 온몸에
서 범접할 수 없는 기운이 뿜어져 나오고 있었다. 꼭 중년의 패기 같았
다.

"자네 아버지가 아무 말도 일러주지 않던가?"

"예?"

"하긴, 말해 주었다면 자네가 일부러 여기를 찾아왔을 리 없지."

노인은 과거를 거슬러 올라가는 목소리였다.

"자네가 말하는 윤동주 기록은 시모가모[下鴨] 경찰서에서 동주를 취조했던 조사 기록을 말하는 것이라네."

시모가모 기록이라는 말에 강 형사는 윤동주에 대해 도서관에서 조사했던 것이 생각났다. 하지만 윤동주를 심문한 취조 기록은 아직 어디에도 알려지지 않은 거였다. 그게 왜 중요한지는 대강 상상이 갔다. 뭔가 복잡한 것이 끼어 있는 것이 분명했다. 그래서 놈들은 어떻게든 이 기록에 목매는 것이다.

느닷없는 노인의 말이 강 형사의 상념을 깨뜨렸다.

"그런데 동주의 시모가모 기록을 찾을 방법이 아주 없는 것은 아니라네."

"예?"

아버지가 기록을 가져갔고 그 아버지가 지금 어디엔가 납치되어 있는데, 그 기록을 찾을 수 있다고 하니 꼭 놀리는 것 같았다. 하지만 썩은 지푸라기라도 잡아야 할 심정이었다. 기대감으로 노인을 바라보는 강 형사는 그럴 리 없지만 노인이 어디선가 많이 본 듯 친근한 느낌이 들었다.

"자넨 윤동주에 대해 얼마나 알고 있는가?"

대뜸 나온 물음이 입을 막히게 했다. 니체 전공자에게 니체에 대해 얼마나 아느냐는 물음과 꼭 같았다. 얼간이들은 자신만만하게 얕은 지식을 늘어놓겠지만, 그는 흔해 빠진 그런 부류가 아니었다.

"잘 모릅니다."

노인은 그의 대답이 맘에 든 눈치였다. 차를 한 모금 마시며 미소를 지었다.

"그럼 윤동주가 왜 교토에서 잡혔는지는 아는가?"

공부를 했고, 또 이번 사건 때문에 연세대 도서관에서 자료를 읽었다. 그리고 강릉에서 선생께 다시 들었다. 선생께서는 절친한 친구인 공 교수가 동주 기록을 입수할 거란 말씀까지 하셨다. 정황상 분명 그 기록을 궁극적으로 한국에 건네준 사람이 바로 이 앙상한 노인이었다. 공자 앞에서 문자를 쓰는 건 바보였다.

"잘 모릅니다."

노인이 고개를 끄덕였다.

"그럼, 이곳 교토에서 잡힌 윤동주가 왜 먼 후쿠오카 형무소로 가서 복역했는지는 더욱 모르겠군?"

그건 한 번도 생각해 본 적이 없는 일이었다.

"역시 모릅니다."

노인은 한숨을 지었다. 깊은 우려가 담겨져 있다고 생각했다.

"한국에선 위대한 시인을 꼽을 때, 꼭 윤동주를 넣더구나. 그를 모르는 한국 사람들이 없을 정도로 유명하다더군. 애송시를 뽑을 때 동주의 서시序詩가 꼭 다섯 손가락 안에 들어간다는 말도 들었다."

알고 있었다.

"그럼 뭐하느냐. 제대로 아는 것 하나 없는데……. 아니, 제대로 알려고나 하긴 하느냐?"

딱히 답을 요구하는 물음은 아니었다.

"가르쳐 주십시오."

노인의 눈길이 먼 옛날을 더듬기 시작했다.

"이 집을 들락거리는 사람들도 아마 모를 것이다. 하나밖에 없는 손녀도 마찬가지일 거다. 이 집은 전쟁이 끝나던 해 불이 나서 거의 다 타버렸다. 몇 채 안 남은 것을 내가 샀다. 타버린 곳에 대학을 지을 때, 나는 하숙과 민박할 집을 지었다. 남들이 그러더구나, 꼭 여기에 해야 하냐고……. 하지만 꼭 여기에 해야만 했다. 여긴 오래전부터 이렇게 하숙집이었으니 말이다."

잠시 멈추고 숨을 몰아쉬던 노인이 말을 이었다.

"여기가 바로 윤동주가 하숙하던 집이다."

머릿속에 종이 뎅 울리는 듯 놀랐다. 갑자기 방 안의 장식품들이나 책들이 새롭게 보이기 시작했다.

"나는 개인적인 이유로 동주를 알게 되었다. 그리고 그의 인품에 반했다. 나는 그의 죽음이 너무나 억울하다는 것을 알고 있는 몇 안 되는 사람 중에 하나다."

후쿠오카 형무소에서 윤동주가 죽었다는 것은 아는 사실이었다. 일제강점기에 억울하게 잡혀 죽은 조선 사람들은 부지기수였다. 하지만 노인이 말한 억울함은 다른 뉘앙스였다.

"동주는 20대 건강한 청년이었다."

노인의 생각을 따라가기 힘들었다. 그렇지만 끼어들 수 없었다. 한번 내키지 않으면 다시는 입을 열지 않을 듯한 노인의 형형한 눈빛이 방 안의 공기를 응시하며 빛을 뿜어냈기 때문이다.

"그가 왜 후쿠오카 형무소로 갔는지 아느냐?"

입을 열어서는 안 될 것 같았다. 고개를 살며시 저었다.

"바로 조선 사람이었기 때문이다."

혼자 묻고 답하는 것처럼 노인의 말이 이어졌다.

"후쿠오카 형무소는 1943년부터 전쟁이 끝나는 1945년까지 일본에 있는 다른 형무소들보다 더 많은 재소자 사망률을 기록했다. 기형적이라 할 만큼 높았다. 죄수들이 턱없이 죽어나갔다. 동주도 그 와중에 죽었다."

강 형사는 조심스럽게 목소리를 낮춰 물었다.

"왜 후쿠오카 형무소만 높았습니까?"

노인은 강 형사를 지그시 쳐다보다가 다시 고개를 돌려 거실의 허공을 바라보았다.

"생체실험이었다."

해머로 뒷머리를 세게 내리친 것 같은 충격이었다. 귓속이 멍해지고 몸이 부르르 떨렸다. 엄청난 얘기였다.

"새…… 생체실험이요?"

"그렇다."

노인의 목소리는 한 치의 흔들림도 없이 단호했다.

"후쿠오카 형무소에서는 생체실험이 진행되고 있었다. 조선인들을 대상으로 은밀한 실험이 자행되었다. 물론 그것은 후쿠오카 형무소장 독단의 짓이 아니었다. 조직적으로 계획된 것이었다."

"그…… 그럼?"

노인의 표정이 침울해졌다.

"천황 히로히토의 지시가 있었다."

일왕이 직접 나섰다는 말에 강 형사는 아연해지지 않을 수 없었다. 있을 수 없는 일이었다. 아니 있어서는 안 되는 일이었다.

"이미 그 단초는 이전부터 있었다. 타고난 과학자였던 이시이 시로[石井四郎] 장군이 1933년 천황의 명령에 의해 '731부대'라고 알려진 조직을 결성했다. 이 부대원들의 자부심은 전쟁기간 내내 대단했다. 그건 천황의 칙령으로 창설된 유일한 부대라는 자부심이었다. 1936년 천황의 칙령으로 막대한 예산이 이 부대에 배정되었다. 원래 이름은 '전염병 예방과 수질 정화부대'였던 이들은 일본군이 주둔하는 각 지역의 수질 정화 작업을 통해 식수를 제공하는 표면적 활동을 핑계로, 대대적인 과학적 자료 수집을 꾀했다. 그건 곡물·동물·인간에 대한 실험을 포함하는 거였다. 1936년부터 시작된 중일전쟁 기간 동안 병원균에 감염된 쥐를 공중에서 살포하는 공습이 다반사로 이루어졌는데, 그게 바로 이시이 장군의 아이디어였다. 핵무기가 세상에 출현하기 전까지는 가장 효율적이고 무시무시한 파괴력을 가진 것이 바로 그것이었다."

믿겨지지 않는다는 얼굴의 강 형사를 보고 노인이 비웃는 표정을 지었다.

"중일전쟁 때 감염된 쥐를 살포한 일은 장개석이 미국 루스벨트 대통령과 영국 내각에 보고한 기록에 남아 있다."

형형한 눈빛만 번쩍이는 미이라 같은 노인의 입에서 나오는 생체실험 얘기는 기괴스럽기 짝이 없었다.

"천황은 인색한 자였다. 하지만 이시이의 731부대에 대한 예산만큼은 예외였다. 언제나 최우선으로 엄청난 액수를 배정했다. 이 부대의 활동 상황은 당시 도쿄 신주쿠의 육군 병원 의사들에게는 널리 알려진 것으로, 새삼스러울 것도 없는 얘기다. 그 병원에 수백 구의 '절인 인간 표본'들이 보관되어 있었다. 그러나 일본이 항복한 직후 미 점령군이 진주하기 전에 모두 폐기시켜 버렸다. 후쿠오카 형무소의 조선인들 역시 마찬가지 신세였다."

강 형사는 잠시 충격으로 혼란스러운 머리를 진정하고 나서 입을 열었다.

"그런데 이런 것이 왜 아직까지 알려지지 않았습니까?"

노인이 버럭 호통을 쳤다.

"알려지지 않기는 뭐가 알려지지 않았단 말이냐!"

왼손에 쥔 지팡이를 번쩍 들어 내리치지 않은 것이 다행이란 생각이 들만큼 큰 소리였다.

"모든 기록들이 다 나와 있다. 알려지지 않은 것이 아니라, 알고 싶지 않은 자들이 귀를 틀어막고 눈을 감아버린 것일 뿐이다. 도대체 무슨 소릴 하는 거냐!"

미이라같이 앙상한 노인의 놀랄 만한 서슬에 강 형사는 저도 모르게 움츠러들었다.

"그럼 윤동주가……."

노인이 흥분한 것이 분명했다. 지팡이를 쥔 손이 부르르 떨었다.

"그렇다. 처음 동주가 후쿠오카 형무소에 들어올 때는 젊고 튼튼했다. 그런데 수감된 지 1년도 채 되지 않아 죽고 말았단 말이다. 특별한 사유도 없이 어떻게 그런 일이 일어났겠느냔 말이다?"

강 형사는 순간 멈칫했다. '처음 윤동주가 들어올 때'라고 말한 노인의 말 뒤에 숨겨진 의미가 뇌리에 꽂혔다. 그러더니 뱅뱅 돌며 떠나질 않았다. 뭔가 잡힐 듯한 것이 눈앞에서 왔다 갔다 했다.

순간, 연세대 도서관에서 읽은 책의 내용이 퍼뜩 떠올랐다. 동주가 죽은 후 그의 시신을 찾으러 갔던 가족들이 후쿠오카 형무소에서 들은 이야기를 쓴 대목이었다.

강 형사는 저도 모르게 입이 벌어졌다. 놀란 표정을 보고서야, 노인은 자신의 실수를 비로소 안 것 같았다. 강 형사의 시선을 외면하는 노인은 흥분해서 말을 잘못한 것을 자책하는 듯했다.

책에는 분명 이렇게 쓰여 있었다.

젊은 일본인 간수가 '아하, 동주가 죽었어요, 참 얌전한 사람이……
죽을 때 무슨 뜻인지 모르나 외마디 소리를 높게 지르면서 운명했지요'
라고 말하며 동정하는 표정을 보였다고 말이다.

잠시 후, 노인의 회한에 찬 목소리가 강 형사의 귀에 굉굉히 울렸다.

"그래, 맞다. 바로 내가…… 동주의 간수였다."

PM 03:20

"날 재일교포로 알았나 보군. 아니다. 난 일본인이다. 한국말은 동주
에게 배운 것이다. 그와 참 많은 말을 나누었는데……. 그래서 많은 것
을 알게 되었지. 그는 정말 좋은 사람이었다."

노인의 목소리가 깊은 여운을 드리우며 누그러졌다.

"내가 저지른 일들에 대해 작은 참회를 해야 한다고 생각했다. 내가
직접 주사바늘을 꽂은 것은 아니지만 난 그것을 방조했고, 알고서도 말
하지 못했다. 비겁하다고 비난한다면, 그 말이 맞다. 난 비겁했다. 부끄
럽지만 사실을 말하자면, 동주가 그렇게 죽기 전까지는, 나도 조센징을
그렇게 대해도 상관없다고 생각하고 있었다. 아니 상관있다, 없다는 생
각조차 해본 적이 없다. 그냥 나와는 상관없는 일일 뿐이었으니까……."

노인의 깊게 패인 앙상한 얼굴에 짙은 후회의 그림자가 깊어졌다. 노
인의 목소리가 한층 더 누그러졌다.

"동주가 죽고 나는 곧 퇴직했네. 그곳이 견디기 힘든 곳이 되어 버리
고 말았기 때문이지. 그래도 동주의 얼굴과 마지막 외마디 소리가 사라
지질 않았지. 그래서 난 동주에 대해 참회하는 길을 생각했네. 그건 바
로 동주의 일을 세상에 알리는 것이었지. 큰 파도에 물방울 하나 맞서

는 것같이 보잘것없었지만, 내 나름의 몸부림이었네."

노인은 차를 한 모금 마셨다. 비쩍 마른 목에 목젖이 힘겹게 위아래로 오르내렸다.

"우선 동주의 판결문과 재판기록 등을 모았네. 어렵진 않았네. 전쟁이 끝나고 대부분 비밀로 붙여졌지만 교도관 신분이었던 것이 큰 도움이 되었지. 그런데 문제는 엉뚱한 곳에서 불거졌네."

강 형사가 끼어들었다.

"그게 뭐지요?"

"시모가모 경찰서의 조사 기록이었네."

드디어 노인의 말이 핵심으로 향하고 있었다. 강 형사는 침을 꿀꺽 삼켰다.

"그게 왜……?"

노인의 눈빛이 기이하게 빛났다.

"시모가모 경찰서 조사 기록이 동주의 행적과 맞지 않았네."

"예?"

"시모가모 조사기록에 의하면 동주의 혐의는 '조선독립운동'이었네. '교토에 있는 조선인 학생 민족주의 그룹사건'이 분류 항목이었고."

노인의 눈빛이 한없이 깊어졌다.

"아무리 조사기록을 읽어도 조선독립운동과 관련된 것이 없었다네."

엉뚱한 말에 갈피를 잡을 수 없었다.

"그게 무슨……?"

"처음에는 이상한 줄 몰랐지. 그런데 다른 자료들과 후쿠오카 형무소에서 있었던 자료들을 나란히 놓고 비교해 종합해보니, 아무래도 이상했네."

노인이 말을 이었다.

"우선은 윤동주와 같이 잡혀 들어온 자들이 꽤 있었는데, 그의 고종 사촌형인 송몽규를 제외하고는 모두 석방되었네."

노인의 새카만 눈만 반짝였다.

"조선독립운동과 관련된 것은 그때 당시 중대 범죄였네. 태평양전쟁 이후는 더욱 그랬고. 그런 상황에서 동주와 친구들 사건이 일본의 정신적 심장이랄 수 있는 교토에서 발생했으니 더욱 심각했을 것이 틀림없네. 그런데 다른 자들을 너무 쉽게 석방을 시켰단 말일세. 송몽규와 윤동주만 빼고 말이야."

선생께서 전에 하셨던 말씀이 생각났다. 송몽규가 중국에서 김구 계열의 광복군 훈련을 받고 활동하다가 붙잡혀 일제의 주요 감시대상이었기에 윤동주까지 잡힌 거라고, 그렇게 말씀하셨다.

"송몽규가 풀려나지 못한 것은 윤동주 때문이었네."

"예?"

선생께 들은 것과 정반대였다. 선생은 송몽규 때문에 동주까지 잡혀 들어간 것이라고 하셨다.

"동주 때문에 그 검거가 있었던 것이란 말일세. 송몽규는 고종사촌이므로 혹시 비밀을 알까 해서 잡아둔 것일 뿐이었다. 처음에 다른 자들을 같이 잡아넣은 것은 일단 규모가 커야 사건이 성립하고, 또 너무 드러내서 윤동주만 잡아들이면 저쪽에서 눈치챌까봐 그런 것이었지."

노인의 말에 이해되지 않는 것이 당장 두 개가 있었다.

"'비밀을 알까봐'라는 것은 무슨 의미입니까? 그리고 '저쪽'은 어디를 말씀하시는 겁니까?"

노인이 무시하고 자신의 말을 이어갔다.

"윤동주는 조선독립운동을 했네."

동주에 대한 어떤 기록도 독립운동을 했다는 것은 없다. 사소한 암시조차 없다. 그래서 대학 다닐 때, 동주를 독립지사처럼 여기는 것은 문제라는 문제적인 발표를 했던 거였고 선생께 불호령을 받았던 거였다. 그런데 노인은 확신에 찬 어조로 말하고 있었다.

"그가 독립운동을 했다는 것은 분명한 사실이네. 그랬기 때문에 그를 잡아서 멀리 후쿠오카 형무소로 보낸 것이지. 그래야 그를 고문해도 다른 사람들은 후쿠오카에서 벌이고 있는 731부대의 생체실험 일부라고 생각해서 의심하지 않고 자연스럽게 넘어갈 테니 말일세."

다시 모르는 것이 튀어 나왔다. 뭐라고 말하려는 강 형사를 노인의 눈빛이 가로막았다.

"그냥 듣게. 그러면 자연히 알게 될 것이네. 진실을…… 말일세."

앙상한 노인의 묵직한 말에 강 형사는 끼어들려던 입을 다물었다.

"동주가 왜 일본에 왔는지 아는가?"

모르는 것만 계속 많아지고 있었다. 이젠 안다고 생각하던 것까지 공중에 붕 뜨면서 흔들리기 시작했다. 무엇을 아는 건지, 그리고 안다고 생각한 그것이 진실인지, 모든 것이 의심스러워지기 시작했다.

"모릅니다."

내뱉듯이 답한 것이 침통한 어조가 되었다. 노인은 개의치 않는 목소리였다.

"고종사촌 송몽규는 교토제국대학에 입학했네. 그런데 윤동주는 거기에 시험을 쳐서 떨어졌지."

이미 조사를 한 거여서 알고 있었다.

"그런데 그건 떨어진 게 아니라네."

"그럼?"

"스스로 시험을 망쳐서 들어가지 않은 거지."

공연히 부아가 치밀려고 했다.

"그렇다면 뭐 때문에 교토제국대학에 시험을 본 거죠."

노인이 한심하다는 듯 혀를 찼다.

"형사라는 자가 그것 하나 모르다니, 쯧쯧쯧."

노인의 표정에는 작은 핀잔이 섞여 있었다.

"절친한 친척 둘이 같이 연희전문을 졸업하고, 같이 일본 대학에 진학하려고 일본에 건너왔다면, 당연히 같은 대학에 시험을 쳐야 하지 않겠나? 한 명은 명문인 교토제국대학에 시험을 치고, 다른 한 명은 엉뚱한 대학에 시험을 친다면 어느 누가 그걸 의심하지 않겠는가?"

이해되었다. 하지만 의도적으로 시험을 망쳤다는 것은 황당했다. 노인은 다시 원래 이야기로 돌아갔다.

"시험에 일부러 떨어진 동주는 도쿄에 있는 릿쿄대학에 시험을 쳐서 들어갔네. 그렇게 교토에 있는 송몽규와 갈려, 동주는 도쿄에 있게 되었지. 처음부터 동주가 일본에 온 목적이 바로 그거였다네. 도쿄의 릿쿄대학에 들어가려는 거 말일세."

"왜죠?"

"릿쿄대학은 성공회 신자였던, 천황 히로히토의 동생 덕분에 황실 배경을 갖게 된 미선계 사립대학이었네. 바로 그래서 동주가 릿쿄대학으로 간 거라네."

"예?"

노인이 잠시 입을 다물었다. 조바심이 난 강 형사가 재차 물었다. 그러자 노인의 앙상한 얼굴이 기괴스러울 정도로 섬뜩해졌다.

"윤동주가 일본에 온 것은…… 천황가에 잠입하기 위해서였다네."

믿기 어려운 말이었다. 그러나 동주의 간수였던 이 늙은 노인의 형형한 눈빛은 진실이라고 말하고 있었다.

"물론, 궁극적 목적은 천황 암살이었네."

강 형사는 저도 모르게 앉은 주변을 휙 돌아봤다. 일본 한복판에서 일왕을 죽이려 했다는 말을 곧 무덤에 들어갈 것 같은 일본인에게 듣는 기분은 섬뜩하기 이를 데 없었다.

"그래서 의도적으로 황실과 관련 있는 도쿄의 릿교대학에 입학한 거였지. 송몽규까지 릿교대학에 입학할 경우 저들이 경계할 것을 우려해 몽규는 교토로 간 거였고. 아무래도 전력이 있어 주요 감시대상이 되어 있는 송몽규는 적절치 않았던 게지. 그래서 동주가 발탁된 거니까……."

다시 모르는 것이 튀어나왔다. 윤동주를 발탁했다는 말은 누군가 뒤에 있다는 말이었다. 참을 수 없었다.

"어르신, 도대체 윤동주를 발탁했다는 것은 무슨 말씀입니까? 그리고 아까 말씀하셨던 '비밀'이나 '저쪽'은 또 무엇입니까? 또 후쿠오카 형무소에서 윤동주를 고문해도 다른 사람들이 모를 거라는 것은 무슨 의미입니까? 말씀 좀 해주십시오."

노인의 얼굴에 재미있다는 미소가 떠올랐다. 노인은 이미 다 식어 버린 차를 들이켰다. 강 형사는 바짝 조바심이 났다. 그것을 즐기듯 천천히 차를 음미하며 마시더니, 한참 후에야 입을 열었다.

"천황을 암살하라고 윤동주에게 지령을 내린 것은 김구였네."

묻고 싶은 것이 많았지만 말을 끊으면 안 될 것 같아 일단 참았다. 그걸 알았는지 노인이 설명을 덧붙였다.

"고종사촌 송몽규가 중국에 건너가 김구 밑에서 훈련을 받을 때, 원래는 동주도 같이 갈 계획이었네. 그런데 갑자기 동주가 병이 나서 몽규만 가게 된 거였지. 그래서 몽규만 경찰에 잡혀 블랙리스트에 올라가게 된 거고……. 따지고 보면 그때 동주가 같이 가지 못한 게 다행이 된 셈이지."

윤동주가 평생 송몽규에게 자격지심을 가지고 살았을지도 모른다는 연구자들의 해석이 생각났다. 노인의 말이 사실이라면, 윤동주 연구는 새롭게 써야 할 것이 분명했다.

"김구에게 지령을 받은 것은 연희전문에 있을 때였던 것 같네. 아마도 기숙사에서 같이 지낼 때쯤이었을 거네."

연세대학교의 핀슨홀이 떠올랐다. 3층 다락방에서 송몽규, 윤동주, 강처중이 같이 지냈다는 것도 기억해냈다.

"그래서 그들은 창씨개명을 하는 괴로운 수모를 겪으면서까지 일본에 건너온 것이지."

그랬다. 창씨개명한 이름이 아니면 일본 대학에 입학할 수 없었기 때문이다. 히라누마 도오쥬우[平沼·東柱]라고 창씨개명을 하면서까지 일본으로 건너간 동주의 괴로움과 고뇌는 그의 시에도 잘 나타나 있었다.

"아까 말한 것처럼 동주는 릿교대학에서 황실에 가까워질 구실을 모색하고 송몽규는 교토에서 그의 뒤를 봐주기로 한 거지. 그런데 갑자기 동주가 1942년 이 곳 교토에 있는 도시샤대학으로 전학을 오게 되면서 틀어지지. 그건 전혀 계획에 없던 일이었거든. 결국 여기서 잡혀 이곳의 시모가모 경찰서에서 조사를 받고, 멀리 후쿠오카 형무소로 보내지게 된 거지."

원래 목적이 도쿄의 릿교대학이었는데, 갑자기 교토의 도시샤대학으로 전학했다는 것은 확실히 이상했다. 노인의 말을 듣기 전까지는 그냥 그런 사실이 있었다는 것 정도로만 생각하고 있었다.

"있는 사실들만 보면 동주가 한 것은 아무것도 없지. 천황도 무사했으니까. 그런데 동주의 죄명이 시모가모 조사기록에는 '조선독립운동'인 거야. 이상하지? 그렇지 않은가?"

정말 그랬다.

"그런데 더 이상한 것은 죄명은 그런데 그 구체적인 내용은 아무것도 없다는 거였지. 그냥 뭉뚱그린 말만 거듭 반복해서 적혀 있었어. 전혀 일본답지 않은 기록이었지."

노인은 힘에 겨운지 밭은기침을 했다. 잠시 말이 끊어졌다.

"동주가 도쿄 릿교대학에서 여기 교토의 도시샤대학으로 전학 온 것은 작전상 피한 것이었어. 릿교대학에서 해야 할 목적을 이미 이루었거든."

노인은 강 형사의 초조해하는 얼굴을 보고 기이한 미소를 지었다. 그래선지 이어 나온 말은 엉뚱했다.

"동주는 릿교대학에서 한 여자를 만났네. 곧 그녀와 깊은 관계가 되었지. 생각지도 않은 만남이었네."

윤동주가 연애를 했다는 것은 그간 학자들도 모르던 것이어서 새롭지만, 그의 나이를 생각할 때는 놀랍지 않았다.

"젊은 청년에겐 자연스럽고 당연한 것 아닌가요?"

"맞네. 그러네. 하지만 상대가 누구냐에 따라 다르지."

"예?"

"동주가 연애한 여자는 일본인이었네."

노인의 말은 엉뚱했다. 당연히 일본 여자일 가능성이 높았다. 당시 도쿄에 유학 온 조선 여학생이 몇 명이나 되겠는가. 물론 민족시인 윤동주가 일본 여자와 연애를 했다는 것은 모양새가 좋지 않다. 아니 껄끄럽다. 하지만 능히 그럴 수 있는 일이었다.

노인의 말이 이어졌다.

"그때는 아야코라고 했네."

'그때는'이라는 말이 무슨 의미인지 깨닫기도 전에, 강 형사는 이어진 노인의 말에 경악하고 말았다.

"동주가 연애한 여자는 보통 여자가 아니었네. 바로 천황 히로히토의 첫째 딸이었거든."

"예?"

한쪽 발은 이미 무덤 속에 깊숙이 담그고 있는 노인의 입에서 나온 말은 가히 충격적이었다. 노인은 진공청소기로 주변을 싹 빨아들여 한꺼번에 뚤뚤 뭉쳐서 무덤으로 끌고 들어갈 작정인 것 같았다.

"생각지 않은 만남으로 동주는 천황가에 더 가까이 접근할 수 있는 발판을 마련하게 되었지. 그런데 저쪽에서 냄새를 맡은 것이네. 그래서 동주가 급히 교토의 도시샤대학으로 피한 거야. 일단 저들도 그때는 동주가 천황을 암살하려는 미션을 지니고 있다는 것을 몰랐기에 그냥 관망하며 지나갔네."

충격이 조금 가라앉자 강 형사가 상황을 정리했다.

"그럼 윤동주를 잡아 후쿠오카 형무소로 보내 죽게 한 것이 일왕이란 말입니까?"

노인이 의미심장한 미소를 지었다.

"자네도 한국인이라고…… 천황을 일왕이라고 부르는군. 그래, 그래도 같은 말이긴 하지."

노인이 생각에 빠지려다 다시 말을 이었다.

"아닐세. 천황이 동주를 잡아 후쿠오카로 보낸 것이 아니네. 나도 처음에는 천황이 그런 것이라고 생각했었네. 그런데 아니더군."

"그럼 누굽니까? 그들이 '저쪽'입니까?"

노인이 고개를 끄덕였다.

"일본 막후를 주무르는 자들이라네. 저들은 오래전 메이지 천황을 옹립해 이 나라의 기틀을 자신들이 세웠다고 생각하고 있다네. 바로 그들이 동주를 잡아서 후쿠오카로 보내 생체실험과 고문을 했다네."

공안44가 떠올랐다. 노인이 말한 '저쪽'은 공안44가 분명했다.

"저들은 자신들이 일본을 이끈다고 생각하네. 천황 역시 자신들의 가치에 따라 움직여야 한다고 생각하지. 그래서 천황과는 미묘한 긴장관계를 띠고 있다네. 한마디로 저들에게 천황은 천황이면서도 천황이 아닌 거지."

그런 것은 어디나 비일비재한 일이다. 다만 겉으로 드러나지 않을 뿐이다. 말 잘들을 때는 동료요 친구요 아군이지만, 그렇지 않을 때는 적보다 먼저 제거해야 할 일차 목표인 것이다.

"저들은 천황 히로히토의 아킬레스건을 잡으려고 했네. 그래서 윤동주를 잡은 거지. '국가전시체제에 천황의 딸이 조센징과 연애질을 한다.' 그건 정말 대단한 무기지. 그것만 있으면 천황의 숨통을 틀어쥘 수 있으니 말이야. 저들이 동주를 후쿠오카로 보내 고문한 것은 그래서였네. 아야코와의 관계를 확증하는 증거를 찾아내려는 속셈이었지."

"그런데 왜 하필 후쿠오카 형무소입니까?"

"쯧쯧쯧, 아까 말하지 않았나. 천황의 명령으로 731부대가 후쿠오카에서 조선인들을 대상으로 생체실험을 하고 있었다고. 거기서 동주를 고문하면, 다른 사람들은 늘 있던 생체실험이라고 여기고 별다른 생각을 못 하는 거지. 또, 혹시 천황 쪽에서 알게 된다 해도 일처리가 간편하지. 그게 천황의 지시대로 이루어지는 생체실험의 일환이라고 핑계를 대며 우기다가, 정 안 되면 그냥 죽이면 그만이니까. 그러면 아야코와의 관계를 알아내기 위해 동주를 고문했다는 증거는 완전히 역사의 그림자 속으로 사라지는 거지. 그냥 생체실험이었다고만 알게 되는 거지. 물론 더 바깥에서 볼 때는 조선독립운동으로 형을 받고 수감된 허약한 남자의 단순한 죽음일 뿐이고."

비로소 알 듯했다. 강 형사는 자신이 이해한 것을 정리해 보았다.

"그러니까, 동주가 김구의 지시를 받고 일왕 암살을 위해 일왕실과 관련 있는 도쿄 릿교대학에 입학해서 기회를 엿보다가, 위험을 느껴 교토 도시샤대학으로 옮겼는데, 일본 우익에 의해 잡혀 후쿠오카에서 고문을 당했다, 그런 건가요?"

"맞네. 그렇다네."

허점이 있었다. 강 형사가 재차 물었다.

"그럼, 동주가 일왕의 딸을 만날 줄 알고 일부러 릿교대학에 갔단 말이세요? 아니 어떻게 일본인들도 만나기 힘든 왕실의 공주를 조선 유학생이 만난단 말이죠? 공주 주변에는 감시하는 경호원들도 없었나요?"

순간 노인의 얼굴에 미묘한 감탄의 기색이 흘렀다.

"동주가 릿교대학을 택한 것은 황실과 가까운 대학이므로 어떻게든 천황을 암살할 기회를 만들 수 있을 거란 생각으로 한 거라네. 학교가 천황이 있는 도쿄에 있고, 황실과 가까우니 기념식 같은 것에 참석할 수도 있을 테니 말이야. 처음엔 그도 폭탄을 생각했던 것 같네. 천황의 딸이 릿교대학에 다니는 것을 알아서 거길 택한 건 아니었네. 둘의 만남은 우연이었지."

"우연이요? 그래도 어떻게 공주와 우연히 만나요?"

"역시, 강신앙의 아들이로군. 좋아, 좋아."

노인은 한동안 감탄사만 연발하며 고개를 끄덕였다. 조바심에 몇 번을 재촉하자 노인이 입을 열었다.

"둘이 만났을 때, 아야코는 공주가 아니었네."

"예?"

"그래서 동주와 자연스럽게 만날 수 있었던 거지. 그녀가 공주라는 것은 동주는 물론 그녀 자신도 그때는 몰랐다네."

"그게 도대체……?"

너무 오래 말한 노인은 힘이 부쳐 보였다. 하지만 표정은 갈수록 더 진지해져갔다.

"천황 히로히토는 일곱 명의 자식을 두었네. 2남 5녀였지. 다섯째와 여섯째가 아들이고 나머지는 딸이지. 다섯째 자식이자 아들 중 첫째가 바로 지금 천황인 아키히토지."

서재 문에 노크 소리가 나더니 걱정스런 표정이 된 사요가 들어왔다. 식사 준비를 할지 물었다. 노인은 강 형사에게 묻지도 않고, 두 명 분을 준비하라고 일렀다. 고개를 숙여 인사하고 나가는 사요의 얼굴은 할아 버지에 대한 걱정이 가득했다. 하지만 노인은 말을 할수록 살아나는 것처럼 활기차졌다.

노인이 끊어졌던 말을 이었다.

"그런데 사실은 말일세, 히로히토의 자식은 2남 5녀가 아니라, 2남 6녀였다네. 처음에 낳은 딸이 쌍둥이였거든. 그래서 그중 하나를 버렸지."

"쌍둥이라고 해서 버려요?"

노인은 고개를 끄덕였다.

"강력한 천황가를 바라보고 있는 당시 일본의 입장은 대를 이을 아들을 바라는 거였네. 그런데 자식이 들어서질 않았네. 황후를 받아들일 때부터 대신들의 반대가 극심했던 것도 문제였네. 거기에 정국은 안팎으로 불안했네. 친위쿠테타가 일어나기도 했으니 말이야. 그런데 처음 낳은 것이 딸이었네. 그래도 처음이니 넘어갈 수 있지만, 문제는 딸 쌍둥이라는 것이었네."

그게 왜 문제가 되는지 도무지 이해되지 않았다.

"일본 황실에는 오래전부터 내려오는 예언이 있다네. '두 개의 달이 어둠의 장막을 드리운다'는 것으로, 일반인들도 알고 있는 유명한 예언이라네. 바로 그렇게 다들 알기 때문에 문제였네. 딸 쌍둥이는 예언에서 말한 '두 개의 달'이라고 천황을 공격할 세력은 얼마든지 주위에 있었다네. 당시는 1925년이었네. 1941년 태평양 전쟁을 일으키던 때의 강력한 천황 히로히토를 생각하면 안 되네. 그때 히로히토는 천황 자리도 위험한 시기였네."

"천황을 공격해요? 일본은 전체가 천황을 중심으로 뭉치지 않았나요?"

"물론 그렇지. 그러나 그건 천황의 후계자가 정해진 이후였지. 그전까지 천황은 안팎의 여러 세력의 견제에 시달렸네. 결혼할 때 황후를 반대하는 대신들은 황후의 선대에 색맹色盲이 있다는 것을 시빗거리로 들고 나와 반대할 정도로 거셌네. 물론 황후는 색맹이 아니었지만 말일세. 그렇게 사소한 것도 시비를 거는 자들이 예언에서 말한 '두 개의 달'을 놓칠 리 있겠나?"

강 형사는 말없이 끄덕였다.

"결국 천황은 결정을 내리지. 한 명을 죽이기로. 그런데 황후는 그럴수 없었네. 당연했지. 어떻게 자기가 낳은 핏덩어리를 죽인단 말인가. 그래서 그녀는 천황 몰래 일반으로 내보냈다네. 그렇게 버림받은 천황의 딸이 자신이 누구인지도 모른 채 자라났지. 그녀가 바로 동주와 만난 아야코라네."

왕조의 비정함과 후안무치, 파렴치함을 잠시 잊고 있었다. 신물이 나오려는 강 형사는 입을 다물었다. 역사에 흔한 얘기지만 멀리 남의 얘기처럼 들을 때와 달랐다.

서재의 무거운 공기가 째깍거리는 시계 소리에 흔들린다는 것이 느껴졌다. 입을 열었다.

"그런데 어떻게 그때까지 모르던 우익세력이 하필 동주와 만난 그때 아야코의 존재를 알게 된 거죠?"

노인은 침통한 표정으로 말했다.

"쌍둥이 중 황실에 남은 공주가 22세 되던 때에 돌연 죽어버렸다네. 1943년이었네. 알겠는가? 1943년의 의미를?"

고개를 저었다.

"1941년 진주만을 폭격해서 태평양전쟁을 일으킨 승리의 흥분이 급속도로 가라앉으면서 일본에 패색이 드리워지기 시작한 때가 1943년이었네. 그런데 갑작스럽게 공주까지 죽었다고 한다면 흉흉한 조짐으로 민심이 크게 흔들릴 수 있는 시기였네. 언제든 황실은 굳건해야 했네. 이해되는가? 그때 황후가 이전에 버려두었던 딸 이야기를 조심스레 천황에게 꺼냈네."

더러운 이야기였다. 쓸모없을 때 버리고 필요한 때 제 것인 마냥 가져가는 파렴치한 얘기였다.

"그렇게 결국 쌍둥이인 아야코가 황실로 들어가 죽은 공주 노릇을 대신하게 되었네. 물론 천황은 채 1년이 되지 않아 아야코를 결혼시켜 황궁에서 내보냈지."

강 형사는 뭐라 할 말이 없었다.

"아무리 쌍둥이라지만 스물두 해 동안 자라온 환경이 달랐으니 들통날 위험이 있었지. 그래서 결혼을 서둘렀던 거야."

아야코라는 여인의 삶이 애처롭게 느껴졌다. 그녀가 짊어진 삶의 무게도 그렇지만, 어느 날 갑자기 터져 나온 놀랄 만한 진실에 그녀가 어떠했을지 상상하기도 싫었다.

"하지만 저들은 이상한 낌새를 알아차렸네. 천황이 철저하게 지웠을 테지만 아야코에 대한 희미한 냄새를 포착한 거지."

생각해보면, 아야코에게 궁중예절 같은 것은 오히려 익히기 쉬운 축에 들었을 것이다. 매일같이 대하는 자들의 눈빛과 은근한 기미는 알수도, 익힐 수도 없는 것들이었을 게 분명하다.

"동주가 도시샤대학으로 옮긴 것이 바로 그때였네. 뭔가 어설픈 긴장감을 눈치 챈 저들이 아야코의 행적을 추적해서 결국 윤동주를 포착한 거라네. 조선인이므로 일단 명목으로 조선독립운동을 씌운 거였지. 모르고 씌운 것이 오히려 진실을 말한 셈이 되어 버리긴 했지만 말이야. 천황 암살을 계획하고 있었으니……."

노인이 의미심장한 눈길로 강 형사를 건너보았다.

"운명이란 게, 정말 있는 것 같더군……."

이 말이 강 형사에게는 꼭 노인이 자신을 두고 하는 말처럼 들렸다.

PM 06:10

서재 옆의 조그마한 식당으로 자리를 옮겨 사요가 준비한 저녁을 먹었다. 덮밥을 비우고 우동을 기다리는 동안 노인은 현 일본 정세에 대해 이런저런 말을 늘어놨다. 이야기가 여성천황제에 이르자 신노우 노인은 나이를 잊고 열변을 토했다. 현 천황인 아키히토가 너무 우유부단하고 무능하다는 것과, 그래서 지금 일본인들이 조선 침략, 러일전쟁, 만주국, 태평양전쟁까지 파죽지세로 밀어붙였던 강력한 천황 히로히토를 그리워한다는 것, 때문에 여성천황제를 획책하는 자들은 천황인 아키히토의 누나이자, 히로히토의 첫째 딸인 시게코 여사를 천황으로 세우려한다는 것까지 쉬지 않고 의견을 피력했다.

익히 알고 있는 이야기를 듣는 내내 강 형사는 불편했다. 일본에 건너올 때부터 의도적으로 한쪽에 밀어놓고 있던 후지와라와 방 형사의 결혼이 머릿속에 떠올라 떠나질 않았기 때문이다.

노인의 말은 다분히 의도적이었다. 노인은 자신이 누구인지, 그리고 방 형사와 어떤 관계인지 알고 있었다. 또 처음 만나서 솔직히 털어놓기까지 했다. 그런데도 식사 시간 내내 여성천황제를 화제에 올리며 그를 자극했다. 나이 먹으면 흔히 나오는 괴팍한 심성인지 아니면 자신을 테스트 하는 것인지 강 형사는 종잡을 수 없었다.

옆에서 지켜보는 사요의 시선이 둘 사이를 오가며 얼굴에 곤혹스런 표정을 지었지만 끼어들지는 않았다. 노인은 사요가 좀처럼 맘을 놓지 못하는 것을 알면서도, 그녀의 눈길을 모르는 척 외면했다. 우동을 후루룩 맛있게 먹기만 했다.

식사 후, 사요가 노인의 휠체어를 다시 서재로 밀어다 주었다.

강 형사는 새로 준비한 차를 몇 모금 마시며 잠시 고민했다. 알고 싶은 것들이 한둘이 아니었지만, 노인의 신경을 건드릴 수는 없었다. 이런 노인들은 일단 수가 틀어지면 하늘이 두 쪽 나도 입을 열지 않는 외고집이라는 것을 경험상 잘 알고 있었다.

하지만 언제까지 노인의 회고담만 듣고 있을 수는 없었다. 강 형사는 신중하게 입을 열었다.

"시모가모 기록을 찾을 수 있다고 하신 것에 대해서는 아직 아무 말씀도 하지 않으셨습니다, 어르신?"

최대한 예의 있게 말하려다 보니 어처구니없는 말이 되어 버렸다. 노인은 빙그레 웃었다.

"조바심이 나나 보군. 하지만 이 모든 것을 알지 못하면, 시모가모 기록을 찾아도 찾은 것이 아니라네."

허름한 포장을 치고 사주운세를 봐주는 노인들이나 쓸 것 같은 이상한 화법을 구사했다.

노인의 눈이 흐릿해지면서 추억 속으로 다시 빠져들어 갔다.

"내가 젊을 때였네. 난 그녀가 가지고 있는 원본을 보고 충격을 받았지. 놀라운 것이 쓰여 있었으니 말이야."

노인의 말에 강 형사는 호기심으로 입안이 말라왔다.

"무슨 내용이었습니까?"

노인은 정말 진지한 눈빛으로 쏘아봤다. 혹시 자신의 질문이 무례한 것이었나 되새겨 보았다. 노인의 말은 의외였다.

"말해주면 믿을 텐가?"

"예?"

"무엇이 써 있는지 말해주면, 그 말 그대로 믿을 거냔 말일세."

당황한 눈빛을 보고 노인이 자조적으로 말했다.

"아마 나를 미치광이라고 할걸……. 자네 눈으로 직접 확인해 보게. 아마 자네도 나와 똑같이 될 걸세."

노인은 아픈 과거를 떠올리듯 쓴웃음을 지었다.

"진실일수록 믿기 어려운 것이 많은 법이니 말이야."

한참 말이 없는 노인을 뚫어지게 쳐다보았다. 노인은 얘기해 줄 생각이 없어 보였다. 강 형사는 다른 방법을 썼다. 식사하기 전 노인의 이야기를 듣는 내내 떠나질 않던 의문이었다.

"어르신께서는 어떻게 동주와 아야코의 세세한 이야기를 아시게 되었습니까?"

노인은 당사자가 아니면 알 수 없는 일들을 너무나 자세하게 알고 있었다. 간수로 동주와 많은 말을 나눴다는 것을 감안해도 마찬가지였다. 동주도 알 수 없는 이야기들이 중간중간 섞여 있었다.

노인은 용케 파고든다는 의미의 미소를 지었다. 조금 더 밀어붙였다.

"시모가모 기록은 어떻게 입수하신 겁니까?"

노인의 미소가 짙어졌다. 속을 다 들여다보고 있는 것 같았다. 짐짓 시치미를 떼고 다시 처음 질문으로 돌아갔다.

"입수하신 시모가모 기록을 제 아버지가 가져갔다고 하셨으면서, 어떻게 저에게 시모가모 기록을 찾을 수 있다고 하신 겁니까?"

흥미진진한 표정으로 웃기만 하던 노인이 입을 열었다.

"자네 아버지가 가져간 시모가모 기록은 복제본이라네."

이건 조금 놀라웠다.

"그럼 원본은 어르신께……."

노인이 고개를 저었다.

"아니. 나 역시 그 복제본만 얻었지. 원본은 아직도 그녀가 가지고 있네."

"그녀라면?"

"누구겠나. 한 명밖에 더 있나."

"그럼 아…… 아야코라는 분에게서 이 모든 이야기를 들으시고 동주의 시모가모 기록도 얻으신 겁니까?"

노인이 당연하다는 표정을 지었다. 노인의 눈빛이 진실을 말하는 것 같았다.

"그녀가 어떻게 해서 시모가모 경찰서에서 동주를 심문했던 기록을 가지게 되었는지는 모르겠네. 그녀 역시 어디서 잠시 빌려온 것 같은 눈치였네. 달라는 것을 한사코 거부한 것도 그 때문이었지. 억지로 부탁해서 베낄 수 있었을 뿐이네."

"그럼 아야코라는 분이 지금 가지고 있는 것이 확실한 것도 아니지 않습니까?"

어처구니없게도 노인은 그럴 수도 있겠다는 표정을 지었다. 하지만 말은 아니었다.

"아닐세. 분명 가지고 있을 것이네. 그녀의 아버지 히로히토가 죽었으니까 말일세."

"예?"

"아마도 그녀는 아버지 히로히토가 숨겨놓은 것을 몰래 가져다가 보고 있었던 같았네."

"히로히토가 동주의 시모가모 조사기록을 왜 숨겨……. 아, 그렇군요……."

강 형사의 놀란 표정을 보며 노인이 능글맞게 웃었다.

"맞네. 히로히토도 아야코와 동주의 관계를 짐작하고 있었던 걸세.

그래서 시모가모 경찰서 조사기록을 빼돌려 보관하고 있었던 거지. 적의 수중에 들어가면 위험하니까 말이야. 내가 젊은 시절 동주의 여러 기록을 모으러 다닐 때, 그 흔해빠진 경찰서 조서기록을 열람할 수가 없었네. 처음엔 별로 신경 쓰지 않았는데, 차츰 의아한 느낌을 떨칠 수 없더군. 그 많은 경찰서 기록 중에서 유독 윤동주의 것만 빠져 있었거든. 아는 인맥을 모두 동원해서 알아봤네. 시모가모 기록은 물론, 윤동주를 심문했던 경찰관들의 행방도 알 수 없었네. 다들 동주를 검거한 이후, 만주나 말레이시아 같은 최전선 경찰서로 발령이 났거든. 물론 그들 소식은 그것이 끝이었고."

이 노인이 동주가 있던 후쿠오카 형무소의 교도관이었다는 것을 생각하면 뒷조사가 쉬웠던 것은 이해되었다. 하지만 그렇기 때문에 그가 공주 신분이던 아야코를 만났다는 것은 이해가 어려웠다.

"그럼 어르신께선 아야코라는 분을 어떻게 만나실 수 있으셨습니까?"

"아까 말한 것처럼 결혼하면서 아야코는 황궁을 나왔네. 그래서 만날 수 있었네. 귀족가문과 결혼했으니 그렇게 평범하다고 할 수는 없지만, 그렇다고 공주는 아니었지."

강 형사는 그래도 설명이 부족하다는 인상을 지울 수 없었다. 노인은 그런 강 형사의 표정을 알면서도 모르는 척 말을 이었다.

"결혼은 불행했네. 전쟁통에 육군 장교이던 남편이 죽었거든. 혼자서 힘겹게 유복자를 낳았네. 히라누마平沼라고 이름을 지었지. 불행은 겹쳐서 오는지 그 아들도 젊어서 죽고 말았는데, 다행히 대를 이을 자식을 낳은 후였네."

강 형사는 노인의 말하는 방식이 몹시 못마땅했다. 저도 모르게 인상이 구겨졌다. 그것이 재미난다고 생각했는지 오히려 노인은 벙글벙글 웃었다. 세뱃돈 줄 거면서 안 준다며 괜히 손자들 약 올리는 할아버지처럼 즐거워 보이기까지 했다.

"자넨 정말 현재 일본 정황을 모르는구먼."

대답하기 싫을 정도로 씁쓸했다.

"히라누마란 이름을 듣고도 놀라지 않다니. 그럼 아야코의 지금 이름을 듣고도 놀라지 않겠군."

"예? 지금 이름이라뇨?"

노인이 슬며시 고소하다는 듯 웃었다.

"아야코가 죽은 쌍둥이 공주 역할을 했다고 하지 않았나. 당연히 죽은 공주 이름이 아야코이겠나?"

당연했다. 노인이 그 이름을 뭐라고 했는지 기억을 떠올렸다. 아무리 생각해도 떠오르지 않았다. 그런 모습을 보고 노인이 껄껄 웃었다.

"듣지 못한 것을 떠올리려 하고, 알지 못하는 것을 찾으려고 하니, 허허허."

"예?"

한참 웃던 노인이 정색을 하며 말했다.

"난 아야코가 지금 어떤 이름으로 살고 있는지 말하지 않았네. 죽은 공주의 이름이 뭐였는지 말하지 않았단 말일세. 자넨 다른 데 정신이 팔려, 그걸 묻지도 않고 궁금해 하지도 않았네. 사실은 그게 제일 중요한 거였지. 아니 중요할 뿐만 아니라 모든 것의 답일세. 그런데도 자넨 정작 중요하지 않은 것만 계속 물었지. '시모가모 기록은 어디에 있나요?' '어떻게 아야코를 만나셨나요?' 이런 변죽만 울렸단 말일세."

강 형사는 여러 의미에서 할 말을 잃었다.

"자네 눈앞에 진실이 계속 지나갔네. 나는 계속 자네 손에 진실을 쥐

어쨌단 말일세. 그런데도 자넨 그걸 팽개치고는 엉뚱한 것들에만 매달렸네. 결국 자네는 보고 싶어 하면서도 보지 못했고, 듣고 싶어 하면서도 듣지 못했네. 아니, 보았고 들었지만 본 것도 들은 것도 아니었단 말일세."

노인의 얼굴이 점점 더 심각해졌다.

"아야코는 유복자를 낳았네. 아들 이름을 '히라누마'라고 했네. 아직도 모르겠나?"

뭔가 머릿속에 가려운 것이 계속 기분 나쁘게 스멀거렸다. 결심한 듯 노인은 더 이상 말을 돌리지 않았다.

"일본에 유학 오기 위해 동주는 창씨개명했네. 그래서 윤동주尹東柱가 '히라누마 도오쥬우[平沼·東柱]'가 되었네."

머릿속에 번쩍 섬광이 쳤다. 멀리서 천둥소리가 점점 커지며 미친 듯이 달려오는 듯했다.

"아야코는 아들 이름을 자신이 사랑했던 남자의 성에서 따서 히라누마라고 했네. 알겠는가? 어떻게 아야코가 나를 만나줬는지? 맞네. 나는 비열했네. 나는 그녀의 약점을 질기게 물고 늘어졌네. 그녀는 나를 만나주지 않을 수 없었단 말일세. 그래서 그녀는 결국 자기가 가지고 있던 기록들을 전부 보여줄 수밖에 없었던 거지."

쿵하는 울림이 머릿속에서 잦아들지 않았다. 팽팽한 고무줄이 온몸의 신경을 꽉 조여 대는 것 같았다. 정신이 아마득해지려 했다.

"히로히토가 아야코의 결혼을 서두른 것은 단지 공주가 바뀌었다는 것을 놈들이 눈치챌까봐 그런 것만은 아니네. 그녀는 이미 임신 중이었네. 그녀를 가장 믿을 수 있는 귀족 가문에 시집보낸 것은 그 때문이었네. 히로히토는 야비한 인물이었네. 그런 문제들을 무덤까지 가지고 가겠다고 다짐했을 후지와라 야스히로를 의도적으로 전방에 배치해 죽게 만들었지. 아야코의 젊은 남편이 그렇게 죽었네."

강 형사는 노인의 말속에 튀어나온 또 다른 이름 때문에 경악하고 말았다. 속이 울렁거리며 토할 것만 같았다. 저도 모르게 손이 바르르 떨기 시작했다. 그것을 보고 노인이 의미심장한 비웃음을 띠었다.

"이제 겨우 알았나 보군. 맞네. 죽은 공주의 이름은 바로 '시게코'라네. 지금 전 일본이 차기 천황으로 밀고 있는 여자. 히로히토의 첫째 딸. 후지와라 야스히로와 결혼해서 아들 후지와라 히라누마를 낳은 자. 그리고……."

강 형사는 눈앞에 초점이 흐려지며 정신이 하얗게 되어갔다.

"손자 후지와라 유이치와 함께 지금 전 일본의 스포트라이트를 받고 있는 여자. 그녀가 바로 동주의 연인 아야코였네."

하늘이 팽그르르 돌았다.

"이제 알겠나? 후지와라 유이치가 바로 윤동주의 손자라는 것을."

후지와라 유이치의 잘생긴 얼굴과 방 형사의 웃는 얼굴이 눈앞에서 빙글빙글 돌았다. 강 형사는 머릿속이 완전히 하얗게 되며 그대로 바닥에 쓰러질 뻔했다. 그의 귀에 노인의 말이 꿈결처럼 들려왔다.

"윤동주의 손자가 곧 일본의 천황이 된단 말일세."

PM 07:50

"왜 내가 자네가 온 것을 운명이라고 했는지, 이제 알겠는가?"

가까스로 진정했지만 강 형사는 아직도 정신이 후들거렸다.

"지난 일을 들추는 것을 좋아하지 않는 사람들은 어디에나 있는 법이지. 게다가 지금은 여성천황을 운운하는 때니, 아야코 아니 시게코를 만나기란 전보다 훨씬 어려울 걸세."

강 형사는 노인을 똑바로 보려했다. 하지만 속이 메슥거리는 것이 멈추질 않았다.

"하지만 자넨 다르네. 아마 지금 전 세계를 통틀어 가장 접근하기 쉬운 게 자네일 걸세."

무슨 말인지 알았다. 억지로 속을 진정하며 입을 열었다.

"제가 현진이를 통해서 시게코 여사를 설득하라는 말씀이십니까?"

"아니. 난 자네에게 그러라고 말한 적도, 강요한 적도 없네. 시모가모 기록이 필요하다고 한 것은 자네였고, 그것을 가지고 싶어 한 것도 자네였네. 난 다만 그게 어디 있는지, 그걸 말해줬을 뿐이네. 시게코를 만나든 시모가모 기록을 얻든, 그건 자네가 알아서 하게."

말은 맞았다. 하지만 반칙이었다. 부아가 난 강 형사는 대뜸 찌르기로 맘먹었다.

"어르신께서 동주와 아야코의 이야기를 길게 말씀하신 이유가 단지 그것 때문만은 아닌 것 같은데요."

노인의 얼굴에 희열의 작은 미소가 퍼지는 것 같았다.

"이제 그냥 말씀하시지요. 제게 시키실 일이 무엇입니까? 분명 쉬운 일 같아 보이지는 않군요."

노인이 갑자기 웃음을 터뜨렸다. 비쩍 말라붙은 노인의 앙상한 웃음이 섬뜩하게 느껴졌다. 저러다 숨이 넘어가면 어떡하나 하는 우려가 들 정도였다.

눈에 물기가 돌 정도로 웃던 웃음을 조금씩 진정하더니 노인의 표정이 한결 부드러워졌다.

"뭐 하나 제대로 하는 것 없는 강신앙이 아들 하나는 제대로 키웠군.

그래, 좋아, 좋아. 내 말해주지."

언제 웃었냐는 듯 다시 진지해진 노인의 두 눈은 섬뜩할 정도로 빛났다. 이어서 노인의 입에서 흘러나온 말에 강 형사는 순간 멍해졌다.

"내게 들은 모든 말을 후지와라 유이치에게 그대로 전해주게."

느닷없는 말이었다. 하지만 노인의 눈빛은 조금도 농담이 아니라고 말했다. 평생 일본인으로 살아온 자에게, 곧 왕위에 등극할지도 모를 자에게, 하루아침에 그게 모두 거짓이라고 말하라는 거였다. 가혹하다기보다는 황당했다. 그걸 믿을지도 알 수 없었다.

"그…… 그럼 모든 것을 버리고……."

노인의 단호한 목소리가 그의 말을 잘랐다.

"아니, 천황이 되라 하게. 꼭 돼야 한다고 전하게."

"예?"

강 형사는 노인의 의도를 종잡을 수 없었다.

"천황이 된 후, 윤동주의 손자로서 일본과 한국의 오랜 숙원을 풀겠다는 약조를 받아오게."

강 형사는 입안이 바싹 말랐다. 창자가 뒤틀리며 꼬이는 듯했다.

"후지와라에게 분명한 증표를 받아오란 말일세. 이게 내 부탁이네."

억지로 쓴 침을 삼키고 입을 열었다.

"만약, 후지와라가 거부한다면 어떻……?"

다시 노인의 매서운 말이 그의 말을 가차 없이 잘랐다.

"죽이게."

방 안의 온도가 갑자기 혹 내려간 듯했다. 미라 같은 노인의 형형한 눈에서 푸른 불꽃이 이글거렸다. 당장이라도 후지와라에게 달려가 목에 칼을 들이대고 가부를 물을 태세였다.

"후지와라는 자신의 뿌리도 모른 채, 국익을 위해서라면 전쟁이라도 해야 한다는 극우적 망발을 했었네. 지금은 노벨평화상을 목적으로 어떻게든 우호적 인상을 심어주려고 말을 바꾸었지만, 난 그가 예전에 TV에 나와 해댔던 말을 하나도 잊지 않고 있네. 난 옛날 그런 자들을 많이 봐 왔네. 동주와 친구들이 모두 그렇게 겉과 속이 다른 자들에게 비참하게 희생되었네. 윤동주의 손자⋯⋯ 누구도 아닌 바로 윤동주의 손자가 그런 짓을 해서는 안 되네. 절대로!"

노인의 낮은 목소리가 귀에 파고들었다.

"자네가 날 찾아온 게 운명이라고 하지 않았나."

자꾸 들리는 운명이란 말이 몹시 거슬렸다. 그가 지독히도 싫어하는 말이었다. 하지만 노인의 말을 끊을 순 없었다. 그리고 운명이란 노인의 말이 완전히 벗어난 말도 아니었다.

"후지와라가 자네 동료인 그 여자와 맺어지게 된 것도 분명 운명일 걸세. 하늘에서 동주가 보우한 운명이 분명하네."

과거의 무게와 고통이 되살아나는지 노인의 얼굴에 작은 경련이 퍼졌다.

"보다시피 난 이런 몸일세. 맘 같아서는 내가 뛰어가고 싶네만 그럴 수 없네. 서두르게. 후지와라가 결혼해서 황궁에 들어가 버리면 모든 것이 끝이네. 만날 기회는 영영 사라져 버려."

노인의 깊은 탄식이 강 형사의 가슴을 흔들어 놓았다.

"시간이 없네, 시간이 없어."

강 형사의 마음은 이미 도쿄로 달려가고 있었다. 그래서 그는 진지하게 생각하지 못했다.

노인이 말한 운명이 무엇인지를 이때는 잘 이해하지 못했다.

PM 01:20

강 형사는 어제 새벽 일찍 도쿄에 도착했다. 계획은 있었다. 성공 가능성은 낮았지만 아주 없는 것은 아니었다. 하지만 시작이 문제였다.

방 형사를 만나야 했다. 그게 가장 큰 문제였다. 결혼식이 며칠 남지 않은 그녀가 어디에 있는지 아는 사람은 아무도 없었다. 일단 후지와라에게서 멀지 않은 곳이란 것 정도는 예상할 수 있었다. 언젠지는 몰라도 어쨌든 후지와라를 방문할 것이라고 생각했다. 그래서 후지와라 주변을 배회했다.

후지와라가 어디에 사는지 알아내는 것은 손바닥 뒤집기보다 쉬웠다. 그는 인기 연예인만큼 유명했고, 인터넷은 그의 이야기로 도배되어 있었다. 그의 집 앞에도 몰려드는 열성 소녀 팬들로 북적였다. 알록달록하게 글씨를 장식한 피켓과 플래카드를 들고 있는 것이 열기를 짐작하게 했다. 경호원들만 진땀을 빼고 있었다. 덕분에 강 형사는 그런 소녀 팬들을 바라보는 그럭저럭 한가한 행인 행세를 할 수 있었다.

하지만 도쿄에 온 지 꽤 됐지만 소득이 없었다. 이렇게 뻔한 정문이 아니라 다른 루트로 만날지도 몰랐다. 아니 어쩌면 결혼식 전까지 신부가 신랑 될 사람과 만나지 않는 것이 왕실 전통인지도 몰랐다.

강 형사는 시간이 갈수록 초조해졌다. 기회가 영영 오지 않을 수도 있었다. 입안이 바짝 말랐다. 잘근거린 입술이 터져 찝찌름한 피맛이 났다. 그가 할 수 있는 것은 계획한 시나리오를 다시 머릿속으로 떠올리는 것밖에 아무것도 없었다.

생각의 끝에서 갈등이 번졌다.

홋카이도에서 그가 오기만 한다면, 방 형사를 찾는 것 같은 문제는 일도 아니었다. 그는 그림자 세계에 줄을 대고 있는 자였다. 하지만 그가 정말 도와줄지, 아니 달려올지 확신이 없었다. 그러나 어쩔 수 없었다.

'만약 그가 오지 않는다면…….'

살아서 돌아가는 것은 불가능했다. 여기 일본이 그의 무덤이 되는 거였다.

PM 09:50

아라카키 지로는 복잡한 심경이 되었다. 막상 강 형사를 마주 앉아 살펴보자, 초췌한 것이 말이 아니었다.

홋카이도에서 도쿄에 온 것은 어젯밤이었다. 대뜸 그를 만나지 않은 것은 준비해야 할 것이 있어서도 그랬지만, 강 형사의 진심을 확인해야 했기 때문이었다. 하루를 꼬박 관찰한 결과는 분명했다. 그는 진지하다 못해 절박했다. 그리고 그는 변함없이 아가씨를 사랑하고 있었다. 하지만 홋카이도를 떠날 때 짐작했던 것보다 상황은 더 심각한 것 같았다.

조금 외진 술집의 어둑한 자리를 골라 강 형사와 마주 앉은 지로는 익숙한 고갯짓으로 오뎅과 사케를 시켰다. 그리고 주문한 사케가 나오는 동안 저도 모르게 상념에 빠져 들었다.

더듬거리는 일본어로 자기를 찾는다는 전화를 받은 것이 그제였다. 받아든 전화 저편에서 들린 목소리는 강 형사였다. 작년 서울 남산식물원에서 만났던 신경질적인 표정의 얼굴을 기억해냈다. 그는 한 번 만났을 뿐인데도, 전화번호뿐만 아니라 내가 한국말을 한다는 것까지 잊지 않고 있었다. 목소리는 흥분하지도 가라앉지도 않았다. 하지만 다급함과 절박감이 묻어났다.

전화를 끊고 잠시 고민했지만 이미 길은 정해져 있었다. 어쩌면 그의 전화를 기다리고 있었는지도 몰랐다.

천천히 방으로 가 정리했다. 그리고 주인님이 거처하시는 안채로 들어갔다.

마당에 서서 닫힌 장지문 안을 눈앞에 그려 보았다. 단정하게 무릎을 꿇고 앉아 한일자로 입을 굳게 다물고 명상에 들어가 있을 작은 체구의 단단한 노인의 모습이 나타났다.

나카모토 신이치. 평생 '진성盡誠'의 신념으로 살아온 살아 있는 전설. 신념에 어긋나는 일에는 단 한 번도 힘을 쓴 적이 없는 진정한 무도인. 기라성 같은 제자들이 전 일본에 퍼져 있지만 정작 주변엔 아무도 없는 외로운 분.

나는 품에서 선대로부터 내려오는 가문의 신표인 단도를 꺼냈다. 그것을 주인님의 방문 앞 마루 위에 조용히 올려놓았다. 그리고 마당 한가운데로 돌아와 단정히 무릎을 꿇고 앉았다. 아무도 없는 것처럼 방 안은 조용했다.

그렇게 세 시간이 흘렀다. 파문破門조차 허락하지 않으실 작정이었다. 더 지체할 수는 없었다. 강 형사의 목소리는 다급했다. 그리고 신념의 나카모토는 절대로 신념을 버리지 않을 것이다.

나는 선택해야 했다. 천천히 일어나 마당에서 배례를 올렸다. 서늘한 공기만큼이나 가슴이 시려왔다. 눈 주위가 따뜻해지려는 것을 억지로 참았다. 처소를 경비하던 수하들의 놀란 기척이 느껴졌다. 그러나 어쩔 수 없었다.

이 길만이 아가씨를 살릴 길이었다.

나카모토는 늙어도 나카모토였다.

주인님은 아가씨가 후지와라와 결혼할 거란 소식이 전해진 후부터 부쩍 의기소침해지셨다. 아가씨는 눈에 넣어도 아프지 않을 자식 같은 막내 제자였다. 후지와라 같은 자 열 명을 데려와도 단호하게 안 된다고 하실 거였다. 결혼의 배후에 불길한 흑막이 드리워져 있는 것도 아셨다. 하지만 그것은 당신 개인의 고민이고 고뇌였다. 크게는 아가씨와 천황가의 결혼이 장래 일본 평화에 큰 이득이 될 거라고 생각하셨다. 군국주의 망령을 부추기는 공안44를 억제하는 데 좋은 방편이 될 거라고 판단하셨다.

주인님의 고뇌는 침묵으로 깊어졌고 폐관閉關으로 이어졌다.

오랜 폐관을 깨고 나오신 날, 주인님의 말씀은 가슴을 찢는 소리였다.

'우리 집은 그 일에 관여하지 않는다.'

주인님의 신념에는 아가씨의 결혼이 성사되는 것이 옳았다.

그러나 나는 어린 아가씨가 유괴당하는 기분을 떨칠 수 없었다. 건방진 천황가의 술수에 나카모토 가가 침묵한다는 것도 자존심에 깊은 상처를 주었다. 하지만 사랑스런 막내 제자가 이상한 사슬에 얽혀 잡스러운 자에게 평생을 붙들리는 것을 알면서도 묵과해야 하는 주인님의 고뇌에 비하면 아무것도 아니었다.

나는 아무 말도 할 수 없었다.

젊은 시절 자기 가족들이 처참하게 몰살당하는 것을 감내하면서도 천황제 폐지를 부르짖다 쫓긴 신포 오이시를 신념에 따라 숨겨주었던 것처럼, 주인님은 또다시 신념에 따라 사랑하는 제자가 저들의 탐욕스런 소굴로 끌려들어가는 것을 가슴을 찢으며 지켜보시기로 한 것이다.

1930년대 천황 히로히토의 군국주의 망령이 전 일본을 광분시켜 흥분하게 할 때, 주인님은 결사적인 반전운동을 벌였던 《헤이민신문[平民新聞]》의 사회주의자들을 물심양면으로 지원하셨다.

'영국 자본가들이 남미에서 광산 이권을 얻어냈다고 해서 영국 노동자들을 고용하지는 않는다. 천만의 말씀이다. 자본가들은 저임금을 강요할 수 있는 중국인 막노동자를 고용할 뿐이다. 마찬가지다. 자본가들이 아무리 애국주의를 부르짖어도 저들의 이익과 우리의 이익은 본질적으로 다르다. 이번 전쟁도 결국 극소수 자본가들을 위한 약탈전일 뿐이다.'

《헤이민신문》에 실린 이 논설은 천황의 망령에 사로잡힌 일본에 찬물을 끼얹는 것이었다. 온 세계를 다 집어삼킬 기세로 미친 듯이 뻗어나가던 거센 광풍 앞에 정면으로 맞선 외로운 고함이었다. 이렇게 군국주의 천황과 대립각을 세웠던 신포 오이시를 주인님은 가족을 희생하면서까지 목숨을 걸고 보호했다. 진성眞誠의 신념이었다.

아가씨를 돕는 일은 나카모토의 신념에 위배되는 일이다. 강 형사가 도움을 청한 것은 분명 아가씨 때문이었고, 그 일은 결국 결혼식에 보탬이 되기보다는 방해가 될 것이 틀림없었다. 아마 일본을 일대 혼란에 빠뜨리는 일일 것이다.

하지만, 전화를 받을 때 직감했다. 이 길밖에 도리가 없다는 것을……. 파문이 허락되지 않으면 척살대가 따를 것이다. 그래도 내 길을 포기할 수는 없다. 주인님이 주인님의 신념을 따르듯이, 나는 내 신념을 따라야 한다. 천황도 두려워하지 않는 신념의 나카모토처럼, 난 아가씨를 위해서는 지옥의 불귀신도 두려워해서는 안 된다.

나는 옛날 어린 아가씨와 약속했다. 꼭 지켜주겠다고. 난 그 약속을 지켜야 한다. 비록 목숨을 걸고라도…….

배례를 마친 나는 즉시 홋카이도를 떠났다.

강 형사의 목소리가 의식을 현실로 잡아당겼다.

"현진이가 당신을 삼촌처럼 여긴다고 했습니다. 당신을 믿을 수 있……."

눈앞에 검정 도복을 입은 9살의 아가씨가 나타났다. 무술 사범에게 혼나고 있었다. 아가씨는 나를 보고 '삼촌' 하며 금방이라도 툭 눈물이 터질 얼굴이 되어 달려왔다.

나는 사범을 돌려보내고, 아가씨를 알록달록한 물고기가 헤엄치는 연못으로 데리고 갔다. 아가씨는 내 목을 두 손으로 끌어안으며 말했다.

'난 이담에 크면 꼭 지로 삼촌한테 시집갈 거야.'

느닷없이 상념이 깨졌다.

강 형사의 입에서 상상할 수 없는 말이 튀어나왔기 때문이다. 그의 얼굴을 정색으로 노려봤다. 그는 정말 진심인 것 같았다.

지로는 다시 그날 연못 앞에서 자신이 아가씨에게 했던 말이 떠올랐다.

'그런 말 스승님 귀에 들어가면 혼납니다. 다시는 그런 말씀 마세요. 아셨죠?'

그리고 이렇게 말했다.

'아가씨는 이담에 훨씬 멋진 사람을 만나실 거예요. 제가 그렇게 되도록 꼭 도와드릴게요. 그때까지 제가 아가씨를 꼭 보호해드릴게요. 아셨죠, 아가씨?'

그는 눈이 아려왔다. 눈을 감았다.

가슴의 아련한 아픔과 강 형사의 아찔한 말이 머릿속에서 성난 듯 부딪혔다. 주인님 밑에서 무수한 일을 처리했지만…… 이건 아니었다.

아무래도 강 형사는 지금 제정신이 아닌 것 같았다.

2006. 07. 15. 토

PM 04:40

미츠코시 백화점은 최고의 명성답게 사람들로 북적였다. 방 형사는 짙은 선글라스를 벗지 않았다. 자신을 알아보는 것이 부담스럽기도 했지만 밝은 빛이 보기 싫었다.

쇼핑을 좋아하는 것은 아니지만 며칠 후면 이렇게 편안하게 사람들 사이에 섞이기가 더 어려워질 거란 생각에 경호원들의 만류를 뿌리쳤다.

일본에 건너온 후 언제나 경호원이 그림자처럼 따랐다. 물론 도서관에서 자료 들여다보는 때에도 복도와 건물밖엔 51호와 52호가 번갈아 지키고 있었다. 표정이 없는 이들은 그냥 51호, 52호였다. 그렇게 불러달라고 했다. 경호원들과 친근하게 지내지 못하게 하려는 생각이 분명했다.

보석 코너의 화려한 장신구들이 불빛에 반짝였다. 후지와라는 무엇이든 필요한 것은 다 사도 된다고 했다. 그것이 더욱 그를 싫어하게 만들었다. 팔려온 기억을 더 아프게 후벼 팠다. 문득 도망치고 싶다는 생각이 가슴을 뒤흔들었지만, 그럴 수 없는 일이었다. 온 세계가 주목하는 결혼식이었다. 지나가는 남 얘기로 흘려버리는 사람들도 있겠지만, 일단 문제가 생기면 그들 역시 잊었던 사소한 것들까지 찾아들고 나타나서는 벌떼처럼 왕왕거릴 것이 틀림없다.

구찌 매장을 막 나왔을 때였다. 51호 손엔 종이 가방이 세 개 들려 있었고, 52호는 두 개를 들고 따라오려 할 즈음이었다. 매사가 뭔가에 억눌려 있는 것처럼 조곤거리기만 하는 일본에서 그 정도면 꽤 큰 소리였다.

"정말? 그렇게 이상한 문제를 냈어? 너희 교수 사이코 아니니?"

한국어였다. 액세서리를 고르던 귀엽고 예쁘장한 20대 초반 여자가 살짝 미간을 찌푸리며 옆의 친구를 쳐다보았다. 친구 역시 짧은 반바지 차림에 상큼해 보이는 아가씨였다.

"글쎄 말야. 옛날에는 띄어쓰기를 하지 않았기 때문에, '얄리얄리 얄라성 얄라리 얄라'라고 하는 것도 하나의 학설일 뿐이라는 거야. 시험문제 정말 재수 없지 않니?"

"그래서 넌 '얄리얄 리얄라 셩얄라 리얄라'라는 웃기는 말을 못 썼구나?"

"당연하지. 그걸 누가 쓰냐. 아무튼 교수가 사이코니 문제도 사이코지."

그 순간, 방 형사는 큰 충격을 받았다. 말을 하면서도 두 아가씨는 연신 액세서리들을 골라댔다. 주변의 점원들은 무슨 말인지 몰라 어리둥절한 표정이었다. 한국말을 알아도 알아듣기 힘든 말이었다.

하지만 방 형사는 무슨 뜻인지 너무나 잘 알았다. 주변을 둘러보고 싶은 충동이 머리끝까지 찼지만 억지로 참았다. 조금 움찔한 것 같은 낌새를 차린 51호가 뒤에서 귀신같이 다가왔다.

"괜찮으십니까?"

기복 없는 억양이었다. 선글라스를 끼고 있었던 것이 정말 다행이었다.

"괜찮아요. 잠시 현기증이 났어요."

"그럼, 그냥 돌아가시지요?"

"아니요. 이젠 괜찮아요. 저쪽도 마저 들러봐야죠. 아, 저거, 저 옷 괜찮네요. 예, 그거요."

방 형사는 프라다 매장 메인에 걸린 옷을 가리켰다. 알았다는 듯 51호는 프라다 매장으로 들어가 직원에게 말을 건넸다. 그러는 동안 52호는 방 형사 쪽에 조금 더 붙으며 주변을 경계했다.

방 형사는 두근거리는 가슴을 억지로 진정시키며 두 아가씨의 말에 다시 귀를 기울였다.

"다른 과목은 괜찮았어?"

"아니, '향가론'도 완전 죽 쒔어. 서동요薯童謠의 배경설화에서 서동의 정체에 대해서 분석하라는 문제였는데 완전히 핀트가 어긋났어."

방 형사의 가슴이 터질 듯이 뛰기 시작했다. 분명했다. 너무나 분명했다. 옷을 고르는 척하며 몸을 틀어 두 아가씨를 재빨리 살펴보았다. 모르는 얼굴이었다.

"그래서 너 졸업은 하겠니?"

"휴, 몰라. 그래도 대강은 썼으니까 C는 주지 않을까?"

"몰라. 어쩌면 넌 쪼다처럼 그런 수업만 골라 듣냐?"

"글쎄 말야, 아무래도 난 등신 같지. 그렇지?"

분명 평범한 대학생들이었다. 팔 근육이나 허벅지, 걷는 모습을 볼 때, 기관원은 아니었다. 놀러온 한국 학생들에게 부탁한 것 같았다. 누가 이 아가씨들에게 부탁했는지 알았다. 너무나도 잘.

방 형사는 뛰는 가슴을 애써 진정하며 재빨리 오랫동안 몸에 익혀 익숙한 방법으로 주변을 탐색했다. 한 사람을 찾았다.

그러나 눈에 뜨지 않았다. 그럴 거였다. 직접 나타날 거라면 이렇게 시킬 리도 업었다.

'강 선배……'

'쪼다', '등신'은 강 형사가 여고생이던 그녀에게 늘 하던 입버릇이었다. 어느 날, 공부하기 싫던 그녀가 《청산별곡》의 후렴구가 왜 '얄리얄리 얄라셩 얄라리 얄라'냐고 퉁명스럽게 어깃장을 놓았다. 그가 말했다.

'사람들이 멍청이니까?'

'예?'

'한번 익으면 좀처럼 벗어나지 않으려 하는 게 사람이거든. 진짜 그런지는 관심 없어. 그냥 익숙한 대로 보고, 듣고, 사는 거지.'

띄어쓰기 없는 옛날 글을 한 번 그렇게 읽어버리자, 다시는 다르게 보지 못하게 된 거라고 말했다. 분명 그렇게 말했다. 도쿄 한복판에서 그 후렴구를 그렇게 말할 사람이 강 형사 말고 또 있을 리 없었다.

그가 전한 메시지는 분명했다. 아니 그것보다 그가 여기까지 와줬다는 것에…… 방 형사는 가슴이 미어질 듯 뜨거운 것이 자꾸 꾸역꾸역 목구멍으로 기어올라 왔다. 눈 주위가 시뻘게지려는 것을 억지로 참았다.

선글라스 끼기를 정말 잘했다고 생각했다.

PM 10:15

렌트한 도요타 운전석에 앉은 강 형사는 지로가 가르쳐 준 호텔을 유심히 살피고 있었다. 방 형사가 사람들 눈을 피해 임시로 거처하는 곳이었다.

강 형사는 호텔 뒤쪽의 작은 뒷문이 눈에 들어오도록 차를 세운 채 오후 내내 기다리고 있었다.

'메시지는 정확했다. 분명 알아들었을 것이다.'

조바심 나는 갑갑한 시간이 어물쩡거리며 한참을 흘렀다. 가끔씩 뒷문이 열리며 사람들이 나왔지만 호텔 직원 아니면 납품업자들이었다.

문득 뒷문이 살짝 열렸다. 검은 그림자가 재빨리 빠져나왔다. 분명했다. 그녀였다.

강 형사는 주변을 살폈다. 아무도 그녀를 따르는 것 같지 않았다. 운전석 문을 열고 도요타를 빠져나온 그는 신속하게 그녀 뒤를 밟았다.

그의 심장소리는 그녀와 가까워질수록 터질 듯 쿵쾅댔다. 빠져나올 때와 달리 그녀는 산책하듯 길을 따라 걸었다. 도쿄대학으로 가는 듯했다. 일정한 보폭으로 속도를 유지하는 것이 분명 뒤따르는 그를 의식한 듯했다.

도쿄대학 정문을 들어선 그녀는 도서관 쪽으로 발길을 돌렸다. 캠퍼스 안에 들어서자 강 형사는 운신하기가 더 수월해졌다. 늦은 시간인데도 주위를 오가는 학생들이 꽤 많았다. 배경 속에 섞이기 좋았다.

그녀 뒤를 따르며, 강 형사는 혹시 있을지 모를 미행을 다시 체크했다. 자신을 따르는 자도, 그녀를 감시하는 자도 없었다.

방 형사는 환하게 불이 켜져 있는 도서관 로비로 들어갔다.

순간 강 형사는 난감했다. 도서관 입구에서 조금 떨어져 서성였다.

'분명 뒤따르는 것을 알고 있었을 텐데⋯⋯.'

조바심으로 답답하던 것이 얼마 되지 않아 풀렸다. 그리고 그녀의 의도를 깨달았다. 도서관 문을 나선 방 형사의 옆구리에는 몇 권의 책이 끼여 있었다.

도서관을 걸어 나오는 그녀의 모습이 눈에 시렸다. 뭔가 재미있는 말을 하며 지나치는 학생 커플 바로 뒤였다. 그녀는 더 아름다워져 있었다.

걸어 나오던 그녀가 갑자기 도서관 안으로 들어가려는 덥수룩한 머리의 남학생 어깨를 탁 쳤다.

"어이, 이치모토 아냐?"

깜짝 놀란 남학생은 눈을 끔뻑이며 아름다운 그녀의 얼굴을 쳐다보았다. 그러자 그녀가 당황한 표정을 지으며 고개를 숙였다.

"죄송합니다. 아는 사람으로 착각했습니다. 죄송합니다, 죄송합니다."

남학생의 얼굴이 풀어지며 오히려 착각이 고맙다는 표정으로 싱긋 웃고는 멀어져갔다.

강 형사는 분명히 이해했다. 고개를 갸웃하며 다가오는 그녀 앞으로 걸어 나갔다. 두 걸음 앞에서 고개를 든 그녀 얼굴의 맑은 두 눈이 그의 두 눈과 공중에서 마주쳤다. 강 형사는 온몸에 짜릿한 전류가 흐르는 느낌이었다. 아름다운 그녀의 흔들리는 눈망울이 모든 것을 말해주었다.

아무 말도 없이 떠난 그녀, 어쩔 수 없다는 말도 하지 않고 간 그녀, 이제 하나일 수 없는 전혀 다른 길 위에 서 있는 그녀가, 손만 내밀면 만져질 바로 앞에 서 있었다. 목이 메여 왔다.

명랑함을 가장한 목소리도 흔들리는 눈망울까지 어쩌지는 못했다.

"어머, 이치모토! 잘 있었어?"

강 형사는 목을 가다듬으며 힘겹게 말을 골랐다.

"어, 오랜만이네. 잘 있었지?"

눈시울이 붉어지기 시작했다.

"난 말야, 조금 전에 엉뚱한 사람을 너로 착각했잖아."

"그…… 그랬어. 너답지 않게 왜 그랬어?"

"내가 원래 좀 덜렁대잖아."

그러면서 그녀가 자연스럽게 그의 어깨를 오른손으로 툭 쳤다. 순간 날카로운 번개가 몸을 관통하고 빠져나갔다. 덜컹거리는 가슴이 멈추질 않았다. 와락 달려들어 그대로 그녀를 껴안고 싶었다. 그냥 그녀의 깊은 향기에 푹 빠지고 싶었다. 하지만 그럴 수 없었다.

그녀가 흔들리는 눈망울로 말했다.

"너 바쁘지 않니, 잠시 앉을래?"

"어, 바쁘긴……."

나란히 벤치로 걸어갔다. 처음 걸음마를 배운 아기처럼 마냥 어색하기만 했다. 벤치 주위에는 작은 쓰레기통 외에 아무것도 없었다. 가끔씩 지나는 사람들도 네댓 걸음 떨어져서 다녔다.

잠시 첫미팅에 나온 새내기처럼 쭈뼛거리기만 했다.

이윽고 그녀가 붉은 눈으로 말했다. 흔들리는 작은 목소리였다.

"강 선배, 잘…… 있었어요?"

강 형사는 울먹거려지는 가슴을 붙들었다.

"으응……. 넌……?"

"저도 잘 지냈어요."

그리고 또 한참을 말이 없었다.

여름밤의 시원한 바람이 그녀의 머리카락을 스치고 지나갔다. 그녀의 향기가 날아와 그의 몸에 사무쳤다. 가슴을 억눌러야 했다. 천연덕스럽

게 일부러 책까지 빌려나온 그녀의 조심을 흔들리는 감정으로 경박하
게 깰 수는 없었다.

혼들리는 목소리로 강 형사가 말했다.

"기…… 억하고 있었구나?"

"그럼요. 어떻게 잊겠어요. 그 얘기를……."

대학원생 강 선생이 말했다.

'서동薯童은 고유명사가 아니야. 사람 이름이 아니라고. 그냥 마薯를 파
는 사람童이란 뜻이야. 그러니까, 지금 같으면 번데기 장사, 핫도그 장사
란 말이지.'

여고생 그녀가 물었다.

'그래서 선화공주의 아버지인 왕이 서동이란 걸 알고도 그를 잡을 수
없었던 거군요?'

'맞아. 서동이 사람 이름이었다면 그를 잡아서 혼쭐을 냈겠지.'

'그런데 선생님. 선화공주가 궁에서 쫓겨날 때 궁 밖에서 기다리던 서
동이 그녀를 만났다고 하잖아요.'

'그래서?'

'그 넓은 궁의 그 많은 문 중에서 어디로 나올 줄 알고 기다린 거죠?'

'야, 이 쪼다야. 생각 좀 해봐라. 머리 뒀다 뭐하니? 그건 뻔하지. 추문
으로 공주를 내쫓는데 넓고 큰 정문으로 보내겠니? 당연히 조그만 뒷문
으로 나왔겠지. 서동도 그런 생각을 하고 뒷문에서 기다렸을 거야. 그렇
게 해서 만난 거지.'

'그래도, 언제 나올지는 모르잖아요.'

여고생 그녀가 퉁명스럽게 샐쭉거렸다.

'물론 몰랐지. 알 수 없었겠지.'

선생의 갑작스런 한숨 섞인 말에 그녀가 쫑긋거리며 쳐다봤다.

'하지만 서동은 기다렸을 거야. 비록 못 만난다고 해도 미련스럽게도 계속 기다렸을 거야. 죽을 때까지 죽……'

여고생 그녀가 평생 잊지 못할 말이 다음에 이어졌다.

'자기보다 그녀를 더 사랑했을 테니까.'

모든 것을 다 듣기엔 시간이 많지 않았다. 강 형사의 이야기를 듣는 내내 방 형사는 놀라움에 휩싸였다. 자신이 막연히 의혹을 가졌던 것들이 분명해지면서 사건들이 전체적인 윤곽을 띠기 시작했다. 신노우 노인의 이야기와 윤동주의 시모가모 기록, 아야코와 시게코, 그리고 후지와라 유이치의 비밀은 정말 충격이었다.

그녀는 도대체 왜 이런 일들이 모두 여기에 모이게 되었는지 한스러워졌다. 분노가 치솟으려 했다. 하지만 차근차근 계획을 설명하는 강 형사의 말에 방 형사는 흠칫거리지 않을 수 없었다. 홋카이도에서 지로가 도와주러 왔다는 말을 들었지만 조금도 안심되지 않았다.

상상할 수 없는 대담한 계획을 강 형사는 정말 진지하게 설명했다. 너무 많은 변수가 붙어 있었다. 모든 변수가 다 좋은 쪽으로 돌아서야 가능했다. 한 치만 삐끗해도 그대로 천길 낭떠러지 밑으로 떨어져 산산조각 날 판이었다.

고개를 숙여 그가 건네준 백과사전 크기만 한 상자를 쳐다보았다. 자신이 없었다. 하지만 그의 계획은 그녀가 오랫동안 꿈꾸던 것이었다. 못된 호랑이에게 쫓겨 나무로 올라간 그녀 눈앞에 하늘에서 밧줄이 내려왔다.

선택해야 했다. 그녀는 눈을 감았다. 이 밧줄이 썩은 동아줄이 아니기를 간절히 기도했다.

결국 그녀는 목숨을 걸고 밧줄에 온몸을 실었다. 그리고 나무를 발로 박차며 허공으로 날았다.

AM 11:40

"당신이 온다고 해서 깜짝 놀랐소."

후지와라 유이치는 한껏 부푼 웃음으로 방 형사를 맞았다. 자연스럽게 겉옷을 그에게 건네며 대꾸했다.

"내일이잖아요. 할머님께 인사도 드리고 뭐 부족한 것이 없나 조언도 들을 겸해서 왔어요."

"그랬소?"

후지와라는 과장된 제스처를 취했다. 일본에 건너온 후 쌀쌀맞지는 않았지만 흔쾌한 표정을 지은 적이 한 번도 없는 그녀 때문에 남모르게 전전긍긍했던 것도 사실이다.

땅값 비싼 도쿄에서 이렇게 넓은 유럽식 저택을 소유하고 있는 후지와라 가문은 대단한 재력가이자 명문가였다. 불행히 시게코의 남편 야스히로가 일찍 세상을 떠나고, 하나뿐인 아들 히라누마 역시 군대에서 불의의 사고로 일찍 죽자, 시게코는 후지와라 가문을 대표하는 손자 유이치에게 모든 것을 걸고 있었다. 유이치가 어려서부터 영재교육을 받

은 것이나, 일찍 외국에 다니며 공부를 해 다양한 문물을 익히게 한 것
은 모두 시게코의 지극한 정성과 혜안 덕분이었다.

긴 복도를 걸어가던 방 형사가 갑자기 우뚝 멈춰 섰다. 그녀의 살짝
찌푸린 인상을 보고 후지와라가 물었다.

"왜 그러시오?"

"서둘러 오다가 할머님께 드릴 선물을 호텔에 놓고 왔어요."

공식적인 결혼 이전이므로 그녀는 저택에서 조금 떨어진 호텔 스위트
룸에서 경호원들과 지내고 있었다.

"그럼 51호에게 다녀오라고 하지요."

말이 끝나기 무섭게 세 걸음 뒤에 서서 따라오던 51호가 다가오려 했
다.

"아니요."

방 형사의 말에 51호가 원래 자리로 물러섰다. 그러는 동안 51호는 표
정 하나 바뀌지 않았다. 방 형사가 고개를 후지와라 쪽으로 숙이며 작
게 말했다.

"다른 사람이 제 방에 들어가 뒤지는 걸 싫어하는 거 알잖아요."

후지와라는 큰 실수를 저질렀다는 듯이 과장된 표정으로 고개를 끄
덕였다. 그녀를 어떻게든 해보려던 것이 번번이 실패해, 한껏 달았던 속
이 풀릴 날이 이제 하루 남았다. 그리고 잘 오지 않던 그녀가 웬일인지
생글거리며 나타난 것에 진정으로 감격해 있었다. 후지와라는 흔쾌한
마음으로 그녀의 뜻에 따랐다.

"알았소. 그럼 내가 다녀오리다."

"그래주세요. 미안해요."

방 형사의 고마움이 묻어나는 잔잔한 미소에 후지와라는 구름을 탄

기분이 되었다. 돌아서서 가려는 그에게 방 형사가 말했다.

"제 집은 알죠."

물론 호텔을 말하는 것이었다.

"당연하잖소. 어떻게 당신 집을 모르겠소."

후지와라의 얼굴은 주인이 던진 공을 물고 와 칭찬들을 일을 예상하는 강아지처럼 한껏 들떠 있었다.

"알았어요. 빨리요. 할머님께 드리고 나서 말씀을 들을 예정이었는데, 이렇게 예의가 없이 오다니……."

방 형사의 말에 후지와라의 마음이 더 급해졌다. 그는 부푼 미소를 지으며 붉은 카펫이 깔린 긴 복도를 서둘러 나갔다.

저택 본관을 나오자 바로 앞 정원 분수대에 방 형사가 타고 온 벤츠가 막 주차하려는 참이었다.

"이리 와."

손짓하는 후지와라를 보고 차가 다시 중앙 분수대를 끼고 한 바퀴 돌아 본관 현관 앞에 섰다. 급한 후지와라는 운전사가 내려 문을 열어주기도 전에 뒷좌석 문을 열고 탔다.

"집으로 다시 가자."

운전사 정복에 짙은 선글라스를 낀 운전사는 공손히 고개를 끄덕이고는 벤츠를 서서히 몰았다.

"빨리 빨리."

후지와라가 전화를 들고 칸막이 넘어 있는 운전사에게 재촉했다. 그 소리에도 아랑곳하지 않고 차는 천천히 저택 정문을 빠져 나왔다. 정문 경비가 인사를 하는 것을 받고도 속도는 여전했다.

그런데 저택을 빠져나온 차는 그녀의 호텔과는 다른 방향인 치바[千葉] 현 쪽으로 움직였다. 급한 마음의 후지와라가 뭐라 말하려는 순간, 차가 갑자기 속력을 냈다.

"어디로 가는 거야?"

후지와라의 짜증 섞인 소리에도 운전사는 아랑곳하지 않았다. 눈치 빠른 후지와라가 차문을 열려 했지만 열리지 않았다. 밖에서만 열리게 문을 설정해놓은 것 같았다. 핸드폰을 꺼냈지만 통화 불통지역이 되어 있었다. 차에 달린 전파수신 방해 장치를 켠 것이 분명했다.

순간 후지와라의 심장이 터질듯이 뛰기 시작했다. 함정이었다. 눈앞에 전과 달리 눈웃음을 짓던 방 형사의 아름다운 얼굴이 떠올랐다.

하지만 이해할 수 없었다. 도저히 말이 되지 않았다.

'도대체 어쩌자고 이렇게 큰일을 저지르는 거야?'

전 세계가 주목하는 결혼식이 바로 내일이었다. 아니, 내일까지 기다릴 것도 없었다. 몇 시간만 지나면, 자신이 나타나지 않는 것을 두고 경호원들이 찾아 나설 것이다. 그리고 곧 성난 벌집처럼 왕왕거리며 쑤셔댈 곳이 한두 곳이 아니었다.

후지와라는 경각에 놓인 자신의 목숨보다 도대체 이들이 무슨 생각을 하는지, 그게 더 궁금해 미칠 지경이었다.

PM 12:10

긴 테이블에 음식이 차려졌다. 벽에 붙은 고풍스런 그림들 사이 창문으로 햇빛이 비쳐 들어왔다. 천장이 높은 넓은 홀에 소리 없이 움직이며 시중드는 여자들의 복장에서부터 차려지는 식기들의 작은 세공까지, 무엇 하나 유럽 스타일이 아닌 것이 없었다. 동유럽의 오래된 고성을 그대로 옮겨 놓은 느낌이었다.

"어젯밤 꿈에 귀인이 올 느낌이었다. 그래서 난 네가 올 줄 알고 있었다."

차분하게 늙은 시게코 여사의 만면에 온화한 미소가 흘렀다. 81세의 나이는 세련미에 품위까지 더 깊어지게 하는 것 같았다.

"저도 할머님을 뵙고 싶었습니다."

앙증맞게 고개를 숙이며 인사했다.

"그런데 유이치는 어디로 갔지?"

고개를 돌려 시종장을 바라보는 시게코에게 방 형사가 재빨리 답했다.

"뭔가 중요한 것이 있다면서 서둘러 나가던데요."

"아니 저런. 네가 온 것보다 더 중요한 것이 어디에 있다고."

"아마 저에게 깜짝 선물이라도 하려고 그러는 것 같아, 모른 척했습니다."

"그랬냐? 잘했다."

두 여자는 여자들만의 비밀스런 웃음을 건네며 즐거워했다.

참새 눈물만큼씩 들어오는 요리들이었지만 계속되자 배가 불렀다.

시게코 여사와 만난 것이 이번까지 합해 서너 번이 안 되지만, 오랫동안 알고 지낸 할머니와 손녀 사이처럼 정겨워 보였다.

중후한 노부인 시게코는 아는 것이 많았다. 어쩌면 곧 전 일본을 대표할 사람이 될지도 모를 위치지만 조금도 고압적인 기색이 없었다. 말한마디, 단어 하나, 느닷없는 기침까지 깊은 사려가 묻어 있었다. 세월이 그녀의 젊음과 활기를 일부분 뺏어갔을지 모르지만, 여전히 그녀에겐 섬세한 아름다움이 남아 있었다. 온화한 노부인은 적적한 저택에 활기찬 상쾌함을 몰고 온 방 형사를 좋아하는 것 같았다.

방 형사가 고개를 살짝 노부인 옆으로 기울였다.

"저, 할머니."

"응, 말해 보거라."

"저기 서 있는 51호 말이에요."

"51호? 아 미쯔를 말하는가 보구나. 그래 왜 그러느냐?"

역시 이름이 있었다.

"꼭 인조인간 같지 않아요. 왜 토리야마 아키라가 그린 '드래곤 볼'에 나오는……."

"아하, 아하! 그렇구나, 그래. 네 말이 꼭 맞구나. 호호호."

노부인은 재미있는 둘 만의 비밀을 찾아낸 듯 즐겁게 웃었다. 그리고 시종장으로 시작해서 주변에 있는, 그리고 알고 있는 사람들의 험담을 하나씩 서로 주고받기 시작했다. 손녀와 할머니같이 즐겁게 시시덕거리는 모습에 음식을 날아오던 자들이나 뒤에 서 있던 경호원들까지 저도 모르게 미소를 지었다.

차는 시게코 여사의 방에서 마시기로 했다. 방 역시 유럽식으로 꾸며져 있었다. 로코코 풍의 엔틱 소파와 장식장들로 멋스러우면서도 중후했다.

시중드는 여자들까지 모두 내몰고는 노부인이 다기에 담긴 차를 손수 따라주었다. 그때까지는 방 형사도 몰랐다. 잔에 바닥이 다 보일 때쯤 약간 어찔했다. 풀썩 몸이 소파에 가라앉았다. 그제야 비로소 부인은 한 모금도 마시지 않고 자신을 보고만 있었다는 사실을 깨달았다. 그때도 확신하지는 못했다. 고민으로 밤새 한숨도 못 잤기 때문이라고만 생각했다.

"후지와라를 진정 사랑하느냐?"

느닷없는 말이었다. 하지만 노부인의 눈은 식사할 때의 자상한 눈빛이 아니었다. 방 형사는 몸이 흔들리는 것이 느껴졌다. 이상하게 무기력하게 힘이 빠져 버렸다.

"너는 왜 후지와라와 결혼할 생각이냐?"

땀이 배어나오기 시작했다. 가눌 수 없을 정도로 몸이 흔들리기 시작했다. 입이 얼얼해지면서 진땀이 솟았다. 그러자 노부인은 리모컨을 들어 정면에 있는 비디오를 틀었다.

그러자 모든 것이 명확해졌다.

비디오에는 자신이 왕실 곳곳을 비밀스럽게 돌아다니는 의심스런 모습들이 고스란히 잘도 찍혀 있었다. 그런 곳에 CCTV를 숨겨놓다니……꼭 의도하고 기다린 것처럼 찍혔다는 생각이 어찔한 정신과 뒤섞일 때였다.

노부인은 책장 쪽으로 가서 서랍을 열고 자그마한 상자 하나를 꺼내왔다. 그리고는 그 속에서 작은 주사기와 앰플을 꺼내들었다.

방 형사는 경악으로 온몸이 흔들렸다. 노부인은 그런 그녀를 보더니 작은 비웃음을 흘리며 능숙한 솜씨로 주사기에 약물을 넣었다.

"대학에서 간호학을 배운 게 이렇게 쓸모 있을 줄은 나도 몰랐다……."

혼잣말처럼 중얼거리며 방 형사의 팔에 주사 바늘을 꽂아 넣는 노부인의 말이 더 섬뜩하게 느껴졌지만 비명조차 지를 수 없었다. 지른다 해도 달려올 자들은 51호, 52호뿐이었다.

눈이 흐리멍덩하게 풀리는 방 형사를 바라보며 노부인의 미소가 서서히 독살스럽게 변했다. 목소리는 달콤할 정도로 매혹적이었다.

"뭘 알고 있지? 자, 말해 봐."

PM 02:40

버려진 허름한 창고 안이었다. 폐자재들이 여기저기 뒹굴며 녹슬고 있었다. 산골로 물을 끌어들이는 수로공사를 할 때 자재를 쌓아놓던 창고 같았다. 찌든 기름 냄새와 섞인 녹내가 코를 찔렀다. 의자에 꽁꽁 묶인 후지와라는 최대한 냉정해지려고 노력했다. 그리고 재빨리 주변 상황을 판단했다.

오는 도중 어디선가에서 여자 한 명을 태워 운전하던 남자와 둘이 되었다. 죽이려 했다면 좀 더 숫자가 많든지, 벌써 했어야 한다는 생각이 들자 약간 안심이 되었다. 운전했던 남자는 약간 뒤에 떨어져 방관하듯 팔짱을 끼고 있었다. 어디선가 본 듯했지만 기억나지는 않았다. 그에게 뭔가를 지시받은 듯한 늘씬한 여자는 얼굴에 반투명한 데스마스크를 쓰고 다가왔다. 아마도 차에 타서 쓴 것 같았다. 그렇다면 얼굴을 감추려고 준비했다는 말이 되고, 그건 자신을 죽일 생각이 없다는 것으로 이어지며 조금 더 맘이 편해졌다. 죽이려면 얼굴이 드러나는 것을 꺼릴 필요가 없었다.

다가온 데스마스크를 쓴 여자가 똑바로 앞에 섰다. 그녀는 이상한 것을 요구했다.

"따라해. 좋아하는 토끼가 산속으로 까르르 도망쳤어요. 나가사키 너구리가……."

멍하게 바라보자 즉시 따귀를 후려쳤다. 고개가 확 돌아갔다. 아픈 것보다 죽을 만큼 수치스러웠다.

"안 따라하거나 묻는 말에 늦게 대답하면 아랫도리를 벗겨 버리겠다."

여자의 목소리는 정말로 그럴 거라는 생각이 들게 했다. 그리고 두 번의 기회가 없을 거란 생각을 강하게 심어주었다.

후지와라는 여자의 이상한 말을 녹음기처럼 한동안 따라해야만 했다.

조금 떨어져서 그 둘이 건네는 일본어를 들으면서 강 형사는 지로가 믿을 수 있다며 딸려 보낸 여자를 유심히 관찰했다. 그녀는 지로가 호출하자 채 30분이 안 돼 나타났다. 한국어를 할 수 있다는 이유만으로 그녀를 부른 건 아니었다. 그냥 유키라고 불러달라는 것으로 말을 끝낸, 이 무표정한 여자는 놀랄 만큼 신속하고 또 유능했다. 자신의 의도를 얘기하자마자 어젯밤에 즉각적으로 여기를 물색하고는 모든 준비를 마쳐놓았다.

후지와라에게 한참 말을 걸던 유키가 뒤로 물러서며 눈짓을 했다.

강 형사가 후지와라 앞으로 다가가 다른 의자를 끌어다 앞에 놓고 앉았다. 후지와라의 긴장한 땀 냄새가 녹슨 철근 냄새와 섞여 코를 자극했다.

말소리는 텅 빈 창고 안을 조금 울렸다. 분위기를 잡는 데는 오히려 나았다.

"당신이 한국말 한다는 걸 알아. 내가 누군지 알지?"

한국어로 물었다. 후지와라는 전혀 못 알아듣는 표정을 지었다. 강 형사가 싱긋 웃었다.

"말하지 않을 테면 맘대로 해. 시간을 끌면 너만 손해야. 넌 내일 결혼해야 하잖아. 안 그래? 결혼을 해야, 일왕이 되든지 말든지 하지."

후지와라가 뜨끔한 표정으로 움찔했다.

"여긴 지난 1년 동안 동네 양아치들도 오지 않은 곳이야."

물론 확인할 수 없는 거짓말이었다.

"말을 안 하면 그냥 두고 갈 수도 있어. 탈출한다 해도 며칠은 걸릴 거다. 절대 결혼식에는 댈 수 없을 걸. 어쩌면 내가 가다 흘린 전화로 네 적들이 먼저 달려올지도 모르고 말이야. 어때? 그냥 이참에 일왕이 되는 것을 포기하고 저승에 가서 왕 노릇하는 건 어때? 좋아?"

후지와라는 두 걸음 정도 물러서 있던 여자가 다가오는 것을 보고 더럭 겁을 먹었다. 다시 한 번 뺨을 맞든지 만에 하나 바지가 벗겨진다면 죽을 때까지 수치 속에 치를 떨어야 할 거였다.

"답을 해!"

"아…… 알겠소."

다급하게 말했다.

"좋아. 그럼 지금부터 내가 하는 말 잘 들어. 알았어?"

후지와라가 천천히 끄덕였다. 떨떠름한 표정이었다.

강 형사는 씩 웃고는, 윤동주와 아야코, 그리고 시게코 이야기를 차근차근 늘어놓기 시작했다.

PM 02:50

말을 하지 않을 수 없었다. 온몸에 진땀이 배어나왔다. 이마에도 송골송골 맺히는 것이 약효가 온몸에 퍼진 것이 분명했다. 노부인이 물을 때마다 입이 생각과 달리 흔들리며 중얼대는 느낌이었다. 몸은 소파에 푹 가라앉아 손가락 하나 까딱할 수 없었다.

분명 실수였다. 큰 실수였다. 부인을 너무 얕잡아본 것이 화근이었다.

현 천황이 두 눈을 시퍼렇게 뜨고 있는데도, 천황이 되겠다는 야망을 품고 있는 여인을 너무 단순하게 여겼다.

방 형사는 아마득하게 혼미한 정신 속에서 방법을 찾으려고 노력했다. 거짓은 안 되었다. 이런 정신으로 꾸며내기도 힘들지만 지어낸 거짓은 앞뒤가 맞지 않을 거였다.

한 가지가 억지로 떠올랐다. 부인이 원하는 진실 대신 부인에게 들려줄 엄청난 것을 알고 있었다. 그 진실로 대체할 생각이었다. 천황의 비밀일기를 찾아 일본의 내부에서부터 갈가리 찢어발기려 했던 것을 숨기고, 윤동주와의 스캔들을 확인하려 했다는 말로 바꾸려 했다.

처음 말을 떼는 것이 힘들었다. 약 때문이었는지도 모른다.

"도…… 동주의…… 기록을……."

하지만 일단 말이 터지고 나자 쉬웠다. 윤동주의 스캔들을 확인하려고 동주를 심문했던 시모가모 기록을 찾으려고 온 궁을 뒤졌다는 거짓말을 했다. 그 말에 노부인은 정말 크게 놀랐다. 처음 진실을 바꿔치기하려고 머리가 터질 정도로 노력했던 것을 부인은 진실을 말하지 않으려고 약과 싸우다가 어쩔 수 없이 말한 것으로 믿어 버렸다.

마른하늘에 날벼락을 맞은 듯 둥그런 눈이 된 부인을 보며, 방 형사는 강 형사에게 들었던 이야기를 늘어놓았다. 말이 이어질수록 부인은 더욱 믿는 눈치였다. 자신이 쓴 약물의 효능을 잘 알기에도 그랬지만 너무나 분명한 진실이기 때문이었다.

상황은 갈수록 방 형사에게 유리해졌다.

약효 때문인지 말을 할수록 숨이 더 가빠오며 심장이 터질 듯이 두근거렸다. 하지만 머릿속 한쪽에서는 우습다는 생각이 떠나질 않았다. 히로히토의 비밀일기를 찾으려 했던 진실을 말했다면 결코 부인은 자신을 신뢰하지 않았을 거였고, 정말 곤란한 처지에 몰렸을 것이기 때문이다. 기진맥진해서 헐떡이면서도 그녀는 거짓이 진실로 둔갑하는 기묘한 쾌감에 저도 모르게 벌어지는 상황을 즐기고 있었다. 곧 천황이 될 노부인도 이젠 더 이상 두렵지 않았다. 진실이 모든 것을 이기는 거였다.

윤동주와의 비밀은 움직이지 못하는 진실이었다.

방 형사의 이야기가 끝나자 방 안에 정적이 흘렀다. 가쁘게 몰아쉬는 방 형사의 숨소리만 들렸다. 부인의 얼굴은 잿빛이 되어 버렸다. 평생을 묻어두었던 비밀이 눈앞에서 튀어나온 데 충격을 받았다.

노부인의 머릿속은 경악으로 욱신거렸다. 동주와의 비밀을 방 형사가 알고 있다는 것보다도 그녀가 알게 된 과정이 더 문제였다.

"이런 이야기를 어디서 들었느냐?"

방 형사는 힘겹게 입술을 달싹였다. 억지로 약효와 싸우며 말하지 않으려는 몸부림이었다. 강 형사를 말하면 안 되었다. 그러자 그에게 이 모든 말을 했다는 신노우 노인이 떠올랐다.

"노…… 노인에게서……."

부인은 자신이 오랫동안 숨겨 왔던 비밀이 전혀 엉뚱한 곳에서 느닷없이 터져 나오는 충격에 흔들리고 있었다. 그것이 평소와 같은 명민한 판단을 가로막았다.

노인에게서 들었다는 말에 부인은 하늘이 무너지는 줄로만 알았다. 노인이라면 한 명밖에 없다. 방 형사의 스승 나카모토 신이치가 분명했다. 홋카이도의 그 노친네가 알고 있다면 결코 간단한 문제가 아니었다.

노부인은 떨어지지 않는 입을 억지로 열었다.

"그래서, 너는 시모가모 기록을 찾고 있었던 거냐?"

힘겹게 끄덕였다.

"왜냐? 그걸 찾아 어쩌려고 했나?"

중요한 고비였다. 하지만 준비하지 않았어도 저절로 만들어지는 진실이 있었다.

"보…… 복수를……."

힘겹게 방 형사는 설명했다. 억지로 결혼시키려는 놈들이 누구인지 그놈들에게 복수를 하려 했다고 말했다. 그건 분명 진실이었다. 하지만 거짓이기도 했다. 복수를 하려 한 것은 맞지만, 시모가모 기록이 아니라 천황의 비밀일기로 하려 했다.

그러나 부인은 긴 한숨을 쉬며 고개를 끄덕였다. 부인의 주위로 깊은 고뇌의 그림자가 서렸다.

노부인은 지난 5월 자신을 찾아왔던 다카하시 전 관방장관의 얼굴이 떠올랐다. 치가 떨렸다.

무엄하게도 놈은 코앞에서 협박을 했다. 한국에 가 있는 후지와라에게 한국 여자와 결혼하라는 거였다. 공안44 놈들은 제 주제를 모르고 날뛰었다.

'평범한 여자는 아닙니다. 어찌 후지와라 공과 평생을 같이 하실 분을 아무렇게나 고르겠습니까.'

홋카이도의 나카모토 신이치라면 그녀도 알고 있었다. 그 노인의 제자라면 믿을 수 있었다. 아니 더 이상 좋은 혼처가 없을 정도다. 선대 천황가와 극한 대립을 했던 나카모토 가와 우호를 쌓는 것은 여러 가지로 모양새가 좋았다. 하지만 천황에 등극해야 할 자에게, 한국 여자라니…….

더욱 그녀는 나카모토의 제자이기만 한 것이 아니었다. 그녀의 모친은 한국 국정원 기조실장이었다. 흡혈마녀라는 그 여자가 무슨 생각으로 제 딸을 주려 한 건지 그 깊이를 가늠하기 힘들었다. 하지만 다카하시 이놈은 집요했다.

'걱정하지 마십시오. 오히려 더 일이 잘 풀릴 겁니다. 저희가 든든한 힘이 되어 드리겠습니다.'

따르지 않을 수 없었다. 놈은 음흉한 미소를 지으며 옛일을 들먹였기 때문이다.

'아드님이신 히라누마 공께서 살아계셨더라면…… 아마 분명 이 결혼을 축복하셨을 겁니다.'

놈들은 알고 있었다. 놈들은 다른 속셈이 있는 것이 분명했다. 녹녹한 놈들이 아니었다. 한국에서 건너오기 전부터 손자며느리 감을 감시한 것은 그런 이유에서였다. 도대체 놈들이 무슨 생각으로 그녀를 결혼 상대자로 결정했는지 알 수 없었다.

우려처럼 일본에 건너오자마자 그녀는 눈에 띄지 않게 움직였다. 뭔가를 열심히 찾아댔다. 곳곳에 코를 들이밀고 냄새를 맡았다. 형사였다는 것을 감안할 때 더 위험했다.

결판을 낼 생각이었다.

홋카이도의 나카모토 신이치의 제자라면 결단코 공안44의 끄나풀일 수는 없다. 하지만 찜찜한 상태로 끌고 갈 수는 없었다. 내일은 결혼식이었다. 찾아오지 않았다면 불러서라도 승부수를 띄울 생각이었다. 어차피 내일이면 모든 것이 끝일 테니 말이다. 그런데 이렇게 전혀 예상치 못한 진실이 터져 나올 줄은 정말 몰랐다.

손자며느리가 공안44와 연계된 것이 아닌 것은 확인했다. 그건 다행이었다. 하지만 이렇게 엄청난 비밀이 터져 나온 이상 둘 중 하나를 택할 수밖에 없다. 어떤 경우든 이 비밀이 밖으로 새나가서는 안 된다.

입을 닫게 하든지 아니면 입이 더 이상 없게 하든지……. 하지만 결혼식 하루 전날 신부가 사라진다는 것은…… 안 된다, 안 돼. 그건 더 큰 문제다.

노부인의 고민이 깊어졌다.

PM 03:30

처음엔 냉소적인 표정으로 비웃던 후지와라가 놀라운 비밀에 충격을 받은 듯했다. 완전히 넋을 잃고 탈진한 듯 보였다. 한참 후에야 겨우 입을 열었다.

"그…… 그래서 나보고 어쩌란 겁니까?"

물끄러미 쳐다보기만 하는 강 형사를 보고 성을 내듯 말했다. 하루 종일 당한 곤욕이 폭발했다.

"모든 걸 다 팽개치고 한국으로 귀화라도 하라는 겁니까? 그러면 한국에서 민족시인 윤동주의 손자가 왔다고 쌍수를 들어 대대적으로 환영해 줄 생각입니까? 민족시인의 손자 놈이 쪽발이라고 몽둥이를 들고 개 패듯이 두들겨 줄 생각입니까? 도대체 왜 나에게 이런 말을 늘어놓는 겁니까? 예?"

씩씩거리는 그의 모습에 강 형사는 후지와라가 이야기를 진지하게 제대로 받아들였다고 판단했다.

강 형사는 모르는 일이지만, 후지와라는 어렴풋이 느끼고 있었다. 할머니 시게코는 어려서부터 그렇게도 한국어와 글을 배워야 한다고 강요했다. 그리고 한국에 대해서 과격한 발언을 할 때마다, 할머니는 단순히

모가 나는 것을 염려하는 것 이상의 느낌으로 그를 만류시켰다. 아버지의 이름이 어색하게도 '히라누마'였다는 것도 그랬다. 아무 의미 없던 것들이 모두 다 의미를 띠며 한꺼번에 머릿속으로 달려들었다. 정말 세상은 하루아침에 바뀌기도 한다는 것을 뼈저리게 통감했다.

강 형사가 파란 힘줄이 돋은 후지와라에게 눈을 맞추며 말했다.

"그대로 가."

"예?"

"그대로 가라고."

후지와라는 무슨 말인지 선뜻 이해하지 못했다.

"아무것도 바뀔 건 없어. 그대로 너는 내일 결혼식을 올려. 결혼식을 마치고 기회를 보다가 왕위에 오르라고."

갑작스런 말에 입을 멍하게 벌린 후지와라는 종잡을 수 없었다. 강 형사가 의미심장하게 웃으며 말했다.

"왕위에 오른 후, 한국과 일본의 우호적 교류와 평화에 앞장서. 그게 네가 할 일이야. 양국 간에 밀려 있는 역사적 문제를 발 벗고 나서서 해결하라고. 종군위안부 문제, 독도 문제, 교과서 문제 같은 것만 말하는 게 아냐. 일본 안에서 여러 차별을 받고 있는 재일한국인들을 위해 구체적이고 실질적인 결과를 내란 말야. 그건 네가 윤동주의 손자라서가 아니라, 하나의 바른 양심을 가진 지식인으로서, 한 나라의 상징적인 왕으로서 반드시 해야 할 일들 중에 하나잖아. 그걸 하라고. 제대로 말이야."

강 형사는 극단적인 우익 파쇼적 발언을 했던 후지와라의 지난날을 꼬집지는 않았다. 말하지 않아도 아는 것이 있을 자였다.

후지와라는 잠시 생각에 빠졌다.

"만약 그때 가서 내가 그렇게 하지 않는다면요? 그러면 죽일…… 아니 그게 아니라……."

강 형사는 고개를 저었다.

"아니 그러진 않을 거야."

"예?"

"널 죽이거나 하진 않을 거라고."

땀으로 범벅이 된 후지와라의 얼굴에 도저히 이해할 수 없다는 표정이 떠올랐다.

"죽이진 않아. 대신 널 파멸시킬 순 있지."

"예?"

강 형사는 싱긋 웃었다.

"아직 상황 판단이 안 됐나 본데, 네가 정말 쉽게 왕이 될 수 있을 거라고 생각해?"

후지와라가 고개를 돌리며 코웃음을 쳤다. 오연한 자존심이 다시 솟는 듯했다. 하지만 강 형사의 말에 불안한 호기심이 동한 것 같았다.

"잘 생각해 봐. 아무리 여성들의 권익이 신장되었다고, 갑자기 여성 왕위계승이 가능할 것 같아? 지금 일왕이 가만히 속수무책으로 바라보기만 할 것 같아?"

후지와라는 아무 말도 못했다.

"그래 좋아. 여성왕위계승법이 의회를 통과한다고 치자. 그래서 여성이 왕위를 잇는다고 하자. 그런데 그게 왜 꼭 너의 할머니여야만 하는데? 잘 모르겠어? 이런 생각은 안 해봤어?"

후지와라가 멈칫했다. 한 번도 생각해 본 적이 없는 문제였다.

"내가 알고 있는 사실을 저들은 모를 거라고 생각하는 거야?"

후지와라가 한 방 먹은 표정이 되었다.

"이제 알겠어? 네가 왕이 된다면 넌 그대로 저들 손아귀에 잡힌 허수 아비가 되는 거야. 이 멍청아!"

강 형사의 마지막 말에 후지와라는 완전히 얼이 빠진 듯했다. 약점이 단단히 잡혀 평생을 시키는 대로 꼭두각시 노릇을 할 앞날이 눈앞에 보이는 듯했다. 잠시 충격에서 헤어나오지 못하던 후지와라가 억지로 표정을 바르게 했다.

"그건 당신들에게도 마찬가지잖아? 당신들 역시 나를 조종하려는 거아냐?"

"그래 맞아."

너무 당연하다는 듯 말하자, 힘 빠진 표정이 되었다.

"하지만 그들의 허수아비가 되는 것보단 낫지. 내가 요구한 건 앞서 말한 것 정도니까. 그리고 그건 그리 어려운 일도 아니고."

후지와라는 시궁창에 빠졌던 걸레라도 씹은 듯한 얼굴이었다.

"무엇보다 중요한 것은 아직 저들이 네가 윤동주의 핏줄이라는 것을 증명할 방법이 없다는 거야. 심증은 있지만 물증이 없지. 왜냐하면 그 물증을 우리가 가지고 있거든."

허풍이었다. 그건 앞으로 시모가모 기록을 제대로 회수했을 때의 애기였다.

"이제 알겠지? 난 그걸 저쪽에 그냥 넘길 수도 있어. 그럼 아마 넌 일왕은커녕, 당장 네 목을 향해 날아드는 칼을 피하기도 바쁠걸."

후지와라는 생각했다. 확실히 더러운 피를 용서할 리 없었다. 할복을 명령받는 것 같은 행복은 허락되지도 않을 것이다.

"이제 알겠어?"

후지와라의 구겨진 인상을 보고 강 형사가 일어섰다. 그리고 유키에게 풀어주라고 했다.

유키가 뒤로 돌아가서 후지와라를 묶었던 줄을 풀어주고 뒤로 물러나 총을 겨눴다. 오랫동안 묶여 있어 저린 팔목을 주무르는 후지와라 앞에 강 형사가 서류를 내밀었다.

받아서 읽는 후지와라의 얼굴이 기괴할 정도로 일그러졌다. 고개를 든 후지와라는 당장이라도 달려들어 물어뜯을 것 같은 표정이었다.

"여기에 서명하라고요?"

끄덕였다.

"네가 왕위에 오르든 못 오르든 네가 윤동주의 손자라는 사실은 영원히 밝혀지지 않을 거야. 약속하지. 하지만 그건 네가 이후 엉뚱한 방향으로 네 몸을 놀리지 않는다는 것을 전제로 했을 때 얘기야. 조금이라도 이상한 조짐이 보이면, 난 이걸 전 세계 통신사에 확 뿌릴 거야. 그럼 참 재미있을 거야."

강 형사는 싱글싱글 비웃었다.

"만약 그렇게 된다면 진실 여부를 떠나서, 일본 우익들이 널 아마 가만 안 둘걸. 원체 막무가내인 양반들이니 말이야. 죽이진 못해도 손목 정도는 자르려고 달려들 거야, 아마."

후지와라는 똥 씹은 표정으로 말했다.

"여기에 서명하지 않겠다면요?"

"지금 당장 우익들이 하는 짓을 네 눈앞에서 직접 볼 수도 있지."

후지와라가 악을 썼다.

"죽이지 않겠다고 했잖아요. 좀 전에 그렇게 말했잖아요. 방금한 말도 안 지키는 당신과 무슨 약속을 해요?"

강 형사가 얼굴을 후지와라에게 바짝 들이댔다. 그리고 능글맞게 웃었다.

"손목 하나 잘린다고 죽지는 않아."

PM 04:40

"그날을 어떻게 잊겠어. 절대 잊을 수가 없지. 7월 17일이었어. 17은 내가 제일 좋아하는 숫자야. 그러니 그날 그와 사랑을 맺은 것은 정말 운명이지……."

노부인이 방 형사에게 해독제를 먹이고는 차분히 달래기 시작한 것은 그녀의 말을 신뢰했기 때문이었다. 거짓말을 했다고 생각할 수 없었다. 동주와의 일은 지어낼 수 없는 진실이었고, 자백유도제 펜토탈나트륨sodium pentothal의 효과는 언제나 분명했다. 무엇보다 결혼식이 내일이었다. 빨리 그녀를 회복시켜야 했다. 엇나가지 않도록 달래야 했다.

"그날이 바로 내일이지. 난 너와 유이치가 7월 17일에 결혼한다는 말을 들었을 때, 신이 내린 축복이라고 생각했지. 나처럼 말이야."

전 세계의 이목이 집중된 가운데 방 형사가 허튼 짓이라도 하는 날에는 그동안 쌓아놓은 것이 와르르 무너지고 만다. 살살 다뤄야 한다, 조심조심…….

"그날은 동주가 맘을 연 날이었어. 그는 뭔가 계속 주저하는 것 같았어. 사랑을 나누는 것에 대해 뭔가 다른 구속이 있는 것 같았어. 그런데 그날 아침 그가 편지를 보냈지. 만나자는 거였어."

잘 구슬려야 한다. 그 옛날 일을 홋카이도의 그 노친네가 알고 있다면 일이 복잡했다.

"그는 여전히 부끄러워하는 것 같았어. 불을 켜지 말자고 하더군. 일

140

본어로 하는 말이 어찌 그렇게 어색하든지……. 나를 사랑하는 마음이 그를 너무 긴장시킨 탓이었나 봐."

우선 그녀의 마음을 얻어야 한다. 여성다운 섬세함을 일깨워야 한다. 로맨틱한 감성을 자극시켜 맘이 통하는 것처럼 해야 한다. 홋카이도의 노친네가 자기 막내 제자에게 펜토탈나트륨을 투여했다는 것을 안다면 절대 곱게 끝나지 않을 거다.

"새벽빛이 나를 깨웠을 때는 벌써 그는 가버리고 난 후였지. 그게 마지막이었어. 동주와의 첫날이 마지막 날이었지……."

이미 동주와의 지난 일을 알고 있다. 굳이 거짓을 섞을 필요가 없다. 더 새로울 것은 없다. 감미로운 진실을 말해야 한다. 그녀의 마음을 사로잡아야 한다. 여자들의 마음을 건드리는 진실을……. 어차피 내일이면 어디로든 벗어나지 못한다. 온 세계가 주목하는 예식만 잘 넘기기만 하면…….

노부인 시게코는 그렇게 방 형사에게 지난날의 비밀을 하나씩 풀어내 들려주었다. 이미 방 형사가 알고 있는 일에 살을 붙이는 정도였다. 새로울 것은 없었다. 하지만 누군가 듣는다면 큰일 날 엄청난 것들이었다. 그래도 노부인은 개의치 않았다.

분명한 생각이 있었기 때문이었다.

'어차피 내일이면 모든 것이 끝난다. 모든 것이…….'

PM 09:10

샤워기의 물을 틀었다. 쏟아지는 뜨거운 물에 몸을 맡겼다. 바짝 긴장한 탓에 뭉친 어깨의 근육이 조금씩 풀렸다. 머릿속은 약효 때문인지 아직도 몽롱했다.

샴푸를 찾아 머리를 감았다. 비누거품이 목과 등을 타고 흘러내렸다. 천천히 손으로 목과 어깨를 주물렀다. 차례대로 내려오면서 유방을 쓰다듬고 허리를 따라 내리는 거품을 서서히 문질렀다.

내일이란 생각이 들자 아무렇지 않을 것 같았던 것들이 하나씩 밀려들었다. 그동안 조마조마하게 뒤로 처져 엉켜 있던 것들이 한꺼번에 같이 달려들었다.

저녁 시간이 다 돼 돌아온 후지와라는 벼르는 듯한 눈빛으로 쏘아보았다. 얼굴엔 참담한 기색이 가득했다. 강 선배의 일이 잘되었다는 것인지 아니면 그르쳤다는 것인지 가늠하기 어려웠다. 어쩌면 그동안 감추어졌던 후지와라의 탐욕과 가학성이 드디어 쏟아질지도 몰랐다.

드디어 내일……. 그의 징그러운 손길이 정해진 대로 파고들며 목덜미에 뿜어낼 후텁지근한 숨소리……. 소름이 끼칠 것 같았다.

방 형사는 샤워기에서 떨어지는 물에 짭조름한 기운이 섞이는 것을 어쩌지 못했다.

목욕가운을 걸치고 나왔다. 일본답지 않게 넓은 스위트룸 한쪽 벽에 붙은 미니바로 갔다. 스카치를 조금 따르고 얼음을 넣었다. 천천히 바깥이 내다보이는 창가로 갔다.

밖은 변함없이 움직이고 있었다. 그 밖이 너무 멀게 느껴졌다. 울컥하며 가슴이 미어지는 느낌이 되살아났다.

순간의 방심으로 위험에 처했기 때문만은 아니었다. 노회한 노부인에게 당한 것이 분해서만도 아니었다. 언제나 긴장하고 주의하고 신경을 곤두세우고 살아야 할지도 모를 앞날이 바로 코앞에 다가왔기 때문이었다. 이젠 잠시도 방심할 수 없었다. 조금만 흐트러지면 그 즉시 죽음이었다.

노부인은 아무렇지도 않은 척하며 몰래 해독제를 섞어 주었다. 그리고 진실을 말했다. 그게 더 두려웠다. 부인의 마음은 둘 중 하나다. 나를 인정해서 진실을 말한 것이든지, 아니면 나를 인정하지 않았기 때문에 진실을 말한 것이든지.

그 어느 것이든 좋은 결말은 없었다.

인정했다면 꼭꼭 유폐시킬 생각이다. 왕실 고유의 철저한 비밀주의를 더 엄격하게 지킬 것이다. 언론은 물론 모든 상황으로부터 가둬놓을 것이다. 그것은 문자 그대로 감금이 될 것이다. 그리고 그 속에서 서서히 말라죽는 모습을 지켜볼 것이다.

인정하지 않았기 때문에 진실을 말한 것은 내일이 결혼식이기 때문이다. 섣부른 짓을 하지 않도록 달랜 것이다. 하지만 얼마 안 가 제거될 것이다. 위험한 자를 포용하는 아량이 노부인에게 있을 리 없다. 만약 있었다면 처음부터 약 같은 걸 몰래 먹이고 주사를 놓지는 않았을 것이다.

방 형사는 다가오는 죽음의 방법과 시간을 고민하며 천천히 소파로 돌아와 앉았다. 잔을 들어 스카치를 조금 마셨다. 향이 입안에 가득해졌지만 맛을 느낄 수 없었다. 목을 넘어가는 액체가 눈물샘을 자극했다.

좋은 쪽으로 생각하기로 했다. 성과가 아주 없는 것은 아니었다. 두 가지였다. 노부인은 윤동주를 심문했던 기록인 시모가모 기록을 아버지 일왕 히로히토가 숨겨놓은 곳에서 우연히 찾았다고 했다.

'황궁 밑에는 다들 아는 것처럼 방공호가 있어. 태평양전쟁 때 미국

공습을 대비하려고 팠던 벙커지. 황궁이 폭격으로 일부 불타기도 했지만 이 벙커 덕분에 아버지와 우리가 무사할 수 있었지. 언제가 한 번 혼자서 몰래 벙커에 내려갔다가 바로 위에 있는 황실서고로 들어가게 된 거야. 호기심이었지. 이런저런 것들을 들춰보다가 그걸 발견하게 된 거지. 아버지는 다 알고 있었던 거야. 모두 다.'

지하 벙커에 황실서고가 있다는 것은 어디에서도 들은 적이 없는 비밀이었다. 하지만 생각지 않고 흘린 노부인의 말로 대략 그 위치가 짐작되었다. 벙커로 내려갔다가 위로 올라갔다고 했다. 분명 그렇게 말했다. 히로히토의 비밀일기도 있다면 거기에 있을 게 틀림없다. 황실서고는 역대 일왕들의 개인서고이니까.

방 형사의 마음이 침울해졌다. CCTV에 찍혀 있던 자신의 모습이 떠올랐다. 비밀서고는 그만두고 왕궁에 들어가는 것도 불가능했다. 게다가 시간도 자신의 편이 아니었다. 바로 내일이었다. 내일이 지나면 영원히 안녕이었다.

입으로 가져가던 잔 안에서 투명한 얼음만이 달그락거렸다. 벌써 빈잔이 되어버렸다는 생각에 비로소 취기가 몰려들었다. 소파에 몸을 깊숙이 파묻었다.

다른 하나를 떠올렸다. 그것도 역시 시간과 공간이 문제가 되었다. 이젠 떠나버린 연세대사건의 실체를 알게 돼 버렸다. 하지만 너무 멀리 와버렸다.

'어느 날 동주와 내가 교정을 거닐 때였어. 친구 둘이 나타났어. 동주는 연희전문 동기들이라며 나에게 소개시켜 주었지. 둘 다 동주만큼 멋진 자들이었는데……'

누구냐는 말에 동주의 연희전문 동기인 강처중이라고 말했다.

'다른 한 명은 누군지 이름을 잊어버렸어.'

그때 딱 한 번 만난 데다 너무 오래전이어서 얼굴도 이름도 기억나지 않는다고 했다. 강처중을 기억하는 이유를 물었다.

'강처중이 동주의 유고를 한국에서 출간했잖아. 그때 나도 구해서 읽었지. 그의 마음 씀씀이에 고마웠지. 그래서 기억해.'

기묘한 말이지만, 동주를 찾아왔던 두 친구 중 한 명이라도 기억하는 것이 고마웠다. 혹시 동주의 고종사촌 송몽규는 아니냐고 물었다.

'아니. 몽규는 동주와 함께 감옥에 갇혔기 때문에 관심을 가지고 있었어. 그래서 그때 분명하게 아니라고 기억했지. 그러니 아니야.'

결국 찾아왔던 다른 한 명이 누구인지는 알 수 없었다. 연희전문 동창이라는 것만 알았다. 그리고 그는 아직도 살아 있을 것이다. 아니 살아 있어야만 한다. 왜냐하면 송몽규도 죽고 강처중도 죽었기 때문이다.

'그런데 그 친구 둘 다 조금 이상했어. 조금 무서웠어.'

강처중과 함께 윤동주를 찾아왔던 그 친구가 살아 있어야만 모든 것이 성립한다. 그래야 윤동주에 얽힌 그 복잡한 연세대사건이 비로소 성립한다.

'왜 무서웠냐 하면……'

부인에게서 그 말을 들을 때 방 형사는 누군가 뒤에서 머리채를 홱 잡아채는 줄로만 알았다. 하늘이 쪼개지는 것 같은 충격이었다.

'동주를 찾아왔던 두 친구 모두…… 왼손 약지의 마지막 마디가 없었거든.'

PM 10:40

호텔방을 서성이던 강 형사는 자신을 흘낏거리며 주시하는 지로와 유키의 눈길을 무시했다. 후지와라를 그대로 놓아준 것이 머릿속에 계속 찜찜하게 걸렸기 때문이다.

과연 후지와라가 제대로 움직일지 의심스러웠다. 위기를 모면하려고 일단 시키는 대로 했을 수도 있다. 워커힐에서 간교한 자작극을 세웠던 자였다. 그 자리까지 그냥 쉽게 올라간 것도 아니고 거저 얻은 것도 아니었다. 대부분 유족한 환경에서 자란 사람들이 양 극단이기 마련인데, 그는 좋은 쪽 극단으로 자란 케이스였다. 객관적 상황은 물론, 주관적인 평가까지 고려해도 그는 일본 최고의 자리에 오르기에 손색이 없었다.

그런데 갑자기 문제가 끼어든 것이다. 한국인의 핏줄이라니……. 난데없는 벼락을 맞은 참담한 얼굴로 차에서 내려줄 때까지 한마디도 하지 않았던 것이 괜히 맘에 걸렸다.

'그가 순순히 동주의 손자라는 사실을 받아들일까?'

모른다. 미래는 아무도 모른다.

'안 받아들인다면 앞으로 어떻게 행동할까?'

그건 의외로 간단하다. 비밀을 아는 자들을 모두 제거하면 된다. 모두 다. 그런다면 가장 위험한 것은 물론 나다. 제일 먼저 칼을 빼들고 달려들 것이다. 일본 밖으로 한 걸음도 나갈 수 없다. 그대로 여기가 무덤이 될 것이다. 하지만 정작 걱정은 현진이였다. 간교한 그의 손에 현진이가 떨어질 것이다. 당연히 결혼식은 올릴 것이다. 그리고 그는 기다릴 것이다. 제거할 시간을……

1년 정도라면 합리적 시간이다. 그 정도면 아주 합리적이면서도 사람들의 안타까운 감정을 최대한 끌어낼 수 있는 사건을 만들 때가 온다. 일본, 아니 전 세계인의 동정심을 듬뿍 사면서 현진이를 완벽하게 제거할 기회가 온다. 생각하고 싶지 않지만…… 꼭 온다.

그건 출산이다.

애를 낳다 죽는 것만큼 일반적이고 안타깝고 동정심을 온통 사는 상황은 없다. 더해서 철저한 보완이 가능하다. 출산에 관계한 자들은 많지 않을 것이다. 그건 더없이 확실하고 매력적인 조건이다. 그렇게 매우 합리적인 내용들로 현진이의 죽음이 채워질 것이다. 간단하고 손쉽고 분명하게. 물론 출산에 관계한 자들 역시 조만간 쥐도 새도 모르게 사라질 것이다.

"이거 드세요."

강 형사의 심각한 표정을 보고 지로가 우롱차 캔을 권했다. 피곤 때문인지 캔을 건네는 지로의 손이 갑자기 흔들리며 여럿으로 보였다. 하필 지금이냐는 생각에 속으로 욕이 튀어나왔다. 티나지 않게 우롱차를 받으며 고맙다고 답했다.

차가운 차를 뱃속에 넣자 정신까지 서늘해졌다. 다시 시야가 여럿으로 흔들려 보였다. 잊을 만하면 특수부에 잡혔을 때 당했던 후유증이 몸을 덮쳤다. 풀려난 후 병원에 갔어야 했지만 그러지 못했다. 다시 우롱차를 든 자신의 손이 둘로 흔들려 보이자 느닷없이 흉포한 기운이 뻗쳤다. 시간이 없었다. 신경질적으로 캔을 우그러뜨렸다.

갑자기 후지와라의 간교한 표정이 떠올랐다. 그러자 후지와라가 조롱하는 엷은 웃음을 띤 채 끈적거리는 손으로 방 형사의 몸을 더듬어대는 장면이 연달아 이어졌다. 생각만으로도 강 형사는 걸레 씹은 것마냥 기분이 더러워졌다. 참을 수 없었다. 벌떡 일어났다.

플랜B로 가야 한다. 플랜B로⋯⋯.

흥분한 강 형사는 호텔 방 안을 부산하게 서성이기 시작했다.

그런 그를 지로는 불안한 눈길로 쳐다보았다. 지로의 머릿속은 복잡하기 그지없었다.

'드디어 내일이다. 내일…….'

AM 06:00

새벽 이른 시간의 갑작스런 주인의 호출에 다카하시는 깜짝 놀랐다. 이른 시간 호출은 단 한 번도 없었다는 것이 황급히 교토로 가는 내내 육중한 그의 가슴을 불안으로 뛰게 했다.

하지만 그건 시작에 불과했다.

울상의 원숭이 노인의 입에서 떨어진 말에 그는 벼락을 맞아 그 자리에서 재가 돼 버린 느낌이었다.

"다카하시, 제대로 이해했느냐?"

뇌를 해머로 내리친 것처럼 정신이 얼얼했다. 몸이 저절로 와들와들 떨렸다. 방 안 가득 무거운 공기가 온몸을 짓눌러댔다.

"아…… 알겠습니다."

목소리에 묻은 얼떨떨함이 노인의 심기를 건드렸다.

"멍청한 놈. 넌 아직도 멀었다, 멀었어."

전 관방장관이자 보수우익의 실질적 맹주인 다카하시 사케는 노인의 방에서 물러나온 후에도 한참 동안 정신을 차리지 못했다.

주인의 명령에 비하면, 그간 자신이 공작해 왔던 다케시마^[獨島], 교과서, 정신대 문제 같은 것은 일도 아니었다. 어린애들 소풍에서 벌이는 장기자랑 같은 한심스런 수준이었다.

울상의 원숭이 노인은 단호하게 말했다.

도저히 있을 수 없는 계획을, 아니 있어서는 안 되는 계획을, 한 치의 오차도 없이 그대로 철저하게 수행하라고, 그렇게 명령했다.

AM 06:30

도쿄로 움직이는 차 안에서 다카하시는 전화를 꺼내들었다.

주인의 지시는 전 일본을 경악에 빠뜨리고도 남을 일이었다. 분주해진 머리를 무조건 중지시켰다. 생각도 판단도 모두 멈춰 세웠다. 성공을 위해 필요한 것은 신속한 행동뿐이었다. 의문도 고민도 모두 필요 없다.

한참을 받지 않았다. 슬며시 초조함에 불같은 화가 치밀 때였다. 잠이 덜 깬 목소리가 전화기 저편에 나왔다. 다카하시는 끓어오르는 것을 지그시 눌렀다. 문책은 언제든지 가능했다. 하지만 작전은 오늘뿐이었다. 일단 눈을 감았다.

"고쿄^[皇居] 어소^{御所}로."

그리고 전화를 끊었다.

마사유키 곤조는 끊어진 전화를 보고도 섬뜩함이 가시지 않았다. 침대에서 전화를 받았다는 것을 알았다면 목이 열 개라도 모자랄 거란 것을 잘 알았다. 우락부락한 헐크 곤조는 즉시 이불을 벗어던지고 침대에서 빠져나와 옷을 찾았다. 밤새도록 약에 취해 흐느적거리던 마카미의 부드러운 나신이 드러났다. 입맛이 다셔지며 다시 중심이 뻣뻣해졌지만 그럴 시간이 없었다. 지체하면 정말 목이 달아날지도 몰랐다.

공안44가 다시 발동되었다.

지시는 이번에도 모호했다. 그렇지만 모든 지시는 지나고 나면 아주 적절하고 유효한 것이었다.

세종로가 불바다가 되던 5월 초 한국에서도 그랬다.

'30분 늦춰라.'

커피를 쏟는 공작을 순간적으로 생각한 것이 천만다행이었다. 그러지 않았다면 세종로가 폭파될 때 후지와라 뿐만 아니라 자신도 개죽음을 당할 뻔했다. 공안44는 각기 움직였다. 모자이크처럼 그것에는 한 치의 오차도 허용하지 않았다. 자신이 맡은 바 임무를 명령대로 명확하게 수행하는 것. 그것이 중요했다. 무엇 때문인지는 알 필요 없다. 정확한 행동과 성공만이 필요할 뿐이다. 결과는 언제나 큰 포상으로 돌아왔다.

열 명의 마카미와 즐길 생각에, 헐크 곤조의 입안에 침이 흥건하게 고여 목구멍으로 꼴깍꼴깍 넘어갔다. 후지와라 유이치의 시종무관이자 오늘 결혼식의 보안 담당인 마사유키 곤조는 거울을 바라보며 크게 한 번 씨익 웃었다.

AM 08:00

벌써 20년 전에 현장 리포터 생활을 끝냈던 시라카와 국장이 NHK TV 중계 카메라 앞에 직접 마이크를 들고 섰다. 뒤로 히가시교엔에 마련한 결혼식 특설무대가 펼쳐져 있었다. 국장은 카메라를 향해 리허설을 시작했다.

실수를 한 것이 아님에도 몇 번이고 반복했다. 인생의 모든 것을 다 걸고 있는 것 같은 진지한 표정은 굳이 말하지 않아도 스텝들 모두 다 알았다.

'이제 불과 3시간이 남았다. 3시간 후 세기의 결혼식이 이 황실 정원 히가시교엔에서 열릴 것이다. 그리고 난 그걸 전 세계에 단독으로 송출한다.'

나이와 경력에 걸맞지 않게 시라카와는 리허설을 거듭하면 할수록 더 긴장되었다.

일왕이 사는 고쿄 오른쪽에 있는 왕실 정원 히가시교엔은 보통 때와 달리 일반인들의 출입을 통제하고 있었다. 왕이 사는 고쿄는 항상 출입금지였다. 고쿄 외곽만, 그것도 평일에 딱 두 번 관광하는 코스가 있을 뿐이었다. 하지만 고쿄 옆의 히가시교엔은 언제나 개방되어 있었다. 그러나 오늘은 그곳마저 일반인 출입금지 팻말이 곳곳에 나붙었다. 하지만 항의하는 사람은 하나도 없었다. 일본 사람 대부분이 석 주 전부터 그 이유를 알고 있었기 때문이다.

후지와라 유이치와 방현진의 결혼식이 잠시 후 11시에 히가시교엔에서 열릴 것이다. 특급호텔 그랜드블룸 같은 곳에서 하지 않고 이 찌는 듯한 무더위의 땡볕 아래서 하는 것이나, 그것도 굳이 일왕이 사는 고쿄 바로 코앞에서 하는 이유를 일본 사람들 대부분이 짐작하고 있었다. 말하지 않는 공공연한 비밀이었다.

왕실전범에 의하면 원칙적으로 후지와라는 왕자가 아니었다. 하지만 지금 일본은 완전히 신데렐라 이야기를 쓰고 있었다. 그 중심에 후지와라가 서서 온 일본인의 환호와 갈망을 부드러운 미소와 유려한 손짓으로 받아내고 있었다. 그것을 모르지 않는 왕실에서는 전례에 없이 왕실 정원에서 결혼식을 허락했던 것이다. 표면적 이유는 일본과 한국의 우호적인 평화발전의 출발을 왕실 정원에서 함으로써 왕실의 위상을 높이기 위함이라고 공표했지만, 그것을 믿는 일본인은 거의 없었다.

현 일왕 아키히토 입장에서 보면 후지와라는 눈에 가시 같은 존재였다. 자신의 장성한 아들들이 둘씩이나 있음에도 불구하고 대를 이을 손자가 없다는 이유로, 언론과 국민들이 여성왕위계승을 주장하며 시끄럽게 하는 것에 극도의 불쾌감이 없지 않았다. 다 늙어 살 날이 얼마 남지 않은 시게코는 문제가 아니지만, 그녀의 손자 후지와라에 대한 국민의 폭발적 기대는 부담스러웠다. 여론은 무서운 것이었다. 대놓고 언론과 싸울 수는 없었다. 어떻든 자신의 손자가 태어나지 않는 것은 엄혹한 현실이기 때문이었다. 결국 일왕은 겉으로 우호적 제스처를 보내지 않을 수 없었다. 그것이 히가시교엔을 내준 진짜 이유였다.

하지만 일왕 아키히토 역시 만만치 않은 존재였다. 그냥 모든 것을 다 내놓지는 않았다. 그는 이렇게 말했다.

'히가시교엔에서 한다니 잘되었습니다. 제가 없는 동안 누군가 고쿄에 있다는 것이 너무 든든하군요.'

가시가 잔뜩 돋친 말이었다. 같은 시각 열리는 '바다의 날' 행사로 일왕 아키히토는 요코하마에 가야 했기 때문이다. 메이지일왕이 일본 순방을 무사히 마치고 요코하마에 돌아왔던 1876년 일을 기념하기 위해 만든 이날만은 일왕이 어소御所를 떠나 꼭 요코하마에 가야 했다. 오랜 관례였다. 후지와라가 의도적으로 바다의 날에 결혼식을, 그것도 히가시교엔에서 하기로 한 것은, 이렇듯 미묘한 긴장관계의 힘겨루기 위에서 이루어진 일이었다.

NHK 보도 1국장 시라카와는 더위와 긴장으로 흘러내리는 땀을 손수건으로 닦으며, 자신의 몸이 두 개였으면 정말 좋겠다고 생각했다.

도쿄 그랜드팔레스 호텔 로비를 들어서면서 강 형사는 약한 감기 증상 같은 가벼운 미열을 느꼈다. 눈의 초점이 다시 흔들렸다. 다행히 이번엔 몇 초간이었다. 긴장 탓이라고 자위하며 엘리베이터에 올랐다. 19층 버튼을 눌렀다. 온몸의 근육이 긴장으로 팽팽해졌다. 숨소리가 고막 안에서 두근두근 뛰었다.

엘리베이터가 열리자 청소 카트를 밀고 다니는 아주머니가 고개 숙여 인사했다. 두통이 다시 심해졌다. 아무도 없어야 했다. 보통 호텔 방 청소를 10시쯤에 시작하는 것을 생각하면 너무 일렀다. 지로가 제대로 처리했기를 바랐다. 정해진 방 앞으로 가서 문을 약속한 신호대로 두드렸다.

문이 열렸다. 유키였다. 가차 없이 후지와라의 뺨을 돌려대던 예의 무표정한 얼굴로 문손잡이를 잡고 있었다. 몸을 비켜 들어가게 해주고는 재빨리 복도를 살피고 문을 닫았다.

유키는 옷을 갈아입고 있던 중이었다. 침대 위엔 호텔 종업원 복장과, 행주치마, 흰 머리띠까지 빠짐없이 갖춰져 있었다. 그녀는 스스럼없이 청바지와 티셔츠를 훌훌 벗어버렸다. 매끈한 몸매였다. 눈길을 의식했는지 블라우스를 입던 유키가 돌아보았다. 그러더니 아무 말 없이 대뜸 청소 카트 속에 숨겨 두었던 옷을 꺼내 강 형사에게 던져 주었다.

강 형사는 던져 준 청소원 복장을 살펴보고는 일단 침대 위에 놓았다. 그동안 호텔 종업원 복장으로 갈아입은 유키가 타월과 치약, 칫솔 같은 일회용 도구가 가지런히 놓여 있는 청소카트 옆에 달린 넝마푸대처럼 큰 파란 자루 속에 손을 넣더니 뭔가를 찾았다. 그러더니 다 쓴 타월들이 구겨져 있는 그 속에서 기다란 쇠막대기들을 하나씩 꺼내 침대 위에 놓기 시작했다.

저격용 라이플 부품이었다.

강 형사는 그것들 중에서 망원렌즈를 집어 들었다. 그리고 커튼을 내린 창가로 다가갔다. 총구를 내놓을 작은 구멍을 유리칼로 잘라놓은 것이 보였다. 그 구멍을 향해 망원렌즈를 조금 내밀고 렌즈에 눈을 가져다 댔다.

강 형사는 깊은 숨을 몰아쉬었다.

망원렌즈로 호텔 바로 앞 히가시교엔의 넓은 공간을 천천히 살펴보았다. 그리고 방향을 바꿔 고쿄마에[皇居前]광장 쪽에 계획대로 움직이고 있을 밴의 움직임을 확인했다. 그 다음 지로의 부하들이 정확하게 위치를 잡고 있는지 차례로 하나씩 살펴보았다.

이상이 없었다. 계획대로였다.

강 형사는 망원렌즈에서 눈을 뗀 후 침대로 돌아왔다. 유키가 팔짱을 낀 채 무표정한 얼굴로 그를 쳐다봤다. 그러더니 자기 가슴 높이쯤 오른손 검지를 들어올렸다.

"몇 개로 보여요?"

그녀는 눈치 챘던 거였다. 후지와라가 뺨을 맞을 때 심정이 이랬겠구나 하는 아픔이 밀려왔다. 강 형사가 우물거리는 것을 보고 유키가 그의 눈앞에 똑바로 손을 내밀었다. 망원렌즈를 달라는 거였다. 지로가 알았는지, 아니면 유키가 알아챈 것인지, 초점이 간혹 흔들린다는 것을 눈치 챈 것이다. 이런 상태로 저격은 불가능했다.

하지만 목숨이 걸린 일이었다. 그게 자신의 목숨이라면 주저하지 않을 거였다. 유키의 목소리가 날카로워졌다.

"저격해 본 적 없죠?"

거짓이 중요한 때가 아니었다. 천천히 고개를 끄덕였다.

유키가 무표정하게 다시 손을 내밀었다. 망설이던 강 형사는 어쩔 수 없이 망원렌즈를 건넸다. 목숨을 담보로 파는 느낌이었다.

하지만 유키는 그것을 아는지 모르는지 재빨리 침대 위에 흩어져 있는 라이플 부속들을 조립하기 시작했다. 단순히 능숙하다는 말로는 다 표현할 수 없이 신속하고도 매끄러웠다. 아름답다는 것이 꼭 맞을 만큼 깨끗한 동작이었다.

라이플을 다 조립한 유키는 강 형사를 똑바로 쳐다봤다.

"나를 믿지 못하죠?"

단도직입적인 말이었다.

잠시 주저했지만 다시 고개를 끄덕였다. 그러자 유키는 두 말 없이 라이플을 그대로 강 형사에게 던졌다. 만만치 않은 무게에 약간 휘청했다.

"그럼 쏘세요."

그는 뭐라고 말하고 싶었다. 구차한 변명이라도 늘어놓고 싶었다. 하지만 실력은 오기로 되는 것이 아니었다. 더욱이 이것은 그 어떤 것보다 중요한 일이었다. 현진이는 지로를 믿었다. 그리고 지로를 믿으라고 했다. 지로가 어떤 자인지 자신도 잘 알고 있었다. 그 지로가 유키를 추천했다. 현진이를 믿으면 지로를 믿어야 했고, 결국 유키를 믿어야 했다.

불안이 크지만 결정해야 했다. 오기와 요행을 바랄 때가 아니었다. 우긴다고 없는 실력이 갑자기 느는 것도 아니었다. 무엇보다 걱정은 중요한 순간에 고문 후유증이 엄습하지 않으리란 보장이 없다는 거였다.

강 형사는 천천히 저격용 라이플을 유키에게 건넸다. 그러자 그녀가 못 박듯이 말했다.

"그럼 이제 나를 믿어요."

간단하고 평범한 말이었지만 거역하기 힘든 무엇인가가 무표정한 그녀의 말속에 있었다. 유키가 짧고 단호하게 말했다.

"나가요. 빨리."

강 형사는 자신이 입으려 했던 청소복을 다시 넝마자루 속에 쑤셔 넣었다. 그러는 내내 자신이 제대로 판단한 것인지 확신이 서지 않았다. 하지만 어쩔 수 없었다. 돌이킬 수도 없었다. 아니 돌이켜도 다른 방법이 없었다.

그가 문을 닫고 나오는 동안, 이미 저격 자세를 취한 유키는 돌아보지도 않았다.

AM 10:00

히가시교엔으로 들어가는 입구에서 일본 경찰들이 검문검색을 하고 있었다. 일반인들의 출입을 통제하는 것에 대해 홍보하는 안내 마이크 소리가 들렸다. 오랫동안 뉴스를 통해 알고 있었음에도 불구하고 일본답게 다시 또 설명을 반복하는 거였다.

강 형사는 천천히 지로가 말한 입구 쪽으로 돌아갔다. 역할이 바뀌었다는 유키의 연락을 받은 지로가 나와 있었다. 지로는 검정 선글라스에 검정 양복 차림이었다. 나카모토 신이치의 제자들이 전 일본에 모래알처럼 흩어져 있다는 것을 방 형사에게 들어 알고 있었지만, 이 짧은 시간에 지로가 보안요원 패스를 목에 걸고 귀에 리시버를 꽂은 채로 나타난 것은 놀랍다 못해 신기하기까지 했다.

지로 앞으로 걸어갔다. 그가 손을 들어 제지했다.

"일반인은 오늘 입장할 수 없습니다."

지로의 조금 큰 목소리에, 옆에 서 있던 도쿄 경찰들이 흘낏 보았다.

보안요원이라는 작자들이 너무 고압적이어서 원성을 사는 것이 당연하다고 속으로 혀를 찼지만 드러내서 말하는 자는 아무도 없었다.

강 형사는 자연스럽게 준비한 NHK 리포터 패스를 꺼내 보였다. 지로가 인상을 찡그리더니 형식적인 검사를 하는 척했다. 그리고 통과시켰다. 이미 경찰들은 다른 사람들에게로 관심이 돌아간 후였다.

서너 걸음 앞에 있는 보안검색대에 소지품을 올려놓고 검색을 받은 강 형사는 자연스럽게 NHK 리포터 이다치 사케오가 되었다. 진짜 이다치가 어느 허름한 호텔 방에서 발가벗겨진 채 발견될 때쯤에는 강 형사는 한국에 가 있을 예정이었다.

물론 작전대로라면 말이다.

AM 10:15

팸플릿을 보니 예식은 적어도 3시간은 훌쩍 넘을 것 같았다. 그래서 그런지 중앙 무대 한쪽에 신랑과 신부가 앉을 편안해 보이는 의자까지 마련돼 있었다.

중앙 무대 양쪽으로 각기 귀빈석과 오케스트라석이 있었다. 전체적으로 둥근 모양으로 신랑신부가 입장하는 쪽으로 약간 굽은 듯 휘어진 형태를 띤 것이 포근하게 껴안는 배치였다.

귀빈석과 예식석 그리고 오케스트라석 위로는 차양을 높이 쳐서 햇빛이 가려져 있었다. 그런데다가 전력을 끌어다가 에어컨을 있는 대로 틀어대고 있어서 그리 덥지는 않았지만, 오늘 같은 날씨에 사람들이 들어차면 소용없을 듯 보였다. 바닷물에 우물물을 퍼다 부어 민물을 만들겠다는 짓이었다.

오른편의 오케스트라석에는 일본 전통의상을 입은 사람들과 서양 연미복을 한껏 차려입은 사람들이 서로 나누어 앉아서는, 각기 가져온 악기를 소중한 아기 다루듯 조심스럽게 조율하고 있었다. 모두들 진지한 표정만큼이나 흘러내리는 땀 때문에 곤혹스런 표정이었다.

왼편에 있는 귀빈석에는 8명 정도 앉을 둥근 테이블이 15개 정도 놓여 있었다. 각 자리마다 패찰이 붙어 있는 것이 신분에 따라 안배한 듯했다. 벌써 자리를 잡고 앉은 몇이 보였다. 위로 차양이 쳐져 있고 에어컨이 풀가동되고 있지만 더워 보이기는 마찬가지였다.

하지만 귀빈석에 앉을 정도의 VIP가 아닌 초대 손님들이 앉을 마당에 비할 것은 아니었다. 신랑과 신부가 입장할 중앙에 깔린 카펫을 제외하고는 널찍한 마당에 12명씩 앉을 둥근 테이블이 놓여 있었다. 모두 60개였는데, 그 테이블에도 각 자리마다 이름이 쓰여 있었다. 벌써 거의 다 자리가 차 있었는데, 다들 사정없이 쏟아붓는 햇빛에 이미 지쳐 보였다. 웨이터들이 분주하게 물고기처럼 테이블 사이를 빠져 다니며 시원한 음료와 차가운 커피를 연신 서빙하고 있었지만, 역부족으로 보였다.

강 형사는 하늘을 쳐다보았다.

쨍쨍거리는 날씨는 원망스러울 정도로 더웠다. 벌써 속옷이 다 젖어버렸다.

정말 주객이 전도된다는 것이 무섭고도 어처구니없구나 하는 생각을 했다. 결혼의 본래의 의미는 어디론가 사라져 버리고 모든 것이 정치적 목적과 이유와 상징에 의해 결정되어 버렸다. 일왕에 대한 시위가 아니라면 이렇게 찌는 한여름 야외에서 결혼식을 올릴 생각을 어떤 미치광이가 꿈꾸기나 했겠는가, 하는 생각이 뒷목에 땀을 닦아내는 강 형사의 머리를 떠나지 않았다.

벌써 테이블에 올려진 꽃들은 시들기 시작했다. 하지만 불가사의하게도 10층짜리 웨딩케익은 어떤 마술의 조화인지 찌는 듯한 태양 아래에서도 크림 하나 녹아내리지 않았다. 바로 아래에서 미친 듯이 불어대는 쿨러 때문일지도 모르지만 아무튼 신기했다.

정말 이렇게까지 해야 하나, 하는 생각을 하며 무대에서 가장 멀리 떨어져 음식을 만들고 있는 요리사들과 그 사이에서 왔다 갔다 하며 사진을 찍어대는 기자들을 다시 살펴보았다. 그리고 초청받은 사람들을 수행해서 온 경호원들과 비서들도 확인해 보았다. 예식 전체의 보안을 책임진 요원들은 눈에 보이지 않게 이곳저곳을 분주히 다니며 최종 점검을 하고 있었다.

예식이 거행될 히가시교엔의 상황을 머릿속에 넣고 있는 강 형사 뒤로 지로가 천천히 다가와 짧은 말을 흘리고는 멀어져 갔다.

강 형사는 지로가 말한 곳으로 갔다.

언제쯤 만들어진 것인지는 모르지만 오래돼 보이는 성벽을 따라 돌아가다 보니, 처음 보는 남자가 자신의 어깨를 툭 치며 지나갔다. 그 서슬에 남자가 들고 가던 서류 봉투 하나가 땅에 떨어졌다. 하지만 그는 부딪힌 줄 모르는지 미안하다는 말도 없이, 지나가는 다른 사람들 사이에 섞여 가버렸다. 강 형사는 땅에 떨어뜨린 봉투를 집어 들고 여기 떨어진 것이 있다고 말하며 그 남자의 뒤를 쫓았다. 그렇게 강 형사도 어느 정도 사람들 사이에 섞이면서, 자연스럽게 그 자리를 빠져 나와 화장실로 들어갔다.

대변기가 있는 곳으로 들어가 문을 걸고 앉았다. 그리고 봉투 속에 있는 총을 꺼내 탄창을 끼웠다. 그러면서 생각했다.

'이제 모든 준비가 다 되었다.'

AM 10:30

히가시교엔에서 벌어지는 결혼예식 장소를 정면에서 바라보는 약간 뒤로 빠진 곳에는 방송을 위해 임시로 지은 가건물이 있었다. 건물 앞에는 NHK TV 로고가 그려진 카메라를 들고 있는 남자와 마이크를 든 예쁘장한 리포터가 콘티를 짜고 있었다. 그들은 아침 일찍 지령으로 움직인 공안44 요원이었다. 물론 진짜 NHK 방송 직원이기도 했다.

가건물 전면은 벽 중간부터 위로 전체가 코팅처리 된 통유리로 되어 있었다. 밖에서는 들여다보이지 않지만 안에서는 훤히 밖의 상황이 보였다.

그 건물 안에서 통유리를 통해 바깥 상황을 관찰하며 보고받고 있는 자는 다카하시였다. 바로 옆에는 날카로운 눈매의 곱슬머리 남자가 헤드셋을 쓰고 앉아 앞에 놓인 방송 장비의 조작버튼을 점검하고 있었다. 한번 엉키면 그냥 싹둑 자르는 수밖에 없어 보이는 수많은 전기코드에 연결된 엄청난 방송장비가 어수선하게 주변에 늘어져 있었다. 그 뒤로 묵묵히 서 있는 요원 셋이 더 있었다. 날카로운 눈매의 곱슬머리 남자는 쉴 새 없이 들어오는 곳곳의 보고를 다카하시에게 그때마다 전했다.

모든 것이 준비되었다는 최종 보고가 들어오자, 다카하시의 가슴이 미친 듯이 뛰기 시작했다. 주인의 명령대로 일을 수행한 이후의 결과가 머릿속에 그려졌기 때문이다.

그때 대담하게 허리를 판 옷을 입은 갈색 머리의 서양 미녀가 통유리 앞을 지나갔다. 그의 뒷모습을 훔쳐보며 다카하시는 침을 삼켰다.

그 미녀는 에어컨이 나오는 귀빈석으로 올라가 아랍계로 보이는 남자에게 가서 뭐라고 말하고는 웃었다. 사우디에서 온 알 하픈 압둘 왕자였다. 그 옆에 프랑스 외무장관 쟈크 머렝도 눈에 띄었다. 몇 테이블 건너 침착한 표정으로 동시통역기를 귀에 꽂는 남자는 러시아 대사 알렉세이 볼드윈이었다. 그 외에도 평소 직간접적으로 교분이 있는 자들이 무수히 눈에 띄었다.

작은 UN 같다는 생각이 들었다. 온갖 색깔의 옷과 피부와 말소리가 히가시교엔에 퍼지고 있었다. 저들 앞에서 일을 벌여야 하는 거였다.

다카하시는 전에 없이 입안이 말랐다. 혓바닥이 갈라지는 느낌이었다. 침이 바짝 마른 목구멍을 타고 내려갔다.

'이제 곧 시작이다.'

AM 11:00

입장은 동시에 했다.

가슴이 끔찍하게 아팠다. 정신을 차려야 한다고 몇 번이고 생각했지만 가슴은 정신없이 흔들렸다. 총을 빼내 그대로 갈겨버리고 싶은 충동을 여러 번이나 참아야 했다.

현진이는 너무너무 아름다웠다. 눈이 시릴 정도로 빛났다. 수수한 웨딩드레스에서 도저히 눈을 돌릴 수 없었다. 하객들이 일어서서 박수를 치는 것으로 예식이 시작되었다. 입장을 마친 신랑과 신부는 하객들을 바라보게 마련한 의자에 앉았다. 그리고 이어진 복잡한 식순 때마다 일어섰다가 앉기를 반복했다.

정해진 연주와 축하 공연, 각국 정상을 대신해서 읽어 내리는 축사 등이 줄줄이 이어졌다. 이 모든 것을 단독 중계를 하는 NHK 카메라 열일곱 대가 실시간으로 전 세계에 송출했다.

지금 세계는 일본 도쿄 히가시교엔을 주목하고 있었다.

AM 11:50

방 형사는 정신이 어수선했다. 사위가 웅웅거리는 느낌이었다. 의자에 앉아, 자신을 바라보고 있는 엄청난 하객들의 시선을 고스란히 받아야 하기 때문만은 아니었다. 결혼이란 이런 것이구나, 하는 생각 때문만도 아니었다. 뭔지 모르지만 거미줄처럼 텁텁한 것이 목덜미에 끈질기게 들러붙어 떨어지지 않는 느낌이었다. 예식이 거행되는 히가시교엔에 들어서면서부터 성가신 스멀거림이 정신을 사납게 만들었다. 폭우처럼 쏟아지는 에어컨의 냉기 아래에서도 끈적거리는 그 느낌이 좀처럼 가시지 않았다.

문득 이유를 알 것 같았다. 왠지 눈앞에 펼쳐진 상황이 무척 낯익다는 생각이 불현듯 들었기 때문이었다. 그거였다. 너무 익숙한 느낌이었다. 어릴 때 홋카이도에서 살았기에 일본이 낯설지는 않았다. 하지만 그 때문이 아니었다. 그런 것이 아니었다. 히가시교엔은 처음이고, 이렇듯 운집한 사람들의 시선 앞에 선 것도 처음이다. 멀리 공원 밖 도로는 차를 통제한 듯했다. 그 너머 높은 빌딩과 호텔들도 조용한 느낌이었다. 분명 처음이었다. 아무리 생각해도 이런 상황은 처음이었다. 하지만…… 어딘지 모르게 무척 낯익었다. 그리고 그것이 기분 나쁘게 신경을 쿡쿡 찔러댔다.

'뭔가…… 뭔가 있다……'

하지만 거슬리는 그 무엇이 떠오를 듯 말 듯 생각을 간질였다. 스멀거리며 조금씩 커지는 무서운 느낌이 조금 있으면 엄청나게 큰 폭발을 일으킬 것만 같았다. 심장이 미친 듯이 요동치기 시작했다.

사회자의 말에 따라 자리에서 일어섰다. 누가 식순을 짰는지 일본 국가가 연주되었다.

신부 화장이 아니었다면 해쓱해진 표정이 그대로 다 드러날 정도였다. 불안감은 조금도 줄어들지 않고 갈수록 커지기만 했다. 심장 소리가 드레스를 뚫고 비어져 나오는 것 같았다.

이어서 애국가가 연주되었다. 오케스트라와 일본 전통 악기들이 빚어내는 애국가는 청승맞은 느낌을 주었다. 가락도 가락이지만, 평소보다 반 박자 느리게 연주하는 것이 꼭 조롱하는 것 같았다. 누군가 일부러 자신을 비웃으려 한다는 생각이 들자, 요동치는 심장과 달리 머릿속이 살짝 냉정을 되찾았다.

그 순간 벼락같은 깨달음이 그녀의 머리를 관통했다. 방 형사의 머릿속이 하얗게 되어 버렸다. 들려오던 애국가 연주 소리가 삽시간에 적막 속에 사라져버렸다. 엄청난 영상이 쏟아지듯 눈앞에 떨어졌다.

'설마…… 그…… 그래서……'

쨍쨍거리는 태양 아래서 방 형사는 상상할 수 없는 공포에 뼛속까지 얼어붙고 말았다. 자신의 목덜미에 지겹게 들러붙던 끈끈한 것의 정체에 그녀는 심장이 튀어나올 정도로 경악하고 말았다. 입술이 저도 모르게 바르르 떨리기 시작했다.

애국가 연주는 클라이맥스를 향해 치닫고 있었다. 곧 심벌즈가 쾅 하고 부딪치려고 준비를 하고 있었다.

'강 선배! 강 선배! 도…… 도망쳐요! 빨리!'

같은 시각.

그랜드팔레스 호텔 19층에선 종업원 복장을 한 유키가 저격용 라이플을 들고 히가시교엔을 내려다보고 있었다. 망원렌즈로 후지와라를 살피던 유키가 렌즈에서 눈을 뗐다. 그리고는 손목에 찬 시계를 보았다.

맞춰놓은 알람을 다시 확인하고 시간을 보았다.

11시 55분을 지나고 있었다.

천천히 심호흡을 몇 번 하고는, 다시 망원렌즈에 눈을 가져다 댔다. 후지와라의 잘생긴 얼굴을 보더니, 서서히 총구를 옆으로 틀었다. 아주 서서히……

그러자 방 형사의 얼굴이 선명하게 십자 표적에 들어섰다.

유키는 여자인 자신이 보기에도 아름답다는 생각을 했다. 그러자 조금 안됐다는 마음이 들었다. 하지만…… 어쩔 수 없었다.

유키는 서서히 라이플을 내려 망원렌즈로 방 형사의 가슴을 살폈다. 그리고 차가운 미소를 지으며 방 형사의 심장을 똑바로 조준했다. 순간 끝까지 라이플을 자신이 쏘겠다고 했던 강 형사의 얼굴이 스쳤다. 하지만 머릿속에서 내몰았다.

안전장치를 풀었다. 철컥 소리가 기분 좋게 울렸다. 천천히 숨을 낮게 내쉬고는 호흡을 멈췄다. 그리고 시계의 알람소리에 귀를 집중시켰다. 그러는 그녀의 머릿속엔 한 가지 생각만 빙글빙글 돌았다.

그것이 머리에 가득 찼다.

'정확히…… 정확히 심장을 쏴야 한다.'

강 형사는 시계를 보았다. 11시 55분이었다. 5분이 남았다. 정말 히가시교엔은 찌는 듯이 더웠다. 목이 타며 갈라졌다. 시원한 물 한 잔 마시고 싶다며 몸이 안달을 부렸다. 셔츠가 젖어 몸에 착 달라붙었다.

흘러내리는 땀을 닦으며 강 형사는 몇 번이고 했던 짜증 섞인 불평을 다시 했다. 일왕이 바다의 날 행사로 요코하마에 가기 때문에, 결혼식을 오늘로 잡은 거란 것을 알았지만, 찌는 듯한 더위는 자꾸 짜증을 내게 했다.

'도대체 날을 잡아도 왜 하필 이⋯⋯.'

순간, 강 형사의 등 뒤로 섬뜩한 것이 쑥 훑고 지나갔다. 그건 너무나 갑작스러운 것이었다. 생각지도 못한 것들이 연달아 그의 뇌리를 세차게 때리며 순식간에 나타났다가 사라져 버렸다.

갑자기 멍해졌다. 분명 뭔가 놓친 중요한 것이 있었다. 굉장히 중요한 것 같았다. 그것 때문에 모든 것이 어그러질 것 같은 말도 안 되는 망상이 자꾸 꾸역꾸역 시커멓게 올라왔다.

눈앞에 식순에서 보았던 글자들이 모두 일어나 공중에 날아올랐다.

'7월 17일, 바다의 날, 11시, 히가시교엔⋯⋯.'

하늘을 쳐다봤다. 태양이 당장이라도 모든 것을 녹여 부글부글 끓여 먹을 듯이 이글거렸다.

휙 둘러 보았다. 사람들이 식순 종이를 가지고 부채질을 하고 있었다. 몇 백만 원은 족히 넘을 옷을 걸쳐 입은 사람들이 이글거리는 태양 아래 앉아 그 새 옷을 땀으로 적셔대고 있었다.

'한낮, 히가시교엔, 찌는 더위⋯⋯.'

식순 어디인지 오케스트라와 일본 전통 악기들이 애국가를 울려내기 시작했다.

강 형사는 귀빈석과 예식석으로 눈을 돌렸다. 그리고 반대쪽 멀리로 고개를 돌렸다. 도쿄 그랜드팔레스 호텔이 정면으로 보였다. 다시 고개를 반대쪽으로 돌렸다. 귀빈석과 예식석 위에 차양이 들어왔다. 거기 있는 사람들은 부채질은 하지 않았다. 에어컨 때문이었다.

어쩔하며 현기증이 일었다.

'왜 히가시교엔이지⋯⋯?'

다시 고개를 돌려 팰리스 호텔을 올려다보았다.

'저기 유키가 있고……'

고개를 돌려 다시 예식 무대를 향했다.

'여기, 여기 신랑신부가……'

다시 현기증이 일었다. 핑 돌았다.

머리를 살짝 흔들었다가 들자, 눈앞에 귀빈석이 들어왔다. 각국에서 온 사절들과 귀빈들이 에어컨 밑에 앉아 있었다. 귀에 거슬리는 애국가 가락을 따라 자연스럽게 눈이 뭔가를 찾았다. 하지만 쉽게 들어오질 않았다. 미친 듯이 뛰던 가슴이 터질듯이 요동쳤다. 있어야 할 것이 없었다. 그래서는 안 되는 거였다. 절대 그래서는 안 되는 거였다.

'생각했어야 했다. 생각했어야만 했다. 처음부터 생각했어야만 했다.'

귀빈석에는 없었다. 단 한 명도 없었다. 정말 없었다. 한국인은……거기 없었다. 주일한국대사조차 마당에 펼쳐놓은 일반석에 앉아 있었다.

심장이 곧 터질 듯한 그 무엇인가를 건드렸다. 그것은 민족감정만은 아니었다. 간드러지게 약 올리듯이 울려대는 애국가 가락 때문만도 아니었다. 그건 있어서는 안 되는 엄청난 생각 때문이었다.

'설마……'

퍼뜩 방 형사의 결혼 발표를 두고 비웃던 사람들의 말이 거세게 귀를 때려왔다. 수많은 비난 중에서 하나가 계속 그의 귀에 쟁쟁하게 울렸다.

'왜 하필 후지와라냐? 왜 하필 후지와라냐? 왜 하필 후지와라냐?'

그 하고많은 남자들 다 넵두고, 왜 하필 천황이 될 거라며 거들먹거리는 후지와라와 하냐는 거였다. 꼴통보수 발언만 줄곧 해대다가 노벨평화상을 받겠다고 간교하게 말 바꾸기를 하고 있는 그 못된 후지와라와 왜 결혼하냐는 분노였다. 그때는 가슴 아프게 화가 치밀었지만, 지금 히가시교엔의 쨍쨍거리는 태양 아래서는 그 말은 전혀 다르게 들렸다.

'왜 하필…… 왜 후지와라지? 왜 후지와라인 거야?'

오케스트라 음악이 더욱 커졌다. 심벌즈가 쾅하고 부딪쳐 큰 소리를 내기 직전이었다. 강 형사의 머릿속에서 온갖 생각들이 한꺼번에 부딪쳐 터지면서 쾅하고 폭발했다.

벼락같은 깨달음이었다. 있을 수 없는 엄청난 깨달음이었다. 동공이 크게 확 팽창되었다. 그의 등 뒤로 줄줄 흐르던 땀이 순식간에 차갑게 식어 버렸다.

생각할 수 없던 것이 연달아 생각났다. 아니 마땅히 생각했어야만 했던 것이 겨우 이제야 떠올랐다.

'아, 안 돼. 안 돼, 안 돼!'

머릿속은 너무 늦었다고 발악을 해댔다. 멈춰야 했다. 단 5분만이라도 뒤로 돌아가 모든 것을 멈춰야 했다.

강 형사는 미친 듯이 무대로 달려가려고 앞에 서 있는 사람들을 밀치며 뛰어나갔다. 자신의 신분을 노출시키면 안 된다는 것은 물론, 무모한 행동이 다른 동료들의 목숨을 위태롭게 만들고, 플랜B를 완전히 망쳐버릴 수 있다는 것까지 완전히 잊어버렸다.

머릿속이 텅 빈 것처럼 하얗게 되어 버렸다.

하지만…… 너무 늦어 버렸다.

흉포한 총소리가 히가시교엔의 후텁지근한 공기를 찢어놓으며 예식무대를 향해 미친 듯이 날아들었기 때문이다.

PM 12:00

쾅— 쾅— 쾅— 쾅—

바위도 뚫어낼 수 있을 것 같은 총알이 무대 위에 나란히 서 있는 신랑 신부 쪽을 향해 날아들었다. 총알은 그대로 한 사람의 심장을 갈가리 찢어 놓으며 뚫고 지나갔다. 뒤미처 달려든 총알이 그 사람의 몸을 공중에 띄워 뒤로 날아가게 만들었다. 순식간에 피가 사방으로 터졌다.

모든 것을 태워버릴 것 같은 태양 아래서 잠시 동안 시간이 멈춘 것처럼 완전한 정막이 히가시교엔을 휘감았다. 바닥에 피를 토하며 뒤로 쓰러지는 그 사람만이 시간을 통과해 움직이는 것 같은 이상한 착각이 들었다.

단상으로 달려가던 강 형사는 과잉으로 분비된 아드레날린만큼 따라오지 못하는 몸 때문에 다리가 꼬여 쓰러지고 말았다. 때문에 입안 가득 맴돌던 울음 섞인 괴성이 터져 나왔다.

"안 돼!"

하지만 이미 돌이킬 수 없는 상황이었다.

피를 뿜으며 뒤로 날아간 사람은 바로 새신랑 후지와라 유이치였다.

PM 12:01

새된 비명 소리가 넓은 히가시교엔 하늘을 찢어놓자, 막혔던 봇물이 터지듯이 사람들이 일제히 비명을 질러대기 시작했다. 생각처럼 움직이지 못하는 사람들이 뒤엉켜 넘어졌다.

쾅— 쾅— 쾅— 쾅—

단상이 넘어지고 테이블이 뒤집혔다. 입안 가득 경악을 뱉어내며 뛰던 사람들 뒤로 달려오던 사람들과 같이 엎어지고 굴렀다. 그 위에 다른 사람들이 덮치며 쓰러져 허우적댔다. 팔이 꺾이고 다리뼈가 부서지는 소리가 났다. 비명과 신음 소리가 섞이는 사이로 얼어붙을 듯 비명만 질러대는 사람들은 조금도 움직이지 못하고 무엇인가를 움켜쥐고 죽을 힘을 다해 흔들어대기만 했다.

쾅— 쾅— 쾅— 쾅—

포탄 같은 총알이 무차별적으로 쉴 새 없이 날아왔다. 단상은 이미 쑥대밭이 되었다. 음식들이 뒤엎어지고 유리잔들이 깨져 날아다녔다. 무대는 형체를 알아볼 수 없게 너덜거렸다. 사람들이 도망치다 건드린 10층 케이크가 통째로 넘어져 바닥에 철퍼덕 퍼졌다.

쾅— 쾅— 쾅— 쾅—

귀빈석으로 경호원들이 달려들어 요인들을 감싸는 동안에도 총알은 정신없이 날아들었다. 경호원의 몸을 뚫고 뒤에 있던 요인들도 같이 피를 뿜어대며 쓰러졌다.

강 형사가 팔레스 호텔 19층에서 유키와 저격을 놓고 실랑이를 벌이던 시각에, 같은 팔레스 호텔에 비슷한 목적을 가진 한 남자가 엘리베이터를 탔다. 그는 22층 버튼을 눌렀다.

피터 손더버그라는 이름으로 객실을 예약한 그 남자 역시, 방에 들어서자마자 이미 방 안에 누군가 가져다 놓았던 가방을 열어젖혔다. 그리고 안에서 저격용 라이플을 꺼내 능숙하게 조립하기 시작했다. 같은 저격용 라이플이었지만 그가 조립하는 것은 유키의 라이플과는 차원이 다른 물건이었다.

바렛Barrett M82A1.

크레파스 크기의 12.7mm탄을 쓰는 대물저격용 라이플이었다. 인명

살상이 아닌 차량폭파, 장갑차량 저격에 전문적으로 쓰이는 괴물이었다. 이 괴물이 뱉어낸 총알이 날아가는 모습은 마치 작은 로켓이 날아가는 것과 아주 흡사했다. 콘크리트 벽을 폭파하고 자동차를 미친 듯이 찢어발기는 이 총탄이 후지와라 유이치의 심장을 갈가리 찢어 놓았던 것이다.

방아쇠를 당길수록 손더버그는 점점 흥분하기 시작했다. 입안에 침이 고이며 중심으로 차츰 피가 몰리기 시작했다.

쾅— 쾅— 쾅— 쾅—

망원렌즈에서 눈을 떼지 못하는 손더버그의 입가가 위로 길게 찢어지며 킥킥대는 괴성이 흘러나왔다.

쾅— 쾅— 쾅— 쾅—

혼비백산하는 여자들과 넘어지는 사람들. 그 뒤에서 살겠다고 도망치다 구르는 배불뚝이. 놈의 머리통을 날려버렸다. 토마토가 터지듯이 곤죽이 되는 광경에서 그의 중심이 완전히 발기되었다.

쾅— 쾅— 쾅— 쾅—

섹시한 여자가 인형처럼 핑글핑글 구르면서 피를 토하며 쓰러졌다. 이제 손더버그의 아랫도리 가운데는 옷을 밀어붙이는 힘에 쓸려 터져버릴 듯 더 팽팽해졌다.

쾅— 쾅— 쾅— 쾅—

손더버그의 찢어진 입가에서 침이 흘러내리며 괴성이 키득거림으로 바뀌었다. 흉폭한 총알에 맞아 사람들이 너덜너덜해지는 것이 망원렌즈 안에 가득 들어찼다. 그의 손아귀는 여전히 방아쇠를 놓지 않았다.

쾅— 쾅— 쾅— 쾅—

NHK 보도 1국장 시라카와는 쭈글거리는 목덜미로 흘러내리는 땀을 느낄 수 없었다. 눈앞에 펼쳐진 광경은 진짜였다. 영화도 아니고 애니메이션도, 롤플레잉 게임도 아니었다. 시라카와는 유통기한 지난 아드레날린을 맞은 듯 흥분했다. 가슴이 팽팽해지며 저도 모르게 환호가 튀어나올 뻔했다. 환호를 목구멍 안에 억지로 우겨넣으며 큰 소리를 뺙 질렀다.

"스즈키! 하나도 놓치지 마!"

카메라맨은 시라카와의 말이 아니어도 이미 눈앞에 퓰리처상이 엄청난 크기로 커지며 달려오는 흥분에 몸을 가누지 못할 지경이었다. 잠시 후, 누가 먼저랄 것도 없이 시라카와 스즈키는 정신없는 포탄의 아수라장 속으로 과감하게 뛰어들었다.

가건물 안의 통제실에 서 있던 다카하시는 정신 나간 총질에도 눈 하나 깜빡하지 않았다. 뒤에선 공안44의 정예 요원들도 마찬가지였다. 미동도 하지 않았다.

밖의 상황은 완벽했다. 모든 것이 정확하게 지시대로 움직인 결과였다. 아무 감흥도 없었다. 헤드셋을 통해 들어오는 보고는 마땅히 그래야만 하는 것들이었다.

후지와라 유이치의 무관장 헐크 곤조는 처음엔 경악했다. 꿈에도 상상하지 못한 일이 벌어졌기 때문이다. 새벽에 받은 지시가 이것인지 순간 당황해 움직이질 못했다. 그러나 즉시 정신을 차리고 부하들에게 고함쳤다.

"빨리! 후지와라 공을 어소御所로 피신시켜라."

경호원들은 더 이상 후지와라라고 생각할 수 없는 너덜거리는 시체를 떠메고 고쿄의 어소를 향해 뛰었다.

강 형사는 넘어지면서도 방 형사에게 눈을 떼지 않았다. 방 형사는 경호원들에 휩싸여 교코 어소 쪽으로 끌려가다시피 뛰어가고 있었다. 다른 경호원도 어쩔 수 없다는 듯이 따르고 있었다. 강 형사는 총알이 미친 듯이 날아와 터지는 것을 뚫고 낮은 자세로 그녀를 향해 뛰었다. 염산을 들이 부은 듯 심장이 타들어가기 시작했다.

'거긴 아니야, 아니라고!'

방 형사는 절대로 가서는 안 되는 곳으로 달려가고 있었다.

강 형사는 플랜B가 완전히 헝클어져 버렸다는 사실에 온 세상이 울렁거리며 흔들려 송두리째 무너져 내리는 것 같았다.

총을 쏜 것은 유키가 아니었다. 무표정한 유키의 라이플은 이런 위력이 아니다. 유키였다면 방 형사의 가슴을 쏘았을 것이다. 분명 쏘았어야만 했다. 단 한 발. 오직 한 발.

그것이 플랜B였다.

강 형사가 방 형사를 도쿄대학 도서관 앞에서 만났던 날, 그들의 계획은 둘이었다. 플랜A는 후지와라를 설득하는 일과 시모가모 기록을 찾는 일이었다. 그 성공 여부는 불투명했다. 특히 시모가모 기록의 행방은 시게코와 부딪혀야 하는 일이었다. 강 형사는 방 형사에게 무리수를 두지 말라고 당부했었다. 플랜A의 성공 여부에 상관없이 다음 날로 다가온 결혼식에는 플랜B를 실행하기로 모의했다. 비록 목적한 것을 달성하지 못해도 일본에서 도망쳐야 했기 때문이다.

플랜B의 핵심은 방 형사를 저격하는 것이었다. 저격당한 방 형사는 그녀의 경호원들에 의해 히가시교엔에서 가장 가까운 도쿄대학부속병원으로 옮겨지고 그곳에서 사망하는 것으로 처리될 예정이었다. 방 형사를 실어갈 도쿄대학병원 앰뷸런스는 교코마에 광장 쪽을 계속 움직이며 대기하고 있었다. 쓰러진 방 형사를 구급요원들이 앰뷸런스에 싣고 도쿄대학병원으로 달려가는 동안 저격당한 방 형사는 드레스 안에 받쳐 입었던 것을 벗어버릴 거였다. 물감이 터져 나와 쓸모없어져 버린 그것을 완벽히 소각시켜야 하니 말이다.

플랜B는 아슬아슬한 외줄타기였다.

방 형사도 강 형사도 모두 한 치의 실수도 없어야 했다. 시작은 도쿄대 도서관에서 방 형사에게 지로가 특수 제작한 경량방탄복을 은밀히 건네줄 때부터였다. 계획대로라면 방 형사는 그것을 반드시 웨딩드레스 안에 착용할 거였다. 그래서 웨딩드레스는 덜 파인 화려하지 않은 것이어야만 했다. 그에 맞춰 저격도 반드시 가슴을 맞추어야만 했다. 조금이라도 어긋난다면, 정말 생명이 달아나는 거였다. 저격을 끝내 자기가 하려 했던 강 형사는 그 점 때문에 자신의 실력을 고민했고, 유키에게 맡기고도 불안해 했던 것이다.

도착할 병원에는 지로가 준비한 의료진들이 기다리고 있었다. 누가 봐도 손색이 없는 최첨단 의료장비들이었다. 다만 그 장비들의 수치나 파장을 약간씩 손보았다는 것만 다를 뿐이었다. 의료진들은 방 형사를 살리기 위해 혼신의 노력을 다하는 희대의 쇼를 보일 것이고, 그럼에도 불구하고 방 형사의 바이털사인은 평평해질 예정이었다. 경호원들은 처치실 바깥 유리 창문에 매달려 생생하게 눈으로 보고 증언할 것이었다. 또한 이 모든 과정을, 특종이라면 자기 아버지라도 팔아먹을 자들로 득

실거리는 NHK에 의해 이례적인 생방송으로 전 세계에 영상을 송출하게 될 거였다. 어수선한 틈을 타서 그들이 병원에 살짝 들어오도록 문을 열어 놓을 계획이었다.

방 형사의 바이털사인이 평평해질 즈음 병원 바깥에는 소란이 일어난다. 쇠파이프와 곤봉 그리고 위험스런 뭔가를 가득 들은 통을 들고 우익청년들이 나타날 거였다. 그들은 마구잡이로 '황실을 더럽히는 화냥년을 죽여야 한다'는 광기어린 말로 병원 응급실을 난입하여 기물을 부술 거였다. 놀란 의사들과 간호사들을 몇 명쯤 다치게 할지도 모른다. 꼭 해야 할 것은 방 형사를 체크했던 기기들을 완전히 작동불능으로 만드는 것이었다. 혼란의 와중에 방 형사의 경호원들은 누군가가 쏜 총에 부상을 당하고, 결정적인 장면이 벌어진다.

우익청년들이 들고 온 석유통을 사망하여 흰 천을 쓰고 있는 방 형사의 몸뚱이에 쏟아 부을 것이고 가볍게 라이터를 던져버릴 거였다. 그것으로 끝이었다.

우익청년들의 난입으로 혼란한 틈에 방 형사의 침상 바로 옆에서 대기하고 있던 시체와 방 형사가 재빨리 바꿔쳐질 것이고, 완전히 다 타버린 시커먼 시체만이 남을 거였다.

물론 의혹이 생길 것이고 DNA검사를 해야 한다는 등의 온갖 주장이 난무하겠지만, 그대로 묻힐 것이다. 계속 시끄럽게 끌고 가는 것이 부담으로 작용할 것이다. 죽은 자가 방 형사가 아니라 가짜라고 판명되어도 마찬가지였다. 이미 당한 그들에게는 씻을 수 없는 수치로, 밝혀야 제 얼굴에 침 뱉기가 되기 때문이며, 무엇보다 방 형사를 찾을 수 없기 때문이다. 그렇다고 그런 사실을 공식적으로 발표할 수도 없다. 모든 장면이 리얼하게 NHK를 타고 전 세계 구석구석으로 이미 날아간 다음이기 때문이다. 방 형사가 가짜로 죽었다는 일본의 주장은 진실이지만 오히려 거짓이라는 공세에 시달리게 될 거였다. 그간 그들이 쌓았던 고질적인 왜곡이 낳은 인과응보였다. 이미 우익들이 죽여 놓고 뻔뻔하게 왜곡한다는 순수한 열혈청년들의 거센 함성의 역풍을 단단히 만나게 될 것이 불을 보듯 뻔하다. 결국 일본은 방 형사의 죽음을 유야무야 인정하지 않을 수 없게 될 거였다.

정말 모든 것이 완벽했다.

방 형사가 방탄복을 미처 착용하지 못할 수도 있었다. 가슴을 저격하지 못하고 엉뚱한 곳을 쏠 가능성도 있었다. 준비한 도쿄대학 앰뷸런스보다 지나가던 앰뷸런스가 갑자기 먼저 끼어들 위험성도 없지 않았다. 그렇지만 방 형사를 믿었고, 지로를 믿었다. 방 형사는 신부 단장으로 이목이 번다해도 어떻게든 지로의 방탄복을 입을 거라고 믿었고, 지로는 철저하게 주변을 통제해서 앰뷸런스에 실을 거라고 믿었다. 저격만이 문제라고 생각했었다. 무표정한 유키에게 맡기고도 애써 불안을 감추지 못했던 것은 그것뿐이었다.

그런데 이 모든 것이 다 틀어지고 말았다.

신부가 교코 어소 쪽으로 방향을 잡는 것을 본 손더버그는 바렛 M82A1을 멈췄다. 그리고 그대로 총을 버려둔 채 일어나 문을 열고 복도로 나섰다. 걸을 때마다 불편하게 눌리는 가운데의 느낌이 더욱 기분을 들뜨게 했다. 입안 가득 침이 고였다. 엘리베이터 스위치를 누르고는 스위스 계좌로 들어올 작전 완료 수당을 머릿속으로 재빨리 계산했다.

땡 소리와 함께 엘리베이터가 열렸다. 두 명의 남자가 타고 있었다. 손더버그는 여유 있게 엘리베이터에 오르며, 아침에 호텔로 올 때 만났던

키 작은 남자에게 느끼한 미소를 던졌다. 이 키 작은 일본인이 지금 팔레스 호텔 전체를 관할하고 있었다. 손더버그를 22층으로 올려 보내 준 것도 지금 지하에 주차해놓은 아우디로 안내할 것도 모두 이자였다. 손더버그의 미소에 그자도 미소로 답했다. 지하에 엘리베이터가 서자 손더버그는 사내가 안내하는 대로 아우디로 향했다. 계약 때 말했던 대로 아우디 조수석에는 죽여주는 여자가 아슬아슬한 차림으로 다리를 꼬고 앉아 있었다. 다리를 슬며시 풀며 교태를 부리는 여자를 향해, 손더버그는 입안 가득 넘치는 끈적한 침을 술술 빨아대며 어깨를 풀었다.

하지만 거기까지였다. 그게 다였다.

피를 토하며 아우디 트렁크에 실린 손더버그의 가슴에는 커다란 총구멍이 세 개 나 있었다.

어디선가 흉포하게 날아오던 총알이 멈추자마자 임시 통제실 안에서 모든 상황을 주시하고 있던 다카하시가 낮은 목소리로 지시했다. 헤드셋을 끼고서 온갖 장비를 조작하던 곱슬머리 부하가 명령에 짧게 대답했다. 그리고 곱슬머리는 복잡한 방송 장비로 보이는 것의 상단에 있는 스위치를 힘껏 눌렀다.

낮은 자세로 기어가던 강 형사가 총격이 멈추자 몸을 일으켜 세우며 일어나려 할 때였다.

쿠앙—

천지를 찢어놓을 커다란 폭발음과 함께 그의 몸이 공중으로 솟으며 앞으로 고꾸라졌다. 뒤이어 이어지는 엄청난 폭발음과 무수히 떨어지는 파편들이 강 형사의 웅크린 몸을 향해 사정없이 쏟아졌다. 먼지와 파편들이 잦아들자 강 형사는 찌푸린 눈으로 주위를 둘러보았다.

시커먼 연기가 위로 뿜어져 올라가더니 히가시교엔 하늘을 완전히 뒤덮어 버렸다. 주변의 나무와 잘 꾸며놓은 정원의 장식들이 모두 지옥의 불 같은 화염에 휩싸이며 타들어가기 시작했다.

그 순간, 강 형사는 이제 자신과 방 형사의 목숨은 자신들만의 목숨이 아니라는 것을 깨달았다. 모든 것이 공안44의 철저한 계산과 기획에 의해 펼쳐진 함정이었다는 뼈저린 사실에 경악했지만, 너무 늦은 깨달음이었다.

다시 천지가 터져나가는 폭발음이 이어졌다.

쿠앙— 쿠앙— 쿠앙—

움찔하며 주저앉은 강 형사는 눈앞에 벌어진 상상할 수 없는 충격적인 광경에 머리털이 곤두서고 말았다. 귀빈석이 폭격 맞은 것처럼 바닥까지 송두리째 날아가 버린 것이다.

그 주위로 피바다가 펼쳐져 있었다. 쓰러진 사람들 중 움직이는 사람들은 거의 없는 것 같았다. 허리 아래가 없어진 어떤 여인만 계속해서 허우적거리며 앞으로 가려 했지만 결국 손가락으로 흙을 긁다가 그치고 말았다. 여기저기 처참하게 널브러진 시체는 전 세계에서 온 각국 사절들과 귀빈들이었다. 거기에 단 한 명의 한국인도 포함되지 않았다. 의도적으로 철저히 배제한 것이다.

쿠앙— 쿠앙— 쿠앙—

연이어 계속해서 터지는 폭발음이 귀를 때리는 동안 강 형사의 눈앞엔 세종로테러 현장이 펼쳐지며 지금 보고 있는 히가시교엔의 아수라장과 꼭 같이 겹쳐졌다. 그리고 자신이 바로 세종로테러범으로 지목되었던 자라는 사실이 저절로 따라와 머릿속에 메아리쳤다.

일본이 성스럽게 생각하는 왕궁의 정원 히가시교엔에 폭탄이 터졌다. 그리고 그 자리에 자신이 서 있다. 바로 자신이 사랑하던 여인의 결혼식이었다. 신랑은 처참하게 암살당했다. 누가 봐도 의심스러운 일이었다. 한국에서 테러범으로 몰려 쫓기던 것은 댈 게 아니었다. 지나가는 누구를 붙들고 물어봐도 절대 피할 수 없는 분명한 사실이 되고 말았다. 그리고 곧 진실이 될 거였다.

—대한민국 경찰 강태혁이 히가시교엔을 폭파시켰다.

엄청난 수사나 정교한 논리가 필요한 것이 아니었다. 감정은 언제나 이성보다 앞서 온몸을 지배하는 법이었다. 더욱이 한국인만 빼고, 온 세계 사절과 고위 인사들이 수두룩하게 죽어 버린 상황이었다. 온 세상이 절대 그냥 놔두지 않을 것이다. 우리나라를 공중분해시켜 버릴 것이다.

세종로테러는 너무 과도하다고 생각했다. 일왕이 될 후지와라가 현진이와 결혼하겠다는 것도 상식에 벗어난 짓이라고 생각했다. 하지만 지금 보니 결코 과도한 것도 상식을 벗어난 것도 아니었다. 철저하게 계산되고 기획된 프로젝트였다. 강 형사는 지금 터진 폭탄이 강화 해병2사단에서 반출되어 아직도 회수되지 않고 있던 바로 그 콤포지션 C4로 만들어졌다는 데 자기 목숨을 걸 수도 있었다.

쿠앙— 쿠앙— 쿠앙—

다시 고막을 찢는 엄청난 폭발음이 허공을 갈랐다.

강 형사는 휙 고개를 돌렸다. 고교의 일부 건물이 무너져 내리는 것을 보고 그는 경악하지 않을 수 없었다. 놈들의 무지막지한 행동에 가슴이 서늘하게 얼어붙었다. 일왕의 처소까지 폭파시킬 정도라면 놈들은 절대 그냥 넘어갈 생각이 없다는 뜻이었다.

그래서 놈들은 그토록 무리수를 두면서까지 세종로를 폭파시켰던 거였다. 후지와라가 세종로에서 죽을 뻔했다며 암살미수를 들먹이기까지 했다. 모든 것이 계획적이었다. 그리고 강 형사를 그토록 몰아붙여 감옥에 넣었다. 그가 비록 다시 풀려났지만 그건 중요한 것이 아니었다. 그가 세종로 테러범으로 잡혔던 수사 기록이 남는 것이 중요했다. 강 형사를 그토록 집요하게 범인으로 몰면서도 어떤 물리적 위해도 가하지 않았다. 왜냐하면 그가 히가시교엔과 고쿄를 폭파시키려 한 희대의 테러범이 되어야 하기 때문이다. 그래야 결과적으로 지난 5월에 성공하지 못했던 후지와라 살해가 성공한 것이고, 세종로를 폭파시켰던 C4가 히가시교엔과 고쿄를 불바다로 만든 것이 되었다. 그 배후에는 방 형사를 사랑하는 삐뚤어진 욕망을 지닌 사이코 테러범이 있는 거였다. 그 모든 책임은 희대의 테러범의 나라에서 치러야 할 것이다. 대한민국에 책임과 배상을 묻는 압력과 소송이 전 세계에서 잇따를 것이다. 독도나 교과서는 이제 문제도 아니었다.

완전히 함정에 빠진 거였다.

강 형사는 눈물이 날 것 같았다. 그동안 한 번도 의심하지 않은 자신을 저주했다. 갑자기 또 눈의 초점이 흔들리며 눈앞의 광경이 여러 개로 흩어져 보였다.

'무조건 도망쳐야 한다. 무조건 현진이를 데리고 멀리, 여기서 최대한 멀리 도망쳐야 한다.'

눈을 비비며 그는 방 형사를 찾아 뛰었다.

연쇄적으로 폭파되는 건물들과 아비규환의 현장을 보며 강 형사는 정신을 차릴 수 없었다. 방 형사의 이름을 부르며 뛰는 그의 머릿속에는 한 가지 생각이 떠오르며 심하게 그를 짓눌렀다.

7월 17일이라는 것과 쨍쨍한 날씨에 야외 히가시교엔의 의미를 깨달 았을 때는 이미 너무 늦어 버렸다. 그렇게 해야 할 이유는 분명 있었다. 그걸 최종 결정한 후지와라도 잘 몰랐을 것이다. 알았다면 저렇게 어이 없이 죽지는 않았을 것이다.

결혼식은 히가시교엔에서 열렸다. 야외였다. 그것도 유키가 라이플을 들고 있는 팔레스호텔에서 저격하기에 너무나도 좋은 위치를 향해 열렸 다. 무대와 귀빈용 자리와 오케스트라석 위에 친 차양도 그랬다. 그것이 조금만 방향을 틀어서 쳤더라면, 아니 조금만 더 앞으로 차양이 내려오 도록 쳤더라면, 팔레스호텔에서 저격할 각도가 절대로 나오지 않는다. 완전히 그쪽, 팔레스호텔을 향해 무대를 꾸미며 준비한 거였다. 그건 현진 이를 저격하는 플랜B를 생각해낸 것처럼, 놈들도 후지와라를 저격하기 위한 계획에 입각해서 그렇게 기획해낸 것이다.

놈들은 처음부터 후지와라를 저격할 생각이었다. 현진이를 향한 총 알이 실수로 후지와라를 향한 것이 절대 아니다. 일본 한복판에서 한국 에서 시집온 여자가 저격당해 죽는 것은 일본에게 좋지 않다. 놈들은 거꾸로 생각한 거였다. 그래서 놈들은 후지와라를 한껏 띄울 수 있을 때까지 띄우고, 키울 수 있을 때까지 키운 것이다. 그리고 필요한 때 잡 아먹은 것이다.

7월 17일도 중요했다. 바다의 날이고, 그건 일왕이 요코하마로 가서 그의 처소가 빈다는 말이었다. 왕궁경비대 주력이 일왕을 따라 요코하 마로 갈 것이고, 그건 놈들이 폭탄을 설치하기 좋은 조건이 된다는 거 였다. 무엇보다 '한국에서 건너온 희대의 폭탄테러범이 어소를 폭파하기 위해 잠입할 좋은 기회가 된다'는 의미였다.

거기에 놈들의 계산인지, 현진이를 어소로 끌고 들어갔다. 피신을 핑

계 삼아 도주하지 못하도록 적의 아가리에 가둬두는 것이다. 곧 현진이
는 '외부에 있는 간부幹部와 내통해 남편을 주살하고 무엄하게도 어소를
폭파시키도록 사주한 화냥년'이 될 거였다.

이미 세계 각국 요인들과 대사들이 무수히 죽었다. 엄청난 총격과 끔
찍한 폭파 현장이 실시간으로 전 세계에 송출되었다. 이제 물밑에서 협
상할 성질의 것이 아니었다. 세계 각국의 국민들은 실질적인 해답을 요
구할 것이다. 그것도 당장.

결국 세계 각국은 사건의 범인과 궁극적 진실보다는 눈앞의 문제를
해결할 희생양을 필요로 할 것이다. 성난 민심을 다스릴 분명하고도 명
확한, 그리고 설명하기 쉬우면서도 모두가 그렇다고 받아들일 만한 제물
이 필요한 것이다. 전 일본인들이, 아니 전 세계인들이 광기에 휩싸이는
것은 시간문제였다.

'놈들은 처음부터 우릴…… 온 세계의 광기스런 제단에 던져놓고 물
어뜯을 작정이었다.'

포연이 가득한 어소를 정신없이 뛰어다니는 강 형사는 심장이 터질
듯했다. 머리는 당장이라도 폭발해 버릴 것 같았다.

그는 간절히 기도했다. 지금이야말로 정말 신의 도움이 절실히 필요했
다.

PM 12:15

일본 전역이 TV 앞에서 경악에 빠져 숨소리조차 내지 못하고 있을
때, 교토의 조그만 다다미방 안에도 가져다 놓은 TV에서 NHK가 화면
을 내보내고 있었다.

태어날 때부터 울상이었을 것 같던 노인의 얼굴이 시간이 갈수록 조

금씩 퍼졌다. 그리고 작은 원숭이 같은 그의 몸이 조금 더 커지는 것 같더니만, 갑자기 클클거리는 기괴스런 웃음이 노인의 입에서 터져 나왔다. 옆에서 차를 따르던 기모노 여인이 움찔할 정도로 큰 소리였다.

한참 웃던 노인이 웃음을 거두고 말했다. 기이한 톤이었다.

"요꼬, 겐타로에게 가봐라."

갑작스런 노인의 말에 이상했지만 기모노 여인은 말없이 고개를 숙이고 일어나 다다미방을 나섰다.

노인은 잠시 자신의 실수를 생각하며 눈을 감았다. 하지만 가슴은 흥분의 쾌감이 진정되질 않았다.

잠시 후 장지문 밖에 기척이 들렸다.

눈을 떴다.

"처리했습니다."

말과 함께 기척이 사라졌다. 노인이 다시 눈을 감았다.

'웃어서는 안 되는 거였다. 아무리 요꼬 옆이라고 해도……. 아깝지만 어쩔 수 없다. 여자는…… 또 구하면 된다.'

노인의 풀어졌던 주름이 조그만 얼굴 한가운데로 모이면서 다시 울상이 되었다.

하지만 노인의 가슴속은 여전히 웃고 있었다.

'드디어 도오쥬우[東柱] 프로젝트가 성공했구나. 클클클클…….'

PM 12:20

태워 죽일 듯이 강렬한 햇빛 아래 화염이 모든 것을 집어삼킬 듯이 날름거렸다. 강 형사는 검은 먼지를 뒤집어쓴 얼굴에 비 오듯 떨어지는 땀을 손으로 닦아냈다. 불길과 연기, 뿌연 안개 같은 연기 속에서 놈들이 총질을 해댔다.

준비하고 있었던 거였다. 이젠 인정사정없이 목숨을 노릴 것이다. 죽을 순 없었다. 여기서 시체로 발견된다면 정말 말 한마디 못하고, 저들이 주무르는 대로 조작된 진실을 대변하는 명백한 증거가 되고 말 것이다.

긁힌 생채기나 시큰거리는 관절 따위는 문제도 아니었다. 놈들 몇 명을 쓰러뜨린 것 같지만 놈들은 끝이 없었고 그의 총알은 한정이 있었다.

방 형사는 어디에도 보이질 않았다. 그녀가 달려간 방향과 비슷해 보이는 눈앞의 일본식 건물로 뛰어 들어갔다. 건물 안은 밖에서 보는 것과 달리 현대식으로 리모델링한 것이었다. 생각보다 널찍한 홀이 눈앞에 펼쳐졌다. 홀 건너편에 몇 개의 룸이 보였다. 자세를 낮추고 재빨리 홀을 가로질렀다. 룸에는 아무도 없었다. 사람들이 모두 바깥으로 대피한 것 같았다. 아무도 없었다. 바깥 상황과 달리 정적이 감도는 것이 그의 가슴을 서늘하게 만들었다. 여긴 없었다. 다시 입구 쪽으로 달려갔다. 홀의 중간쯤으로 되돌아갔을 때였다.

벌컥 자신이 들어왔던 입구의 문이 열리며 총을 겨눈 왕궁경비병들이 쏟아져 들어왔다. 멀리서 그가 건물 안에 들어가는 것을 보고 뒤따라온 것 같았다. 재빨리 몸을 옆으로 굴려 홀 벽에 붙으며 총을 쏘았다. 앞장 선 몇 명이 맞아 뒹굴었지만 그들의 숫자는 계속 불어났고 그럴수록 화력의 차이가 현저히 달라졌다.

홀에 울리는 소리와 빗발치는 총알이 벽의 그림과 비싸 보이는 골동품들을 전부 박살내기 시작했다. 파편들과 총알이 뿌연 먼지를 일으키며 정신없이 난무했다. 드디어 탄창이 비고 말았다.

여기서 죽는가, 하는 비참한 기분보다 놈들의 입맛에 맞게 요리되어 바쳐질 것을 생각하면 원통함과 울분이 가슴을 때렸다. 그러는 와중에도 자신이 몸을 엄폐한 기둥을 총알이 찢어놓으며 놈들은 잘 훈련된 늑대마냥 차근차근 다가오고 있었다.

꼼짝없이 죽을 상황이었다.

그때 느닷없이 수류탄 터지는 소리와 함께 조금 다른 느낌의 총소리가 났다. 격렬한 총격전이 벌어지는 소리에 고개를 들고 보려 했지만 엄두가 나질 않았다. 차츰 총알들이 잦아지고 소리가 걷히기 시작했다. 천천히 눈을 들어 입구 쪽을 보았다. 왠지 눈에 익은 실루엣이 열린 문 밖에서 들어오는 태양빛에 눈부셨다.

지로와 그의 수하들이었다. 지옥에서 천사를 만난 것처럼 반가웠다. 벌떡 일어나 뛰어갔다. 총을 건네며 지로가 급히 말했다.

"아가씨가 저편 건물로 경호원들과 들어가는 것을 보았습니다. 자, 가시죠."

강 형사는 지로가 보충해 준 탄창을 확인하고 건너편 건물로 뛰었다. 그 뒤로 지로와 유키를 비롯한 지로의 부하들이 바람처럼 따라 붙었다.

지로가 강 형사를 제치고 건물 안으로 들어가려 했다. 그러자 강 형사가 재빨리 제지했다.

"건물 밖을 맡아주세요. 안에는 제가 들어가겠습니다."

강 형사는 지로를 향해 눈빛으로 말했다. 지로 한 명을 바라보는 수하들이 여기 말고도 히가시교엔 곳곳에 흩어져 있었다. 머리인 그가 사라지면 모두 갈팡질팡할 수밖에 없었다. 그 결과는 죽음이었다. 무엇보다도 지로가 없다면 방 형사를 데리고 나와도 이 불바다에서 벗어날 방법이 없었다. 어렵게 아수라장을 탈출해도 꼼짝없이 더 큰 감옥인 일본

안에 갇히는 거였다.

지로는 알아들었다.

그는 애타는 눈빛으로 방 형사를 꼭 구하라는 말을 했다. 강 형사는 절실한 눈빛으로 답하고는 문을 박차고 뛰어들었다. 방 형사를 구하는 일은 그 누구의 일일 수 없었다. 바로 자신의 일이었다.

PM 12:50

어소에서 가장 좋은 건물이었다. 현관을 발로 차서 열고 안으로 굴러 들어가 벽에 바짝 몸을 붙였다. 아무도 없었다. 태풍이 휩쓸고 간 것처럼 어수선했다. 바닥에 핏자국이 나 있지만 시체는 없었다. 후지와라를 끌고 지나간 것인 듯했다.

방 형사가 이리로 갔다고 확신하며 차근차근 앞으로 전진했다. 현관에서 제일 멀리 떨어진 맞은편에 아래로 내려가는 계단이 보였다. 다가가는 동안 심장이 쉴 새 없이 두근거렸다.

총을 겨누며 재빨리 내려갔다.

계단 아래는 길게 이어진 복도가 있었다. 그 좌우로 사무실로 쓰는 듯한 룸이 있는데 아무도 없었다. 히가시교엔에 일이 나자 모두들 급히 피한 것 같았다. 세련된 치장의 엄숙한 복도나 벽에 붙은 서화와 곳곳에 세워놓은 중후한 장식품들로 보아 이곳이 일왕의 거처인 듯했다. 텅 빈 곳을 혼자서만 경계한다고 총구를 들이대며 수색하는 꼴이 우스웠지만 안이한 생각은 금물이었다. 이곳은 적진이었다.

재빨리 룸 하나하나를 살폈다. 그때였다.

탕—

총소리와 함께 와장창 거리는 소리가 복도 맨 끝에 있는 룸에서 들렸다. 급히 그쪽으로 뛰었다. 물건이 떨어지는 소리와 뭔가에 둔중한 것이 부딪히는 소리가 연신 들려왔다. 강 형사는 벽에 몸을 바싹 붙이고 안을 흘낏 엿보았다.

한 명의 여자 경호원이 피를 토하며 쓰러져 있는 가운데, 또 다른 여자 경호원이 웨딩드레스를 입은 방 형사와 뒤엉켜 격투를 벌이고 있었다. 싸우는 것이 얼마나 치열했는지 방 안의 집기들이 산산이 다 부서져 박살나 있었다. 실력은 엇비슷해 보였는데, 거추장스런 드레스 때문에 방 형사가 밀리고 있었다. 웨딩드레스도 곳곳이 빨갛게 물들어 있었다.

강 형사가 고함을 쳤다.

"꼼짝 마!"

그러자 방 형사의 목을 조이고 있는 경호원의 입에서 뜻 모를 욕이 튀어나왔다. 강 형사가 날카롭게 소리쳤다.

"풀어줘!"

경호원은 천천히 방 형사의 목을 쥐었던 손을 풀고 일어나 두 손을 머리 위로 들었다. 분하다는 표정으로 씨근덕거렸다. 총으로 경호원을 겨누며 강 형사는 쓰러진 방 형사를 부축하려 했다. 그 순간 강한 충격이 턱에 느껴지며 눈앞이 캄캄해졌다. 손가락에 힘이 풀리며 총을 떨어뜨릴 뻔했다.

"안 돼!"

고함과 함께 옆에서 방 형사가 일어나는 서슬이 느껴지면서 다시 캄캄해졌던 시야가 열렸다. 둘이 다시 엉키려는 것이 보였다. 경호원이 달려드는 방 형사를 향해 발길질을 해댔다. 방 형사가 가슴에 발을 맞고 나뒹굴자, 그 틈을 타고 경호원이 재빨리 밖으로 뛰어나갔다.

다급한 강 형사는 일어서지도 못한 채 굴러 문 밖으로 나가 총을 쏘았다.

탕—

도망치던 경호원의 등에 핏자국이 생기며 앞으로 고꾸라졌다. 바닥에 쓰러졌던 방 형사가 그에게로 천천히 다가왔다. 그리고 눈물이 글썽글썽한 얼굴로 그의 품 안에 가득 안겼다.

잠시 따스한 물이 가슴을 적시는 듯했다. 곧 현실감을 되찾았는지 방 형사의 말이 빨라졌다.

"빨리 일어나요. 급해요."

그러더니 도망치던 죽은 경호원에게 달려가 시체를 질질 끌어서 룸 안으로 옮겼다. 그리고는 입고 있던 웨딩드레스를 찢다시피 벗었다. 강 형사는 눈이 휘둥그레졌다. 가슴을 타이트하게 꽉 조인 탱크탑 크기의 특이한 방탄복이 나타났다. 콤팩트한 크기의 방탄복을 실제로 보자, 자신이 짠 계획이긴 해도 정말 무모했다는 생각이 들며 가슴이 덜덜 떨려왔다.

탱크탑 같은 방탄복에 팬티 차림이 된 그녀가 고개를 돌렸다.

"무슨 생각해요?"

그의 시선을 느끼고는 그녀가 쓱 웃었다.

"이제 알았어요. 선배가 얼마나 황당한 짓을 하려 했는지? 도쿄대에서 만났을 때, 절 아에 죽일 작정이구나, 생각했다니까요."

그녀가 미소 짓지 않았다면 비난한다고 생각할 뻔했다. 멍한 그를 향해 그녀가 소리쳤다.

"그만 훔쳐보고, 빨리 저기 있는 52호 옷이나 벗겨요. 빨리요!"

그녀가 가리킨 곳에는 이마에 난 총구멍에서 피를 흘리는 젊은 여자 경호원이 쓰러져 있었다. 무슨 의도인지 제대로 모르지만 강 형사는 52호라는 여자의 재킷과 바지, 블라우스를 벗기기 시작했다. 그러면서 팬티 차림에 가슴을 터질 듯 조인 방탄복만 입고 있는 그녀를 흘끗거렸다. 보면 볼수록 머릿속이 후들거렸다. 다시 생각해 보면 정말 미친 짓이었다.

PM 01:20

"왜 너만 여기 있는 거야? 죽은 후지와라는 어디로 갔어?"

방 형사는 서둘러 바지와 재킷을 걸치며 싱긋거리기만 했다.

그녀가 이곳으로 몰래 내려오자 경호원들이 뒤를 밟았고, 뭔가를 찾던 그녀가 경호원들을 해치운 것은 분명한 정황이었다.

말로 실랑이할 시간이 없었다. 속이 분분초초 타들어갔다.

"아무튼 빨리 여길 나가자. 곧 들이닥칠 거야."

하지만 경호원 복장이 다 된 방 형사는 웨이브를 한껏 주어 부풀어 있던 신부 머리를 손으로 다듬어 뒤로 모아 묶으며 엉뚱한 말을 했다.

"강 선배, 절 믿죠?"

그러면서 장난스럽게 눈웃음을 쳤다. 강 형사는 그녀가 이런 표정으로 이 말을 할 때마다 불안에 시달렸다. 여고생 때는 그래도 이해할 수 있는 수준에서 그쳤지만, 형사가 된 이후에는 서장에게 총질을 하겠다고 길길이 날뛰기 전에 이 말을 처음 한 것 같았다. 그 후로 이 말을 들을 때마다 감당하기 어려운 일들이 벌어졌다. 가슴이 덜컹거린 적이 한두 번이 아니었다.

하지만 그는 언제나 같은 대답을 했다. 더욱 지금 그녀의 눈빛은 이전과 너무도 달랐다. 이 세상을 다 팔아서라도 들어줘야 할 것처럼 간절

했다.

"그럼, 널 믿지. 네가 무엇을 해도 난 널 믿어."

그녀는 지을 수 있는 가장 행복한 미소를 지었다.

"그럼 나를 따라와요."

"지금 나가지 않으면 시간이 없어. 밖에 지로가 기다리고 있어."

방 형사는 눈을 빙글빙글 굴리며 천진난만하게 그의 코앞에 다가섰다. 그러고는 정색이 되었다.

"선배. 지금 나가면 도망칠 수 있다고 확신해요?"

답할 수 없었다. 어쩌면 이미 늦어버렸을 수도 있었다. 놈들의 함정이 분명했다. 이미 후지와라의 심장을 향해 총알이 날아들기 전에 우리를 잡을 인력들이 준비되어 있었을 것이다. 아니 분명 그럴 것이다.

"아니."

고개를 저었다. 방 형사는 다시 싱긋 웃었다.

"그럼 딴 말 말고 따라오세요. 절 믿으세요. 알았죠?"

그러더니 격투를 벌였던 방 안에서 따로 들어갈 수 있게 연결된 작은 방문을 열고 들어갔다. 강 형사는 어쩔 수 없이 따라 들어갔다.

그 방은 작았다. 바닥엔 다다미가 깔려 있었다. 다실茶室이었다.

들어온 문외에 다른 통로는 없었다. 창문도 없고 천장에 설치된 에어컨만 보였다. 벌써 방 형사는 재빨리 방 안을 살폈다. 그녀의 입에서 나직이 중얼거리는 소리가 흘러나왔다.

"쉽게 찾을 수 있을 텐데……."

아무 설명도 하지 않고 벽의 판화와 장식장의 물건들까지 빠짐없이 일일이 건드리며 살폈다.

"뭘 찾는데?"

"벙커요."

쳐다보지도 않고 대뜸 말했다. 그러면서도 연신 바닥 다다미를 두 손을 더듬어댔다.

"벙커?"

"태평양전쟁 때 공습을 피해 일왕이 대피했던 벙커가 여기 있어요. 벙커가 있다는 것은 역사에도 나오는 거예요. 그 입구가 이 방 어디에 있을 거예요. 분명히."

"그걸 어떻게 알아?"

"조사했죠. 그리고 왕실 귀족들에게 단서를 찾았죠."

천연덕스럽게 말을 하면서도 그녀의 눈은 손으로 더듬는 다다미에서 떠나질 않았다. 강 형사는 딴 세상에 사는 것 같은 그녀의 모습에 속이 타서 까맣게 될 지경이었다. 금방이라도 기관총으로 무장한 놈들이 달려들 것 같았다.

"현진아, 지금이라도 그냥 가자. 빨리 나가야 해."

애원하듯 한 목소리에 그녀가 눈을 반짝이며 그를 쳐다보고 뜬금없는 미소를 지었다.

"선배, 알아요?"

"뭘?"

그녀가 행복에 겨운 미소를 지었다.

"선배가 나를 처음으로, 혼낼 때가 아닌데도 현진이라고 불러줬다는 거 말이에요."

침을 삼키며 입을 다물었다. 그랬다. 이름을 부를 때는 여고생 때나 후배 형사가 되어서나 언제나 화를 낼 때뿐이었다. 미안한 마음이 얼굴에 번졌다. 그걸 보았는지 다시 다다미로 눈을 돌리는 그녀가 말을 이었다.

"걱정하지 말아요. 도망갈 방법이 여기 있어요. 날 믿어요. 알았죠?"

그녀의 생글거리는 말에 조금 자신감이 늘었지만 초조하기는 마찬가지였다.

이윽고 다실 상석에 놓인 약간 높은 단에 얼굴을 대고 있던 방 형사가 기쁜 눈으로 고개를 돌렸다.

"여기에요."

그녀가 손짓했다.

"바닥에서 바람이 불어 올라오는 게 미세하지만 느껴져요."

그녀의 손짓대로 상석에 놓인 널찍한 단을 왼쪽으로 밀었다. 그러자 그 단이 밀리며 정말 바닥에 아래로 내려가는 나선계단이 나타났다.

방 형사는 재빨리 주머니에서 펜라이트를 꺼냈다. 52호라는 여자 경호원 주머니에 있던 것인지 따로 준비한 것인지 분명치는 않았다.

그녀는 거침없이 나선계단 속으로 사라졌다. 강 형사는 그녀 뒤를 따라 나선계단에 몸을 맡기고는 위로 손을 올려 밀쳐놓았던 바닥을 원래대로 돌려놓았다. 그리고 빙글빙글 나선계단을 내려갔다.

쇠로 된 차가운 나선계단은 이슬이 맺힐 정도로 손에 시렸다. 아래로 향한 펜라이트 불빛은 어두컴컴한 흑막을 비춰주기만 했다. 텅텅 계단 밟는 소리만 을씨년스럽게 어둠 속에 울렸다. 오랫동안 묵은 공기가 묵직하게 누르는 듯 가슴이 약간 답답했다.

하지만 강 형사는 마음을 굳혔다. 도주하기는 이미 그른 시간이었다. 어떻게 해서 건물을 빠져나간다고 해도 어소와 히가시교엔의 그물망에서 벗어날 가능성은 거의 없었다. 그냥 그녀가 하자는 대로 끝까지 가

보기로 했다.

어쩌면 이게 그녀에게 해줄 수 있는 자신의 마지막 선물일지도 몰랐다. 그렇게 생각했다.

PM 01:40

이윽고 방 형사의 발이 바닥에 닿았다. 방 형사의 펜라이트가 발 바로 앞을 떠나 벽을 더듬었다. 축축하고 서늘한 공기가 온몸에 소름을 돋게 했다. 벽을 더듬던 그녀의 펜라이트가 뭔가를 발견한 듯했다.

커다란 두꺼비집 같았다. 그녀가 벽장처럼 되어 있는 통의 문을 열고 차례로 스위치를 올렸다.

웅웅웅―

발전기가 돌아가는 것 같은 낮은 소리가 나면서 주변이 밝아졌다. 밝아지는 것과 공명해서 윙윙거리는 소리는 조금씩 더 커지는 것 같았다.

눈앞에 나타난 것은 꽤 커다란 공간이었다. 호텔의 펜트하우스 같았다. 크기만 그런 것이 아니라 완벽하게 그대로 옮겨놓은 것 같았다. 고급스런 앤틱 가구나 바닥에 깔린 카펫까지 모두 서양식이었다. 그것들 위에 쌓인 먼지의 두께가 말해주지 않았다면 조금 전까지 일왕이 앉아 있었다고 해도 믿을 수 있을 정도로 화려했다. 홀에서 통하게 되어 있는지 다른 곳으로 이어질 것 같은 문이 모두 여덟 개 있었다.

"여기가 왕실의 벙커에요. 이렇게 깊게 팠으니 폭격에도 끄떡없었죠."

방 형사의 말에 강 형사는 자신들이 내려왔던 한쪽 벽 구석에 붙은 나선계단을 올려다보았다. 천장이 고딕스타일의 성당만큼은 아니어도 꽤 높았다. 꼬불꼬불한 나선계단이 꽤 높은 벙커의 천장을 뚫고도 더 위로 이어지듯 솟아 있었다.

강 형사는 벽을 두드리며 뭔가를 찾고 있는 방 형사에게 다가가 물었다.

"그런데 왜 여기에 온 거야?"

방 형사는 가슴이 떨릴 것 같은 미소를 지었다. 그리고 홀에 연결된 문을 하나씩 열고 안을 수색하면서 시게코 부인에게 들었던 황궁의 비밀서고 이야기를 했다. 여덟 개 문을 모두 열어보았다. 주방 하나와 회의실 둘, 침실 넷이었다. 마지막 문은 긴 복도로 통하는 문이었다.

복도로 들어섰다. 두 사람은 여유 있게 걸어갈 정도의 폭이었다. 복도 양 옆은 이제껏 보았던 화려한 것과 달랐다. 실용적인 회색 철판이 복도 바닥과 천장 벽을 감싸고 있었다.

"작전 상황실이 있는 곳이겠군요."

방 형사는 모두 다 안다는 듯이 간단하게 말하고 성큼성큼 앞서갔다. 긴 복도는 중간 중간 정말 작전 상황실과 여러 대의 전자기기들이 놓여 있는 통제실, 경비병 숙소, 작전실, 회의실, 간이 병원 등이 있는 공간으로 이어져 있었다.

강 형사는 그녀 뒤를 따르며, 자신이 후지와라를 협박했던 이야기와 그 다음 상황을 들려줬다. 그녀는 이야기를 듣는지 어떤지, 아무런 대꾸도 하지 않았다. 그녀는 온 신경을 기울여 여전히 뭔가를 찾는 눈치였다. 그녀에게 들은 말대로라면 황궁의 비밀서고를 찾는 거였다.

복도가 이어진 끝까지 모두 살피고 돌아서며 그녀가 말했다.

"여기일 리 없지. 그런 서고가 경비병들 쪽에 있을 리 없지."

하고는 다시 넓은 홀로 돌아왔다. 그리고 다시 카펫까지 들추며 수색하기 시작했다.

"그러니까, 지금 넌 여기 어딘가에 있을 비밀서고를 찾고 있는 거야?"

"예, 거기에 동주의 시모가모 기록이 있어요. 선배는 그것이 필요하잖아요."

강 형사는 순간 맥이 탁 풀어졌다. 물론 시모가모 기록이 필요했다. 하지만 그것은 여기서 살아나간 다음에의 일이다. 이대로 끝난다면 사막 한가운데서 금덩이를 끌어안고 죽는 꼴이나 마찬가지였다.

그걸 아는지 고개를 돌려 방 형사가 미소를 지었다.

"걱정 마요, 선배. 나를 믿으라니까요. 알았죠?"

정말 눈에 시릴 정도로 예뻤다.

"빨리 선배도 도와줘요."

하면서 홀에 놓인 가구들을 흔들어보고 비틀어대기 시작했다. 황궁 비밀서고에서 동주의 시모가모 기록을 찾아낸다고 해서 뾰족한 수가 나올 것 같지 않았다. 하지만 묵묵히 그녀가 시키는 대로 했다.

그때 방 형사가 날카롭게 소리쳤다.

"강 선배, 여기에요!"

그녀가 소리친 방으로 뛰어갔다. 왕의 침실 같았다. 조금 작은 호텔 룸과 비슷하게 꾸며져 있었다. 화장대와 벽에 붙게 되어 있는 침대 하나, 따로 떨어진 테이블과 의자 넷과, 방에 별도로 딸린 화장실과 목욕탕이 있었다.

벽에 붙어 있는 침대 밑을 뒤지던 방 형사가 고개를 돌려 강 형사를 쳐다봤다.

"여길 좀 봐요!"

침대 밑으로 고개를 숙여 방 형사가 가리키는 곳을 보았다. 침대 밑의 벽을 그녀가 손으로 툭툭 건드리자 벽이 미세하게 울리는 소리가 났다. 방 형사는 침대에 가려 불빛이 잘 들어오지 않는 침대 밑을 손으로 더듬다가 펜라이트를 꺼내 구석 한쪽으로 주시했다. 눈을 가느스름하게 뜨고 자세히 보니 뭔가 바닥에 바둑알만 한 것이 돌출된 것이 보였다.

방 형사가 그 바둑알 같은 것을 이리저리 만지다가 눌렀다.

덜컹.

갑자기 침대 밑의 벽면이 아래로 내려가며 묵은 공기가 매캐하게 뿜어져 나왔다. 강 형사가 침대 밑에서 고개를 빼서 위를 보니 침대 위의 벽은 그대로였다.

"찾았어요."

방 형사는 들뜬 소리를 지르며 침대 밑에 몸을 일자로 똑바로 누인 채로, 게가 옆으로 걷듯 슬금슬금 옆으로 기어 열려진 벽으로 들어가려 했다.

"잠깐! 위험하지 않겠어."

그녀는 여전히 웃는 얼굴이었다.

"선배, 여긴 일본 왕궁의 지하 한복판이에요. 밖은 전쟁터구요. 여기보다 더 위험한 곳이 어디에 있다고 생각하는데요?"

그러더니 완전히 몸이 벽 속으로 들어갔다. 강 형사도 어쩔 수 없이 먼지를 뒤집어쓰고 따라 들어갔다.

옆으로 얼마 기어가지 않아, 위로 훅 터진 공간이 나왔다. 마치 관을 땅에 묻기 위해 한두 사람 누울 공간쯤 깊게 파놓은 것 같은 직사각형이 수직으로 뻥 뚫린 공간이었다.

먼저 간 방 형사는 이미 서 있었다. 그녀의 희미한 펜라이트가 먼지가 이는 공기의 움직임을 비춰주고 있었다. 먼지에 그녀가 콜록거렸다. 강 형사가 일어서며 어색한 농담을 했다.

"자주 올 곳은 못 되는군."

방 형사는 직사각형으로 된 공간 사방의 벽을 살피고 있었다. 벽돌을 차곡차곡 쌓아 놓아 만든 벽이었다. 벽돌에는 벚꽃 문양이 새겨져 있었다. 벽돌들을 보니까, 조금 넓은 직사각형의 굴뚝 안에 들어온 것 같다는 생각이 들었다.

"확실히 왕실의 서고로 가는 길이 맞아요. 암시했던 것과 같아요."

강 형사는 그녀에게 들은 시게코의 말을 떠올리며 물었다.

"그럼 위로 올라가야 하는 거야?"

"물론이죠. 서고가 있는 곳이 벙커 위라고 했잖아요. 여길 보세요."

방 형사가 펜라이트로 다른 한쪽 벽을 비췄다. 그 벽엔 녹슬었긴 하지만, 디귿자 형태로 된 쇠막대기가 촘촘히 벽에 박혀 위로 이어져 있었다. 사다리였다.

방 형사는 입에 라이트를 물고 벽사다리를 잡고 흔들어 보더니, 거침없이 올라가기 시작했다. 강 형사는 사다리가 오래되어 벽돌에서 빠지면 어떡하나 하는 걱정에 그녀의 뒤를 바짝 따라 올라갔다.

꽤 올라간 듯했다.

오래 묵은 공기가 묵직하게 매캐했다. 바깥 벙커에서 돌아가는 공기 정화기가 아니었다면 벌써 질식했을 거란 생각이 들자 두려움이 일었다. 누군가 들어와 전기만 내리면 그대로 어둠 속에 질식해 죽을 것 같았다.

방 형사에게 돌아가자고 말하려고 고개를 드는 순간 어두운 실루엣 속에서 그녀의 알맞은 엉덩이가 눈앞에서 흔들리는 것이 들어왔다. 방금 전의 마음은 어디로 갔는지 자신도 모르게 아래쪽이 묵직해지며 침이 꼴깍 넘어가려 했다. 눈을 떼기 어려웠다. 손을 들어 천천히 부드럽게 쓰다듬고 싶었다. 마음이 간절해지며, 산란한 마음에 정신이 아마득해질 때였다.

갑자기, 끼익 하는 녹슨 철 대문 소리가 나면서 먼지와 함께 조금 다른 공기가 확 위에서 쏟아져 내렸다. 그리고 그녀가 어둠 속으로 사라졌다. 먼지 때문에 잠시 눈을 깜빡이던 그의 머리 위로 환한 빛이 쏟아지더니 소리가 울렸다.

"빨리 올라와요. 여긴 정말…… 보물창고에요!"

홍분과 감탄에 들뜬 목소리였다.

방 형사는 벌써 벽에서 스위치를 발견하고 서고의 불을 켠 상태였다. 강 형사도 벽 사다리 끝이 다다른 철로 된 천장의 문을 통해 위로 올라왔다.

눈앞에는 조금 공부를 했다는 사람이라면 다들 군침을 흘릴 만한 장관이 펼쳐져 있었다. 그녀 말처럼 그야말로 꿈의 동산이었다.

그곳은 벙커의 중앙홀 크기만 한 공간이었다. 천장 높이는 강 형사의 키 두 배가 조금 안 돼 보였다. 그 공간 전체에 눈높이 정도의 서가들과 선반들이 차례로 놓여 있는데, 그 서가 층층이 온갖 고문서들과 기이한 골동품들이 가득 쌓여 있었다.

나폴레옹이 유럽과 이집트를 쑤시고 다니면서 끌어 모은 예술품들이 루브르를 비롯한 프랑스의 박물관과 미술관을 살찌웠다는 것은 조금도 빈말이 아니었다. 일본 역시 그랬다. 과거 동남아에서 약탈해 온 온갖 것들이 일본 여기저기의 박물관과 미술관에 산재해서 일본을 살찌우고 있었다. 개중에 중요한 것은 대학 도서관의 고문서실 같은 곳에 감춰져 잠자고 있었다. 지금이라도 우리나라로 돌아오면 당장 국보로 지정될 것들이었다. 그런데 그런 것들보다 훨씬 더 진귀하고 귀중한 것들만 골라 이 황실비밀서고에 쌓아 놓았던 것이다. 도저히 가치를 매길 수 없는 것들이 눈앞에 수두룩했다.

강 형사는 격렬하게 뛰는 가슴을 진정시킬 수가 없었다. 먼지가 한 움큼 쌓여 있는 것일수록 더욱 그를 자극시켰다. 강가에 나온 아이처럼 흥분한 그는 정신없이 쌓여 있는 사료들 사이를 헤집고 다녔다.

책 형태가 가장 많았지만, 두루마리나 종이를 그대로 차곡차곡 쌓아 놓은 것 같은 형태도 많았다. 그냥 낱장 몇 개가 있는 것도 꽤 됐다. 오래된 것이 분명해 보이는 도장이나 도기, 자기도 있었다. 문외한인 그는 그 가치를 알 수 없지만 비밀서고 안에 있는 것만으로도 그 물건들이 범상치 않은 것들이란 것을 짐작할 수 있었다.

잠시 후, 사료들이 시대별로 구분되어 있다는 것을 알게 되었다. 강 형사는 눈이 휘둥그레져서 정신없이 하나씩 들춰보았다. 모두가 다 진귀한 것이겠지만 그는 자신이 알고 있는 수준에서 중요한 것들만 보였다.

"세상에…… 삼대목三代目이 여기 있다니!"

혼잣말이 저절로 중얼거려졌다. 향가집으로 이름만 알려진 거였다. 《삼대목》은 두루마리 형태로 되어 있었다. 손에 잡으려다 말고 그 옆에는 곧 바스라질 것 같은 두루마리에 눈이 갔다. 그 두루마리의 왼쪽 위에 희미하게 '花郎世紀화랑세기'라고 적혀 있었다. 최근에 학계에 공개된 《화랑세기》는 조선시대 필사자가 원작을 보고 베낀 것인데, 한참 진위 논쟁이 복잡했다. 그런데 이것은 한눈에 보기에도 고려시대 이전 것으로 보였다. 분명 어느 불상이나 탑에서 훔쳐낸 것이 틀림없었다.

강 형사는 주위를 둘러보았다. 한쪽 구석 벽에 걸쳐 놓은 보자기 같은 것이 있었다. 오래된 천체지도 같았는데 상관없었다. 그냥 그것을 떼어내서 가져다가 땅에 놓고 《삼대목》에 막 손을 대려는 찰나였다.

"강 선배!"

흠칫 놀라 자신도 모르게 움찔했다. 고개를 돌려 뒤를 보았다.

"지금 뭐하는 거예요?"

핀잔 투는 아니지만 그렇다고 몰라서 묻는 투도 아니었다.

"이게 진본 삼대……."

"선배, 지금 여기 있는 거 다 그대로 선배네 집 안방으로 옮겨다 놓고 싶죠? 그렇죠?"

순간 얼굴이 화끈거렸다. 형언하기 힘든 부끄러움이 일었다. 더욱 그녀에게 듣는 말이어서 더 아팠다.

"선배, 우린 지금 윤동주의 시모가모 기록을 찾아야 해요. 그것보다 더 중요한 게 있다고 말하지 말아요. 선배는 지금 그것을 짊어지고 어떻게 탈출할 생각이세요? 금방 바스라질 것 같은 그것은 선배가 싸는 순간 그대로 부서져 버리고 말걸요."

아래를 내려 보았다. 틀린 말이 아니었다.

"시간이 없어요. 빨리요. 그걸 두고 이리 와서 같이 찾아요. 저 혼자는 도저히 못 찾겠어요."

하지만 이 엄청난 자료들을 그대로 두고 그냥 간다는 것은 말도 안 되는 소리였다. 그녀를 따라 근현대 시대쯤으로 보이는 서가로 가면서도 그는 몇 번이나 뒤를 돌아봤다. 방 형사는 그런 그의 마음을 아는지 먼지가 풀풀 이는 책을 들추며 말했다.

"이상한 맘먹지 말고 선배는 이쪽을 찾아봐요. 난 저쪽을 찾을 테니."

강 형사는 그녀의 말에 따라 지시하는 서가로 가서 겹겹이 쌓인 책들을 들추며 시모가모 기록을 찾기 시작했다.

코가 싸해지다 못해 먼지를 한 움큼 쥐어다가 입안에서 씹는 느낌이 날 때쯤이었다. 참으려던 재채기가 정신없이 터졌다.

"에취."

바로 앞에 있던 종이 위에 먼지가 밀려가면서 맨 위에 있던 종이 한 장이 들썩였다. 그 서슬에 종이가 조금 어긋나며 밑에 있던 다음 장이 드러났다. 별 생각 없이 들었다. 복잡하게 그려진 지도 같았다. 그 밑에 글자가 보였다.

"이리 와봐. 찾은 것 같아."

그녀가 뛰어와서 그의 뒤에서 그가 더듬고 있는 종이를 보았다. 자세하지는 않지만 중간 중간 '東柱^{동주}'라는 글자가 보였다.

"선배 아까 싸려고 했던 보자기 있잖아요. 그걸로 이걸 싸세요."

그녀의 말에 별 생각 없이 뛰어가, 조금 전 《삼대목》을 싸려고 했던 보자기 같은 천을 가져다가 시모가모 조사기록을 쌌다. 다 싸고 나서 여전히 뭔가를 찾고 있는 그녀를 향해 말했다.

"방 형사, 다 쌌어. 이제 그만 나가자."

그녀는 다른 쪽 서가를 보고 있었다.

"알았어요. 잠시만요. 분명 여기쯤일 텐데……."

뭔가 이상했다. 당황해하는 그녀가 너무 이상하게 보였다. 조금 전 《삼대목》을 볼 때 그렇게 소리치던 그녀와 정반대였다. 거꾸로였다. 강 형사가 그녀 뒤로 가서 그녀의 어깨를 잡았다.

"뭘 찾는데?"

잠시 그를 돌아보던 방 형사가 눈을 다시 묵직한 먼지를 뒤집어쓰고 있는 사료로 돌리며 말했다.

"여기서 도망칠 방법이요. 금방이면 돼요."

하고는 다시 책처럼 된 사료들 사이에 손을 집어넣고 뭔가를 찾기 시작했다. 전에 없이 다급함이 묻어났다.

"뭔지 말해봐. 같이 찾게."

"저도 뭔지 정확히는 몰라요. 하지만 여기서 나갈 방법이 써 있어요."

그녀의 말이 궁색했다. 뭔지 모르면서 자신은 찾을 수 있다는 말이었다. 그 말은 꼭 자신이 여기에 가져다 놓은 것을 다시 가져가려는 말처럼 들렸다. 그녀의 부산스러움이 거슬렸다. 맘속 깊은 무엇인가를 흔들었다.

강 형사가 그녀의 어깨를 잡고 조금 강하게 몸을 돌려 세웠다.

"현진아!"

정색을 하고 똑바로 쳐다보는 서슬에 방 형사는 표정이 가라앉았다.

"너 지금 나한테 뭔가 숨기는 거 있지?"

방 형사가 그의 손에서 풀려나려고 힘을 주며 어깨를 비틀었다.

"무슨 소리예요."

"내 눈을 똑바로 보고 말해."

강 형사는 그동안 일어난 일들이 전부 그녀의 탓이기나 한 것처럼, 순간적으로 화가 치밀었다. 그녀의 어깨를 움켜쥔 손에 힘을 주며 눈을 부라렸다.

"너 지금 숨기는 게 뭐야? 뭘 숨기는 거야?"

"무슨 소리예요. 이거 놔요."

그녀는 소리를 지르며 강 형사를 똑바로 쏘아보았다. 눈에 물기가 어리려는 것처럼 보였다. 그러자 순간 강 형사의 눈에 그녀의 신부 화장이 들어왔다. 곧바로 결혼식장에 서 있던 그녀 모습이 뇌리를 강타했다.

"없다니까요. 없어요. 이제 됐어요?"

큰 소리만큼, 거듭 아니라는 것만큼, 말하지 않은 뭔가가 있는 것이 분명했다. 하지만 이건 아니었다. 자신의 행동은 너무 과했다.

"도대체 왜 제 말을 못 믿어요?"

금방이라도 글썽거릴 것 같은 두 눈의 물기가 그의 마음을 흔들었다. 문득 그녀가 낯설어 보였다. 히가시교엔에서 눈에 시릴 모습으로 웨딩드레스를 입고 있던 것이 떠올랐다. 그것이 그의 마음을 송두리째 뒤흔들어 놓았다. 그녀는 어른이었다. 학생이 아니었다. 아이가 아니었다. 그는 배터리 나간 로봇처럼 팔에 힘이 빠지며 처졌다. 어깨를 쥐고 있던 손을 내리며 천천히 고개를 돌렸다.

"미……."

미안하다는 말을 꺼내기도 힘들었다. 자신이 잘못한 거였다. 그녀는 더 이상 그의 학생이 아니었다. 강 형사가 조금 뒤로 비척거리며 물러섰다. 그 모습에 약간 당황한 듯했지만 방 형사는 다시 몸을 돌려 서가로 향했다. 그리고 뭔가를 계속 찾기 시작했다.

스산한 바람이 가슴에 시렸다. 기차라도 드나들 정도로 큰 구멍이 뻥 뚫린 것 같았다. 정신없이 사료를 뒤지는 그녀의 모습이 낯설다 못해 완전히 딴 사람처럼 보였다. 훌쩍 커 버려 멀리 떠나는 딸을 바라보는 아버지의 심정이 어쩌면 이럴지도 몰랐다.

강 형사는 왜 여기서 이러고 있는지, 왜 여기까지 흥분한 기차처럼 달려왔는지, 그 이유를 알 수 없었다.

떠나갔던 그녀가 다시 돌아왔다고 생각했다. 하지만 착각이었다. 돌아왔지만 그녀는 그녀가 아니었다. 그가 알던 활기찬 웃음으로 공기를 톡톡 튀기게 하던 그녀는 더 이상 없었다. 그녀는 영원히 다시 돌아오지 않을 것 같았다.

나선계단을 내려올 때 결심했다. 도망치기는 불가능하다고. 이제 이 곳에서 꼼짝없이 죽을 신세라고. 하지만 그녀와 함께라면 어디든 괜찮다고 생각했다. 그런데…… 그는 이미 그녀가 아니었다.

공허한 먼지만이 심란한 가슴을 휘저어댔다. 그녀의 모습을 보기 싫어 다른 서가로 갔다. 조금 전에 흥분했던 《삼대목》과 《화랑세기》가 눈에 들어왔다. 하지만 아무 의미 없었다. 펼쳐 보고 싶지도 않았다.

'그깟 것을 무엇에 쓴단 말인가? 오랜 옛날 조상들이 뭘 하고 살았든 알게 뭐란 말인가? 그깟 것이 지금 내가 사는 것과 무슨 상관이 있단 말인가? 도대체 이따위 것들이 다 뭐라고 비밀의 방씩이나 만들어 놓고 꼭꼭 숨겨놓는단 말인가?'

강 형사는 가슴에 쌓이는 울분이 앞에 보이는 서가를 그대로 발로 차 부숴버리고 싶다는 충동이 되었다. 그 감정이 점점 커지더니 아예, 불을 확 질러 싹 쓸어버리고 싶은 심정이 되어 버렸다.

문득 입안에 찝찔한 피 맛이 났다. 그제야 아랫입술에 통증이 느껴졌다. 입술을 잘근거리고 있었던 거였다. 혀로 살살 만져보니 벌써 입술과 입안이 너덜너덜하게 되어 있었다. 혀가 닿을 때마다 따끔거렸다.

뒤에 방 형사가 온 기척이 느껴졌다. 돌아서서 그녀를 보았다. 번들거리는 얼굴에 먼지가 묻은 것이 작고 왜소하게 보였다.

"선배, 미안해요. 나갈 방법을 찾았어요. 이제 가요."

강 형사는 마음을 최대한 추슬렀다.

'그녀는 애가 아니다. 그녀에게도 비밀이 있을 수 있다. 아니 있어야 한다. 내가 알 수 없는 비밀이어도. 그래야 하지 않는가? 그게 어쩔 수 없는 일 아닌가……?'

가슴이 울적할 만큼 시큰해져 왔다. 그녀에게 다가갔다.

손을 들어 그녀의 머리에 묻은 먼지를 털어주었다. 그러던 손길이 점점 머리를 쓰다듬는 손길이 되었다. 그러자 손가락에 느껴지는 그녀의 머리카락의 매끈한 부드러움이 그를 조금 더 대담하게 만들었다. 사료를 만지느라 손이 시커멓게 된 것도 모르고 그녀의 얼굴을 천천히 쓰다듬었다. 그리고 어떻게 되었는지 잠깐 정전이 되는 것처럼 정신이 끊어졌다가 다시 들어왔을 땐, 그의 입술이 그녀의 입술을 곱게 탐하고 있었다. 품에 꼭 안긴 그녀에게서 고생스런 땀내와 함께 괴로움과 그리움의 깊은 향기가 나와 그에게로 파고들었다.

한동안 그는 자신이 어디에 있는지 주위에 무엇이 있는지 까맣게 잊어버렸다.

PM 02:20

다시 벙커에 있는 왕의 침실로 통하는 사다리를 내려와 옆으로 누워 침대 밑으로 빠져 나왔다. 나와서는 단추를 눌러 원래대로 벽이 막히게 했다. 그리고 왕의 침실에서 나가려는데, 바깥에서 뭔가가 바닥에 부딪히는 소리가 들렸다. 강 형사는 재빨리 총을 꺼내 열린 문으로 중앙홀을 살폈다.

순간 그의 머릿속에서 빨간 불이 맹렬히 소리쳤다.

중앙홀에는 검은 양복을 입은 사내 셋이 주위를 살피며 자세를 잡고 있었고, 그 셋 뒤에 구석에 있는 나선계단으로 다른 사내들이 차례로 내려오고 있었다.

탕, 탕, 탕, 탕.

강 형사는 반사적으로 총을 쏘았다. 갑작스런 총격에 중앙홀에 먼저 내려왔던 사내들이 쓰러졌다. 저들도 정예요원이 분명했지만 처음 보는 지형이어서 어디서 총알이 날아올 줄 몰랐다는 것이 패인이었다.

그의 뒤에 있던 방 형사가 구르면서 홀로 나가 바닥에 엎드리며 총을 쏘았다.

탕, 탕, 탕, 탕, 탕, 탕.

나선계단을 내려오던 네댓 명의 사내들이 나선계단에 끼인 채로 피를 흘리며 축 늘어졌다. 그 순간 나선계단 위에서 아래를 향해 기관총이 드르륵거리며 소나기처럼 총알을 쏟아댔다.

드르륵— 드르륵— 드르륵—

바닥에 엎드려 있던 강 형사와 방 형사는 온 홀이 부서질 듯이 울려대던 콩 볶는 소리가 끝나자, 조용하면서도 신속하게 죽어 넘어진 사내들 쪽으로 다가가 그들의 상태를 살폈다. 그러면서도 나선계단 쪽으로는 더 다가가지 않았다.

드르륵— 드르륵— 드르륵—

한참을 쏟아지던 기관총이 다시 또 울려댔지만, 나선계단에 끼여서 죽어 있는 시체들만 더 이상 형체를 알아볼 수 없게 터져 피가 튀는 것 외에는 별다른 효과가 없었다.

드르륵— 드르륵— 드르륵—

나선계단이 아래로 이어진 형태는 마치 아파트의 배수관같이 벽에 붙어 있었고, 벙커의 천장에서 드릴이 뚫듯이 그대로 아래로 내려온 형태여서 아무리 그 위에서 총을 쏘아도 나선계단에서 많이 벗어나게 쏠 수는 없었다. 더욱 사내들이 나선계단을 일사분란하게 내려오느라 꼭 들어차게 내려오다가 방 형사의 총격에 죽은 것이어서, 그 자리에 묶인 것처럼 계단을 막은 상태가 되어 버렸다. 그래서 벙커의 바닥에서부터 천정까지 사내들 시체 일곱 구가 꼭 들어찬 상황이고, 천정에 죽어 있는 시체는 허리까지밖에 나오지 않은 상태여서, 위에서 다른 사람들이 더이상 내려오지도 못하고 총만 쏘는 어정쩡한 상황이 되고 말았다.

한참 쏘던 기관총이 멈추었다. 그리고 위에서 여자의 목소리가 들렸다. 설득하는 듯한 어투의 일본어였다.

방 형사가 흠칫하며 손짓으로 강 형사에게 대꾸하지 말라는 표시를 했다. 그러고는 한껏 소리를 죽여 말했다.

"후지와라의 경호원 중 하나예요."

여자가 뭐라고 계속 회유하는 듯했지만, 방 형사는 아무 대꾸도 하지 않았다. 그런데 목소리가 갑자기 늙수그레한 남자로 바뀌었다. 놀랍게도 한국어였다.

"아래에 강태혁과 방현진이 있는 것을 잘 안다."

더 당황한 것은 이름을 그대로 불렀다는 거였다. 그건 더 이상 대우하지 않겠다는 뜻이었다.

"무엄하게도 후지와라 공을 너희들이 시해했다는 증거가 산더미처럼 쌓여 있다. 순순히 투항하라. 그러면 목숨은 건질 수 있을지도 모른다."

목소리는 자신감이 가득했다.

"너희들이야 목숨쯤은 가볍게 여기겠지만, 너희 목숨은 더 이상 너희 것이 아니다. 바깥에서 벌어진 일은 곧 너희 둘의 행각이라고 전 세계에 알려질 것이다. 세종로를 폭파시켜 후지와라 공을 암살하려 했던 폭약이 이 고교 어소를 폭파시켰다. 그 용의자 강태혁이 어소 지하에 숨어들어 있다. 이런 사실에 전 세계가 경악하게 될 것이다. 게다가 그런 테러범 옆에 암살당한 비운의 황위 계승자 후지와라 공의 신부가 있으니 정말 가관이다. 둘의 내연 관계에 대한 의혹은 옐로우 섹션을 뜨겁게 달굴 것이다. 하하하하."

강 형사와 방 형사는 서로를 쳐다봤다. 예상했지만 이렇게 단도직입적으로 짚어 말하자 빠져나갈 구멍이 더욱 없다는 생각이 짓눌렀다. 그때 방 형사가 나선계단 쪽으로 뛰어가 계단 가까이에 뭔가를 놓고 재빨리 돌아왔다.

"너희에게 선택할 수 있는 기회를 주겠다. 하나는 이대로 죽는 것이다. 물론 너희의 죽음은 너희의 죽음 이상의 의미를 가져올 것이다. 한국은 곧 전 세계에 사과해야 할 것이며, 천황폐하를 암살하려고 모의했으며, 그 획책의 일부로 후지와라 공을 암살했고, 천황폐하의 어소를 무엄하게도 폭파했다. 그 대가를 톡톡히 치러야 할 것이다."

자신감에 찬 남자의 목소리에 눈앞이 캄캄해져 왔다.

"다른 하나는 너희들이 여기를 빠져나갈 수 있게, 아니 너희들이 여기에 온 적도 없게 처리해 주겠다. 강태혁은 일본에 온 기록도 없으며, 방현진 너는 불행히도 남편 후지와라가 암살되자 뒤따라 할복한 것으로 발표될 것이다. 물론 너희 둘이 어디에 가서 어떻게 살든 이후는 내 알바 아니다. 자 어떠냐? 어떤 것을 선택할 것이냐?"

방 형사가 강 형사의 손을 꼭 잡았다. 그리고 입을 열었다.

"넌 누구냐?"

위에서 즉각적인 대답이 흘러나왔다.

"내가 누구인지는 중요하지 않다. 다만 너에게 선택할 수 있는 기회를 줄 수 있는 위치에 있는 자라는 것만이 중요하다. 자, 선택해라. 둘 중 어느 쪽이냐?"

나선계단에 온몸이 쑹쑹 뚫린 자들이 피와 진액을 흘려대고 있는 그 위에서 울리는 남자의 말은, 음산한 지옥길과 음침한 저승길 중에서 맘에 드는 것을 고르라는 강요였다.

방 형사가 말했다.

"두 번째 것을 선택한다면, 네가 원하는 것은 뭐냐?"

그러자 간교한 웃음이 터져 나와 벙커 안을 울렸다.

"역시, 말이 통하는군. 별거 아니다. 방현진 네가 집에 전화 한 통 하면 된다. 다시는 다케시마를 독도니 뭐니 하지 말라고 말이다. 어떠냐, 매우 합리적이지 않으냐. 하하하하."

방 형사가 옆에 있는 강 형사를 쳐다보았다. 무엇을 요구하는지 강 형사도 알 것 같았다. 방 형사는 의뭉스럽게 한 번 더 던졌다.

"그게 무슨 소리냐?"

"이런 이런, 굳이 내 입으로 말하게 하고 싶다는 거냐? 좋다. 네 어머니 국정원 기조실장에게 전화를 하란 말이다. 공식적으로 다케시마를 인정하겠다는 문서협약을 체결하자고 말이다."

분명했다. 남자의 음흉스런 말이 이어졌다.

"그러면 너희들을 여기서 내보내 주겠다. 물론 바깥에서 일어난 일도 너희와 아무 상관없는 일로 처리될 것이다."

물론 거짓이었다. 방 형사가 옆에서 말을 더 시키라는 손짓을 했다. 강 형사는 말을 억지로 만들어댔다.

"우리가 나가기 전에 여기 주인이 오면 어떻게 되느냐?"

위에서 음산하기 짝이 없는 웃음소리가 퍼졌다.

"아아, 천황폐하가 여기에 오실 걱정은 하지 않아도 된다. 바깥이 쑥대밭이 된 데다 미처 찾지 못한 폭탄의 위험이 있어, 천황폐하께서는 아직 요코하마에서 머물고 계신다. 도쿄에 오셔도 외람되게도 한동안 아카사카(赤坂)궁에서 지내실 것이다. 그러니 그런 걱정은 안 해도 된다."

그 말은 결국 이곳 상황을 완전히 자신들이 접수했다는 뜻이었다.

"자, 그럼 선택해라."

"문서를 받고 우리들을 내보내 주지 않을지도 모르는데 내가 어떻게 너를 믿느냐?"

"난 약속을 꼭 지킨다. 그건 너희가 믿어야 한다. 만약 믿지 못하겠다면 첫 번째를 택해라. 그것도 우리에겐 나쁘지 않다."

정말로 조금도 아쉬울 것이 없다는 투였다. 강 형사가 말했다.

"잠시 시간을 달라."

조금 생각하는 듯하더니 말이 이어졌다.

"좋다. 2분이다."

강 형사는 방 형사와 고개를 맞대고 재빨리 상황을 정리했다. 지금 상황은 결국 저들이 밀고 내려오게 된 형세였다. 그야말로 독 안에 든 쥐 신세로 잡히는 것은 시간문제였다. 그런데도 남자는 옵션을 제시했다. 결국 이 옵션은 위에 있는 음험한 목소리의 남자가 자의적으로 붙인 것일 가능성이 높았다. 이자는 자신의 과잉 충성심이나 공명심, 아니면 딴 주머니를 찰 욕심으로 옵션을 제시한 것이 분명했다. 이런 결정을 직접 하는 것으로 보아 결국 이 모든 프로젝트의 실질적인 기안자이자 결정권자일 가능성이 높았다.

강 형사는 그를 도발했다. 위를 향해 소리쳤다.

"네게 그런 힘이 있는지 확인하지 않고는 어떤 선택도 불가능하다."

그러자 나선계단 위에서 키득거리는 음산한 웃음소리가 퍼져 나와 홀 안에 퍼졌다.

"아직 모르는가 보군. 후지와라가 어떻게 갑작스럽게 일본의 아이콘으로 부각했다고 생각하나?"

"그렇다면 그게 너의 힘인가?"

"물론이다."

예상했지만 역시 저들 공안44가 후지와라를 띄운 것이었다. 강 형사는 자신의 짐작을 확인하기로 했다.

"왜 하필 후지와라인가?"

"큭큭큭, 그건 네가 한번 생각해 봐라. 너도 이젠 알 때가 되지 않았나. 우린 더러운 피는 원하지 않는다."

역시 알고 있었던 거였다. 어찌 보면 당연했다. 방 형사가 눈짓을 하고는 나선계단을 향해 입을 열었다.

"그럼 후지와라 공을 암살한 것이 너희냐?"

강 형사는 그녀가 후지와라에 대해 갑작스런 높임말을 쓰는 것이 의아했다.

"이제야 그걸 알다니. 정말 어리석군, 하하하하."

방 형사가 다시 말했다.

"그럼 이 모든 게 천황 폐하를 협박하려는 거란 말이냐?"

다시 방 형사는 높임말을 썼다. 방 형사는 강 형사를 보며 아무 말도 하지 말라고 손짓했다.

"협박이라니? 그렇게 험한 말을 하다니. 친위 쿠테타 정도라고 해두는 것이 좋겠지. 안 그런가? 하하하하."

웃음을 자르며 방 형사가 물었다.

"모든 것이 너희 공안44의 계획이었구나?"

"그걸 이제야 깨닫다니. 여성천황계승 문제나, 후지와라 유이치의 유명세까지 모두 우리가 물밑에서 조종한 것이다. 물론 멍청한 후지와라는 그걸 알지도 못했지만 말이다. 어리석은 놈이 당장이라도 천황이 될 듯 우쭐대며 다니는 꼴이라니, 참 볼 만했다, 하하하하."

강 형사는 저들의 대담한 발상에 혀를 내두를 지경이었다. 정신이 아찔해졌다.

저들 공안44는 황실법을 깨고 평민과 결혼한 일왕 아키히토가 처음부터 못마땅했다. 2001년 아키히토가 자신의 68세 생일 기자회견에서 천황의 모계 혈통이 백제계라는 사실을 언급하는 이례적인 일은 그들에게 엄청난 충격을 안겨주었다. 그때 이 프로젝트가 구상되었던 것이다. 그래서 여성천황제 카드를 꺼내 대중들을 선동해 천황 아키히토를 압박하면서, 동시에 후지와라를 띄웠다. 그리고 히가시교엔에서 그를 저격하는 짓을 벌임으로써 언제든지 맘만 먹으면 천황도 암살할 수 있다는 협박을 공공연하게 자행한 것이다. 그렇게 해서 궁극적으로 자신들의 말을 잘 듣는 허수아비 천황을 만들려고 한 것이다. 놈들은 처음부터 현재 천황을 견제하면서 후지와라를 띄웠다가 죽이는 동시에 한국을 끼워 넣어 모든 책임을 물게 하는 음흉하고 비밀스런 프로젝트를 가동했던 것이다. 거기에 모두 다 꼭두각시처럼 놀아난 셈이 되어 버렸다.

"우린 현 아키히토 천황께서 앞으로 더욱 강력한 천황폐하가 되실 거라고 믿는다. 이렇게 이웃나라 한국이 유력한 천황 계승자를 암살하고, 무엄하게도 천황폐하를 암살하려고 고쿄 어소에 폭탄테러까지 해대니, 유약하신 현 천황께서도 정신이 번쩍 들지 않겠는가 말이다. 하하하하."

어느 쪽이든 저들은 손해 볼 것이 하나 없었다. 정말 완벽한 작전이었다.

"자, 이제 결정해라. 첫 번째냐, 두 번째냐?"

어떤 것을 선택해도 결과는 분명했다. 죽음 외에 다른 길은 없었다. 아무래도 지하벙커가 무덤이 될 것 같았다. 마음이 결정되고 나자 호기가 치솟았다.

강 형사는 천정을 향해 소리쳤다.

"싫다."

"결국 개죽음을 택하겠단 소리군."

조금 아쉽다는 느낌이 담긴 목소리였다.

"좋다. 그럼 너희들은 온 세계가 너희 나라의 숨통을 어떻게 물어뜯는지 저승에 앉아 똑똑히 지켜보며 후회하거라."

단호한 말에, 혹시 폭탄을 떨어뜨리거나 최루가스를 떨어뜨릴 것 같은 불길한 느낌이 들었다. 그러나 그보다 더한 일이 벌어졌다.

갑자기 드르득 거리는 기관총 소리가 벙커에 미친 듯이 울려 퍼지기 시작하며 나선계단 꼭대기에 널브러져 있던 시체가 꼭 경기 들린 것처럼 휘청휘청 춤을 추기 시작했다. 기관총으로 시체를 갈기갈기 찢어서 나선계단에 길을 내겠다는 생각이었다. 흉폭한 총알에 벌집처럼 변한 시체가 부서지고 꺾이며 피가 튀고 살점이 떨어져 나가더니 급기야 손과 발이 잘려 바닥에 우수수 떨어졌다. 그 사이사이 기괴한 웃음이 벙커에 메아리쳤다.

눈에 보이는 참살 현장이 곧 자신들에게 덮칠 걸 생각하자 오금이 저렸다.

잠시 쉬었던 총질은 탄창을 갈아 끼우자마자 다시 시작되었다.

시끄러운 소리에 섞여 방 형사의 목소리가 들렸다.

"선배, 저들이 밀고 내려오려는 것 같아요."

다급한 얼굴이 된 방 형사가 그를 보고 말하더니 나선계단을 향해 총을 쏘며 앞으로 뛰어 나갔다.

"현진아, 돌아와!"

강 형사 역시 따라 뛰며 천정에 붙은 나선계단 향해 총을 쏘았다. 방 형사는 총알과 핏덩어리들이 살점과 함께 떨어지는 나선계단 주변에 다가가더니, 조금 전에 가져다 놓은 것을 들자마자 냅다 뒤로 도망치듯이 굴러왔다. 온몸에 피가 튀어 범벅이 되었다.

강 형사는 그녀를 부축해서 뒤로 꽤 멀찍이 떨어졌다. 그렇지만 하늘에서 쏟아지는 것 같은 핏줄기와 팔과 다리가 기괴하게 부서지며 흩어지는 모습은 참혹하다는 말로는 다 표현하기 어려웠다. 무엇보다 음산한 웃음의 남자는 정말로 밀어붙일 생각인 것 같았다. 둘의 탄창에 들은 총알도 얼마 남지 않았지만, 일단 천장에 붙은 사내들이 어느 정도 떨어지고 나면 기관총을 거기에 걸고 무차별적으로 중앙홀에 쏴댈 것이 분명했다.

강 형사는 심장이 끔찍하게 뛰어 목울대를 턱턱 치는 느낌이었다. 그녀가 그런 그를 이끌고 어느 방으로 들어갔다. 그러더니 먼지 냄새가 지독한 침대보를 걷어서는 바깥 상황을 주시하고 있는 그에게 내밀었다. 그녀는 벌써 닦았는지 갯벌에서 얼굴에 묻은 뻘을 한 번 문지른 것 같은 얼굴이 되어 있었다.

"빨리 피를 닦아요."

미친 듯이 난사하는 기관총 소리에 무슨 영문인지 모르지만 시키는 대로 했다.

"선배 여길 봐요."

하더니 품속에서 오래돼 보이는 천 조각 하나를 꺼냈다. 비단 위에 기이한 도형과 일본어가 쓰여 있었다. 지도처럼 보였다.

"《기도 일기》에 의하면 이 벙커에 비밀통로가 있다고 되어 있었어요. 어딘지 말하지는 않았지만요."

"《기도 일기》?"

강 형사는 침대보로 얼굴과 손을 닦으며 말했다.

"이 벙커를 만든 것은 히로히토에요. 그의 옥새관이던 기도 고이치가 기밀취급비서 때부터 이후까지의 일을 자세하게 기록해 놓은 일기가 《기도 일기》에요. 기도는 A급 전범으로 체포된 이후 국제전범재판소 극동사무소에 그 일기를 넘기고, 그로 인해 종신형으로 감형 받았어요. 거기엔 히로히토가 어떻게 일련의 전쟁을 주도적으로 지휘했는지 나와 있어요. 기록의 비밀 등급이 낮아지면서 일반에 공개되어 저도 도서관에서 볼 수 있었던 거죠."

"그래서 비밀통로를 찾으려고 아까 서고에서 그렇게 있었던 거야."

그녀가 웃으며 끄덕였다.

강 형사는 비밀서고에서 그녀가 꺼내온 비단 지도를 보며 자신의 성미가 급한 것을 탓했다. 다시 미안한 맘이 들었다. 하지만 바깥에서 울려 퍼지는 기관총 소리가 달라진 것에 놀라 금세 식어버렸다.

밖을 살펴보니 우려했던 대로 나선계단 위를 꼭 메운 시체는 이미 피와 살점이 되어 아래로 부서져 다 떨어져 버렸다. 거기에 기관총의 검은 총신이 삐쭉 나와서 홀 안으로 미친 듯이 난사하고 있었다.

"선배, 다시 일왕의 침실로 가야 해요."

저도 모르게 고개를 끄덕였다. 지금은 그녀가 모든 상황을 더 잘 알고 있었다. 울려대던 기관총 소리가 잠시 멈췄다.

"지금이에요."

방 형사의 말에 본능적으로 뛰었다. 기관총이 과열되어 다른 기관총으로 바꾸는 사이는 그리 길지 않았다. 재빨리 비밀서고로 통하는 왕의 침실로 들어오자마자 아슬아슬하게 뒤쪽에 총알 세례가 떨어졌다.

"자, 선배 이제부터 아무것도 만지지 말아요. 저들이 따라올 수도 있으니까요."

왜 그녀가 몸에 묻은 피를 닦으라고 했는지 그제야 알았다. 그녀의 말대로 이미 어질러진 것이나 쓸려나간 먼지는 어쩔 수 없다. 다른 방들도 뒤지느라 비슷하게 어질러져 있었다. 하지만 핏자국은 아니었다.

"빨리 비밀서고로 올라가는 굴뚝같은 곳으로 가요."

강 형사는 신속하게 반응했다. 시모가모 기록을 싼 보자기를 들고 그녀를 따라 침대 밑으로 기어들어갔다. 그리고 비밀서고로 올라가던 깊은 관처럼 된 직사각형 공간에 조금 전과 마찬가지 방식으로 들어섰다.

"일단 시간은 조금 벌었어요. 하지만 빨리 다른 통로를 찾아야 해요. 통로가 움직이는 방식이 어떤지 모르겠지만, 큰 소리가 나면 저들이 낌새를 차릴 거예요."

다급해졌다. 직사각형의 벽돌 굴뚝 안에 갇힌 느낌이었다. 위로 올라가는 녹슨 사다리만 눈에 계속 들어왔다.

"위로 올라가서 비밀서고에서 찾는 것이 낫지 않을까? 거기 비밀통로가 있을 수도 있잖아."

그녀가 단호하게 말했다.

"아니요. 거긴 없어요."

도대체 무슨 근거로 그런 확신을 갖는지 궁금했다. 그녀가 그걸 느꼈는지 덧붙였다.

"비밀서고 높이쯤에서 옆으로 가면 바로 강물과 만나요. 그런 높이에 비밀통로를 팔 리 없죠."

해명한다고 했지만 의문이 새로 생겼다. 도대체 하천의 높이와 비밀서고의 높이가 비슷할 거라는 것은 어떻게 알았는지, 그리고 비밀통로를 옆으로 팠다는 것은 어떻게 알았는지, 의문이 이젠 의혹이 되어갔다.

"비밀통로가 여기에 있는 게 맞지?"

"당연하죠. 그렇지 않다면 뭐 하러 여기에 스스로 갇히겠어요."

묻는 질문의 의도에 벗어난 대답이었다. 그녀는 완전히 정신이 다른 데 팔려 있었다.

펜라이트조차 희미해져 이젠 제대로 보이지도 않았다. 벽 바깥 멀리서 드르륵거리는 총소리가 희미하게 들려왔다.

방 형사가 조심스럽게 벽의 벽돌을 만지며 말했다.

"여기를 벽돌을 쌓아서 굴뚝처럼 만든 게 좀 수상하지 않아요? 황궁 비밀서고가 비밀이라면, 그리로 가는 통로도 비밀일 테니, 사람들이 다니지 않을 거잖아요? 그런데도 이렇게 힘들게 장식처럼 벽돌을 쌓았단 말이에요. 그냥 시멘트나 쇠로 만들면 그만일 걸 가지고. 그렇죠?"

맞는 말이었다. 하지만 그녀는 너무 많은 것을 알고 있었다. 그것도 너무 정확하게……. 그런 생각이 어둠 속에 불안감을 부추겼다.

이젠 침침한 누런빛으로 변해버려 곧 꺼질 것 같은 펜라이트 불빛이 벽돌의 무늬를 비추었다.

"벽돌에 일본 왕실을 상징하는 벚꽃 문양을 넣었어요. 그런데 선배, 벚꽃의 원산지가 원래 우리나라 제주도인 건 알아요?"

지금 그런 퀴즈 문답을 하고 싶지는 않았다.

"아니 몰라. 그냥 빨리 찾으면 안 될까?"

그의 초조한 말에도 그녀는 아랑곳하지 않는 표정이었다. 벚꽃 문양에 취한 듯 벽돌 벽면을 만지며 하나씩 살펴보기만 했다. 그것이 너무 그녀답지 않게 소신에 차 있었다. 아니 확신이었다.

강 형사는 방 형사를 잘 안다고 생각했다. 자신만큼 그녀를 잘 아는 사람이 세상에 없을 거라고 믿어왔다. 하지만 그렇지 않다는 것을 깨달았다. 일본에 건너온 후 그녀가 어떻게 지냈는지 모르지만, 그리 길지 않은 몇 달 동안 그녀는 전혀 알 수 없는 그 무엇인가가 되어 버렸다. 불길한 그림자의 흔들림이 그의 가슴을 살살 흔들어 놓았다.

그때였다.

"선배, 여기에요."

그녀의 펜라이트가 가리키는 벽돌을 보았다. 허리쯤 되는 위치에 있는 벽돌이었다.

"보세요. 벚꽃의 잎사귀가 이상하죠?"

잘 모르겠다는 고갯짓에 그녀가 말했다.

"벚꽃 잎은 가장자리가 매끄럽지 않고 약간 우둘투둘해요. 마치 꽃잎 중간이 살짝 들어간 것처럼요. 반면 이렇게 매끄럽고 단아하게 돌아가는 꽃잎은 벚꽃이 아니라 매화에요."

"매화?"

"예. 옆에 있는 다른 벽돌의 문양과 비교해 보세요."

그렇게 알고 보니, 확실히 잎 모양이 달랐다.

"그 벽돌을 눌러보세요."

시키는 대로 했다. 그러자 정말 벽돌이 반 뼘쯤 안으로 들어갔다. 눈앞에 짜잔하고 알리바바의 동굴이 열릴 것 같았다. 심장이 거세게 뛰었다.

하지만 그게 다였다.

그냥 안으로 조금 들어갔을 뿐, 다른 변화는 없었다.

헛물 켠 그는 맥이 쭉 빠졌다. 하지만 방 형사는 조금도 흔들림이 없었다. 다시 희미한 빛을 의지해 다른 벽돌들을 살폈다. 그러더니 잠시후, 그러면 그렇지 하는 목소리가 들렸다.

"여기 또 있어요. 제가 눌러 볼게요."

하면서 무릎 높이쯤 있는 다른 벽돌을 눌렀다. 그 벽돌도 안으로 들어가는 것 같았다. 그러자 그르릉 소리가 나며 뭔가가 움직였다.

벽돌 굴뚝 같은 이곳으로 들어온 쪽과 반대인 마주보는 쪽 벽이, 무릎 높이쯤부터 밑으로 내려간 것이다. 날리는 먼지에 환호성을 지를 뻔했다.

유사시 왕이 도주할 수 있도록 만든 비밀통로가 정말 있었다. 침실 쪽에서 기어 나와 굴뚝 같은 여기를 지나 그대로 이어지듯 움직일 수 있는 거였다.

허리를 굽혀 고개를 숙이고 살펴봤다. 안은 어두컴컴했다. 차가운 공기와 갇혀 있던 답답한 냄새가 두려움을 스멀거리며 불러냈다. 하지만 매번 그녀를 앞장서게 할 수는 없었다.

강 형사는 시모가모 기록을 싼 보자기를 그녀에게 건네며 펜라이트를 받아들었다. 그리고 바닥에 누워 옆으로 기어 들어갔다. 놀랍게도 바닥과 천정까지 벚꽃 문양의 벽돌들로 되어 있었다.

그런데 생각보다 길이 길었다. 한참을 옆으로 기듯이 갔다. 끝이 없을 것 같다는 생각이 들자, 꼭 관에 갇힌 듯한 공포가 밀려들었다. 바로 코앞에 아른거리는 천정의 벽돌들이 갑자기 우르르 무너져 내릴 것만 같았다. 빨리 움직이려 할수록 심장이 튀어나올 듯이 뛰며 더 더뎌졌다. 차가운 공기에도 땀을 흘렸다.

다행히 얼마 가지 않아 허리를 펴고 일어설 정도의 공간에 도착했다. 그리고 그 앞으로는 어둠이 이어져 있지만 서서 걸을 수 있는 통로였다.

강 형사는 일어서자마자 습관적인 동작으로 몸에 먼지를 털다가 뒤이어 따라온 방 형사의 얼굴에 핏자국과 먼지가 뒤엉킨 것을 보자 안쓰러운 마음이 들었다. 하지만 그녀는 싱긋 웃었다. 희망이 담긴 웃음이었다.

앞에 이어진 통로는 서서 걸을 수는 있지만 나란히 걷기는 빠듯했다. 강 형사가 길게 뻗은 어둠 속으로 희미한 빛을 쏘며 앞장섰고 방 형사가 바로 뒤에 붙어 따라왔다.

축축한 공기 속을 얼마 정도 왔을 때, 갑자기 눈앞이 캄캄해졌다. 처음엔 펜라이트 배터리가 완전히 나간 줄 알았다. 하지만 아니었다. 이젠 고질병이 되어버린 고문 후유증이 발작한 거였다. 그는 저도 모르게 손을 뻗어 따라오는 그녀의 손을 덥석 움켜잡았다. 본능적인 행동이었다. 눈물이 날 것 같았다.

차츰 시각이 회복되었다. 그제야 그녀의 손이 보드랍고 따스하다는 것을 느꼈다.

"왜요?"

"길 잃을까봐."

그녀가 쿡 웃었다.

"누가요? 내가요?"

"아니…… 나."

순간적으로 약해진 마음에 사실을 털어놓을 뻔했다. 그녀는 스킨십을 하려는 꼼수 정도로 이해한 듯했다. 다행이었다. 그녀에게 쓸데없는 말까지 할 필요는 없었다. 지금 상황만 해도 그녀에게는 벅찼다.

눈치 빠른 그녀의 신경을 다른 데로 돌려야 했다. 강 형사가 재빨리 말했다.

"아까 만년필은 뭐였어?"

음산한 목소리의 남자와 말할 때 그녀가 가져다 놓던 것이 무엇인지 물었다.

"녹음기요. 아까 그 남자의 목소리를 담았어요."

그러더니 녹음기를 재생시켰다. 조금 먼 듯하지만 알아듣지 못할 정도는 아니었다.

"혹시나 해서요."

소풍 보물찾기에서 제일 먼저 보물을 찾은 초등학생 같은 즐거운 소리를 냈다. 그게 다른 생각들을 자극했다. 마음속 깊은 검은 장막을 들추고 튀어나오려는 생각을 조마조마하게 누르며 다른 것을 물었다. 그녀가 절대 알 수 없을 것을 물었다.

"이 길이 어디로 연결되어 있는지 알아?"

하지만 그녀는 쉽게 답했다. 그녀는 모든 것을 알고 있었다.

"아카사카요."

"아카사카? 아까 그 남자가 말했던 그 아카사카 궁전?"

"예, 거기요."

"어떻게 알았어?"

"아까 지도에 써 있었어요."

순간 '정말?' 하고 되물을 뻔했다. 그녀가 그렇다면 그런 거였다. 그냥 그렇다고 믿어야 했다. 하지만 그의 깊은 마음속에서는 쿵 하는 소리가 무겁게 울렸다.

거짓말이었기 때문이다.

그녀가 비단 지도를 보여주었다. 그걸 그도 봤다. 일본어와 기이한 도형들이 가득한 오래돼 보이는 지도를……

그걸 보여주던 그때는 미처 생각하지 못했다. 기관총으로 쑤셔대며 밀고 내려오는 그 정신없는 와중에, 굳이 일본어도 모르는 자신에게 지도를 보여주는 이유를 생각하지 못했다. 수상했던 비밀서고에서의 행동을 이해하게 된 기쁨에 정신이 팔려 의심하지 못했던 것이다. 아니, 안 했다. 의심하지 않았다. 그녀를 의심할 수 없었다. 단 한 번도 그녀를 의심해 본 적이 없었다. 그녀를 알게 된 그때부터 지금까지 죽……

그녀는 일본어에 정통했고 그는 일본어를 몰랐다. 그래서 지도를 봐도 일본어는 당연히 몰랐다. 하지만, 한자는 알았다. '아카사카'를 한자로 '赤坂'라고 쓴다는 것 정도는 알고 있었다. 플랜B를 짤 때, 최소한 도쿄의 중요 지점은 머릿속에 넣어 놓아야 했기 때문에 지명의 주요한 한자는 다 알고 있었다. 얼핏 보긴 했어도, 그녀가 보여준 지도에는 '赤坂'이라는 글자는 없었다.

강 형사의 깊은 곳에서 짙은 어두움의 연기가 피어올랐다. 축축한 통로를 걷는 발걸음이 천근만근 무거워졌다. 어디로 가는지 알 수 없었다. 그리고 알고 싶지도 않았다.

실 가닥 같은 마지막 희망을 던졌다.

"그런데 지도가 비밀서고에 있는지 어떻게 알았어?"

만들어낸 그녀의 목소리가 그의 뒷덜미에 느껴졌다.

"도서관에서 조사를 했다니까요."

"조사를?"

"예."

그리고 말이 없었다. 아무 설명이 없었다. 가슴이 끔찍하게 아파오기 시작했다. 고함을 질러대고 싶었다.

'조사를 했다고? 왜? 무얼 찾으려고?'

시모가모 기록을 찾으려고 조사했다는 것은 말이 안 된다. 그녀는 시모가모 기록이 있다는 것을 결혼식 이틀 전에 알았고, 그것이 비밀서고 안에 있다는 것은 하루 전에 알았다. 내가 먼저 동주의 시모가모 기록을 얘기했고, 노부인 시게코가 비밀서고 안에서 가져다 봤다고 말했다. 그래서 알게 되었다. 그러니 그 이전에 조사를 했을 리 없다.

'처음부터 뭔가를 찾으려고 비밀서고에 간 거다. 시모가모 기록을 찾겠다는 것은 나를 속이려는 핑계다.'

인정하고 싶지 않지만 그게 사실이었다. 다급하게 서고 안을 뒤지던 그녀의 모습이 떠올랐다. 《삼대목》을 보고 흥분한 나를 불렀던 것도 떠올랐다.

'무엇을 찾는지는 몰라도 두 가지 모두 찾기엔 시간이 걸렸다. 그래서 나를 불러 같이 찾자며 시모가모 기록을 찾게 하고 현진이는 다른 것을 찾았던 거다.'

강 형사의 머릿속엔 그녀가 서슴없이 지하벙커를 찾고 비밀서고까지 밀고 들어가던 모든 광경이 처음부터 떠올랐다. 그녀는 모든 일에 한 치의 망설임도 없이 움직였다. 몇 번이고 와본 곳처럼 그녀는 능숙했다. 무엇보다 도망칠 방법에 대해 처음부터 자신감을 가지고 있었다. 아마 그녀는 지금 걷고 있는 비밀통로에 대해서 알고 있었을 것이다. 분명했다.

모든 것이 딱 한 가지를 가리켰다.

그건 그녀가 거짓말을 하고 있다는 사실이었다.

그녀는 처음부터 비밀서고에서 다른 뭔가를 찾을 생각을 했고, 그리고 그것을 찾았다. 그리고 그것을 찾았다는 사실을 숨기려고 엉뚱한 그림 하나를 들먹이며 비밀통로를 그린 지도 타령을 한 거였다.

'그녀는 계속 숨기고 속였다. 나에게조차……'

그는 그녀답지 않은 행동에 섭섭함보다는 불길함을 느꼈다. 도저히 그가 알던 그녀가 아니었다. 완전히 다른 사람 같았다. 갑자기 그녀를 잡은 손의 감촉이 달라졌다. 따스한 보드라움이 사라졌다. 차갑고 싸늘한 물고기를 움켜쥔 느낌이었다.

정말 그녀가 자신의 뒤를 따라오는 것인지, 정말 자신이 잡고 있는 것이 그녀의 손인지, 문득 자신이 없어졌다. 가슴이 두근거리며 기이한 박자로 뛰기 시작했다. 고개를 돌려 그녀가 맞는지 확인하고 싶어졌다. 정말 그녀인지, 그녀의 얼굴을, 해맑은 얼굴을 하나하나 똑똑히 보고 싶었다. 눈이 시리도록 그녀를 확인하고 싶었다.

하지만 그럴 수 없었다. 뒤를 돌아볼 수 없었다. 손이 너무너무 차가웠기 때문이다. 만약…… 그러면, 고개를 돌려 뒤를 보면, 정말 일어나서는 안 되는 엄청난 일이 터져 나올 것만 같았다.

갑자기 통로 벽을 가득 메운 벽돌들이 아지랑이처럼 일렁거리는 듯했다. 벽돌에 새겨진 벚꽃들이 제각기 흐느적 거려대는 것 같았다. 식인식물처럼 입을 쩍 벌리며 기괴한 미소를 지어댔다. 온갖 더러운 목소리가 그 속에서 시커멓게 튀어 나왔다. 머리가 어지러워지며 그대로 고꾸라질 뻔했다.

'멍청한 놈, 큭큭큭.'

토할 것 같이 속이 울렁거렸다.

'큭큭큭큭 네 뒤에 있는 게 누군지 아니?'

쓰러질 것만 같은 어지러움이 온몸을 휩쓸었다.

'아직도 그녀가 현진이로 보이니?'

조롱하는 소리가 점차 커지더니 고막이 터져라 왕왕 합창을 해댔다.

눈앞이 흔들리며 정신이 까마득해지려 했다. 어두운 통로를 비추는 펜라이트의 빛이 점점 더 흐릿해져 갔다. 그녀의 손은 점점 더 차가워지고 있었다. 터질 것 같은 두려움이 온 머리를 쥐어뜯어댔다.

발이 꼬이며 엎어질 뻔한 강 형사는 주춤거리며 그녀의 손을 터지도록 꼭 잡았다. 눈물이 나올 것 같았다. 머릿속에 파고드는 조롱과 비웃음에 뇌가 터져나갈 지경이었다. 하지만 외쳤다.

'안 돼, 안 돼. 놓칠 수 없어! 놓을 수 없다고!'

정말 고개를 돌려 확인하고 싶었다. 정말 그러고 싶었다.

'안 돼, 안 된다고……'

돌아볼 수 없었다. 그러면, 봐서는 안 되는 엄청난 진실이 두 눈을 부릅뜨고 노려볼 것만 같았기 때문이다.

'어떻게…… 어떻게…… 잡은 손인데……'

희미한 불빛으로 어둠을 뚫고 걸어가는 강 형사의 얼굴에는 어느새 뜨거운 눈물에 반질반질 얼룩이 생겼다.

PM 08:20

박희철 주일한국대사가 초조하게 하네다 공항 도착 플랫폼을 서성였다. 지금은 몸이 열 개라도 모자랄 테지만, 퀭한 눈의 그는 각성제 한 통을 한꺼번에 삼킨 듯 안절부절못했다.

다양한 외교 채널을 가동했지만 일본 정부 수뇌부는 굳건히 닫힌 채 아무것도 확인해주지 않았다. 흘러나오는 여러 루머들은 하나같이 한국에 이로운 것이 없었다. 무엇보다 후지와라 유이치의 신부인 방현진이 사라진 것 같다는 루머가 가장 혹독했다. 루머는 루머를 먹고 더 크고 탄탄한 루머가 되어 그럴듯한 시나리오를 양산해대기 시작했다. 곧이어 나올 9시 뉴스에서 그걸 전면적으로 다룰지도 몰랐다. 아직까지는 사건의 파괴력이 엄청난 양의 폭탄과 살상된 국가 요인들의 면면에 머물고 있지만 말이다.

이윽고 출국장 문이 열리고 사람들이 나오기 시작했다. 히가시교엔의 총격과 폭탄테러로 검문검색이 강화되어 시간이 더 걸린 듯했다.

나오는 사람들에 섞여 선글라스를 낀 세련된 중년의 여성이 단호한 걸음걸이로 걸어오는 것이 보였다. 박 대사는 깜짝 놀라고 말았다. 설마 직접 그녀가 나타날 줄은 몰랐다. 더욱 외교관 채널을 통하지 않고 일반인들과 함께 나온 것에 더 놀랐다.

재빨리 달려가 허리를 깊이 숙였다.

"실장님, 먼 길 오시느라 고생 많으셨습니다."

전에 없이 굽실거리는 박 대사를 보고 수행 무관이 아리송한 느낌을 받았지만, 대사의 표정은 진지 그 자체였다.

"귀빈실을 이용하시지, 어떻게 일반실로……."

걸어가던 그녀가 딱 멈춰 서자 말이 끊어졌다. 선글라스 속에서 그녀의 눈이 치켜뜬 것이 분명했다. 목소리가 낮지만 강하게 올라갔다.

"대사님! 지금 제가 여기 놀러온 줄 아십니까?"

박 대사의 얼굴이 창백해졌다.

"전 지금 여기 오지 않았습니다. 지금도 서울에 있는 겁니다. 알겠습니까?"

사색이 된 박희철 대사는 진땀을 빼며 그녀 뒤에 따라붙어 그간 상황을 브리핑했다.

그 뒤로 조금 떨어져 호위하던 무관 하나가 옆에서 반대 방향을 경계하고 있는 동료에게 슬며시 물었다. 동료 무관은 정말 모르냐는 표정이 되더니, 나직하게 말했다.

"국정원의 백성연 기획조정실장이잖아."

"국정원 기조실장? 그럼 저 여자가 그 흡혈마녀?"

동료는 당연하다는 듯 강하게 끄덕였다.

"그런데 흡혈마녀가 왜 여길 온 거야?"

"아직 몰랐어? 후지와라와 결혼하려던 방현진의 어머니가 바로 저 흡혈마녀잖아."

수행 무관은 정신이 아마득해졌다. 생일이니까 일찍 들어오라며 손가락을 걸던 유치원생 딸아이 얼굴이 퍼뜩 떠올랐다. 흡혈마녀가 온 이상, 일찍은커녕 이제 화장실 갈 시간도 없을 거였다.

PM 09:30

도쿄를 떠나 교토로 돌아오는 차 안에는 무거운 납덩이를 끌어안은 듯한 다카하시가 앉아 있었다. 땀과 먼지로 번들거리는 암담한 얼굴은 더할 나위 없이 어두웠다.

작전은 성공이었다. 한 치의 착오도 없이 모든 것이 계획대로 움직이고 진행되었다. 그런데 예상치 못한 곳에서 엄청난 변수가 생겼다.

'천황의 비밀통로가 정말 있었단 말인가?'

전부터 은밀히 전해오던 풍문이 사실이었다는 것이 당혹스러웠다. 그렇지 않다면 이야기까지 주고받던 놈들이 갑자기 증발해버릴 수는 없는 노릇이었다. 더 참담한 것은 아무리 샅샅이 뒤져도 찾을 수 없는 그통로를 놈들은 순식간에 찾아서 도망쳤다는 점이었다.

지하벙커를 깨끗이 처리하고 그곳에 내려갔던 자들도 말끔히 정리했다. 아무도 그곳에 가지 않은 것으로 되었다. 그렇지만 문제는 그게 아니었다.

'다 된 밥이었는데……'

움켜쥔 두 손이 부르르 떨렸다.

다카하시는 주인에게서 떨어질 불호령보다 오랫동안 준비해 온 주인의 프로젝트가 쥐새끼 같은 놈들에게 농락당했다는 것에 더 치가 떨렸다. 온 나라를 쑥대밭을 만들어서라도 놈들을 찾아 목을 비틀어 뽑아버리고 싶었다.

이를 빠드득 거리는 다카하시는 끓어오르는 분노와 수치심으로 와들와들 떨었다.

PM 10:40

강 형사는 고개를 돌려 씻지도 않은 채 침대 위에 쓰러져 자는 방 형사를 바라보았다. 자는 그녀의 모습이 전에 없이 앳돼 보였다. 마음이 번잡스러워졌다.

호텔 방 안 냉장고에서 우롱차를 꺼내 땄다. 테이블로 다가갔다. 노트북 컴퓨터로 소리파일과 계속 씨름 중인 지로에게 건네주었다. 지로가 피곤한 얼굴이지만 미소를 지었다.

강 형사는 소파로 가 몸을 깊숙이 파묻었다. 고개를 뒤로 기댔다. 피곤이 밀려들었다. 마우스 클릭하는 소리를 반주 삼아 천천히 눈을 감았다.

아카사카 궁 경비는 상대적으로 허술했다. 왕의 친위병 대부분은 요코하마에 있는 일왕에게로 증원되어 보내졌고, 나머지도 교코 어소로 가서 후속 조치를 취하는 듯했다. 그 공백을 메우기 위해 아카사카 궁은 경찰들과 몇몇 경비병, 경호원들이 지키고 있었다. 이들도 역시 안전가옥에 모신 일왕 가족들 옆에 대부분 붙어 있어서, 웅장한 베르사유

궁전을 본떠 만든 아카사카 궁의 메인 홀 아래층의 벽난로 뒷벽이 살며시 열리는 것을 본 사람은 아무도 없었다.

벽을 나온 후 화장실을 찾았다. 재빨리 씻은 후, 궁 세탁실을 찾아 새 경호원 복장으로 갈아입었다. 그리고 물고기가 물에 스며들듯이 경호원인 것처럼 궁전의 배경 속에 잠겨들었다. 궁을 나오는 것은 쉬웠다. 들어가는 사람들을 엄중하게 조사하는 반면 나가는 사람들, 특히 급히 소재가 파악된 테러범을 잡으러 간다는 결연한 표정의 경호원들을 조사하지는 않았다. 무엇보다도 조사하는 자들이 경찰들이었기에 유리했다. 히가시교엔 사건으로 엄청난 질책이 쏟아질 거란 두려움에 휩싸여 있는 도쿄 경찰들은 황궁의 경호원들과 절대 실랑이를 벌이려 하지 않았다.

아카사카 궁을 나온 후, 건물마다 있는 화장실을 몇 차례 드나들었다. 그때마다 애꿎게도 옆에서 소변을 보던 비슷한 체격의 사람들과 근처 매장이 봉변을 당했다. 마지막 몇 번은 자연스럽게 쇼핑을 하기도 했다. 물론 인사불성으로 쓰러져 내일쯤이나 발견될 남자의 지갑에서 나온 돈이긴 하지만 말이다.

그렇게 몇 번의 변신을 거쳐, 테러에 놀란 관광객쯤으로 보이게 될 때쯤, 팔짱을 끼고 이치하라호텔 프런트에 나타났다. 플랜B가 성공한 후 모두 집결하기로 했던 곳이었다. 호텔 로비 커피숍에서 커피를 마시고 있던 지로가 자연스럽게 뒤에 달라붙었다.

지로와 그의 수하들은 전문가답게 별다른 피해 없이 현장을 벗어나 있었다. 방 형사를 바라보는 지로의 눈빛은 정말 다행이란 듯이 물기가 젖어 있었다.

유키에 대해 묻는 강 형사의 말에 지로는 유키가 위치를 벗어나지 못했다는 말로 답했다. 강 형사는 마음이 많이 무거워졌다. 무표정한 얼굴로 라이플을 던져주던 유키의 모습이 떠올랐다.

셋은 자연스럽게 이치하라 호텔을 나와 다른 장소로 움직였다. 그리고 몇 번 배경 속으로 움직인 후 약간 번잡해 보이는 호텔을 잡았다.

호텔 방에 올라온 방 형사는 마치 어제 보았다는 듯이 익숙한 목소리로 지로에게 명령을 내렸다. 그리고 언제나처럼 지로는 한마디 이의도 없이 즉각적으로 움직였다. 강 형사에겐 낯설었다. 몇 년 만에 본, 그것도 죽을 고비를 넘기고 겨우 생환한 사이치고는 너무도 사무적이었다. 강 형사는 테이블 쪽으로 물러나 넋을 놓고 그저 지켜볼 수밖에 없었다.

방 형사가 황궁 지하벙커에서 음침한 사내의 목소리를 담은 만년필 녹음기를 지로에게 건네주자, 지로는 노트북에 연결해서 사내의 목소리를 증폭시켜 저장했다.

그러자 방 형사는 강 형사를 한번 힐끗 보더니 지로에게 다른 지시를 내렸다.

"후지와라의 음성을 재생시켜 보세요."

그녀의 말에 강 형사는 깜짝 놀랐다. 정말 놀라웠다. 지하벙커에서 정신없이 뭔가를 찾으면서도 그녀는 강 형사가 했던 말을 하나도 허투루 듣지 않았던 거였다. 강 형사가 후지와라를 납치해서 그의 목소리를 강제로 저장했다는 사실을 그녀는 놓치지 않았던 거였다.

지시대로 지로는 신속하게 마우스를 조작해, 하드디스크의 숨겨진 폴더 안에 있던 소리 파일을 재생시켰다.

곧 호텔 방 안에 지옥에서 울려오는 것 같은 후지와라의 목소리가 퍼졌다.

—좋아하는 토끼가 산속으로 까르르 도망쳤어요. 나가사키 너구리

가 요코하마 거북이에게 헐랭헐랭 놀러 갔습니다. 입이 큰 펠리컨이 하마를 졸랑졸랑 때렸습니다……

  서울에서 윤 소령에게 취조 받을 때였다. 강화도 안 중사가 했다는 제보 전화의 성문聲紋을 확인했다고 말했다. 물론 그건 모함이었다. 당연히 안 중사는 그런 제보전화를 하지 않았다. 안 중사의 목소리를 녹음해 만들어낸 거였다.

  그래서 후지와라를 납치하기 전에 지로에게 물었다. 지로는 기초 성음聲音을 모은 후, 분절시켜 편집하면 복잡하지 않은 간단한 말 정도는 충분히 만들어내는 것이 가능하다고 했다. 그래서 후지와라를 납치했을 때 유키를 통해 기초 성음을 모으도록 했다. 후지와라가 나중에 딴소리를 할 경우를 대비해서 협박용으로 만들 계획이었다. 그의 생생한 목소리가 언론사에 흘러들어간다면 조작의혹이 제기된다 해도, 아니 땐 굴뚝에 연기 나랴는 식의 눈총을 받기엔 충분할 거라는 계산이었다.

  소파에 파묻힌 강 형사가 눈을 번쩍 떴다. 머리가 터질 듯이 지끈거렸다. 침대에 쓰러져 세상모르고 자고 있는 그녀의 말은 하나 틀린 데 없었다.

  '차기 일왕이 될 거라고 온 일본의 기대를 모으던 자가 결혼식장에서 처참하게 암살당했어요. 왕궁도 폭파되어 반쪽이 된 데다가 일왕은 피신 중이에요. 외국 사절들과 무수한 정부 요인들이 죽어 나갔어요. 지금 바깥은 세종로테러에 비길 게 아니라고요. 살짝 불씨만 당기면 그대로 폭발해 버릴 거라니까요.'

  모두 옳은 말이었다. 하지만 그 미친 폭풍 앞에 그녀가 그렇게 나서는 것이 맘에 들지 않았다. 위험부담이 너무 컸다.

'물론 통제할 수 없는 변수가 몇 가지 있기는 있어요.'

그녀는 강경했다.

'하지만 꼭 해야만 해요. 안 그러면 당장 일본은 우리나라 목덜미를 물고 늘어질 거예요. 전 세계의 증오와 광기의 폭풍이 우리나라로 들이 닥치는 것은 시간문제라니까요.'

맞았다. 하나도 틀리지 않고 꼭 맞았다. 하지만 싫었다.

'선배! 우리나라가 공중분해된 다음에는 후회해도 소용없어요. 알았어요?'

결국 강 형사는 그녀의 말을 따르기로 했다. 처음부터 지로에겐 발언권도 결정권도 없었다.

강 형사는 쓸데없이 후지와라에 대한 안전장치로 성문을 모았던 것을 뼈저리게 후회했다. 그리고 그녀에게 모든 것을 말했던 것을 진심으로 후회했다.

하지만 때 늦은 후회였다.

잠시 후, 지로가 작업을 마쳤다며 헤드폰을 벗었다. 그리고 만들어낸 소리파일을 들려주었다. 알 수 없는 일본어였지만 느낌만은 분명했다.

깊은 지옥의 무저갱에서 울려오는 듯한 음산한 목소리는 반드시 누군가 하나는 물어뜯겠다고 으르렁거렸다.

2006. 07. 18. 화.

AM 09:00

어느 채널이나 TV는 어제 있었던 세기의 결혼식과 테러 장면을 지겨울 정도로 반복했다. 독점 중계하던 NHK만 신이 난 것 같았다. 그들의 화면이 모든 방송에 올림픽 경기처럼 똑같이 나왔다. 천황폐하께서 위로의 칙어를 내리셨다는 것과, 사상자가 300여 명을 넘었다는 것이나, 피해액이 수십조 엔을 넘을 거란 것까지 똑같은 얘기가 밤새도록 반복되었다.

아침이 되어 조금 달라진 거라곤 세계 여러 나라에서 테러에 대한 원론적 분노와 근절을 강조하는 성명서를 낸 것을 보도한 것뿐이었다. 일본보다 차츰 다른 나라들이 언성을 더 높이며 수위를 조절하는 것 같았다.

사카모토 이치로 형사는 팔짱을 풀며 인스턴트 녹차로 우려낸 짙은 물을 마셨다. 밍숭한 맛이 혓바닥에 자작자작했다.

'왜 안 그러겠나, 각국 정부 요인들이 피해를 입었는데.'

도쿄 경시청 특수기동대 소속 사카모토 이치로는 입맛을 다시며 의

자에서 일어났다. 휴게실을 막 벗어나려는 순간, 앵커의 목소리가 그의 발목을 잡았다.

　—마이클 앤더슨 미 국무부 아·태지역 차관보는 이번 테러의 배후에 한국의 특공대가 있다는 의혹을 강하게 제기하고 나섰습니다. 마이클 앤더…….

훽 돌아서서 화면을 보았다.

관료가 아니라 정치인이 분명한 백인의 얼굴 앞에 온갖 마이크가 뭉치로 늘어져 있었다. 피곤한 표정의 잘생긴 얼굴을 향해 연신 플래시가 터지고 있었다. 뭐라고 손까지 들어 강경한 제스처를 취해대며 곤혹스럽다는 눈빛을 지어냈다.

이치로는 욕지기가 치미는 것을 참을 수 없었다. 제대로 된 사건 조사도 이루어지지 않은 상황에서 테러의 배후를 말하는 것 자체가 언론플레이였다. 더욱 한국을 지목하는 짓은 미국의 간교한 이간질이었다.

이치로 자신도 한국을 시답지 않게 생각하지만, 그렇게 멍청한 짓거리를 할 만큼 바보스런 나라라고는 절대 생각지 않았다. 누가 봐도 의심할 수 있는 짓을 공공연히 할 이유가 없었다. 천황궁을 폭파하고 일본 내에서 아이돌 스타만큼 인기 절정인 후지와라 공을 암살해서 도대체 한국이 얻어갈 것이 무엇이겠는가? 오히려 일본과 한국 사이를 이간해서 얻어낼 것이 많은 미국이 할 만한 짓이었다. 인정하긴 싫지만, 그렇게 하도록 미국의 옆구리를 찌른 것이 일본 고위층일 가능성도 높았다.

이치로는 입맛이 씁쓸했다.

계속해서 심각한 표정으로 화면을 향해 뭔가를 말하는 앤더슨이란 남자의 얼굴이 밉살스러웠다. 미국인 특유의 자신감 아닌 자만이 표정에 철철 넘쳤다.

휴게실을 나오면서 이치로는 미국에 대해 욕지기가 치미는 것이 어쩌면 자신이 오키나와 출신이기 때문에 그런 것일지도 모른다는 생각을 했다.

하지만 그게 아니란 걸 그는 알고 있었다. 실은 후지와라 공과 결혼하러 한국에서 날아온 여자를 TV에서 보는 순간, 언젠지 기억도 나지 않는 첫사랑의 감미로움이 아련하게 가슴에 파고들었기 때문이라는 것을, 그래서 한국에 대해 그리 나쁘지 않은 생각을 품게 된 거란 것을, 그 자신만은 너무나도 잘 알았다.

사카모토 이치로는 정말 궁금했다.

'도대체 그녀는 어디로 간 거지?'

사카모토 이치로가 갑작스럽게 접수된 호텔 직원의 제보에 제일 먼저 달려간 것은 우연이었다. 참혹한 테러범이 있을지 모른다는 위험부담에 방탄조끼를 입기는 했지만 앞장서서 호텔방 문을 부수고 들어간 것도 이치로였다.

눈썰미 좋은 호텔 직원이 가슴속에 숨긴 총을 보았다며 제보한 거였다. 급히 떠나간 흔적이 역력한 방 안에서 그의 눈에 제일 먼저 들어온 것은, 꽁꽁 묶인 채 기절해 있는 그녀의 모습이었다.

그녀였다. 후지와라 공의 부인이 된…… 아니 될 뻔한 여인…….

안아 일으키자 죽은 것처럼 고개가 팩 돌아갔다. 덜컹거리는 가슴으로 그녀를 안고 방을 뛰쳐나왔다. 가슴속은 기관차가 폭주하는 것 같았다. 파리하게 지저분해진 얼굴과 여기저기 찢겨져 나간 옷차림은 상상하기 싫은 장면을 떠올리게 했다. 이치로는 자기 애인이 당한 양 가슴이 미어질 듯 아팠다.

호텔 앞에 바리케이드를 치고 있는 특수 기동대의 전담팀에게 그녀를 넘겼을 때는 절망스러울 정도였다.

클로로포름에 마취되어 인사불성인 채로 웨딩드레스가 벗겨지고 강제로 경호원 옷을 입은 것이라는 중간 수사 결과가 나왔을 때는, 머리끝까지 분노가 치솟았다. 옷이 뒤바뀐 수사정황 발표는 궁색했다. 그것은 차마 그렇게밖에 발표하지 못하는 관례를 잘 아는 이치로에게는 우려했던 영상을 떠올리게 했다. 그녀의 순결한 몸에 대한 집착과 끔찍한 영상이 머릿속을 떠나지 않고 내내 그를 괴롭혔다.

사카모토 이치로는 그녀를 동물처럼 취급한 놈들을 절대로 용서하지 않겠다고 다짐했다. 그 결심으로도 분노와 흥분이 뒤섞인 복잡한 마음이 도무지 가라앉질 않았다.

PM 02:00

병원에서 깨어난 방 형사에게 특별한 외상은 없었다. 엄청난 스트레스와 충격, 그리고 납치되었던 것에 대한 후유증이 있을지 모른다는 소견을 듣고 퇴원을 요구했다. 경찰이나 병원 관계자들은 그들의 편의를 위해 만류했지만, 그녀는 단호하게 요구했다.

후지와라와 결혼을 한 것은 아니지만, 이미 무시할 수 없는 중요한 위치에 있게 된 그녀의 정상적인 요구를 무시할 수는 없었다. 그녀는 경찰의 질문에도 기억나지 않는다는 말과 함께 곧 변호사를 통해 말하겠다는 것으로 마무리지으며, 피곤한 기색으로 경호원들에게 둘러싸여 병원을 나왔다.

그녀는 즉시 시게코 부인이 입원한 병원으로 달려갔다. 시게코는 충격으로 누워서 일어나지 못하고 있었다. 그녀를 보고 조금 기력을 차린 듯했지만 멈췄던 울음을 다시 터뜨리다 그만 혼절을 하고 말았다. 주변의 엄청난 플래시 세례 때문만은 아니었다. 방 형사를 보는 순간 북받쳤던 울분이 터졌기 때문이었다. 결혼식 이후, 그녀를 철저히 유폐시켜 서서히 말라 죽게 만들 작정이었다. 그런데 그런 그녀가 버젓이 나타나 자신을 위로하는 순간, 사랑하는 손자 후지와라가 눈앞에서 포탄 같은 총알에 터져버리는 환각이 되살아났던 거였다.

집으로 돌아온 방 형사는 후지와라의 방으로 들어가 혼자가 되었다.

시게코가 입원한 병원에서 나올 때 밀고 당기던 기자들 틈에서 리포터로 위장했던 지로의 부하가 슬며시 그녀의 가방에 넣어준 것을 꺼냈다. 손가락만 한 작은 녹음기였다.

방 형사는 작은 한숨을 내쉬며 위험한 변수 하나는 잘 넘겼다고 생각했다. 하지만 마음이 놓이지는 않았다. 다음 걸음 때문이었다. 다음은 지뢰밭을 디뎌야 했다. 선택해야 했다. 둘 중 하나에 뇌관이 있었다. 어쩌면 둘 다 일 수도 있었다. 그러면 어쩔 수 없었다. 그냥 끝이었다.

PM 04:00

갑작스런 호출에도 후지와라의 시종장인 하시모토 사쿠조는 당황스런 기색을 보이지 않았다. 단호한 얼굴에 차분한 겸손의 자세가 천생 집사였다. 50대의 이 남자를 이렇게 가까이 본 것이 서울 워커힐 호텔 스위트룸에 발가벗겨진 채 감금되어 있을 때였다는 생각이 들자, 잠시 당황스러워졌다. 그는 있으면서 없는 자였다. 언제나 주인 후지와라를 위해 노력하는 그림자였다.

"시종장님을 뵙자고 한 것은 여쭤 볼 것이 있어섭니다."

"말씀하시지요."

호칭을 붙이지 않는 것 역시 철저한 그다웠다. 그럴수록 가능성은 더 커졌다. 철저한 자는 철저한 것에 넘어가기 마련이었다.

"시종장님은 돌아가신 후지와라 공의 후견인 같은 분이십니다."

"과분한 말씀이십니다. 저는 단지 시종일 뿐입니다."

"그렇게 겸손하실 필요는 없습니다. 후지와라 공께서 돌아가신 마당에 제가 믿을 수 있는 것은 시종장님밖에 없습니다."

뜻밖의 말에 그의 고개가 살짝 움직였다.

"저는 이제 돌아갈 겁니다."

예상했던 일이란 듯 고개가 슬며시 끄덕였다. 결혼식이 파탄 나고, 신랑이 없어진 이상, 신부가 더 이상 여기 있을 이유가 없었다. 식이 끝나지 않았으니 어쨌든 결혼한 것이 아니었다.

"그런데……"

그러면서 둘밖에 없는 방 안인데도 그녀는 고개를 조금 시종장 쪽으로 숙이면서 조심스런 눈빛으로 입을 열었다. 그녀의 말은 단순하면서도 명료했고, 그럴수록 분명한 진실이란 느낌이 강하게 풍겨내는 어투였다.

그녀의 말을 듣는 시종장의 단단한 사무적인 얼굴은 차차 사람 같은 표정으로 변하더니 급기야 분노로 떨리기 시작했다. 결국 시종장은 그녀의 손에 들린 작은 녹음기에서 흘러나오는 목소리에, 입술을 지그시 깨물며 온몸이 떨리는 것을 참으려고 무진 애를 썼다. 후지와라의 심복 중에 심복, 하시모토 사쿠조 시종장의 눈빛이 활활 타올랐다.

방 형사는 두 번째 변수도 잘 넘긴 것 같다고 느꼈다. 속으로 깊은 안도의 한숨을 몰아쉬었다.

방 형사가 어려서 일본에 지낸 것은 주일한국대사였던 그의 아버지를 따라서였다. 나카모토 신이치와 긴밀한 관계에 있었던 방 형사의 부친은 불의의 사고로 죽기까지 나카모토와 교유관계를 유지했다. 방 형사가 나카모토 문하에 지내면서 수련한 것도 그런 연유에서였다.

나카모토 신이치의 오른팔이었던 지로는 그런 이유로 그때 주일한국대사관을 여러 번 드나들었다. 대사는 바뀌어도 실무진들은 오랫동안 유임되는 것이 관례이기도 했고, 실질적인 업무상 필요한 일이기도 했다. 그래서 방 형사의 아버지가 사망한 후 꽤 시간이 흘렀지만, 지로는 여전히 주일한국대사관에 중요한 끈을 지니고 있었다.

박희철 주일한국대사에게 방현진의 문제로 긴히 할 말이 있다는 전언을 보내는 것이나, 만나는 방식을 정하는 것은 지로에게 있어 일도 아니었다.

그렇지만 강 형사가 지로가 말한 곳에 나타난 검은색 리무진 뒷좌석에 올라탔을 때, 놀라지 않을 수 없었다. 차 안에는 박희철 대사가 아닌 방 형사의 모친 백성연 실장이 앉아 있었기 때문이었다.

차는 도로를 천천히 움직였다. 그녀는 예상했지만 불쾌하단 표정이 역력했다.

"강 형사님이 한다는 말이 뭐죠?"

생판 모르는 대사를 상대하는 것보다는 적대적이긴 해도 아는 자를 상대하는 것이 낫다고 속으로 자신을 다독였다.

말없이 품에서 녹음기를 꺼내 틀었다. 방 형사가 설명해 주긴 했지만 전혀 알아들을 수 없는 일본어가 흘러나왔다. 벙커에 울리는 음험한 목소리에 차츰 백 실장의 표정이 변하더니 눈빛이 점점 강렬해졌다.

중간에 재생을 멈추고 강 형사가 말했다.

"도와주십시오."

백 실장의 눈꼬리가 올라갔다. 그러나 그녀의 머릿속은 귀에 익은 목소리의 주인공을 가늠하기에 분주했다.

"누군지 알 수 없는 음모론이 풀풀 풍기는 그깟 것으로는 약하지 않습니까?

그렇게 생각하고 있지 않는다는 것을 알았지만, 강 형사는 방 형사가 시킨 대로 했다.

"현진이가 귀한 물건을 준비했다고 합니다. 실장님께서 좋아하실 거라고 하더군요."

"귀한 물건? 그게 뭡니까?"

그녀는 강 형사를 얕잡아보는 듯한 눈빛으로 훑어보았다. 군침을 흘리면서도 심드렁한 말과 표정을 지어내는 백 실장은 정말 노회했다.

"그건 말하지 않았습니다."

"헛, 그냥 믿으라고요?"

더 밀리면 안 되었다.

"싫으시면 없던 것으로 하겠습니다."

강 형사가 녹음기까지 집어넣으려 하자 대뜸 말을 잘랐다.

"좋아요. 원하는 게 뭡니까? 도와달라는 것이 혹시 일본 열도를 침몰시켜달라는 것은 아니겠지요."

그녀의 농담은 농담 같지만은 않았다. 강 형사는 진실을 담아 간곡하게 말했다.

"저를 서울로 보내 주십시오."

코웃음을 쳤다. 한심하다는 표정이 되면서 고개를 살짝 돌렸다.

"아직도 그년이 정신을 차리지 못했군. 나라가 시킨 일을 가지고 제 애인을 살리겠다고 협잡을 해."

들으란 듯 한 말이지만 무시했다. 칼자루를 쥔 그녀를 움직이지 못하면 자신만이 아니라 방 형사도 장담할 수 없는 상황이었다.

고개를 돌린 실장의 표정은 어디 보자는 듯이 벼르고 있었다.

"그게 다인가요?"

"아닙니다."

실장은 눈살을 있는 대로 찌푸렸다. 강 형사는 지로와 방 형사에게도 하지 않은 말을 했다.

"유키를 찾아 외국으로 망명시켜 주십시오."

"유키?"

대략적인 나이와 모습을 설명하고 그랜드팔레스 호텔에서 잡혔을 거라는 추측까지 말했다.

가명일 것이 분명한 이름 하나를 던져놓고 꼭 찾아야 한다는 황당한 요구에, 백 실장은 사안의 복잡함에 난색을 표하기보다는 간통하는 현장을 덮친 장모 같은 표정이 되었다. '오호, 이 연놈들을 봐라' 하며 당장이라도 호통칠 분위기였다. 그러나 백 실장은 역시 보통이 아니었다. 코웃음으로 대신했다.

"지저분한 부탁이군요. 좋습니다. 그럼 녹음기를 이리 주십시오."

이미 백 실장은 목소리의 주인공이 누구인지 알고 있었다. 녹음기는 목숨을 걸고라도 받아내야 할 것이 되어 버렸다.

녹음기를 내밀며 강 형사가 말했다.

"마지막 부탁이 있습니다. 이게 제일 중요합니다. 만약 실패한다면……."

'부탁'이란 말 대신 '실패'라는 말이 백 실장의 신경을 자극했다. 백 실장의 눈초리가 가슴을 뜯어먹을 듯 사나워졌다.

"그래서 오늘 저녁 거기에 실장님께서 꼭 직접 가셔야겠습니다."

뜻밖의 엉뚱한 소리에 백 실장은 잠시 강 형사를 쏘아보았다. 그리고 무슨 꿍꿍이인지 헤아려 보았다.

PM 05:00

다카하시가 급히 도쿄로 다시 향했다.

'이년이……'

납치범들에게 잡혔다는 쇼를 연출할 줄은 몰랐다. 멍청한 경시청 놈들이 깜빡 속아 넘어간 것이다.

'무능한 놈들!'

이젠 아예 기자회견을 하겠다고 나섰다. 그년의 입을 막아야 했다.

리무진 뒤에 있는 전화기를 들고 헐크 같은 모습을 떠올리며 마사유키 곤조의 번호를 찾았다. 전화기 너머 들리는 헐크 곤조의 목소리는 무능하기 짝이 없었다.

전화를 끊은 다카하시는 왠지 뭔가가 잘못되어 가는 불길한 느낌을 좀처럼 떨쳐버릴 수 없었다. 한 가지는 분명했다. 모든 것을 끝낼 방법이 없는 것은 아니었다.

'내 두 눈으로 똑똑히 이년의 끝장을 보리라.'

하지만 등골을 타고 스멀스멀 기어오르는 진저리쳐지는 기분을 도무지 털어버릴 수 없었다.

얄궂게도 기자회견장으로 그녀가 정한 곳은 도쿄 그랜드팔레스호텔이었다. 바로 코앞이 쑥대밭으로 변한 히가시교엔과 교코였다.

방 형사는 컨벤션홀로 들어가기 전 대기실에 앉아 마지막 변수를 점검했다.

호텔에 들어올 때, 시종장이 컨벤션홀 바깥에서 있는 잘생긴 30대 형사를 보고 뭐라고 한 것이 맘에 걸렸다. 그것이 중간 변수를 다시 고민하게 했다. 20분이 채 남지 않았다. 이미 기자회견장은 국내외 언론사들과 방송국 카메라로 발 디딜 틈이 없었다. 경호원들은 그야말로 물 샐 틈 없이 지키고 있었다. 보안 검색은 철저했다. 회견장 안에는 생수도 허락되지 않았다.

방 형사는 결심했다. 변수를 조정하기로 했다.

잠시 후, 시종장을 불러 그 형사를 잠시 보고 싶다고 말했다.

사카모토 이치로는 꿈이라고 생각했다. 검은 정장을 입은 그녀의 피곤한 모습이 색다른 매력을 발산했다.

"고맙습니다. 형사님께서 저를 제일 먼저 구출해 주신 분이라고 들었습니다. 정말 고맙습니다."

하고는 손을 내밀었다. 그녀의 손을 잡는 이치로의 손이 가늘게 떨렸다. 다음 말에 그는 가슴속에 불이 일었다.

"어쩌면…… 회견장이 마지막일지도 모르겠습니다."

처연한 슬픔을 그윽하게 담은 그녀의 일렁이는 눈길이 이치로의 심장을 아프게 헤집었다.

PM 09:00

내외신 기자들과 각국 대사관 관계자들, 일본의 고위 인사들이 앉아 있는 뒤로 카메라 기자들과 리포터들까지 컨벤션홀을 가득 메웠다. 사람들과 카메라 불빛 열기에 세차게 뿜어대는 에어컨도 소용없어 보였다.

회견테이블 중앙에 방 형사가 앉았다. 그 왼쪽에 하시모토 사쿠조 시종장이 앉았다. 사방의 플래시가 눈을 뜰 수 없을 정도로 계속 터졌다. 마이크를 댔지만 카메라 셔터 소리에 목소리가 눌릴 정도였다. 결국 진행하는 사회자가 나서서 진정시키고 나서야 그녀가 다시 입을 열 수 있었다. 그녀의 목소리는 가늘게 떨렸다.

"불행히도 어제 제 남편 후지와라 유이치 공께서 돌아가셨습니다."

그녀가 손수건을 들어 눈으로 가져가자 플래시가 다시 여기저기서 터졌다.

그녀는 후지와라의 할머니인 시게코 여사가 충격으로 쓰러져 사경을 헤맨다는 것과 자신 역시 간신히 헌신적인 일본 경찰 덕분에 살아났다는 말을 천천히 늘어놓았다. 충격을 받은 천황 내외와 처참하게 부서진 황궁의 참혹함 역시 빼놓지 않고 울먹이며 말했다. 야멸친 일본 기자들의 심정까지 흔들릴 정도였다. 그렇게 당장이라도 테러범이 눈앞에 나타나면 모두 달려들어 물어뜯을 것 같은 분위기로 사람들을 몰아갔다. 다들 불만 당기면 달려들 듯 울분에 차 흥분된 상태가 정점에 이를 때였다.

"오늘 제가 후지와라 공의 유품 중에서 이것을 발견했습니다."

녹음기를 테이블 위에 내 놓았다. 다시 플래시가 터지며 좌중이 술렁거렸다.

"저는 이걸 들었습니다. 그래서 후지와라 공을 죽인 자들과 저를 납치한 자들이 누구인지 알게 되었습니다."

충격적인 말에 좌중은 물을 끼얹은 듯 삽시간에 얼어붙었다. 카메라 기자들도 충격을 받았는지 셔터가 한 박자 늦게 터졌다.

"저는 이것을 후지와라 공을 평생 옆에서 보필한 하시모토 사쿠조 시종장님께 모두 들려드렸습니다."

방 형사는 옆에 앉은 시종장을 향해 눈길을 던졌다. 그러자 시종장이 그녀의 말이 맞다는 듯 침통하게 고개를 끄덕였다.

"조금만 듣겠습니다."

하고는 녹음기를 틀어서 마이크 앞에 가져다댔다. 컨벤션홀 전체에 후지와라의 육성이 울렸다.

—이 기록을 남기는 것은 혹시 있을지 모를 불의의 사태로 내가 죽을 경우를 대비해서다.

좌중이 경악으로 웅성거리기 시작했다.

—나는 암살의 위협을 당하고 있다. 그것은 여성천황 옹립을 주장하는 목소리가 힘을 얻기 시작한 때부터였다.

여기서 방 형사가 녹음기를 껐다.

"이 녹음은 충격적인 내용을 담고 있습니다. 국가의 중대사가 될 것이므로 보안 문제로 여기서 그치겠습니다."

약속을 어기고 기자 하나가 손을 들려 할 참이었다. 방 형사가 먼저 재빨리 입을 열었다.

"이 자료는 관계당국에 넘기겠습니다. 이후 내용은 시종장님께서 말씀해 주실 겁니다."

하고는 옆에 앉은 시종장에게 고개를 끄덕였다. 시종장이 자기 앞에 놓인 마이크 앞으로 몸을 조금 숙이자, 또 사방에서 플래시가 터져 한참을 지체하게 만들었다.

"들으신 것처럼 후지와라 공께선 평소에 목숨의 위험을 받으셨습니다."

충격적인 발언에 잠시 좌중 속에서 '오!' 하는 놀람이 흔들렸다. 기계를 불신하는 사람들은 같은 말이지만 시종장이 하는 말에 많이 흔들렸다. 사람들은 오랜 세월 충직하게 보좌한 하시모토 집안을 신뢰하는 눈치였다.

"5월 한국에서 있었던 세계경제문화포럼 참석을 위해 서울에 가셨을 때였습니다."

방청석 중간쯤 앉아 있던 다카하시의 속이 뜨끔했다.

세종로테러 때 의도적으로 8시로 스케줄을 잡아 후지와라를 테러하려고 했다는 의혹을 던지는 작전은 자신이 짠 것이었다. 의도적으로 30분 뒤로 미룬 것도 그런 아슬아슬함을 주기 위한 포석이었다. 물론 그건 어제 히가시교엔에서 후지와라가 저격해 죽이고 폭탄으로 온통 불바다로 만든 후 방 형사의 오랜 연인 강 형사를 잡음으로써 모든 것이 완벽하게 완성될 예정이었다. 그러나 그 모든 것이 어긋나 버렸다. 어금니를 빠드득 깨물며 고개를 돌려 슬며시 왼쪽 벽 옆에 서 있는 헐크 곤조를 쳐다봤다. 곤조는 긴장한 기색이었다.

"여러분들도 잘 아실 테지만, 한국 시각으로 5월 8일 08시에 한국의 세종로 사거리가 폭파되는 폭탄테러가 있었습니다."

다카하시는 속으로 천천히 심호흡을 했다. 그리고 주변을 눈에 띄지 않게 살폈다. 경찰과 경호원 외에는 당연하지만 무기가 없었다. 헐크 곤조는 시종무관장이었다. 그를 방해할 자는 아무도 없었다.

"그 시각에 원래 예정대로라면 08시에 후지와라 공과 저희들이 바로 그 세종로 지하를 걸어가고 있을 시간이었습니다."

다시 좌중에 놀람의 탄성이 터져 나왔다. 다카하시는 도쿄로 오는 리무진 안에서 곤조와 했던 전화통화를 떠올렸다.

'그러다 제가 잡히면 어떻게 합니까?'

공안44 답지 않은 말이었다. 너무 오래 적진에 두다 보니 해이해진 것이었다. 빼돌릴 방법이 있다는 말에도 미심쩍다는 말투로 대꾸했다.

"그런데 때마침 어떤 여자가 후지와라 공의 양복에 커피를 쏟는 바람에 시간을 지체했습니다."

다카하시는 곤조의 표정을 다시 살폈다. 결정적일 때 움직여야 했다. 덩치만 큰 놈을 후지와라 옆에 붙였던 것이 후회스러웠다. 다카하시는 속이 타들어갔다.

"그래서 08시에 있었던 폭탄 테러를 피할 수 있었던 겁니다."

시종장의 목소리는 단호하다 못해 준엄했다.

"그때는 그것이 우연이라고 생각했습니다. 그런데 어제 그런 망극할 사태를 당하고 나니, 그때 그것이 우연이 아니라는 확신을 하게 되었습니다."

시종장의 놀라운 발언에 몇몇 정부 요인들은 옆 사람들과 귀엣말을 하며 크게 동요했다.

"어제 후지와라 공께서 불의의 총격을 당하셨습니다. 암살자는 바로 이곳 그랜드팰레스 호텔 22층에서 총격을 가했습니다."

그건 경찰 발표에 이미 있었던 사실이었다.

"그런데 왜, 하필 이곳이었을까요?"

잠시 좌중은 어리둥절해했다.

"이곳 그랜드팔레스호텔에서 히가시교엔은 그렇게 만만한 거리가 아닙니다. 그런데도 암살자는 정확하게 위치를 잡았습니다."

몇 명이 뭔가를 깨달은 듯한 얼굴이 되었다.

"결혼식은 저희가 준비했습니다. 그런데 어떻게 그렇게 공교롭게 암살자의 코앞에서 결혼식을 할 수 있었을까요? 어쩌면 그렇게 방향이 꼭 맞게 이 호텔 방향을 향해 활짝 열린 형태로 무대를 만들 수 있었을까요?"

다카하시는 땀으로 이마가 번들거렸다. 입안이 마르기 시작했다. 헐크 곤조를 보았지만 이쪽을 무시하고 있었다. 속으로 욕이 새나왔다.

"저도 몰랐습니다. 후지와라 공께서 돌아가시고 목숨의 위험을 받으셨다는 녹음을 듣고서야 비로소 확연히 깨달았습니다. 모두 저의 잘못입니다."

갑자기 고개를 숙이는 시종장을 향해 엄청난 양의 플래시가 터졌다. 고개를 든 시종장이 입술을 악문 표정으로 입을 열었다.

"둘 다 동일합니다. 서울에서 커피를 쏟을 여자가 다가올 수 있도록 호위 경호원들의 벽을 열어준 것도, 여기 도쿄에서 경호상의 이유를 들어 의도적으로 이 호텔에 가깝게 무대를 정한 것도, 모두 다 바로 마사유키 곤……."

하는 순간, 탕탕 하는 소리와 함께 의자에 앉은 시종장이 가슴에 피를 뿜으며 뒤로 쓰러져 버렸다.

헐크 곤조의 손에 든 총이 불을 뿜은 것이었다.

그때 탕탕탕 하는 총소리가 컨벤션홀이 떠나가라 울리며 곤조의 가슴에 붉은 선혈 구멍을 냈다. 입을 기이하게 비틀거리던 곤조가 이어진 총격에 고개를 뒤로 홱 꺾으며 흔들리더니, 그대로 고꾸라지며 세워둔 조명등을 넘어뜨렸다.

좌중은 비명을 지르며 놀라 흩어지는 무리들과 서로 엉켜 넘어지는 소리들로 난장판이 되어 버렸다.

왼손에는 목에 건 경찰 신분증을 쥐고 오른손에 곤조를 쏜 권총을 든 사카모토 이치로가 상기된 얼굴로 연단으로 뛰어 들더니, 방 형사가 급히 몸을 숨겼을 것으로 짐작되는 연단 앞을 온몸으로 막아섰다.

사진기가 폭발할 정도로 기자들이 플래시를 터뜨려댔다.

짙은 눈썹의 잘생긴 사카모토 이치로의 늠름한 모습은 다음 날 아침 조간신문과 뉴스를 통해 전 세계에 타전되었다.

PM 10:10

혼잡한 틈에 경호원들이 방 형사를 안전한 곳으로 이끌었지만, 방 형사는 어제 급히 도주하다 납치되었던 공포를 떠올리는 척 울부짖으며 온몸으로 그들을 거부하는 마지막 연기를 펼쳐보였다. 그 틈에 상황을 대기하고 준비하고 있던 박희철 주일한국대사와 대사관 수행무관들이 재빨리 그녀를 호위하여 컨벤션홀을 빠져 나왔다. 분명히 결혼하지 않은 엄연한 한국인이었다. 누구도 막아설 수 없었다.

"대담하더구나?"

주일한국대사의 방탄리무진에 올라탄 방 형사는 옆에 앉은 그녀의 모친 백성연 실장을 돌아보았다.

"어쩔 수 없었어요."

"그자가 너를 쏘면 어쩌려 했느냐?"

그게 마지막 변수였다. 강 형사가 안 된다며 끝까지 반대했던 이유였다.

"그래서 시종장을 내세웠지요."

강 형사는 분명 후지와라 측근에 공모자가 있을 거라고 말했다. 팔레스호텔과 히가시교엔의 거리와 방향에 대한 것도 그의 추리였다. 그렇게 중요한 결정을 후지와라가 의심하지 않게 할 수 있는 자는 둘 중 한 명이었다. 어쩌면 둘 다일 수도 있었다. 시종장을 떠본 것은 목숨을 건 도박이었다.

변수가 많은 이번 작전에서 그녀의 눈썰미가 좋게 작용했다. 사카모토 이치로 역시 현장에서 발탁해서 즉시 변수를 옮긴 것이었다. 총격을 가하는 자가 더 이상 말도 하지 못하게 즉시 제압할 자가 필요했다. 처음엔 지로의 부하들을 생각했으나, 보안검색을 통과할 수 없어 보였다. 할 수 없이 후지와라의 경호원 중에서 누군가를 뽑아 어느 정도의 암시를 줄 생각이었다. 그가 공안44만 아니라면 분명 경호원으로서 충분히 들어줄 수 있는 일이었다.

그런데 이치로의 눈에 들어 있는 흠모와 애정의 빛을 보고 계획을 바꾸었던 것이다. 그리고 보기 좋게 성공했다. 공안44도 난데없이 나타난 젊은 영웅 이치로의 출현에 어리둥절할 것이 분명했다.

"녹음기의 후지와라 목소리에서 곧 편집한 흔적을 찾아낼 것이다. 그러면 어떻게 할 거냐?"

방 형사가 깊은 미소를 지었다.

"녹음기를 없앴어요."

잠시 의외라는 표정을 지은 백 실장이 날카로운 미소를 지었다. 작은 감탄이었다.

"많이 컸구나."

녹음기는 현장에서만 필요했다. 그것도 길게 들려주면 현장을 중계하는 방송국 음향기기에 많이 남게 되어 위험했다. 만년필 녹음기에서 흘러나온 조작된 후지와라 음성이 방송국 음향기기의 전자음으로 변해서 송출되고 녹음되므로 한 번 걸러지는 효과가 있었다. 그러나 그것도 길어지면 조작의 흔적이 발각될 수 있었다.

그래서 시종장을 설득할 때 모두 들려준 것 외에는 애초부터 그것을 저들에게 다 들려줄 생각은 없었다. 어수선한 현장에서 단상 밑에 숨을 때 디지털로 되어 있던 음성파일을 즉시 삭제시켜 버렸다. 그리고 우왕좌왕하며 자신을 둘러싼 경호원들 발밑에 살짝 던져놓았다. 누군지 모르는 자의 발에 밟혀 부서지는 것까지 눈으로 확인했다.

회수되었겠지만 근거를 찾기 쉽지 않을 거였다. 혹 찾는다 해도, 전 세계에 이미 보내진 생생한 영상이 더 중요한 증거가 되어 줄 것이다. 어쨌든 헐크 곤조가 총을 쏴서 시종장의 입을 막으려고 한 것은 엄연한 사실이니 말이다.

헐크 곤조가 이상하다는 말은 시종장이 먼저 꺼냈다.

실제로 죽은 곤조가 공안44인지는 확신하지 못했다. 설령 그가 아닐지라도 그가 그렇다고 우길 셈이었다. 그것까지 작전이었다. 그가 비록 애매하게 당했다면 미안하지만 어쩔 수 없었다. 공안44의 후지와라 암살과 왕궁 테러로 억울하게 우리나라가 받을 피해와 위험을 생각하면, 아니 세종로테러로 받은 엄청난 피해를 생각하면 무조건 밀고 나가야 했다.

진실은 밝혀지지 않을 것이다.

이제 도쿄 경시청에서는 후지와라 암살과 왕궁 폭파에 관해, 여성천황 옹립을 지지하는 자들과 반대하는 자들을 대대적으로 소환조사할 것이 분명했다.

그렇게 한국으로 쏠렸던 의심의 눈초리를 완전히 쳐냈다. 백 실장의 말이 상념을 깨뜨렸다.

"중요한 것을 찾았다고?"

방 형사는 말없이 고개를 끄덕였다.

"강 선배가 서울에 도착하는 날, 어머니 책상에 올려질 겁니다."

그리고는 입을 다물고 창밖으로 고개를 돌렸다. 그런 그녀를 보며 백 실장은 생각에 잠겼다. 만만하게 보았던 딸이 꽤 커 보였다. 휘황찬란한 도쿄의 야경을 바라보는 딸의 수척한 얼굴이 차창에 비쳐 반사되었다. 걱정스런 우려가 짙게 드리운 딸의 눈빛에, 백 실장은 속으로 깊은 한숨을 내쉬었다.

처량한 듯 차창에 매달린 딸의 모습에, 유키를 구해달라고 말하던 꽤씸한 놈의 진지한 눈빛이 겹쳐졌기 때문이었다.

2006. 07. 19. 수.

PM 08:00

도쿄 긴자[銀座]의 격조 높은 전통 레스토랑 '가부키'의 바깥에는 긴장한 표정의 사내들이 곳곳에서 주위를 살펴보고 있었다. 일정한 간격을 유지하고 있는 사내들은 같은 분위기를 풍기면서도 서로 섞이지 않는 미묘한 기류가 흘렀다.

'가부키'에서도 가장 은밀한 내실에 남녀 둘이 마주보고 앉아 있었다. 배석한 사람 하나 없는 긴장된 분위기였다. 세심하게 준비되어 나온 요리를 하나도 건드리지 않은 남자와 달리 여자는 흥겨운 마음으로 요리를 즐기는 듯했다. 그것이 더 분위기를 어색하고 딱딱하게 만들었다.

다카하시는 뭔가 잘못되었다는 느낌을 지울 수 없었다. 자신이 비록 현 집권당 중의원이긴 하지만 자신을 꼭 집어 지목하며 만나자고 한 것은 여러모로 불길했다. 프로젝트를 시작할 때 주의를 주던 주인님의 목소리가 뇌리에 되살아났다.

'절대 얕보지 마라.'

결코 얕보지 않았다. 매사에 돌다리를 두드리는 것처럼 신중하게 진행했다. 하운드 프로젝트는 성공했다. 방현진도 잡혀왔고 강태혁도 달려왔다. 그리고 자신도 모르게 수행한 것이 되어버린 주인님의 도오쥬우 프로젝트도 성공이었다. 그런데 결과는 모든 것을 뒤집어엎었다.

다카하시는 말로만 듣던 흡혈마녀라는 여성을 복잡한 심경으로 바라보았다. 한국의 그림자를 움직인다는 소문이 사실인 듯했다. 지금 이렇게 당당하고 천연덕스럽게 코앞까지 쳐들어 왔으니 말이다.

백성연 실장이 냅킨으로 가볍게 입술을 눌러 닦았다.

"의원님께선 음식이 맘에 안 드시나 보네요. 너무 제 입맛에만 맞춰 준비했나요?"

백성연 실장은 차마 전 관방장관이란 호칭까지 붙이지는 않았다.

다카하시 사케. 전 관방장관이자 현 집권당 중의원으로 일본 정계 막후의 실권자였다. 그의 목소리를 알아차린 것은 그가 독도에 대해 강경한 어조의 망언을 일삼았던 3년 전의 기억 때문이었다.

"일본의 장래를 위해 바쁘실 테니 서로 다 아는 이야기는 생략하도록 하죠."

반쯤 섞인 비꼼에 다카하시는 불안감이 더해졌다. 물밑접촉이라 해도 외교가에서 절대로 하지 않는 것이 비꼬는 것이었다. 결국 자신감이 있다는 말이었다. 백 실장의 얼굴에 방 형사의 얼굴이 겹쳐지면서 그녀가 모친의 성격을 그대로 빼닮았다는 생각이 들었다. 그러자 가슴에 섬뜩함이 날카롭게 스쳤다.

"7월 17일 도쿄에서 벌어진 암살과 테러에 대해서 저희 한국과 관련된 것들은 모두 빼주셔야겠습니다."

그건 이미 어제 기자회견으로 이미 그럴 수밖에 없는 일이 되어 버렸다.

"그렇지 않으면 굉장히 곤란해지실 겁니다."

곧장 쳐들어와 목을 친다는 소문대로 이 마녀는 의례적인 언사에 눈곱만큼도 관심이 없는 것 같았다.

"무슨 말씀이신지?"

"의원님께서 더 잘 아실 텐데요."

하더니 대뜸 강 형사에게 받았던 녹음기를 꺼내 틀었다.

다카하시는 소스라치게 놀랐다. 얼굴은 대번에 벼락 맞은 표정이 되었다. 웅웅 벙커에 울리는 자신의 기괴한 목소리에 소름이 끼칠 지경이었다. 벌떡 일어나 달려들어 백 실장의 목을 조르고픈 충동에 휩싸였다. 그러나 그건 자신이 선택할 수 있는 것 중 가장 어리석은 짓이었다.

'복사본을 만들어 두지 않았을 리 없다. 그녀가 죽으면 정말로 밖으로 새나간다. 그러면 너는 주인님께……. 그녀가 이렇게 온 것은 협상을 하자는 거다. 정신을 차려라, 정신을…….'

사색이 되어 카멜레온처럼 수시로 변하던 얼굴색이 안정되자, 백 실장이 녹음기를 끄고는 그대로 그의 앞으로 밀어놓았다.

"작은 선물입니다."

역시 복사본이 있었다. 다카하시는 속으로 욕을 해댔다.

"긴 말이 필요 없을 듯합니다. 제 요구를 들어주실 차례입니다."

자신도 모르게 흘러내리는 땀이 눈앞에 떨어졌다.

"강태혁은 무사히 한국으로 돌아갈 겁니다. 그리고 이후 어떤 위해도 없을 겁니다."

당연히 들어줄 거라는 듯 결정된 어휘를 사용했다.

"참, 그리고 천방지축인 유키라는 계집애 하나가 귀하에게 억류되어 있는 것 같은데, 말썽꾸러기긴 해도 그럭저럭 잡일에 쓸 만합니다. 털 끝

하나 다치지 않고 그대로 있는 것이 좋을 겁니다. 전 여성에게 이상한 위해를 가하는 자들에게 한 번도 참아본 적이 없거든요."

다카하시는 유키란 여자가 누군지 알 재간이 없었다. 엉뚱하게 시비를 거는 거라면 정말 암담했다. 그러나 이어진 다음 말이 그를 더 참담하게 했다.

"그리고 일본이 자랑하는 최첨단 이지스함을 한번 타보고 싶습니다."

"예?"

다카하시는 뜨끔했다. 설마 하는 마음이 들었지만 백 실장은 손목을 들어 시계를 보고 말했다.

"시간이 없어 이지스함을 탈 수는 없을 것 같네요. 할 수 없죠. 그냥 의원님께서 설명만 좀 해주시면 될 것 같습니다."

백 실장의 눈이 날카롭게 빛날수록 다카하시는 흘러내리는 땀을 닦기에 바빴다.

"별것 아닙니다. 아시겠지만, 드린 녹음은 복사본이 있습니다. 요즘 기술이 워낙 좋아서 말이죠. 그러니 제가 언제 맘이 변해 그걸 일왕 전하나 수상 각하께 보내지 않는다고 장담할 수 있겠어요."

다카하시가 보기에 미소 짓는 백 실장의 눈빛은 쥐를 삼키려고 잔뜩 똬리를 틀고 날름거리는 커다란 코브라의 눈빛 같아 보였다.

"그러니, 저도 같이 구정물에 발을 담가야 의원님께서 안심하시지 않겠어요? 그래야 서로 이 일이 영원히 물 밑에 가라앉아 있도록 노력할 테고요. 아무래도 그렇겠죠?"

왜 흡혈마녀라고 하는지 이제 분명히 알 것 같았다.

백 실장이 단호하게 일어섰다.

"그럼 시간이 없어서 제가 먼저 일어나겠습니다."

문을 열고 나가려던 그녀가 고개를 돌려, 세상의 모든 고뇌를 짊어진 것 같은 다카하시에게 조롱하듯 말했다.

"아참, 잊을 뻔했는데, 서울 세종로테러는 좀 더 조사가 필요한 것 같습니다. 일본 교코에서 터진 폭약과 같은 거라니 말이에요."

다카하시는 백 실장의 살인적인 미소에 옴짝달싹도 못했다. 정신까지 얼어붙어 버렸다. 완전히 거꾸로 당하게 되어 버렸다.

"일본이 한국의 심장에 폭탄을 꽂았다고 하면 정말…… 휴! 온 세계가 난리일 거예요. 아무래도 그렇겠죠?"

백 실장의 잔인한 말이 이어졌다.

"호의로 이지스함까지 구경시켜 주시려 하시는데, 뭐 제가 어느 정도 의원님 체면을 살려드릴 수 있는 것을 해야 할 것 같기도 하고요. 세종로 건은 제가 한번 노력해 보죠."

그 말을 끝으로 바람처럼 나가버렸다.

다 식어 버린 성찬을 앞에 두고 홀로 앉은 다카하시는 자신이 정말 꼼짝없는 외통수에 걸렸다는 것을 깨달았다.

열흘 후. 일본이 자랑하는 최신에 이지스함의 방호 능력, 탑재된 무기 사항, 성능, 레이더 정보 등 초특급으로 분류되어 있던 군사기밀이 담긴 하드디스크가 유출되는 초유의 사건이 발생해서 전 세계를 놀라게 했다.

일본 국방성은 음란물을 돌려보던 일부 자위대원들의 이처구니없는 실수로 빚어진 일이라는 망신스러운 조사 결과를 발표하는 한편, 유출된 하드디스크를 회수해서 폐기하기까지 다른 곳으로 유출된 흔적은 전혀 없다며 수습했다.

물론 일본 국방성의 공식 발표는 유출된 그 특별군사기밀이 통째로 한국 국가정보원 기획조정실 백성연 실장의 책상 위에 데이터 파일로 올려진 바로 다음 날 이루어졌다.

4부 | 시의 진실

2006. 07. 22. 토

AM 08:00

강 형사는 경찰서 휴게실 한쪽을 차지하고 앉았다. 허공에 떠다니는 먼지를 세기 시작했다. 그런 그를 보고 몇몇 형사들이 의례적인 손짓과 고갯짓을 건넸다. 다들 그가 며칠 어딘가 쏘다니다 온 것으로 생각했다. 씩 웃는 것으로 인사를 대신했다.

그의 마음은 사건을 해결한 후에 밀려드는 익숙한 공허감에 시달리는 것이 아니었다. 그는 기다리고 있었다. 아버지를 납치해 손가락을 자른 놈들이 정한 기한이 점점 가까워오고 있었다. 접촉해 올 때가 되었다.

초초한 그의 마음 한편에는 상실감이 섞여 있었다. 그녀 때문이었다.

방 형사와는 일본에서 그렇게 헤어진 후 만나질 못했다. 전 세계 매스컴과 파파라치들이 군침을 흘려대고 있기 때문에 만날 엄두도 내질 못했다. 사실 그것 때문만은 아니었다. 그녀의 낯선 모습이 이유였다. 이젠 그녀를 만나 딱히 할 말도 없었다. 그녀는 더 이상 경찰도, 동료도 아니었다. 학생은 더더욱 아니었다.

"일본에 팬클럽 있어요?"

상념이 깨졌다. 테이블 위에 다 식어버린 자판기 커피가 눈에 들어왔다.

"말씀하신 게 이거죠."

김 순경이 삐죽 소포를 내밀었다. 강 형사는 웃음으로 대꾸하며 받아들었다. 기다리고 있었다. 뜯어보지 않아도 안에 무엇이 들었는지 알았다. 일본에서 자신이 부친 것이기 때문이다. 황궁비밀서고에서 살아나온 다음 날 고민하다가 김 순경 자취방으로 부쳤다. 일본에서 무사히 윤동주의 시모가모 기록 원본을 들고 나올 방법은 그것밖에 없었다. 아니 정확하게는, 혹시 문제가 일어나 자신이 죽게 된다 해도 기록은 남겨야 한다는 사명감 때문이었다.

강 형사는 싱긋 웃으며 김 순경에게 한 가지를 부탁했다.

AM 08:40

손사래를 치는 김 순경을 데리고 풍문여고 뒤쪽의 조그만 카페로 갔다.

"잘 못해요. 정말이에요."

카페에 들어서서도 김 순경은 앉지도 않고 거듭 난색을 표했다.

"고등학교 때 조금 했다니까요."

강 형사는 싱긋 웃기만 할 뿐 대꾸도 안 했다. 그저 손가락으로 반대편 자리를 가리키기만 했다. 얼굴을 찌푸리던 김 순경도 별 수 없다는 듯 으쓱하고는 자리에 앉았다. 그리고 소포를 풀어서는 시모가모 기록을 꺼내 떠듬거리며 해석해 나가기 시작했다.

옛날 기록이긴 해도 경찰조서여서 지금과 그리 다르지 않아 김 순경도 조금씩 적응해 갔다. 그것을 들으며 강 형사는 윤동주로 시작된 연세대사건을 차근차근 머릿속으로 정리했다.

연세대사건은 윤동주와 얽힌 과거가 구린 자를 협박하는 것이 목적이었다. 그리고 뒤가 켕긴 그 자는 결국 자신을 풀어줬다. 협박한 자가 누구인지는 모른다. 시모가모 기록의 복제본을 가지고 있던 것은 그의 아버지였다.

'설마 아버지가?'

그럴 리는 없었다. 세종로테러범으로 몰아 자신을 감옥에 집어넣는 데 결정적인 역할을 한 것이 아버지였다. 그런 아버지가 자신을 풀어주려 했다는 것은 말이 안 된다. 인정하고 싶지 않지만 그게 사실이었다. 자신의 지난 일 때문에 아버지를 삐뚤어진 심경으로 보는 것이 아닌가 하는 자책도 들었다. 하지만 아니었다. 논리적으로 말이 안 됐다. 아버지가 정말 자신을 풀어주도록 협박을 했다면, 자신이 잡혀가도록 몰아갔다는 사실과 맞지 않는다. 잡히자마자 풀어주기 위해 무리수를 두면서까지 협박했단 뜻이었다. 말이 안 되었다.

강 형사는 속이 쓰렸다. 복잡한 심경을 추스르며 냉정해지려고 노력했다.

'아버지는 아니다. 절대 아니다.'

협박을 당하자 누군지 모르지만 윤동주와 얽힌 과거 때문에 협박당한 자는 가만히 있지 못했다. 언제고 다시 자신의 목을 죄어올지 모르기 때문이다. 그자는 동주의 시모가모 기록의 출처를 쫓아 아버지를 납치해 간 거였다.

'그렇다면 분명 이 기록에 그자에 대한 단서가 있다.'

그자는 배신자가 틀림없었다. 눈알이 뽑히고 발가락이 부서지고 혀가 잘리는 형벌은 배신자에게 내려지는 징벌이라고 했다. 그 결사의 일원이었던 자가 틀림없다. 그가 윤동주를 배신했던 것이 분명하다.

윤동주는 천황 암살을 목적으로 일본에 건너갔다가 발각되어 후쿠오카 형무소에 갇혀 죽었다. 그를 잡은 자들은 일본 특고경찰들이었고 당연히 그 배후에는 공안44가 있었다. 놈들은 동주와 아야코의 관계를 파헤쳐 일왕을 압박할 목적이었다. 그런데 놈들은 기다렸다는 듯이 동주를 잡았다. 증거만 없다 뿐이지 동주와 아야코의 관계도 확신하고 있었다. 그래서 후쿠오카 형무소로 보내 고문했던 것이다. 확실한 증거를 받아내려고, 동주 입에서 떨어지는 명백한 자백을 받아내려고, 그랬던 것이다.

'어떻게?'

한 가지 이유밖에 없었다. 동주와 아야코 둘만의 긴밀한 관계를 잘 알고 있는 어느 누군가가 배신했던 것이다.

'아주 가까운 자가 틀림없다.'

아야코 쪽은 아니었다. 동주 쪽이었다. 연세대사건이 그것을 분명하게 말해주었다. 동주가 잡혀 조사 받은 내용이 담긴 시모가모 기록과 왼손 약지를 자르는 메시지를 전한 것이 그것이다. 그래서 배신자는 연세대사건을 덮으려고 온갖 짓을 다 했다. 검시의 민 박사를 죽이고 서대문경찰서에 불을 질렀다. 그리고 은사이신 송범구 선생까지 죽였다.

'분명 배신자는 왼손 약지 끝마디가 없을 것이다.'

방 형사에게 들은 대로라면, 일본에 유학 중이던 동주를 찾아온 두 친구가 그랬다고 했다. 손가락 하나가 없어 무서웠다고. 한 명은 좌익으로 몰려 죽은 강처중이고 다른 한 명은 누군지 모른다고 했다.

'그자가 바로 동주를 밀고한 배신자다.'

264

강 형사는 그 배신자를 찾고 있었다. 그가 아버지를 잡아간 것이 틀림없었다.

김 순경이 번역해 주는 내용을 들을수록 이런 생각이 분명해졌다. 시모가모 기록에는 대부분을 차지하는 심문내용과 진술내용, 그 각 진술에 대한 특고경찰의 의견까지 빠짐없이 기록되어 있었다.

윤동주는 몰랐을 거다. 자신이 밀고당해 잡혔다는 것을 전혀 몰랐을 거다. 사실 그만 모른 것이 아니라 지금까지 아무도 알지 못했다. 역사의 진실이 일본 황궁비밀서고 안에 갇혀 잠자고 있었기 때문이었다.

김 순경이 읽는 데 한참이 걸렸다. 그녀의 마지막 말은 청천벽력 같았다.

"다 읽었는데요."

"엉?"

"전부 다 읽었다고요."

그럴 리가 없었다. 그러면 안 되는 거였다. 이름이…… 이름이 나오질 않았다.

"정보원이 있었다는 말은 있지만 그가 누군지는 나와 있지 않아요."

밀고한 자의 이름이 없다면 도대체 어떻게……

강 형사는 김 순경에게 기록을 넘겨받아 첫 장을 펴 들었다. 일본어는 모르지만 이름은 한자로 표기되어 있으니 찾을 수 있었다. 김 순경이 아무리 고등학교 때 했던 일어 실력이라고 해도 그런 걸 놓치고 건너 뛸 리는 없다. 하지만 있어야 했다. 반드시 있어야 했다.

뭔가 잘못된 느낌이 머리를 꽉 메웠다. 속이 메슥거리며 울렁거리기 시작했다. 정신없이 종이를 넘기며 살폈다. 샅샅이 훑었다.

하지만 없었다. 정말 없었다. 밀고한 배신자의 이름은 시모가모 기록

어디에도 나오질 않았다.

이러면 안 되는 거였다. 분명 이러면 안 됐다. 목숨이 걸린 문제였다.

'이러면 내가 목숨을 걸고 일본에 건너간 이유가 없⋯⋯.'

순간, 강 형사는 머릿속에 벼락이 내리쳤다. 머리통이 터져 나가는 줄 알았다.

그는 드디어 미처 생각지 못한 엄청난 것을 보고야 말았다.

도저히 같이 있을 수 없는 것이 같이 있는 황당무계한 일이 눈앞에 파노라마처럼 펼쳐졌다. 그리고 그 중심에서 허둥거리는 자신을 발견했다. 탁구공처럼 이리저리 튕겨다니는 모습을 발견한 것이다.

비로소 강 형사는 끔찍한 연세대사건을 일으키면서 배신자를 협박한 사람이 누군지 알았다. 바로 눈앞에 있었다. 서대문형무소역사관에서 찍힌 살인자의 반쪽 얼굴에서 이미 한 차례 알고 있었다. 다만 알량한 논리에 휘말려 한쪽으로 접어놓았던 것이다. 저도 모르게 눈을 감아버려 못 보았을 뿐이었다.

세종로테러범으로 잡혀 들어간 자신이 풀려나도록 한 자는 우호적이었다. 그런 줄 알았다. 하지만 정반대였다. 악질이었다.

'나는 반드시 풀려나야만 했다. 반드시⋯⋯.'

그래야 모든 그림이 완벽하게 완성된다. 풀려나야 일본에 건너갈 수 있다. 그래야 히가시교엔을 불바다로 만든 테러범으로 잡히게 되는 거다. 그러기 위해서는 반드시 풀려나야만 하는 거였다. 이미 세종로테러에 쓰인 폭탄 C4가 일본으로 건너가 히가시교엔과 교코 곳곳에 매설되었는데 정작 그 테러범인 자신이 한국 감옥에 갇혀 있다면 아무 소용없는 거였다.

강 형사는 진실을 더듬기 시작했다.

'세종로테러로 잡히는 것도, 풀리는 것도…… 모두 한 사람이 그린 그림이다.'

감당할 수 없는 고압전기에 감전된 것 같은 소름끼치는 충격이 온몸을 꿰뚫었다. 멍해지면서 손가락 하나 까딱할 수 없었다. 다리가 후들거렸다.

결국 강 형사는 비척거리며 옆으로 돌아앉으며 그대로 웩웩 헛구역질을 하고야 말았다.

'아버지다. 아버지……'

AM 11:40

경찰서로 돌아온 김 순경은 강 형사의 거듭된 이상한 요구에 어처구니가 없다는 표정을 지으면서도 순순히 조퇴를 신청했다. 얼굴이 하얗게 되며 미친 듯이 욕지기를 해대던 광경을 잊을 수 없었기 때문이다.

"강 형사 아저씨, 정말 괜찮겠어요?"

힘겹게 미소를 지으며 끄덕였다. 그리고 엑셀에 올랐다. 온몸에 맥이 하나도 없었다. 하지만 작은 불씨는 남아 있었다. 진실을 확인해야 했다.

"내 걱정 말고, 부탁한 거나 잘해. 알았지?"

김 순경에겐 배신자를 찾으라고 부탁했다. 윤동주의 연희전문 친구라는 명확한 단서가 있었다. 동주가 연희전문을 다니던 시절을 뒤지면 되었다. 그 당시 학생들이 많지도 않겠지만, 지금까지 살아 있는 자라는 조건이 부가되면 더 수가 줄어들 것이다. 창씨명과 본명을 대조하는 복잡함이 남아 있긴 하지만, 김 순경이 잘 추적하리라 믿었다. 아니 그래야만 했다.

강 형사는 짐짓 윙크까지 하고는 경찰서 마당을 나섰다.

엑셀을 경부고속도로로 몰았다.

오래된 엑셀만큼이나 강 형사의 마음도 터덜거렸다. 비로소 그는 주변에 떨어져 있던 진실의 조각들에 눈을 돌리게 되었다.

세종로를 폭파시키고 자신을 잡아넣어 테러범으로 잠정적으로 규정하고, 풀어놓아서 일본으로 건너가 희대의 폭탄테러범이 되도록 한 모든 일은 공안44의 기획이었다. 하지만 그들이 한국에서 직접 할 수 있는 일에는 한계가 있다. 하수인이 필요했다. 아주 충실한 하수인이…… 아버지는 오래전부터 일본과 무역을 했다. 충분히 그들과 접촉점이 생길 수 있었다.

마음이 다시 시리도록 아파왔다. 아무리 미워도…… 아버지였다. 그런데 아버지는…….

강 형사는 다시 마음을 다잡았다. 하지만 저절로 상념들이 피어올랐다. 시모가모 기록에 배신자의 이름이 없었다. 그것은 엄청난 것을 떠오르게 했다. 진실은 진실의 꼬리를 물고 나타나는 법이었다.

'아버지는 어떻게 써 있지도 않은 배신자를 알고 협박했을까?'

배신자가 정확히 누구인지 알고서 정곡을 찌르며 들어간 것이 연세대사건이었다. 연세대사건을 일으킨 것이 아버지였다. 그것은 아버지가 공안44와 결탁하지 않고서는 모든 프로젝트가 불가능하다는 냉혹한 진실을 말해주었다. 그것은 '아버지는 배신자를 어떻게 알았을까?'에 훌륭한 답을 제공했다. 배신자를 있지도 않은 근거로 대담하게 협박한 것이나, 기록에 없는데도 배신자를 쉽게 찾은 이유를 분명하게 말해주었다.

시모가모 기록에 써 있지도 않은 배신자를 알 수 있는 방법이 있다.

적혀 있지 않아도 배신했다는 것을 분명히 아는 자, 시모가모 기록을 보지 않고도 배신자를 알고 있는 자, 그자가 배신자가 누구인지 말해주었던 것이다.

그자는 동주와 아야코의 관계를 밀고하는 내용을 직접 들은 자, 그래서 밀고하는 배신자를 직접 만난 자, 그래서 동주를 잡아 후쿠오카 형무소에 집어넣고 고문한 자, 아야코와의 관계를 토해내라고 생체실험을 빙자해 온갖 약물을 투여해 결국 죽음에 이르게 한 자, 바로 동주의 시모가모 기록을 작성한 자, 바로 그자였다. 공안44, 바로 그놈들이었다.

그래서 놈들은 남의 나라 한복판인 세종로를 폭파시켜 놓고도 태연할 수 있었던 것이다. 그걸 무마해 줄 자의 숨통을 꼭 쥐고 있었으니까⋯⋯.

엑셀 운전대를 부여잡은 강 형사는, 아버지가 그 공안44의 하수인이라는 사실에, 다시금 오열하지 않을 수 없었다.

PM 07:50

남원 집 앞에 멈춰 섰다. 집에 내려온 것은 작은 불씨 때문이었다. 곧 꺼질지도 모르지만 어쩌면 아닐 수도 있다는 스스로 생각에도 가망 없는 희망 때문이었다.

'직접 확인해야 한다. 이 두 눈으로⋯⋯.'

그의 손에는 남원 시내에서 산 도끼가 들려져 있었다. 지난번에 왔을 때보다 더 심하게 폐허가 되어 있었다. 사방은 어둑어둑하고 적막했다. 풀벌레소리조차 들리지 않았다. 큰 만큼 더 기괴스럽고 음침한 텅 빈 건물을 향해 발걸음을 옮겼다.

한낱 가냘픈 희망은 사라진 아버지를 찾는 거였다. 찾아서 묻는 거였다. 자그마한 단서라도 찾는 거였다. 아버지가 놈들에게 속았을지도 모른다는 뭐 그런 거를 찾는 거였다. 형사 생활하면서 그런 일을 숱하게 봐왔다고 스스로도 궁색한 변명을 해댔다. 하지만 부질없는 짓이란 걸 머리가 자꾸 되새겨줬다.

벌써부터 들짐승과 새들이 둥지를 틀었는지 본관에 들어서자 후드득하며 부산한 소리가 사방에서 났다. 스위치를 찾아 올렸다. 아직 전기가 끊어지지 않았는지 불이 들어왔다.

먼지 그득한 소파에 털썩 앉았다. 풀썩 매캐한 공기가 일었다. 눈으로 거실을 둘러보았다. 아무도 다시 오지 않은 것이 분명했다.

결심하고 일어섰다. 그리고 도끼를 들어 대충 짐작한 벽을 찍어대기 시작했다. 쩍쩍 소리에 생각이 들러붙었다. 휘두를수록 광기가 서렸다. 갈수록 내려찍는 속도가 빨라졌다. 도끼는 도끼대로 미쳐 날뛰는 것 같았다.

한참을 부순 곳이 아니었다. 대강 짐작되는 다른 곳을 또다시 찍어나갔다. 비밀의 방을 찾는 거였다. 아버지가 신노우 노인에게서 받은 시모가모 복제본을 숨겨 놓았던 곳, 아무도 들어가지 못하게 커다란 자물쇠를 달아 놓았던 그곳……. 거기를 찾는 거였다. 거기엔 분명 시모가모 복제본이 놓여 있을 것이다. 그와 함께 무엇인가 변명이 될 뭔가가 있을 것이다. 아니 있어야 한다.

'분명히 있을 거다. 있을 거다.'

예전 살던 집의 방 위치를 떠올리며 계속 되뇌었다. 이 새집은 옛집 위에 지은 거였다. 아버지 성격대로라면 절대 없애지 않았을 것이다.

벽이 쩍쩍 벌어지는 소리와 함께 씨근덕거리는 숨소리가 섞였다. 문득 이런 심리를 '그림자Shadow'라고 한다던 '심리학개론' 시간에 들었던 교수의 말이 떠올랐다. 걱정해서라기보다는 분석과 논리를 위해 젠체하며 현학적인 말을 늘어놓던 그 교수의 얼굴이 벽에 나타나자 도끼는 인정사정을 두지 않았다.

벽을 몇 군데 다시 옮겨 다녔다. 그는 온 집안의 벽이란 벽은 다 쪼갤 기세로 찍어나갔다. 셔츠는 이미 땀으로 흥건하게 젖었다.

조금 지나자 밖에서 비가 후드득거리는 소리가 들려왔다. 잠시 후 마른벼락이 몇 번 내리치더니 빗방울이 굵어졌다. 사위가 어두운 폐허가 다 된 흉가의 을씨년스런 빛 아래에서 흉포하게 도끼질을 해대는 그의 모습에 천둥이 으르렁거렸다. 그리고 곧 모든 것을 송두리째 집어삼킬 듯 삽시간에 폭우를 쏟아붓기 시작했다.

한 시간쯤 지났을 때였다.

여느 벽과 달리 푹 꺼지는 느낌이 나며 도끼가 자루까지 반쯤 들어가 버렸다.

'역시 있었다.'

거친 숨을 몰아쉬었다. 땀이 후드득 떨어졌다. 빗줄기들 사이로 번개가 번쩍였다. 이어지는 천둥의 으르렁거림에 거실 통유리가 흔들렸다.

숨을 고른 후, 도끼로 벽을 쳐 넓게 부쉈다. 벽 뒤엔 어른 한 명이 들어가 설 정도로 좁은 공간이 있었고, 더 나가지 못하게 하는 것처럼, 녹슨 자물쇠가 달린 빛바랜 나무문짝이 버티고 있었다.

'여기다.'

어릴 적 그대로였다. 손을 뻗어 칠 벗겨진 손때 묻은 문짝을 더듬었다. 아버지의 온갖 연장과 아버지 냄새 나는 옷이 걸려 있던 그 방이 바로 건너편에 있었다. 어딘가에 시모가모 기록을 숨겨두었던, 그래서 아무도 들어가지 못하게 했던 그 비밀의 방이 눈앞에 있었다.

어린 시절의 기억이 주마등처럼 끈질기게 따라붙었다. 강 형사는 머리를 흔들었다. 그리고 기억을 빠개버리듯 도끼로 녹슨 자물쇠와 손잡이를 찍어 내렸다.

끼이익. 문이 열렸다.

방은 어릴 적 아버지를 기다리며 숨어 있던 때보다 더 작고 초라했다. 하지만 그대로였다. 차곡차곡 정리된 연장들과 이름도 모를 공구들, 곰팡이가 눅신하게 피어 거의 삭아버린 목장갑이나 기름때 묻은 헝겊도 있었다. 한쪽 벽에 붙어 있는, 이제는 알아보는 사람도 별로 없을 70년대 여가수의 풋풋한 모습이 담긴 낡은 달력도 그대로였다. 하지만 시모가모 기록의 복제본은 없었다. 한쪽에 쌓아놓은 오래된 주간지들과 세로쓰기로 되어 있는 책들은 있었지만, 그것만은 없었다. 사라진 아버지의 행적을 알려줄 단서도 없었다. 색깔을 알 수 없게 변해버린 시커먼 장판지만큼이나 이 방엔 아무도 들어오지 않았다는 것이 확실했다.

멀리서 치는 번개가 번뜩였다. 이어서 천둥이 땅을 흔들었다.

강 형사는 답답하고 서글픈 감정이 북받쳤다. 도대체 미친 듯이 여기까지 달려와서 무얼 찾겠다고 한 것인지 한심스럽기 그지없었다. 정해진 것은 정해진 것이었다. 변하지 않는 것은 변하지 않는 것이었다. 아무리 안달하고 소리치고 몸부림쳐도 한 번 지난 일은 바뀌는 것이 아니었다. 인정할 것은 인정해야 했다.

아버지는 살인자이자 테러범이었다. 공안44의 파렴치한 *끄*나풀이었다.

불현듯 걷잡을 수 없는 분노가 치밀었다. 옆에 던져 놓았던 도끼를 들어 그대로 한쪽 벽에 걸린 낡은 달력의 여가수 몸을 향해 미친 듯이 내리찍었다.

그 순간, 휘청거리며 앞으로 고꾸라졌다. 갑자기 손에 든 도끼가 날아가 버리며 중심을 잃은 것이다.

놀라 고개를 들어 보았다. 그 이유를 알았다. 달력을 걸어놓았던 벽은 시멘트로 된 벽이 아니라 얇은 베니어판으로 살짝 막은 것이었다. 사정없는 도끼질에 얇은 베니어판 벽이 뚫리며 도끼가 그 안의 시커먼 공간으로 빨려 들어가 버린 거였다.

비밀의 방 안쪽에 다른 공간이 또 있었던 거였다. 가슴이 섬뜩하게 뛰었다. 사정없이 퍼붓는 빗줄기에 더위가 가셨는지 등골이 서늘해졌다.

큰 구멍이 난 벽을 발로 찼다. 오래된 베니어판은 쉽게 부서졌다. 삭아서 허물어지듯이 부서진 베니어판 뒤로 거무튀튀한 계단이 나타났다. 컴컴한 그 안쪽에서 음산한 바람이 불어왔다. 팔뚝에 소름이 돋으며 심장이 끔찍한 소리를 질러댔다.

뒤로 물러나 거실로 나왔다. 소파 위에 던져두었던 점퍼에서 플래시를 찾아서 가져왔다.

플래시 빛은 꽤 깊은 지하실이 그 아래에 있다고 알려주었다. 한줄기 빛에 의지하여 덜컹거리는 심장 소리를 누르며 아래로 이어진 좁은 나무 계단을 밟았다. 계단은 밟을 때마다 찢어지는 신음을 지르며 먼지를 뱉었다.

입안이 마르기 시작했다. 머릿속은 들어가면 안 된다는 고함으로 정신이 없었다. 여기를 감추려고 교묘하게 벽지를 발랐다고, 그 앞에 달력을 걸어 놓은 거라고, 아무것도 아닌 방을 비밀의 방처럼 생각하게 자물쇠까지 채워놓았다고, 왜 너에게 아버지가 그렇게도 준엄하게 대했는지 한번 생각 좀 해보라고, 계속해서 경고음을 울려댔다.

그렇지만 발걸음은 이미 마지막 계단을 밟고 있었다. 그때 어두침침한 가운데 갑자기 긴 줄이 이마에 슬며시 걸렸다. 기겁하며 뒤로 넘어졌다. 다리가 풀려 후들거렸다.

정신을 차리고 보니 거미줄이었다.

한 줄기 거미줄이 딱 눈높이에 걸쳐져 있었다. 그게 이마에 걸렸던 거였다. 천천히 일어나 거미줄을 손으로 떨어내며 지하실을 플래시로 살폈다.

지하실에 쌓인 먼지는 비밀의 방보다 덜하다는 것을 깨닫는 순간, 목뒤가 섬뜩하게 당기며 정신이 바짝 났다. 최근까지 누가 다녔다는 의미였다.

주변을 휙 돌며 살폈다. 플래시가 자신이 내려온 나무 계단에서 다섯 걸음 정도 떨어진 오른쪽 벽에 줄사다리가 달라붙어 있는 것을 찾아냈다.

작은 한숨이 저도 모르게 새어나오며 조금 긴장이 풀렸다. 옛집 위에 새집을 지으면서 비밀의 방을 봉쇄했기에 다른 통로를 낸 거 같았다. 아마도 밖에서 줄사다리로만 다닐 수 있게 좁은 구멍을 몰래 낸 듯했다.

작은 희망의 불씨가 되살아났다. 옛날 비밀의 방에서 여기로 들어온 사람은 아버지였고, 새집을 지은 후 사다리로 다닌 사람도 아버지일 것이다. 아버지에 대한 단서가 있을지 몰랐다.

플래시로 천천히 지하실의 다른 곳을 살폈다. 그리 크지 않은 중간 방 정도의 크기였다. 오래된 시멘트 냄새가 벽에서 풍겨 나왔다. 플래시를 휙 돌릴 때 한쪽 벽에 뭔가 얼핏한 것이 있었다. 시커멓고 긴 뭔가가 벽에 걸려 있는 것 같았다. 머릿속에 느닷없이 연세대사건으로 죽은 사람들이 떠올랐다. 나중에 듣기만 했는데도 그들이 죽어 있던 광경이 눈에 그리듯이 나타났다.

제멋대로 날뛰는 심장을 진정시키며 플래시를 비쳐보았다. 작은 한숨이 새나왔다.

그냥 옷이었다. 옷걸이에 걸어 벽에 늘어놓은 긴 옷이었다. 플래시 크기가 작아 전체가 한눈에 안 들어오고 색깔이 바래질 정도로 오래된 것이어서 여성 옷 같다는 느낌만 받았다. 하지만 그것이 왠지 가슴을 더 끔찍하게 뛰게 만들었다.

그쪽으로 서서히 다가갔다. 플래시 빛이 만드는 원이 점점 커지며 그 옷이 차츰 더 잘 보이게 되었다.

머릿속에서 누군가가 세차게 고함을 질렀다. 하지만 두려움의 사술에 걸린 그의 발걸음은 점점 벽에 걸린 그것을 향해 다가갔다. 고함으로 터질 듯한 머리와 폭주기관차처럼 날뛰는 심장이 그 옷을 손으로 잡아서 살펴보려는 순간, 펑 터지면서 정신이 하얗게 되고 말았다.

눈이 튀어나올 정도로 팽창된 강 형사는 뒤로 주저앉고 말았다.

그는 봐서는 안 될 비밀을 보고야 말았다. 차라리 평생 모르는 게 나았을 뻔한 진실과 정면으로 부딪히고 말았다. 그는 완전히 넋이 나가 버렸다.

그 긴 옷은 여성용이 맞았다. 예전에는 꽤 값이 나가는 고가품이었을 것이다. 그리고 분명 세련되고 화사한 젊은 여성이 입었을 것이다. 아버지가 그 옷을 여기에 걸어놓은 이유도 분명했다.

하지만 정작 중요한 것은 그런 게 아니었다. 그 옷이 전통의상이라는 것이었다. 한눈에 그 옷의 소유자가 누구인지 알 수 있는, 민족 고유의 전통의상이라는 것이 진짜 문제였다. 우리가 아니라 옆 나라 일본, 그들의 옷이었다.

기모노였다.

PM 09:30

모든 것이 다 설명되었다. 아버지는 공안44가 맞았다. 부인할 수 없는 사실이었다. 이젠 공안44가 아니라도 상관없었다. 아버지의 깊고 깊은 속에 꼭꼭 묻어둔 여자가 일본 여자라는 것이 그동안의 모든 것을 말해줬다.

모친은 그렇게도 나를 편애했다. 아버지의 사랑을 나를 통해 갈구했던 거였다. 조금이라도 아버지의 눈길을 받으려고 전부인의 자식인 나만 싸고돌았던 거였다. 하지만 아버지는 차가웠다. 젊어서 시집온 새엄마에게도 그랬다. 새엄마가 그렇게도 힘겨워했던 것은 나 때문이 아니었다. 분명 아니었다. 모두 다 냉담한 아버지 때문이었다.

왜냐하면…… 이미 아버지 마음속엔 더러운 일본 여자가 숨어 살고 있기 때문이었다. 모든 것이 확실해질수록, 그는 밀려드는 충격에서 헤어나기가 어려워졌다. 눈물이 나려 했다. 차라리 몰랐으면 하는 억장이 무너지는 후회가 가슴을 사납게 할퀴었다.

수렁 속을 허우적거리던 그의 눈에 기모노 밑에 마련된 작은 단이 들어왔다. 땅에 떨어진 플래시가 그쪽으로 비추지 않았다면 알지 못했을 거였다.

작은 단의 중앙에는 팔뚝 길이만 한 단도가 놓여 있었다. 기모노 주인의 것이 분명했다. 한눈에 일본 여성들의 호신용 단도임을 알아봤다. 그 앞에는 향로를 비롯해 작은 술잔과 그릇이 가지런히 배치되어 있었다. 제단이었던 것이다. 여긴 기모노 주인을 기리는 작은 제단이었던 것이다.

아버지는 이 여자를 위해 제단을 만들고 때때마다 기렸던 것이다. 퍼뜩 분노가 치솟았다. 벌떡 일어나 눈앞의 여러 제기들을 미친 듯이 손으로 때려 흩어버렸다. 어둠 속에서 씩씩거리는 격한 호흡에 섞여 그릇들이 나뒹구는 떨그럭 소리가 지하실에 울려 퍼졌다. 갑자기 오른손에 날카로운 아픔이 스며들며 쨍그랑거리는 소리가 울렸다. 손을 들어보니 검지에서 피가 났다. 뭔가에 벤 거였다.

땅에 떨어진 플래시를 들고 소리 난 쪽을 찾아 비췄다. 몇 방울 피가 튀어 있는 곳에서 작은 액자를 발견했다. 안에 든 유리가 깨지며 손가락을 찌른 것이었다. 호신용 단도 뒤쪽에 세워놓았던 것 같은데, 넘어져 제단 위에 납작 붙어 있어서 미처 못 본 것 같았다.

깨진 유리를 헤치고 사진을 꺼냈다. 젊은 남자와 아름다운 여자가 한 아이를 안고 환하게 웃고 있었다. 여자는 벽에 걸린 기모노의 주인이었다. 그 기모노를 입고 찍은 거였다. 한눈에 둘은 서로 사랑하는 사이란 걸 알 수 있었다. 서 있는 뒤로 신사神社의 도리이[鳥居]가 보였다. 일본이었다. 분명했다.

알고 있었지만 묵직한 충격이 온몸을 강타했다.

아버지였다. 웃고 있는 젊은 남자는 아버지였다. 아버지는 유카타를 입고 있었다.

모든 게 분명했다. 아버지는 공안44였다.

'일본 여자와 결혼해서 애까지 낳……'

순간, 강 형사는 피가 거꾸로 솟는 충격을 받았다. 다음 순간 시커멓게 엄청난 놈이 다리를 붙잡고 홱 잡아채는 것처럼 땅 밑으로 쑥 꺼져 들어가는 느낌이었다. 지난 일들이 그의 뇌리를 강하게 때렸다. 아니었

다. 아니었다. 그…… 그럼…….

'아냐! 그럴 리가 없어. 아냐! 아니라고!'

강 형사는 두 손으로 머리를 잡은 채 미친 듯이 고개를 좌우로 흔들며 숨을 할딱거렸다. 머릿속에 피가 용암처럼 들끓었다. 주변이 왕왕거리며 달려들었다. 바닥과 벽에서 지저분하게 음침한 놈들이 꿀럭꿀럭 기어 나와 온몸에 엉겨붙어 칭칭 졸라댔다.

"아니야! 아니라고!"

찢어지는 고함이 비명처럼 지하실에 울렸다. 먼지가 풀썩이며 떨어졌다.

강 형사의 얼빠진 눈에선 주체할 수 없는 눈물이 정신없이 흘러내리고 있었다. 바들바들 떨리는 손으로 다시 사진을 들었다.

떨리는 사진을 울렁이는 눈으로 보았다. 처음 보았을 때는 너무 큰 충격에 그냥 낯설게만 느껴졌다. 그래서 그것이 무엇을 의미하는지 퍼뜩 깨닫지 못했다.

기모노 입은 여자의 품에 안겨 있는 아이는 기저귀 차림이었다. 더운 날씨였다. 얼굴은 알 수 없었다. 그냥 애였다. 하지만 오른쪽 허벅지에 동전만 한 검은색이 보였다.

손으로 사진을 문질렀다. 피가 튄 것일지도 몰랐다. 아니었다. 다시 문질렀다. 얼룩도 아니었다. 알고 있었다. 그래도 다시 문질렀다. 잘못 찍힌 것도 아니었다. 알고 있었다. 잘 알고 있었다.

점이었다. 그렇다는 것을 잘 알고 있었다. 기억의 저편에서 누가 말했다. '허벅지에 난 점은 복점이래.' 그게 누군지 기억나면 잡아 죽여 버리고 싶었다. 하지만 기억의 소리는 분명했다. 복점이란 소리에 뿌듯해하며 한껏 자랑하던 멍청한 자신의 목소리라는 것이 분명했다.

눈물이 주르르 사진 위에 떨어졌다.

바들바들 떨리는 사진 속에서 아이를 안고 있는 아름다운 여인의 얼굴을 복잡하게 뒤엉킨 심경으로 바라보았다. 부들거리며 떨리던 그의 입술에서 터져 나온 것은 한 줄기의 길고 긴 통곡이었다.

PM 10:20

미친 현실을 거부하는 통곡에서 그를 다시 현실로 끌어낸 것은 줄기차게 울리는 전화소리였다.

멍한 정신으로 지하실 바닥을 더듬으며 자신의 핸드폰을 찾았다. 전화소리가 멀리서 들리고 있고, 핸드폰은 벗어놓은 점퍼 속에 있다는 것을 알아차리기까지 좀 시간이 걸렸다.

손으로 지하실 바닥을 짚고 밀어내며 일어나는 데도 한참이 걸렸다. 다리와 손이 제각기 따로 놀았다. 이상한 풍선 위를 흔들리는 고개로 끄덕거리며 걸어가는 피노키오 인형처럼 뒤척거리며 나무 계단을 올라 지하실을 나왔다. 난장판이 된 환한 거실이 별세계 같았다.

전화소리는 더 커졌지만 멍한 정신은 여전히 허공을 헤맸다.

거실 밖은 세상을 다 쓸어버릴 것 같은 폭우가 쏟아지고 있었다. 벼락은 산을 무너뜨릴 작정인 것 같았다. 그 번쩍임에 조금 정신이 깨었지만, 소리 나는 곳으로 비척거리며 가서 전화기를 들기까지 벽과 문에 몇번 부딪쳤는지 알 수 없었다. 창자가 배배 꼬이며 술에 취한 것보다 더울렁거렸다. 온 세상이 흔들렸다. 어디선가 정신을 놓으면 그걸로 끝장이라는 소리가 들린 것도 같았다.

전화기 너머의 사람 소리가 정신을 차리게 했다.

—어머, 강 기자님! 어떻게 기자님이 받으세요?

하지만 여자란 것 말고는 아무것도 느껴지지 않았다. 자신을 기자라고 불렀지만 그것이 무슨 뜻인지 몰랐다. 뭐라고 저쪽에서 한참 말하는 동안, 누구인지 떠올리려 했지만 뿌연 안개 속을 뱅글뱅글 헤매는 것처럼 흐리멍덩하기만 했다.

―벌써 잊으셨어요? 저예요, 사요.

사요? 사요? 많이 듣던 이름 같았다. 속으로 몇 번 이름을 되뇌었다.

―신노우 사요라니까요. 교토에서 만났잖아요.

그러자, 비로소 교토에서 만난 신노우 노인의 손녀라는 것이 생각났다.

―주변에 한국말 쓰는 사람이 없어 쉽게 기억하긴 했어도, 저는 머번에 알았는데, 기자님은 좀 너무한 것 아녜요? 조금 섭섭한데요.

꼼꼼하게 사소한 것까지 명민하게 기억하고 챙기던 것이 생각났다. 재미교포 프리랜서 기자라고 자신을 소개했던 것이 그제야 떠올랐다. 그렇지만 멀고 먼 옛 얘기마냥 아스라했다. 여전히 멍한 것이 사리판단이 되질 않았다. 아침 먹고 지금까지 물도 마시지 않았다는 생각이 불현듯 났다.

전화를 받을 때까지 줄기차게 계속 전화를 할 만한 이유가 있었다. 사요는 신노우 노인이 곧 운명할 것 같다는 말을 전했다.

교토에서의 일이 생생히 떠올랐다. 형형했던 눈빛의 신노우 노인을 생각하자 지하실에서 받았던 충격이 가셨다. 이어지는 생각에 불끈거렸다. 노인은 아버지에게 시모가모 기록을 건네준 자였다. 아버지가 공안 44라면 노인 역시 마찬가지다. 무엇보다도 히가시교엔으로 달려가도록 부추긴 것이 바로 그 노인이었다. 중요한 고리였다. 그때 노인은 '운명'이라는 말을 너무 많이 썼다. 의심했어야만 했다.

그렇지만 평소 할아버지가 일이 생기면 전화하라고 준 명단을 보고 전화했다는 사요에게는 그런 내색을 할 수 없었다. 가겠다는 말로 수화기를 내려놓았다. 그리고 소파 옆에 털썩 주저앉았다.

사정없는 빗줄기는 조금도 줄어들지 않았다. 고개를 돌려 거실 밖을 보았다. 소파에 기댄 자신의 모습이 거실 통유리에 비쳤다. 빗줄기가 유리에 흘러내리며 자신의 얼굴을 일렁거리며 번들거리게 만들었다.

꼭 우는 것 같다고 키득거린 것은 전화를 받고 조금 지난 후였다.

그게 조금 도움이 되었다. 정신이 조금 제자리를 잡았다. 무엇보다 노인이 운명하기 전에 만나야 했다. 땀과 눈물로 등이 선득했다.

점퍼를 입으려고 손을 뻗어 소파 위에 던져 놓은 점퍼를 잡아 당겼다. 그러자 거꾸로 던져져 있던 점퍼가 끌려오면서 안주머니 속에 있던 그의 핸드폰이 빠져나와 바닥에 떨어졌다.

탁.

작은 울림이었다. 별것 아니었다. 하지만 그것이 강 형사의 머리를 때렸다. 이상하게도 그 작은 울림이 그의 머리를 세차게 때리며 흔들어댔다. 사요와의 통화 이후 조금씩 제자리를 잡아가던 정신이 멈칫 멈칫 삐걱거렸다.

거실 바닥에 떨어진 자신의 핸드폰을 뚫어져라 노려봤다. 그러면서도 무엇 때문인지 잘 몰랐다. 도무지 무엇이 세찬 폭풍을 몰고 올 듯 점점 커져오는지 그는 아직 잘 몰랐다.

그리고 천천히, 정말 천천히 고개를 돌려 테이블 위를 흘깃 보았다.

갑자기 강 형사의 머릿속에 벼락이 내리쳤다. 크게 팽창된 동공이 하나에 못 박힌 듯 박혀 떠나질 못했다. 그의 귀에는 조금 전 사요가 했던 말이 되살아났다.

'어머, 강 기자님! 어떻게 기자님이 받으세요?'

귓가에 윙윙거렸다.

사요가 놀랐을 수밖에 없었다. 당연했다. 아주 당연했다. 너무나 당연
했다.

신노우 노인은 아버지가 사라졌다는 것을 알고 있었다. 그가 형사인
것도 알고 있었다. 하지만 사요는 기자라고 불렀다. 노인은 손녀에게 아
무 말도 하지 않은 것이다. 그래서 사요는 노인이 위독하자 노인이 이전
에 지시했던 대로 써 놓은 명단을 꺼내 전화한 거였다. 어딘지도 모르
고 전화한 거였다.

'어머, 강 기자님! 어떻게 기자님이 받으세요?'

머릿속에 뒤죽박죽으로 희미하던 것들이 제 색깔을 뿜어대며 한꺼번
에 달려와 제자리를 찾아 들어갔다.

'어머, 강 기자님! 어떻게 기자님이 받으세요?'

테이블 위에는 화려하게 정성들여 세공한 전화기가 거짓말처럼 놓여
있었다. 누군가 방금 몰래 가져다 놓은 것처럼, 그를 놀리려고 마술을
부린 것처럼, 그렇게 전화기가 덩그러니 놓여 있었다.

'어머, 강 기자님! 어떻게 기자님이……'

쉬지 않고 울린 것은 그의 핸드폰이 아니었다.

'어머, 강 기자님! 어떻게……?'

사요와 통화한 것은 핸드폰이 아니었다.

'어머, 강 기자님……?'

그는 아버지의 집 전화를 받았던 거였다.

'어머, 강 기자님……?'

'어머, 강 기……?'

'어머, 강……?'

'어머……?'

'어머, 어머, 어머, 어머……?'

……

'어머, 강 기자님! 어떻게 기자님이 받으세요?'

생각의 폭포가 머리를 강타했다. 너덜거리는 정신이 작은 기억을 찾아냈다.

'방금 자네가 들어올 때, 난 젊은 강신앙이 들어오는 줄 알았다.'

지하실에 본 사진이 망막을 덮쳤다. 유카타를 입은 젊은 아버지가 웃고 있었다. 생각의 틈을 비집고 작은 의문이 솟아났다.

'노…… 노인은 누구지?'

그는 이미 답을 알고 있었다. 진실이 점점 커져 마침내 그를 집어 삼켰다.

강 형사는 그대로 바닥에 쓰러져 버렸다.

2006. 07. 23. 일.

PM 03:00

오사카 간사이 공항에서 시내로 나오는 지하철을 탔다. 낯선 익숙함이 친밀감처럼 스며들었다. 그 사이로 떨쳐버리고 싶은 것이 진절머리 나게 들러붙었다.

세상에는 '절대로'라는 것이 없었다. 이 나라를 떠나기 위해 목숨을 걸고 온갖 짓을 다 했는데 제 발로 다시, 그것도 며칠이 안 돼 돌아오고야 말았다.

교토로 가는 지하철로 바꿔 탈 때, TV에 나온 일본 수상이 기자들에게 둘러싸여 곤혹스런 표정으로 미간을 찌푸리는 장면이 나왔다. 쓴웃음을 지으며 플랫폼에 들어온 지하철에 올랐다.

흔들리는 지하철이 피곤함을 나른하게 했다.

지난밤의 충격이 오래된 영화의 한 장면처럼 멀게 여겨졌다. 곧 영사기가 다 돌아가고 극장 안에 불이 환하게 들어올 것이다. 그러면 기지개를 펴며 자리에서 일어나 즐겁게 재잘거릴 것이다. 극장 문을 열고 나가 커피 잔을 앞에 놓고 신나게 떠들어댈지도 모른다. 스크린에 충격이

크면 클수록, 비명을 지른 횟수가 많으면 많을수록 수다는 더 재미있고 쏠쏠할 것이다. 그리고 곧 잊을 것이다. 타인의 감당할 수 없는 참혹함은 내 발가락의 티눈만도 못했다.

하지만 이번은 내가 그 스크린 속의 주인공이었다.

간사한 것이 사람의 마음이었다. 아니라고 하면서도 생각난 것이 그녀였다. 무작정 번호를 눌렀다. 잠을 설친 것이 분명한, 새벽 3시의 뜬금없는 전화에도 그녀는 맑게 대했다.

두서없이 횡설수설 뒤숭숭한 소리에도 그녀는 명랑하게 답했다. 기억나지 않는 헛질문들이 다 끝났을 때였다. 그녀는 우려 섞인 침묵과 걱정스런 호흡으로 물었다.

─선배, 울어?

찡해진 콧등과 뜨거운 것이 올라오는 목구멍이 아니라고 말하려는 입술을 떨리게 만들었다.

차마 같이 가자는 말은 못했다.

PM 05:00

문을 열어준 사요의 얼굴은 생각보다 어둡지 않았다. 인상적이던 중앙 홀에는 여전히 와자지껄 떠드는 외국인들이 커피를 홀짝이며 토스트를 베어 먹고 있었다. 그대로였다. 하나 변한 것이 없었다.

사요를 따라 지난번의 서재로 갔다.

문을 열고 들어서는 순간, 유카타를 입은 신노우 노인이 왼손에 지팡이를 짚고 절뚝거리며 걷고 있는 것이 눈에 들어왔다. 놀란 사요가 만류하며 억지로 휠체어에 앉혔다. 노인은 전처럼 휠체어에 앉아 지팡이를 들어 무릎 위에 가로로 놓고는 왼손으로 단단히 붙잡았다. 변함 없었다.

노인 뒤로 벽에 붙은 누렇게 뜬 서화에 눈이 갔다. 황소머리 사람이 쟁기를 쥐고 있는 그림이었다.

강 형사의 눈길을 느낀 사요가 노인에게 차를 가져오겠다는 말로 자리에서 일어서며, 그의 옆에 와 속삭였다.

"오늘 일어나시더니 다 나았다며 저러셔요."

방을 나가는 사요의 뒷모습을 보고 노인이 말했다.

"며칠 동안 사요가 쓸데없는 부산을 떨더니 자네에게도 연락을 했다더군."

노인은 지난번보다 더 활기차 보였다. 회광반조回光返照일지도 모른다는 생각이 들었다. 정말 죽기 전 마지막으로 남은 힘을 모두 태워버리려는 듯 노인은 눈빛은 강렬하기 그지없었다.

"그래도 바쁜 자네가 한달음에 먼 길은 온 것은 이유가 있겠지? 그래 무슨 일인가?"

너무 천연덕스런 노인의 말에 강 형사는 잠시 할 말을 잃었다.

"어르신께서 말씀하신대로 히가시교엔에 갔다가 죽을 뻔했습니다."

노인은 인상을 찌푸렸다.

"그게 무슨 소린가? 내가 언제 히가시교엔에 가라고 했는가? 그리고 자네가 죽을 뻔한 것이 내 책임이란 말인가?"

순간 분노가 가슴을 치며 목구멍까지 올라왔다.

"저에게 히가시교엔에 가라고……."

노인이 단호하게 말을 잘랐다.

"내가 언제 그랬는가? 시모가모 기록을 찾는 자네에게 난 원본이 시게코에게 있다고 가르쳐줬을 뿐이네. 그리고 늙은 나 대신 후지와라를

286

만나 진실을 알리라는 부탁을 했을 뿐이네. 안 그런가?"

따지면 말은 맞았다.

"오히려 일을 어처구니없이 그르쳐 스스로 죽을 뻔한 것을 가지고 어디 와서 화풀인가?"

노인의 눈빛이 이글거렸다. 어이없는 상황에 말이 턱 막혔다. 수십 개의 매트리스가 한꺼번에 얼굴을 내리누르는 것 같았다.

"그래 맞네, 후지와라가 자기 핏줄을 끝끝내 부인하면 죽이라고는 했네. 분명 그렇게 말했네. 하지만 후지와라를 결혼식에서 꼭 그렇게 죽였어야 했나?"

강 형사는 순간 당황했다. 머릿속이 뒤엉키며 멍해졌다.

"지금 제가 후지와라를 죽였다고 생각하시는 겁니까?"

"그럼 자네가 아니면 누구란 말인가? 그를 죽이고 저 난리를 피워댄 것이 자네가 아니라면 누구란 말인가? 교묘하게 뒤처리는 잘도 했더군."

엄청난 배우가 아니라면, 노인은 완전히 엉뚱한 오해를 하고 있는 거였다. 하지만 오해일 리 없었다. 노인은 공안44가 분명했다. 그렇지 않고서는 도저히 설명될 길이 없었다. 그런데도 노인은 마치 전혀 모른다는 듯 발뺌을 했다. 강 형사는 대놓고 쳐들어가기로 했다.

"일본에 오래된 골수 우익 조직이 있습니다. 공안44라고 하지요. 들어보셨습니까?"

"내가 알아야 하나?"

노인은 표정 하나 흔들리지 않았다. 연기라면 아카데미 주연상 감이었다. 어쩔 수 없었다. 강 형사는 결심하고 세종로테러로 시작해 히가시교엔으로 이어지는 일련의 프로젝트에 대해서 설명했다. 지난번 연세대 사건에 대해 어느 정도 말한 것이 있어, 둘의 관련을 말하는 것은 과히 어렵지는 않았다.

이야기를 다 들은 노인은 잠시 뜻 모를 침묵에 빠져들었다. 한참이 지나도 입을 열 생각이 없어 보였다.

시간이 꽤 흘렀다. 이윽고 노인의 강 형사를 쏘아보았다.

"그렇다면 자넨 여기 왜 왔는가?"

"예?"

노인이 비웃었다.

"내가 공안44라면 자넬 성하게 이 집에서 나가게 할 것 같은가? 무슨 배짱으로 여길 왔냔 말이다."

가슴이 덜컹거리지는 않았다. 저들이 이번 일로 자신을 건드리지 않을 거라는 국정원 백 실장의 보장 때문만은 아니었다. 알고 싶은 것, 아니 알아야만 할 것이 있어서였다.

"좋아, 내가 공안44네. 훌륭하구만, 여기까지 온 것이. 그래 죽기 전에 알고 싶은 게 뭔가? 마지막 소원을 들어주지."

산전수전 다 겪은 노인의 조롱하는 반어적 어투가 가슴에 와 닿았다. 하지만 아무리 속이려 해도 노인은 공안44가 틀림없었다.

노인은 끝까지 인정하지 않을 셈이었다. 그건 아무래도 좋았다. 그 사실을 확인하러 온 것은 아니었다.

"아버지와는 어떻게 아시는 사이십니까?"

노인은 물끄러미 그를 쳐다보았다. 그냥 그러기만 했다. 놀람도 성냄도 당황도 아니었다. 날이 선 것 같던 노인의 시선이 조금 사그라진 듯했다.

지난번 만났을 때 노인이 한 말이 떠올랐다.

'방금 자네가 들어올 때, 난 젊은 강신앙이 들어오는 줄 알았다.'

강 형사는 품 속에 손을 넣었다. 그리고 아버지의 옛날 집 비밀의 방 지하실에서 가져온 그 사진을 꺼내, 노인 앞에 내밀었다.

노인은 젊은 시절 아버지를 알고 있었다. 그리고 자신이 죽을 때를 대비해서 연락할 명단에 이름을 올려놓았다. 그래서 사요가 전화했던 거였다. 무엇보다 그 옛날 동주의 시모가모 기록 복제본을 주었다. 노인은 아버지를 신뢰했다. 왜? 무슨 근거로? 노인은 아버지를 왜 그토록 믿는 걸까?

노인은 테이블 위에 놓인 사진을 그냥 멀뚱하게 쳐다보기만 했다.

사진 속에 유카타를 입은 아버지는 기모노를 입은 여자와 아이를 안고 다정하게 서 있었다.

모든 것들이 한 가지 또렷한 사실을 향해 몰려들었다.

노인이 고개를 들어 그의 얼굴을 바라보았다.

"이걸 어디서 찾았느냐?"

머릿속에 작은 불꽃이 튀었다. 긍정한다는 말이었다. 그가 생각한 것이 진실이라는 의미였다. 사진이, 사진 속의 내용이 진실이라고 노인은 인정했다. 아픈 상처가 벌어지며 쓰라린 통증이 흘러나왔다.

"무엇이 알고 싶으냐?"

순간 주저했다. 입안에서 말이 뱅글뱅글 맴돌았다. 이 때문에 여기까지 왔으면서도 막상 그 앞에서는 머뭇거려졌다. 용기를 짜내 입을 열었다.

"따…… 따님에 대해 알고 싶습니다."

"딸?"

노인의 너무 능청스런 표정에 그동안 쌓인 감정이 순간 폭발하고 말았다.

"젊은 제 아버지를 아시잖아요. 어떻게 아셨어요? 예? 아버지를 아무것도 모르는 아버지를 공안44로 끌어들인 것이 어르신 아니십니까? 아니에요? 자기 딸을 미끼로 아버지를 꼬드긴 거 아니냐고요?"

옳은 말이어도 하다 보니 과도했다. 딸을 미끼로 꼬드겼다는 것은 정말 심했다. 노인은 어처구니없다는 표정을 지었다. 그게 오히려 미안해하는 감정에 기름을 부었다.

"뭐가 알고 싶냐고요? 그래요. 이게 알고 싶어요. 이 여자, 당신의 딸이 누구인지, 어떤 여자인지, 이 여자의……."

"이노옴!"

서재 안에 노인의 목소리가 쩌렁쩌렁 울렸다. 노인의 얼굴이 야차와 같이 불끈거리며 기괴하게 뒤틀렸다. 지팡이를 쥔 손이 불불 떨리는 것이 그대로 그의 머리통을 내갈길 것 같은 기세였다.

노인의 노기가 서재 안을 가득 메웠다.

"네놈 몸에 일본 피가 섞인 것이 그렇게 역겹더냐?"

느닷없는 일격에 숨이 콱 막혔다. 충격이 결코 작지 않았다. 속을 헤집어 심장을 콱콱 주물러대는 듯 숨이 막혀왔다.

"화풀이하러 왔느냐? 꼭 네 출생의 더러움이 나 때문이라는 눈빛이구나."

그래서는 안 되는데, 강 형사는 북받치는 뜨거움에 목이 잠겼다. 아팠지만 사실이었다. 진실이기에 더 아팠다.

"고얀 놈. 이 고얀 놈. 네 에미를 '이 여자'라고 부르다니, 이 천하에 몹쓸 고얀 놈 같으니."

노인의 호통보다도 분명한 한마디 말이 더 가슴을 저며 댔다. 알면서도 끝끝내 포기하지 못한 실낱같은 희망이 가차없이 잘려 나갔다.

강 형사는 고개를 숙였다.

노인의 노기 때문인지, 자기 설움 때문인지, 한 번도 보지 못한 생모를 '이 여자'라고 부른 후회 때문인지, 그의 눈에서 뜨거운 것이 손등으로 떨어졌다.

PM 06:40

노인의 고함에 놀라 들어온 사요가 노인을 진정시켰다. 노인이 차를 마시게 도우며 사요는 강 형사를 보며 조금 참으란 듯한 눈길을 보냈다. 정말 사요는 착한 여자였다.

노인은 나가지 않고 옆에 앉아 있으려는 사요를 끝끝내 물리쳤다. 둘만의 일이란 거였다. 서재를 나가는 사요의 걱정스런 눈길이 둘에게서 떨어지질 않았다.

사요 때문인지, 노인의 목소리는 진정되어 있었다. 하지만 말투는 변해 있었다.

"네가 믿지 않아도 할 수 없다. 진실은 진실일 뿐이다. 아무도 믿지 않는다고 진실이 거짓이 되는 것은 아니다."

그러더니 노인은 먼지 묻은 구석에 던져두고 잊었던 오래전 앨범을 꺼내 추억을 되새기듯 입을 열었다.

"네 아버지는 그녀를 아리사라고 불렀다. 그녀가 네 어머니다."

가슴이 먹먹해져 왔다.

"네 어머니는 나와는 아무 상관없는 사람이다."

노인의 얼굴을 보았다.

"젊은 시절 네 아버지가 오사카 밑바닥에서 닥치는 대로 일을 할 때였다."

과거를 더듬기 시작하는 노인의 눈빛은 진심이었다.

"어느 날 우연히 야쿠자들에게 둘러싸인 한 여인을 구해주게 되었다. 중과부적이어서 칼에 맞아 사경을 헤매게 되었다. 도망쳤던 여인이 사람들을 데리고 다시 돌아왔기에 살았다. 그렇게 네 아버지는 그녀 집에 살게 되었다. 외로운 몸은 자연스레 여인에게 빠져들게 되었다."

노인의 목소리가 그의 가느스름해지는 눈길을 따라 아스라해지기 시작했다.

"그 여인의 아버지도 역시 야쿠자였다. 야쿠자들 간의 세력 싸움에 세상물정 모르는 네 아버지가 공연히 정의감만 가지고 끼어들었던 거였다. 젊은 네 아버지는 선택해야 했다. 구해준 그들을 떠나면 저쪽에서 칼을 들고 나설 것이 분명했다. 결국 네 아버지는 그 집에 머물며 자연스럽게 그들과 가까워졌다."

강 형사는 뭐라 말할 수 없었다.

"내가 네 아버지를 만난 건 우연이었다. 어쩌면 필연일지도 모른다. 그가 칼을 들고 달려들었다."

그러며 노인이 천천히 가슴을 여미고 있던 유카타를 풀어보였다. 앙상한 가슴이었다. 윤기 없이 마른 가죽같이 처진 피부 한쪽에 선명한 칼자국이 길게 남아 있었다. 강 형사는 심경이 복잡해졌다.

"그렇게 미안한 표정을 지을 필요는 없다. 네 아버지도 죽다 살아났으니까."

흠칫하며 노인을 쳐다봤다. 노인은 묘한 미소를 짓기만 했다. 어찌 된 건지 궁금했지만 물을 수 없었다.

"그 후 네 아버지는 여기 일을 청산하고 한국으로 건너갔다. 이전에 벼르던 다른 쪽 야쿠자들도 더 이상 그를 괴롭히지는 못했다."

노인이 추억처럼 말을 덧붙였다.

"저승 문턱을 밟고 돌아온 자에게 다시 칼을 들이대는 것은 옳은 일이 아니라고 생각했기 때문이다. 복수는 한 번으로 족하니 말이다."

순간 퍼뜩 상황이 떠올랐다. 아버지가 왜 노인의 가슴에 칼을 꽂았는지, 어떻게 노인이 이런 사정을 자세히 알고 있는지 알게 되었다. 노인이 아버지를 저승 문턱을 밟고 돌아오게 했다고 말했다.

강 형사는 똑바로 노인을 쳐다보았다.

후쿠오카 형무소의 간수였던 노인이 종전 후 어떻게 살아왔는지 그제야 이해되었다. 노인은 야쿠자였다. 아버지가 구해준 여인을 둘러싸고 있던 바로 그 야쿠자였던 것이다.

"네 어머니 아리사에 대해 더 알고 싶으면 외할아버지를 만나봐라. 오사카에 '스카이블룸'이란 호텔이 있다. 혹시 너라면 만나줄지도 모른다. 물론 목숨은 보장할 수 없다."

노인은 강 형사의 눈빛을 보고 말을 덧붙였다.

"형사라면서도 야쿠자 세계에 대해서 잘 모르는구나. 네 아버지가 그 옛날 그 집에서 네 어머니 아리사와 나온 것으로 모든 것이 끝났다. 서로 다시 보는 날엔 피바람이 아니라 누군가 죽어야 한다."

이해했다. 힘들다는 말이었다. 이젠 더 알고 싶은 것도 없었다.

"이제 그만 가봐라. 내 앞에서 썩 꺼져라."

노인은 고개를 돌려버렸다. 강 형사가 그런 그를 한참 쳐다보았다. 마음을 정하고 입을 열었다. 잠긴 목소리가 조금 꺽꺽댔다.

"시모가모 기록을 아버지에게 왜 주셨습니까?"

노인은 또 그 소리냐는 표정이 되었다. 내뱉듯이 말했다.

"선물이었다."

"선물이요?"

"그렇다."

"복수가 아니고요?"

노인이 고개를 홱 돌렸다. 쏘아보는 눈빛에 노기가 서렸다.

"무슨 소리냐?"

"선물이라면서 왜 가짜를 주셨습니까?"

노인의 얼굴이 살짝 떨렸다. 분명했다.

"지난번 어르신께서 말씀하셨습니다. 시게코가 원본은 끝끝내 주지 않으려고 해서 베껴서 가져왔다고."

"그…… 그렇다."

노인이 더듬거렸다. 강 형사는 자신의 생각이 옳다는 것을 느꼈다.

"그런데 저는 원본을 읽었습니다."

"무…… 무슨 소리냐?"

"원본은 꽤 길었습니다."

"그……."

"금방 베껴낼 수 없을 만큼 길었다는 말입니다. 어디서 베끼셨습니까? 시게코 방에서요? 아니면 빌려오셔서 베끼셨나요? 정말 시게코가 베끼게 해줬을까요? 전 그렇게 생각하지 않습니다."

노인의 눈썹이 움찔거렸다.

"그런데 시모가모 기록이 세상에 돌아다녔습니다. 20년 전 공명환 교수가 그 때문에 죽었습니다. 그리고 얼마 전 다시 나타나 연세대사건을 일으켰습니다. 그것을 숨기기에 누군가 급급했습니다. 오래전 윤동주를 일본 특고경찰에 밀고했던 그 배신자가 그렇게 한 거였죠."

노인의 얼굴이 딱딱하게 굳어졌다.

"그런데 이상한 것은 원본 시모가모 기록에는 배신자의 이름이 나와 있지 않다는 거였습니다. 그러니까, 시모가모 경찰서에서 윤동주를 조사했던 기록을 아무리 살펴봐도 누가 밀고했는지 알 수 없다는 말입니다. 그런데 왜, 배신자는 그토록 두려움에 떨었을까요?"

강 형사는 자신의 추측을 말했다.

"왜냐하면 그가 봤던 기록에는 자신의 이름이 있었기 때문이지요. 그래서 20년 전에도 기록을 덮으려 했고, 이번에도 그랬던 겁니다. 그럼, 그 기록에는 어떻게 밀고한 배신자의 이름이 있을까요? 원본에도 없는 이름이 어떻게 복제본에 있게 되었을까요?"

강 형사는 노인의 코끝에 칼날을 들이밀듯 다그쳤다. 노인이 침중한 표정으로 입을 열었다.

"내가 그랬다는 말이냐?"

"그렇습니다. 배신자는 원본이 있다는 사실도 모르니까, 복제본에 이름을 써넣는 계획은 완벽했습니다. 거짓이 그대로 진실이 되는 거였습니다. 그것을 확인할 진실이 어디에도 없으니까요."

"재미있군, 재미있어."

강 형사는 이야기를 이어갔다.

"어르신께서는 원본 시모가모 기록이 밖으로 절대 나오지 못할 것을 알고 계셨습니다. 거짓이 진실이 되어도 사람들은 알 수 없었습니다. 왜냐하면 진실은 황궁 지하벙커의 비밀서고 안에서 잠자고 있었으니까요."

노인이 코웃음을 쳤다.

"증거를 대라."

"예?"

"증거를 대란 말이다. 네 얘기는 재미있게 들었다. 훌륭하고 신선했다. 하지만 모두 상상일 뿐이다."

증거 없는 진실은 진실이 아니라는 것이 이 세상이었다.

"자네의 그 잘난 상상이 아니라면 증거를 대란 말이다. 내가 이름을 적어 넣었다는 증거를 가져오란 말이다."

갑자기 강 형사는 울적해졌다. 나직하게 중얼거렸다.

"때론 상상이 더 진실에 가깝기도 하죠."

노인은 정말 재미있는 동물을 본다는 듯 비웃었다.

"정말 한심한 소리군. 자네 머릿속에서 만들어낸 것을 진실이라고 우기는 건가? 좋네. 그럼 내 묻지. 내 질문에 답할 수 있다면 내 모든 것을 깨끗하게 인정하겠다."

노인이 단호하게 나오자 문득 불안해졌다.

"자네 말대로라면 공안44는 윤동주를 밀고한 배신자가 누구인지 아니까, 공안44 요원인 나에게 알려줬고, 그래서 원본에도 없는 배신자의 이름을 알게 된 내가 복제본에 적어 넣었다는 것 아닌가? 맞나?"

고개를 끄덕였다.

"좋아 그럼 묻겠다. 내가 공안44라고 하면 뭐 하러 시모가모 기록을 베끼겠나?"

"예?"

"내가 무엇 때문에 복제본을 만드냔 말이다. 왜 복잡하게 복제본씩이나 만들어내냔 말이야. 아니 그전에 원본 시모가모 기록을 뭐 하러 본단 말인가? 공안44에서 그 기록을 작성했다면 그 기록은 보지 않아도 이미 다 아는 것인데, 왜 시게코에게 보여달라고 하냔 말이다. 아야코와 동주의 비밀의 증거를 잡으려고 그랬다면 그깟 복제본이 아니라 우격다짐으로라도 원본을 뺏었을 거다."

인정하기는 싫지만 노인의 지적은 타당했다.

"내가 공안44라면 복제본을 만들 필요가 없다. 동주와 아야코의 로맨스를 의심하고 있는 공안44에게 필요한 것은 자신들이 작성했지만 천황 히로히토가 감쪽같이 빼돌려 자취를 감춰버린 진짜 원본 시모가모 기록이 필요할 뿐이다. 여기저기 도장이 꽉꽉 찍힌 진짜 말이다. 천황을 압박하려면 그게 필요하지, 그깟 복제본을 무엇에 쓴단 말인가? 자 답해봐라. 내가 공안44인가, 아닌가? 내가 정말 원본에 없는 밀고자의 이름을 복제본에 넣어 조작했겠는가, 안 그랬겠는가? 어느 것이 진실인지 한번 말해봐라."

갑자기 멍해졌다.

"또, 자넨 내가 배신자의 이름을 복제본에 넣어서 배신자를 협박했다고 했다. 그렇게 자네 아버지를 시켜 연세대사건을 일으켰다고 생각하고 있다. 왜냐하면 그래야 공안44가 만들어낸 세종로테러로 시작하여 히가시교엔으로 이어지는 거대한 프로젝트가 완성될 테니까. 이게 자네 생각이 맞나?"

노인의 되물음이 두려웠다. 하지만 고개를 끄덕이지 않을 수 없었다.

"좋아, 묻겠다. 난 시모가모 원본을 베낀 복제본을 20년 전에 자네 아버지에게 주었다. 지금으로부터 20년 전이란 말이다. 그런데 20년 동안 조용하던 것이 갑자기 지금 나타나 무슨 프로젝트네 어쩌네 하는데 그게 말이 된다고 생각하는가?"

정신을 차릴 수 없었다.

"그럼 그 망할 놈의 프로젝튼가 뭔가가 20년 전부터 굴러가고 있었단 말인가? 도대체 20년 전에 자넨 몇 살이었나? 공안44가 얼마나 하찮고 한심스런 놈들인지는 모르겠으나 적어도 자네 같은 코흘리개를 잡아넣으려고 수십 년 전부터 공들일 것 같지는 않다."

답을 할 수 없었다. 한마디도 할 수 없었다. 머릿속이 완전히 헝클어져버렸다. 노인의 말을 조금도 반박할 수 없었다.

비참해진 강 형사의 표정에 노인의 격앙된 목소리가 조금 가라앉았다.

"자네 맘대로 생각하게. 나를 공안44라고 해도 좋고, 복제본을 조작해낸 파렴치한이라고 해도 좋네. 어떻게 상상해도 좋네. 자네 맘이네. 혹시 아나, 자네 말대로 상상이 정말 진실을 알려줄지……."

노인의 마지막 말은 참 뼈아팠다.

PM 07:20

한동안 말이 없던 노인이 오른손을 들어 앞에 놓인 찻잔을 들었다. 강 형사를 보며 그만 끝내자는 말을 하려 할 때였다. 차에 사래가 걸렸는지 느닷없이 캑캑거리며 얼굴이 시뻘게졌다.

놀란 강 형사가 자리에서 벌떡 일어나 노인 앞으로 다가갔다.

"괜찮으십니까, 어르신?"

노인은 잔을 급해 내려놓고 손을 휘휘 저었다. 괜찮다는 표시를 하는 동안도 캑캑거리는 것이 멈추질 않았다.

"괘…… 괜찮아……."

하며 노인이 왼손에 쥔 지팡이로 바닥을 짚으며 오른손을 계속 혼들댔다. 그리고는 휠체어의 팔걸이를 짚고 일어서려 했다. 그런데 사요의 실수였는지, 언제나 그런 건지 몰라도, 휠체어 왼쪽 바퀴에만 브레이크가 걸려 있었던 것이 화근이었다. 사래가 걸려 놀란 노인이 평소보다 오른쪽 팔걸이에 힘을 더 주자, 휠체어가 고정된 왼쪽을 중심으로 빙글 돌며 뒤로 획 빠졌다.

그 서슬에 노인이 그 자리에 엉덩방아를 찧고 말았다.

"어르신!"

놀란 강 형사가 그를 부축했다. 크게 다친 것 같지는 않았지만 노인은 낭패스런 표정이 되었다. 그를 휠체어에 다시 앉혔다. 노인은 벌벌 떨리는 몸으로 힘겹게 앉았다.

그때였다. 아무 생각 없이 고개를 돌리던 때였다.

강 형사는 보고 말았다. 그것을 보고 말았다.

순간 그의 머리 위에서 하늘이 쪼개지는 소리가 울렸다. 눈이 빨려들듯 그것에 딸려 들어가 떨어지질 않았다.

휠체어에 앉아 숨을 고른 노인은, 벼락에 맞은 듯 뻣뻣하게 서서 경악한 눈으로 자신의 지팡이를 뚫어져라 쳐다보는 그의 눈길에 흠칫거렸다. 속으로 작은 탄식을 중얼거리는 듯했다.

'서…… 설마……'

놀란 강 형사는 뒤로 두 걸음 물러서다 털썩 바닥에 주저앉고 말았다.

그는 형사였다. 특수경찰 강력8반 형사였다. 황당하고 엄청난 일들을 밥 먹듯이 겪어왔다. 게다가 상상할 수 없는 일들을 요 며칠 사이 한꺼번에 겪은 그였다. 하지만 이번만큼은 온통 하얗게 되어 버린 정신 속에서 숨도 쉬지 못할 지경이었다.

'그…… 그럼…… 이 노인이……'

하얗게 나갔던 정신이 차츰 돌아오면서, 실타래마냥 어수선하게 얽혀 있던 것들 속에서 모양이 비슷한 것들끼리 한쪽에 모이며 차곡차곡 쌓이기 시작했다. 색깔이 다르고 형태가 다른 것들이 제각각 엉켜 있다가 말끔히 정리되고 나자, 누가 봐도 한눈에 알 수 있는 분명한 이야기가 되어 있었다.

진실의 언저리를 맴돌던 그가 드디어 진실을 똑바로 바라보기 시작했다.

강 형사는 자신이 주저앉았다는 것을 겨우 깨닫고 일어나 비틀거리며 소파로 가 털썩 앉았다. 참담한 표정의 노인 뒤에 붙어 있는 눈에 익은 서화가 다르게 보였다. 황소머리를 한 사람이 쟁기를 든 모습이 그려진 서화였다.

정말 진실은 눈앞에 있었다. 보고도 알지 못했다. 엉뚱하게 보았기 때문이었다.

노인이 복제본에 배신자의 이름을 넣었는지는 알 수 없다. 하지만 노인을 공안44라고 생각한 것은 틀렸다. 절대 그럴 수 없었다. 노인이 배신자의 이름을 아는 것은 너무 당연했다. 노인은 공안44 외에 배신자의 이름을 알 수 있는 유일한 사람이었다. 처음부터 그를 배제하고 생각했기 때문에 모든 것이 꼬였던 거였다. 하지만 그럴 수밖에 없었다. 자신도 아직 조금 전에 본 것이 믿겨지지 않으니 말이다.

노인이 동주의 손자인 후지와라 유이치를 설득하라고 한 것은 진정이었다. 그것이 노인의 평생 소원이었다. 왜 아니겠는가?

노인 역시 공안44의 거대한 윤동주 프로젝트의 일부였다. 노인은 자신도 모르게 놈들의 프로젝트에 이용된 고리였다. 평생 윤동주와 그의 손자에 대해 맘을 쓰고 있는 노인에 대해 놈들은 잘 알고 있었다. 그래서 놈들은 의도적으로 후지와라 유이치에게 극우 발언을 하도록 시킨 것이다. 그를 띄우는 한편 독도영유권, 종군 위안부, 일본 우익 교과서 등등의 문제에서 극우적 발언을 쉬지 않고 하도록 후지와라를 내세운 것이다. 그 모든 것이 노인을 자극하기 위해서였다. 민족애로 몸이 달은 노인은 어떻게든 후지와라를 만나고 싶어 할 거였다. 그리고 후지와라에게 윤동주의 손자라는 진실을 말해줄 것이다. 공안44는 그 장면을 포착하고 싶었던 것이다. 얼마든지 조작이 가능한 시모가모의 옛날 기록 따위는 한낱 정황증거밖에 되지 못했다. 놈들은 후지와라가 스스로 윤동주의 손자임을 깨달아 방황하도록, 그렇게 흔들리는 그를 생생하게 포착하려 한 거였다. 그래서 그것으로 그의 평생에 목줄을 매려 한 거였다.

'그랬구나……'

노인을 도발하기 위해서였다. 노인은 윤동주의 손자가 민족의 반역자가 되어가는 것에 상상할 수 없는 괴로움을 느꼈을 것이다. 운신할 수도 없이 늙어 어찌 할 수 없는 뼈저리는 고통 가운데, 갑자기 한 사람이 나타난 것이다. 후지와라와 결혼할 여자의 동료이자 각별한 사이인 한 남자가 나타난 것이다. 그랬던 거였다.

이 모든 것이 간교한 공안44의 철저한 계획이었다.

'나를 노인에게 가도록 몰기만 하면, 저절로 노인은 너무나 자연스럽게 후지와라에게 연결시킬 거였다. 민족에 대한 노인의 투철한 사명감이…… 민족을 망칠 뻔했다.'

강 형사는 드디어 진실로 접어들었다.

천천히 고개를 든 그의 눈앞엔 역사의 증인인 신노우 노인이 저만큼 앉아 있었다. 휠체어에 앉은 비쩍 마른 미이라가 된 노인의 모습에 아우라가 감돌았다. 외경감과 함께 처연한 슬픔이 강 형사의 가슴에 스며들었다. 촉촉하게 젖기 시작했다. 평상심을 찾으려는 달뜬 심호흡을 몇 번

쉬었다. 그리고 입을 열었다. 이전과는 사뭇 다른 부드러운 어조가 저절로 갖추어졌다.

"어르신, 제가 예전에 겪은 것이 있어서 한번 말씀드리고 조언을 구하고 싶습니다."

노인은 휠체어가 좁은 듯 안절부절못하는 모습이었다.

"교생실습을 갔습니다. 한국에서 선생이 되려면 대학교 4학년 때 고등학교나 중학교 현장에 나가 실습을 하거든요. 저는 대광고등학교에 갔었는데 거기서 정말 훌륭한 교장선생님을 한 분 뵈었습니다. 선생께선 그 학교 출신으로 대학에서 학장까지 지내신 분이셨는데, 교직의 끝을 모교에서 마치시겠다는 일념으로 정년보다 일찍 학장직을 사임하시고 그 학교로 오셨지요."

강 형사는 노인의 표정을 살피며 조심조심 말을 했다.

"그 교장선생님께서 저희 교생들을 모아놓고 여러 좋은 말씀을 해주셨는데, 제가 어리석어 그때는 감동했지만 지금은 하나도 기억나지 않아요. 자질이 영 좋지 않은 예비 선생이었죠. 그런데 딱 하나, 잊히지 않는 것이 있습니다. 선생께서 오른손을 우리들 앞에 펼쳐 보이신 거였죠. 아마 그때 하시던 말씀이 '선생은 솔직해야 한다'였던 것 같아요. '아무리 감추려고 해도 진실은 드러난다, 어린 학생들도 다 안다' 뭐 그런 말씀이셨던 것 같아요. 그러시면서 당신이 평생 감추려 하는 것을 애들은 알아버렸다고 하시며 오른손을 보여주셨지요."

무슨 말인지 깨달은 노인은 얼굴빛이 변했다.

"저희는 그때까지는 전혀 몰랐습니다. 교장선생님의 오른손이 새끼손가락부터 약지, 중지가 모두 두 마디씩 잘라져 없다는 사실을 말이죠."

표정을 유지하려고 안간힘을 쓰는 노인의 모습이 애처로웠다.

"한국전쟁 때 수류탄에 맞아 그렇게 되신 거라고 하시더군요. 저희들은 매일같이 하루에 한 번씩 교장선생님께 말씀을 들었지만 선생님의 오른손이 그런 줄은 정말 몰랐어요. 그건 교장선생님께서 언제나 마이크를 오른손에 쥐고 계셨기 때문이지요. 마이크를 가슴 안쪽으로 조금 틀어서 쥐고 계셔서, 앞에 앉은 저희들도 몰랐던 거죠. 온전한 엄지와 검지로 마이크를 잡고 계신 것처럼, 다른 손가락도 다 그런 줄 알았던 거였죠."

하고는 강 형사가 입을 다물어 버렸다.

노인은 눈을 감아버렸다. 시커메진 얼굴이 깊은 충격을 받은 듯했다.

잠시 후 눈을 뜬 노인이 무거운 입을 열었다. 갑자기 나이를 더 먹은 듯 보였다.

"아까…… 넘어졌을 때 보았구나."

떨리는 목소리였다. 얼굴은 여전히 흙빛이었다. 강 형사는 천천히 고개를 끄덕였다. 노인은 휠체어에서 넘어져 당황하는 바람에, 언제나 조금 안쪽으로 틀어서 쥐고 있던 지팡이를 쥔 왼손에 힘이 조금 빠졌던 거였다.

그때 보았다. 노인의 왼손 약지를……. 마지막 마디가 없는 약지가 줌 카메라로 당긴 것처럼 망막에 와 달라붙었다.

노인을 처음 만났을 때도 노인은 왼손으로 지팡이를 말아 쥐고 있었다. 흥분해서 손을 들 때도 지팡이를 쥔 왼손은 흐트러지지 않았다. 몸에 밴 오랜 습관이었다.

노인의 왼손을 보자, 생각의 폭풍이 밀려들었다. 연세대사건에서 잘린 왼손 약지들, 도쿄의 동주와 시게코를 찾아왔던 두 친구, 강처중과 배신자, 그들의 왼손이 떠올랐던 것이다.

강처중은 한국전쟁 때 사형선고를 받아 죽었다. 그리고 배신자는 살아 있었다. 하지만 여기 휠체어를 의지한 노인은 배신자일 수는 없었다. 밀고한 배신자는 한국에 있어야 했다. 한국 정계의 막후 실력자여야 했다. 그래야 연세대살인사건을 덮을 수 있으니 말이다.

전혀 다른 제3의 동주 친구가 있을 수도 있다. 아니 어쩌면 신노우 노인은 다른 일로 왼손 약지가 잘리는 장애를 입게 된 것일 수도 있다. 하지만 앞서 놓쳤던 다른 이야기들이 세차게 고개를 흔들어대며 떠올랐다.

처음 만났을 때 노인은 연세대학교 핀슨홀에 대해 너무 잘 알고 있었다. 그의 말처럼 후쿠오카 형무소에서 동주에게 들었다고 해도 너무 정확했다. 직접 본 것처럼 눈에 그리듯이 설명했다. 꼭 그리운 옛 정경을 떠올리는 것처럼 그랬다. 마치 자신이 옛날 그 교정을 밟고 다녔던 것처럼⋯⋯.

노인은 동주가 김구의 지령으로 천황을 암살하러 일본에 갔다고도 말했다. 그건 아무리 친한 사이가 된 간수라 해도 알기 어려운 비밀이었다. 아무리 친해도 진지하고 과묵한 동주가 일본인 간수에게 그런 1급 비밀을 발설할 리 없었다. 정말 친한 사이, 같이 목숨을 걸기로 맹세한 사이가 아니면 알 수 없는 것이었다.

시게코가 사실은 아야코였다는 사실을, 아야코가 동주를 사랑했다는 사실을, 노인이 알고 있는 것도 그랬다. 시게코가 이 신노우 노인을 만나 주었다는 것이 믿기 어려웠다. 방 형사가 전해준 말을 들었을 때 의아했던 것도 그 부분이었다. 시게코가 노인을 만난 것은 진짜였다. 시모가모 기록을 보여준 것도 사실이었다. 하지만 그것이 계속 찜찜하게 머릿속 한쪽을 차지하고 있었던 이유는, 그 옛날 시게코가 되어버린 아야코는 자신이 원래 아야코였고 동주를 사랑했다는 사실을 발설해서는 안 되는 거였기 때문이다. 그건 그 당시 비밀 중의 비밀이어야 했다. 그런데도 그녀는 너무 쉽게 신노우 노인에게 말했다. 이상했다. 동주의 행적을 추적해 온 전직 간수, 자신의 아버지 천황 히로히토를 쓰러뜨리려고 호시탐탐 노리는 공안44일지도 모를, 아니 공안44의 수중에 있던 악명 높은 후쿠오카 형무소의 어느 간수라는 자에게 너무 쉽게 말을 했던 것이다.

이상했다. 모든 것이 이상했다.

노인의 왼손을 보는 순간 홀연히 깨달았다. 노인은 후쿠오카 형무소의 간수가 아니었다.

동주의 간수였다는 말은 처음 만났을 때 믿게 하기 위해 지어낸 거짓말이었다. 시게코가 노인을 쉽게 만나준 것도, 그에게 아무것도 숨기지 않은 것도 당연했다. 노인에게는 숨길 필요가 없었다. 아니 숨길 수도 없었다. 노인은 그 옛날 동주와 그녀가 릿교대학 교정을 거닐 때 찾아왔던 두 친구 중 한 명이었으니 말이다.

그는 동주의 간수가 아니라 동주의 친구였다. 평생 동주를 사랑하고 동주를 위해 힘을 쓴 유일한 친구, 동주를 알리기 위해 백방으로 노력하고, 동주의 손자 후지와라를 가슴에 넣고 타락해 가는 그의 모습에 아파하고 괴로워했던 유일한 사람, '신노우神農'라는 이름 속에 자신의 모든 것을 숨긴 남자……

강 형사는 비로소 연세대사건의 마지막이 서대문형무소에서 끝난 진짜 이유를 풀었다. 다른 민족지사들도 서대문형무소에서 고초를 많이 당했지만, 윤동주와 관련된 사람은 딱 한 명 있었다.

강처중姜處重. 바로 그였다.

그래서 그는 공안44가 아니지만 배신자를 알 수밖에 없었다. 같은 비밀결사에서 같이 손가락을 잘라 맹세하고, 같이 도쿄로 동주를 찾아갔던 친구였으니 말이다.

강처중은 한국전쟁 때 사형선고를 받아 죽은 것으로 되어 있다. 그러나 좌익인사였던 그에 대해 역사는 별로 신경 쓰지 않았다. 사형선고를 받아 서대문형무소에 갇혔다는 기록까지는 있다. 하지만 집행되었는지는 아무도 모른다. 그가 갇혔던 시기와 한국전쟁이 발발한 시기가 가까웠다. 서울이 북한군에게 점령되었을 때 풀려났을지도 모른다. 그렇게 살았을지도 모른다. 아니 그렇게 살았을 것이다. 그래서 이렇게 지금 눈앞에 앉아 있는 것이다.

강 형사는 노인 뒤의 서화를 다시 올려다보았다. 황소머리를 한 사람이 쟁기를 쥐고 있는 그림의 구석에 흘려 쓴 한자를 어렵게 읽었다.

'神農신농'

일본어로 읽으면 '신노우'. 노인의 이름이었다. 씁쓸한 느낌이 들었다. 고개를 숙여 노인을 보았다. 휠체어를 의지한 미라처럼 마른, 곧 숨이 넘어갈 것처럼 보이는 노인의 모습이 가슴에 걸렸다.

"어르신 한 가지 여쭈어보겠습니다."

특이한 것은 기억나는 법이었다. 지난번에 그림을 보았을 때 깨달았어야 했다.

"중국 성인인 삼황三皇의 한 명 중에, 사람 몸에 소 머리를 한 분으로, 농업과 의료의 신이었던 자를 아시는지요?"

노인은 여전히 침통한 표정이었다.

"신노우라는 어르신 성함과 같은 이 중국 전설상의 인물 신농씨神農氏 말입니다. 인간을 위해 온갖 식물들을 몸소 먹어서 확인했다는 전설상의 성군이지요. 그의 성姓이 뭐라고 하는지 대학 때 배웠는데 잘 기억이 나질 않네요. 어르신과 성함이 같으니, 혹시 어르신께서 아실까 해서 여쭙는 겁니다."

노인은 이미 모든 것을 포기한 얼굴이 되었다. 한참 후, 노인의 입에서 떨리는 음성이 흘러나왔다.

"알면서 묻다니, 역시…… 고얀 놈이로구나……."

노인은 큰 짐을 놓은 표정이었다. 단지 홀가분하다는 것으로만 설명하기에는 부족했다. 기다리고 있었다고 하면 어울리지 않을지 모르지만, 그런 것 같았다.

"강姜 씨였다."

그랬다.

강 형사는 대학 다니던 시절 수업 시간에 자신의 성이 고대 중국 성인의 성과 같다는 것을 듣고 신기해 했다. 친구들에게 종종 중국 성인의 후손이라며 농담 삼아 뻐겼던 기억이 새록새록 했다.

일제강점기 창씨개명을 해야 했던 강처중은 그의 활달한 기백으로 일제를 비꼬아 버렸다.

'신노우'는 윤동주의 평생의 친구, 강처중의 창씨명이었다.

PM 08:30

"그냥 말씀하셨어도 되잖아요? 저에게는 그냥 말씀하셨어도 되셨잖아요?"

말이 말을 먹었다. 그리고 감정이 감정을 낳았다.

"동주의 간수라고 하시지 않고, 그냥 동주의 친구 강처중이라고 하셨어도 상관없잖아요?"

지난 처음 만남에서 노인은 일부러 이야기를 어렵게 빙빙 돌려 말했다. 쉽고 간단한 것도 한참 돌려서 말했다. 그때는 그게 노인 특유의 스타일이라고만 치부했다. 하지만 아니었다. 날카로운 눈빛의 형사가 본질을 파고들지 못하도록 의도적으로 그랬던 거였다. 대부분은 진실이지만 그 속에 작은 거짓을 숨겨야 했기 때문에 그렇게 빙빙 돌리며 번잡하게 말했던 거였다.

"그럴 순 없었다."

노인의 눈빛이 애잔해졌다.

"이미 역사가 되어 버린 동주에게 불필요한 덧칠을 할 수는 없다. 과거의 돌멩이인 나는 벌써 깊은 바닥에 가라앉았어야 할 사람이다."

노인의 서글픈 눈이 천천히 옛날을 더듬기 시작했다.

"사형선고를 받고 서대문형무소에 갇혀 있을 때, 서울에 인민군이 들어왔다."

서대문형무소란 말이 남다르게 들렸다.

"풀려난 나는 집에 잠시 머물다가 소련으로 건너갔다. 이런저런 것들에 시달린 나는 지쳤었다. 딱히 할 일이 있는 것도 아니었다. 민족도, 혁명도, 조국도 모두 시들해졌다. 그때 난 동주에게로 도피했다. 동주에 대해 분명하게 알리는 것을 내 사명으로 삼았다. 그렇게 삶의 의미를 되찾고 싶었다. 동주 고향과 만주, 러시아를 거쳐 일본에 와서 자료를 모을 때였다. 조국이 분단되었다는 소식을 전해 들었다. 난 돌아갈 곳을 잃어버렸다. 잊었던, 아니 잊으려 했던 조국이 다시 가슴에 사무쳤다. 돌아갈 수 없는 곳이 되자 비로소 소중해졌다. 동주를 알린들 무엇하겠단 말인가? 문학이 대체 무엇을 할 수 있단 말인가? 두 동강난 조국에 동주의 시들이 울려 퍼진들 그게 무슨 일을 할 수 있단 말인가? 나는 지독한 회의에 빠져 버렸다."

노인의 목소리가 처음으로 서글퍼졌다.

"방황하던 나에게 어느 날 동주의 후쿠오카 형무소 간수를 만나는 우연치 않은 일이 생겼다. 그 간수는 너에게 말했던 것처럼 지난 일을 후회하고 있었다. 그리고 작은 속죄 방법을 찾고 있었다. 나는 그에게서 후쿠오카에서 엄청난 고문과 생체실험이 자행되었다는 사실을 들었다. 그 간수의 말이 모든 것을 뒤바꿔 버렸다."

노인은 그러더니 강 형사를 시켜 사요를 불러오게 했다. 사요는 멀지 않은 곳에 있었다. 사요는 노인이 뭐라 말하자 살짝 갸우뚱거리고 서재를 나갔다. 얼마 되지 않아 누런 봉투를 하나 가져오더니 강 형사에게 건네고는 다시 나갔다.

노인의 고갯짓을 따라 강 형사가 봉투를 열었다.

안에는 동주의 유고시집인 1948년 정음사판 초판 《하늘과 바람과 별과 시》와 오래돼 종이가 누렇게 변색된 편지, 원고지 등이 들어 있었다. 편지와 원고지들에는 동주의 시들이 군데군데 적혀 있었다.

강 형사는 놀라 고개를 들었다. 노인이 말했다.

"내가 경향신문 기자로 있을 때, 일본에 있던 동주가 보낸 편지들이다. 동주는 편지 말미에 자신이 일본에서 지은 시들을 적어 보냈다."

이미 알고 있는 유명한 이야기였다. 강처중이 받은 편지에 써 있던 그 시들을 모아서 동주의 유고시집 《하늘과 바람과 별과 시》를 낼 때 같이 넣었다. 그래서 일본 유학 시절 쓴 시들이 수록될 수 있었던 거였다.

강 형사는 정음사 초판본을 펼쳐 확인했다. 돌아가신 은사 송범구 선생께서 그에게 선물로 준 것과 같은 판이었다.

"발문을 보아라."

노인의 말에 발문을 펼쳤다. 노인이 강처중이던 시절에 쓴 발문이 있었다. 전에 송 선생께 받았을 때 한 번 읽었지만 그때는 주의를 기울이지 못했던 한 대목에 눈이 가서 멎었다. 동주를 회고한 대목이었다.

또 하나 그는 한 여성을 사랑하였다. 그러나 이 사랑을 그 여성에게도 친구들에게도 끝내 고백하지 않았다. 그 여성도 모르는, 친구들도 모르는 사랑을, 회답도 없고 돌아오지도 않는 사랑을 제 홀로 간직한 채 고민도 하면서 희망도 하면서…… 쑥스럽다 할까 어리석다 할까? 그러나 이제와 고쳐 생각하니 이것은 하나의 여성에 대한 사랑이 아니라 이루어지지 않을 '또 다른 고향'에 대한 꿈이 아니었던가. 어쨌든 친구들에게 이것만은 힘써 감추었다.

강 형사는 고개를 들어 노인을 쳐다보았다. 노인이 고개를 끄덕이며 말했다.

"그래, 그녀가 바로 아야코다."

강 형사가 물었다.

"하지만 어떻게 아셨죠. 동주가 아야코와 깊은 관계라는 것을요? 도쿄에서 보셨다고는 해도 그냥 친구 사이일 수도 있었잖아요?"

노인은 봉투에 같이 들어 있던 원고용지들을 자세히 살펴보라고 했다.

강 형사는 릿교대학 원고용지를 꺼내들었다. 왼쪽 위편에 작게 릿교대학 문장校章과 영문으로 'RIKKYO UNIVERSITY'라고 찍혀 있는 오래돼 보이는 누런 용지였다. 모두 7장이었다. 거기에 동주가 일본 도쿄에서 쓴 5편의 시들이 세로로 적혀 있었다.

'힌 그림자', '사랑스런 追憶', '흐르는 거리', '쉽게 씨워진 詩', '봄'.

"옛날 동주가 도쿄에 있을 때 쓴 시들이다. 내게 보냈던 거지……."

간결하고 말끔한 윤동주의 성격처럼 그의 글씨도 깔끔했다. '힌 그림자'부터 '봄'까지 원고용지에 차례대로 이어서 적었기 때문에, 용지는 7장이지만 시는 5편이었다.

시를 꼼꼼히 살펴보았지만 동주와 아야코의 관계를 짐작하게 하는 단서는 보이지 않았다.

"이런 이런…… 한쪽만 보고 어떻게 알 수 있단 말이냐."

노인의 핀잔에 강 형사는 정음사판 초판 《하늘과 바람과 별과 시》에 들어 있는 동주가 일본에서 쓴 5편의 시들과 릿교대학 용지에 써 있는 동주 친필 원고와 비교했다.

잠시 후, 강 형사는 깜짝 놀랐다.

'힌 그림자', '사랑스런 추억', '흐르는 거리', '쉽게 씨워진 시'까지는 동주의 친필 원고와 활자로 출간된 시집의 내용이 일치했다. 하지만 마지막 시인 '봄'은 달랐다.

출간된 시집 《하늘과 바람과 별과 시》에는 4연까지만 나와 있었다.

봄이 血管혈관 속에 시내처럼 흘러

돌, 돌, 새내가차운 언덕에

개나리, 진달레, 노—란 배추꽃,

三冬삼동을 참어온 나는

풀포기 처럼 피여난다.

즐거운 종달새야

어느 이랑에서나 즐거웁게 솟처라.

푸르른 하늘은

아른, 아른, 높기도한데……

'봄'이라는 시가 이상하다는 것에 대해서는 이미 학자들도 논의를 했었다. 일본에서 쓴 모든 시의 끝에는 동주가 시를 쓴 날짜를 적었는데, 유독 '봄'에만 날짜가 없었기 때문이다. 동주가 도쿄에서 쓴 시를 친구 강처중에게 보내려고 원고용지에 그동안 쓴 5편의 시를 연달아 기록하면서 앞의 4편에는 날짜를 적고 마지막 '봄'에만 날짜를 적지 않았다는 것은 결벽할 정도로 꼼꼼한 그의 성격에 비추어 정말 이상했다.

하지만 그럴 수밖에 없었다. 동주가 적지 않은 것이 아니라, 마지막 연이 통째로 빠지면서 끝에 적혀 있는 날짜가 같이 사라졌기 때문이었다. 노인이 준 릿교대학 용지에는 '봄'의 마지막 연이 적혀 있었다.

길게 늘어난 나는

햇살 따라

살곰 살곰 무늬를 가슴에 펼친다.   一九四二. 六. 九.

노인이 강 형사의 표정을 보고 쓸쓸히 웃었다.

"그래, 내가 그랬다. 내가 빼버렸다."

동주가 강처중에게 보냈던 친필 원고는 지금 눈앞에 보는 것처럼 원래 모두 7장이었다. 그 7장에 5편의 시들이 차례로 적혀 있었다. 여섯

번째 원고용지를 보면, '쉽게 씨워진 詩'의 마지막 두 연이 적혀 있고, 이어서 '봄'이라는 제목과 함께 네 연이 적혀 있었다. '봄'의 마지막 연은 다음 장, 그러니까 일곱 번째 용지에 적혀 있었다. 일곱 번째 용지는 단지 그 한 연을 끝으로 다른 시가 적혀 있지 않았다. 그래서 일곱 번째 용지를 빼고 6장만 《하늘과 바람과 별과 시》를 출간할 때 건네준 거였다.

하지만 대체 왜 이 연을 뺐는지 선뜻 이해되지 않았다. 강 형사는 곰곰이 생각에 잠겼다. 별다를 것이 없어 보였다.

노인이 강 형사의 심각한 표정을 보고 말했다.

"마지막 연의 '무늬를 가슴에 펼친다' 때문에 뺐다."

일본어를 모르는 강 형사는 선뜻 이해하지 못했다. 동주가 사랑했던 여인의 이름을 은유적으로 넣은 거라는 것을 노인의 설명을 듣고야 비로소 깨달았다. '무늬[彩]'는 아야코[彩子]를 염두에 둔 거였다.

"그래서 나는 아야코와 동주의 사이가 범상치 않다고 짐작했다. 그때는 나도 아야코가 천황 히로히토의 버린 딸인 줄은 몰랐다."

노인은 지난 시간들을 말하기 시작했다.

노인이 시게코가 되어 버린 아야코를 다시 찾아간 것은 한참 후였다. 후쿠오카 형무소의 간수에게 고문과 생체실험의 사정을 들은 후에도 꽤 시간이 지난 후였다.

"찾아간 것은 그녀에게 손자가 있다는 것을 알고 나서였다."

역시 윤동주의 손자 때문이었다. 그를 잘 키워달라는 부탁 아닌 청탁 때문이었다. 과거를 잊고 싶은 시게코가 노인을 만나준 것은, 노인이 동주의 초간본 시집과 함께 문제의 시 '봄'을 복사해 보냈기 때문이었다.

"그녀는 곤혹스러워했다."

만난 그녀는 노인을 함부로 해코지할 수는 없었다. 노인이 알고 있는 것들이 보험처럼 뒤에 남겨 놓았을 가능성이 높았기 때문이었다. 시게코는 노인에게 하소연 아닌 하소연을 했다. 후지와라를 윤동주에게 부끄럽지 않게 키우겠다고 약속했다. 한국어도 열심히 가르치고 있다고 했다.

"난 동주에 대한 진실이 알고 싶었다. 정말 놈들의 핍박에 그렇게 죽었는지 말이다."

이미 후지와라 가문에 출가해 황궁에 들어가기 어려움에도 불구하고 다시 어렵게 비밀서고에 들어가 시모가모 기록을 꺼내온 것도 그 때문이었다. 당연히 원본을 내줄 수는 없었다. 20년 전인 1986년에도 그녀의 아버지 히로히토는 건재해 있었기 때문이었다.

"시모가모 기록을 보고나서야 나도 알았다. 누군가의 밀고로 동주가 잡혔다는 것을……."

그리고 그는 《경향신문》 기자였던 자신이 1950년 갑자기 서대문형무소에 갇히게 된 이유도 알게 되었다.

"시모가모 기록에 이름은 나오지 않았다. 하지만 난 그게 누군지 알았다. 어찌 그걸 모르겠는가."

배신자는 두려웠던 거였다. 자신이 저지른 일이 탄로날까봐 친구인 그를 좌익으로 몰아 죽이려 했던 거였다.

"1941년 우리 네 명은 연희전문 졸업반이었다. 매일같이 우리는 조국의 앞날에 대해 깊이 고민했다. 안중근에 의해 이토 히로부미는 처단되었지만, 천황 히로히토를 처단하는 일은 몇 번 있었던 시도가 실패로 돌아간 때였다. 태평양전쟁이 발발하자, 더 이상의 저항은 무의미하다는 무기력한 목소리가 힘을 받아갈 때였다. 패배의식과 무기력이 모든 것을 집어삼키기 시작했다. 새로 태어나는 자들은 아예 조국이 무엇인지, 우리가 누구인지, 생각조차 하지 않는 그런 분위기가 팽배해지고 있었다. 일본은 거대한 미국과 전면전을 벌일 정도로 저만치 앞서 가고 있는데, 우리는 아무것도 없는 2류, 3류라는 좌절과 절망만이 뿌리 깊게 퍼지고 있었다."

노인의 목소리는 강경해졌다.

"그때 동주가 말했다. 천황을 암살하자고. 아무도 하지 못했다고 해서 우리가 하지 못할 것이 없다고, 하지 않으면서 그대로 주저앉아 가슴만 쥐어뜯는 것은 창백한 인텔리일 뿐이라고, 세상이 바뀌지 않을 거라고 생각하는 자들은 세상을 티끌만큼도 바꿀 수 없다고…… 그렇게 말했다."

노인은 그 젊은 시절 동주의 말과 얼굴이 떠오르는지 붉게 상기되었다.

"그래서 내가 말했다. 손가락을 잘라 맹세하자고. 이렇게……."

노인이 왼손을 들어 보여주었다. 안중근의 왼손처럼 약지 마지막 마디가 없었다.

"송몽규는 요시찰 인물이었다. 손가락을 자를 수 없었다. 직접 실행할 동주도 티가 나면 곤란했다. 그래도 하겠다는 그 둘을 말리고, 나와 그만 잘랐다. 그리고 네가 아는 것처럼 일이 그렇게 틀어져 버렸다……."

노인은 입을 다물었다. 강 형사가 조심스럽게 물었다.

"그 배신자가 누구입니까?"

노인이 물끄러미 그를 쳐다보았다. 그리고 답했다.

"그건 네가 찾아야 할 문제다."

이어진 노인의 말에 강 형사는 부끄러워졌다.

"나는 내 짐을 지고 여기까지 왔다. 너도 네 짐을 지고 갈 수 있는 데 까지 가야하지 않겠는가?"

이젠 복제본에 배신자의 이름을 넣었느냐는 물음이 무색해졌다. 넣었 든 그렇지 않든 노인에게는 아무것도 달라지는 것이 없었다.

한참 후 강 형사가 다시 물었다.

"20년 전 얻으신 시모가모 기록을 왜 제 아버지께 주셨습니까?"

노인의 눈빛이 어두워졌다. 이미 물었던 질문이었다. 노인은 '선물'이라 고 답했었다. 노인은 답할 생각이 없어 보였다.

"20년 전에 나오려 했다가 그만둔 시모가모 기록이 왜 지금 다시 나 온 걸까요?"

도움을 구하는 질문이었다. 하지만 노인은 여기도 답을 하지 않았다. 주저하는 목소리로 한마디 했을 뿐이다.

"그건…… 네 아버지에게 물어봐라."

노인은 눈까지 감아 버렸다. 두 번밖에 만나지 않았지만 노인의 고집 을 모르지 않았다.

"어르신 가르쳐주십시오. 저에게는 중요합니다."

눈을 감은 노인의 얼굴은 더욱 깊어지며 굳은 바위처럼 변해 갔다. 거 듭 간절한 목소리로 애원했다. 하지만 소용없었다.

거의 포기할 때쯤이었다.

"진실은 치명적인 것이다. 감당할 수 있는 자만이 맞닥뜨릴 수 있다."

노인의 목소리는 엄중했다. 경고와도 같았다.

이미 진실을 대면하는 아픔을 경험한 그에겐 더 이상 다가설 수 없는 최후의 선이 되어 버렸다.

노인이 아버지에게 시모가모 기록을 건네준 것은 도저히 풀 수 없는 수수께끼였다. 노인은, 아니 강처중은 좌익 인사였다. 아버지는 일본 우익 공안44 요원이었다. 둘은 전혀 색깔이 달랐다. 서로 칼부림해서 사경을 헤맸던 전력이 둘 다 있었다. 그런데 왜, 어떻게 절친한 사이가 되었는지 도무지 이해할 수 없었다.

아버지는 사라졌고 노인은 입을 닫은 채 진실과 함께 관 속에 들어갈 생각이었다.

눈을 굳게 감은 노인의 얼굴에서 다시 한 번 소리가 울려나오는 것 같았다.

'진실은 치명적인 것이다. 감당할 수 있는 자만이 맞닥뜨릴 수 있다.'

갑자기 정적을 깨는 전화벨 소리가 울렸다. 강 형사의 핸드폰이었다. 노인은 여전히 눈을 굳게 감고 있었다.

급히 핸드폰을 꺼냈다. 김 순경의 번호였다. 가슴이 심하게 뛰었다. 배신자를 찾으면 아무 때라도 연락하라며 로밍해 왔던 거였다.

목소리를 죽여 받았다.

김 순경이 조사한 결과를 말했다. 배신자는 예상대로 막강한 실력자였다. 이름만 대면 알 만한 자였다. 그의 얼굴이 머릿속에 떠올랐다.

전화를 끊었다.

야비한 배신자의 얼굴이 인자하고 근엄한 표정으로 도색되어 있었다. 가벼운 분노가 이는 순간, 갑자기 엉뚱한 얼굴이 끼어들었다. 그럴 리 없는 얼굴이었다.

강 형사는 당혹스러웠다. 자신이 너무 자의적이고 감정적으로 반응한다고 스스로를 나무랐다. 하지만 히가시교엔의 뜨거운 태양과 방 형사가 들려주었던 시게코의 말이 불현듯 떠올라 뒤엉켰다.

그러자 순간적으로 머릿속이 하얘졌다.

'혹시……?'

모를 일이었다.

강 형사는 일어나 서재 구석으로 갔다. 김 순경에게 전화를 걸어 나직한 목소리로 지시했다. 김 순경은 일본 쪽 자료여서 시간이 얼마 걸릴지 예상할 수 없다고 답했다.

전화를 끊은 강 형사의 눈에는 세상과 인연을 끊으려는 듯한 노인의 모습이 들어왔다. 그의 앞으로 조심스럽게 다가갔다.

잠시 주저했다. 알아낸 것을 노인에게 알려야 하는지 갈피를 잡을 수 없었다.

'진실은 치명적인 것이다. 감당할 수 있는 자만이 맞닥뜨릴 수 있다.'

자신은 진실 앞에서 충격을 받았다. 후지와라 유이치가 동주의 손자라는 사실을 알았을 때 놀랐다. 하지만 삶이 송두리째 흔들리지는 않았다. 이유는 간단했다. 윤동주는 자신의 삶과는 동떨어진 먼 곳의 사람이기 때문이었다. 내 가슴 안에 품지 않은 사람이었기 때문이었다. 중요한 사람이긴 하지만, 소중한 사람은 아니었다. 그냥 그 옛날 그 사람일 뿐이었다. 하지만…….

'진실은 치명적인 것이다. 감당할 수 있는 자만이……'

갈등하던 강 형사는 결국 포기했다.

어쩌면 그가 발견한 것이 진실일지도 몰랐다. 가능성이 높았다. 만약 그렇다면, 정말 그것이 진실이라면…… 노인에겐 너무 가혹한 일이었다. 그가 발견한 진실은 세상 모든 사람들에게는 소소한 것일지 모르지만, 노인에게는 아니었다.

노인의 삶, 인생, 전부였다.

노인이 조금 이상하게 보였다. 몇 번 나직이 그의 이름을 불렀다. 다가가 기색을 살폈다. 순간 울컥하며 가슴이 먹먹해져왔다.

강 형사는 조용히 사요를 불렀다.

서재에 들어온 사요는 금세 눈 주위가 붉어졌다. 노인은 여전히 입을 굳게 다문 채 눈을 감고 있었다. 사요의 목소리에 눈꺼풀이 바르르 떨리는 듯했지만 떠지지는 않았다.

거듭 할아버지를 부르는 사요의 흐느끼는 어깨를 바라보며 강 형사는 묵묵히 자리를 지켰다. 고요한 침묵 속에서 맹세의 세월을 더듬는 역사의 증인 앞에서, 강 형사는 아무 말도 할 수 없었다.

얼마 지나지 않아, 마지막 불꽃을 다 태운 노인은, 신노우도 강처중도 아닌 평범한 하나의 발걸음으로, 이 세상에서의 삶을 마무리지었다.

그렇게 조용히 역사의 한 페이지가 되었다.

PM 04:00

일본의 장례는 우리와 달리 하루 이틀 안에 끝나는 것 같았다. 사요는 울기는 했지만 당황하지는 않았다. 이미 마음의 준비를 단단히 하고 있었던 것처럼, 차근차근 일을 처리했다. 앞서 죽은 아들과 며느리가 묻힌 납골당에 화장을 해서 나란히 모시는 것으로 모든 것이 끝났다.

우리 식이 아니어서도 그렇겠지만, 간소한 것 이상의 쓸쓸함과 황량함이 사무치듯 옷깃에 스며들었다. 날씨까지 스산해진 느낌이었다. 거센 역사의 격랑을 헤치고 살아온 한 인물의 마지막치고는 너무 단출했다.

집에 하숙하는 외국인들 몇이 꽃을 던져놓고 가는 모습이 더 그랬다. 어쩌면 그것이 그의 평생을 말해주는지도 몰랐다. 배경 속에, 어둠 속에, 묻혀진 역사 속에, 그림자 역할을 했던 그의 삶처럼 말이다.

노인이 충격을 받고 위독해진 것은 7월 17일 후지와라 유이치가 암살당하는 장면을 보고 나서였다고 사요가 말해 주었다. 그럴 만했다. 평생 덜 수 없는 부채를 짊어진 것처럼 살았던 노인이, 그 손자가 처참하게 죽는 모습에 그랬을 것이다. 그때 마지막 남았던 삶의 가느다란 현이

320

풀리기 시작했던 것이다. 비록 자신이 죽이라고는 했지만, 그런 참담한 결과가 나올 줄은 예상치 못했을 것이다. 노인은 자신이 죽인 거라는 죄책감을 가졌던 것이다.

어제는 정말 마지막 남은 힘을 쏟아부어 진실을 말한 시간이었다. 오랜 세월 일본인 신노우로 살아왔던 그가, 조선인 강처중으로 동주의 평생지기 친구로 되살아났던 불꽃 같은 시간이었던 것이다.

수척한 얼굴이 된 사요와 차에 나란히 앉았다. 돌아오는 차 안에서 강 형사는 작은 후회를 했다. 자신이 찾아낸 것을 노인에게 말했어야 하지 않을까, 하는 후회였다.

'모르고 돌아가시는 것이 더 행복했을까? 알고 돌아가시는 것이 더 행복했을까?'

어느 것도 장담하기 어려웠다.

자신도 견디기 힘든 무게를 진실이란 명분으로, 이제 삶을 정리하려는 노인에게 같이 짊어지자고 하는 것은 너무 뻔뻔한 짓이었다.

노인은 충분히 그가 짊어져야 할 짐을 훌륭히, 아주 훌륭히 짊어졌다. 그렇게 하나의 삶을 살았다. 그것으로 충분히 존중받아야 했다. 그런 그에게 다시 강요하는 것은 옳지 않았다. 그 짐은…… 남은 자가 감내해야 하는 거였다.

집으로 돌아온 사요는 씩씩한 척했지만 정말 아무 의지할 데 없는 텅 빈 공허함에 시달리는 것 같았다. 인사만 하고 떠나려던 것이 그러질 못했다.

홀 라운지에 앉았다. 둘 다 한참 우두커니 말이 없었다.

"사람들이 너무하는 것 같아."

어떻게든 위로해야 할 것 같아, 강 형사가 만들어낸 흥분으로 성난 척 씨근거렸다. 사요가 궁금한 표정이 되었다.

"장례식에 너무 오지 않아서 하는 말이야. 그래도 예전 밑에 있던 자들이나 친구들이라도 한둘은 올 거라고 생각했는데 말이야."

사요의 눈이 휘둥그레졌다.

"밑에 있던 자들이라니요?"

기분을 띄워주려다가 엉뚱한 말을 꺼낸 셈이 되었다. 어쩔 수 없었다. 강 형사는 노인의 젊은 시절 야쿠자였다는 말을 했다. 그래서 칼을 맞은 적도 있다는 말을 했다.

"예, 뭐요?"

다 들은 사요가 깔깔대기 시작했다.

풀이 죽은 그녀를 기분 좋게 해주려던 목적은 성공했지만, 강 형사의 가슴은 이상스럽게 뜨끔거렸다. 차라리 화를 내는 것이 옳았다. 사요의 웃는 얼굴은 개미가 호랑이 허리를 한 입에 덥석 물고 태평양을 건넜다는 말처럼 황당하다는 기색이었다.

"누가 그래요?"

"응?"

"할아버지가 옛날에 야쿠자였다고 누가 그러는데요?"

재미있다는 듯 눈알을 굴리는 사요가 거듭 물었다. 쭈뼛거리며 노인이 직접 그렇게 말했다고 했다. 정확히 말하면 노인이 그렇게 말한 것은 아니었다. 정황을 가지고 자신이 그렇게 추론한 거였다.

사요가 다시 웃었다. 거짓이 조금도 섞이지 않은 웃음이었다.

"아니에요. 할아버지는 아사이신문 프리랜서로 일했어요. 서재에 할아버지 기사를 스크랩해 놓은 것만 해도 두 권이 넘어요. 한번 보실래요."

볼 필요도 없었다. 일반 잡지사도 아니고, 《아사이신문》이라고 했다. 그건 조사하면 나오는 것이다. 신문에 글을 싣는 기자가 야쿠자가 아니란 법은 없지만, 어울리지 않았다. 최소한 《아사이신문》 정도 되면 그런 자의 기사를 싣지는 않을 것이다.

정말 노인은 마지막까지 진실 속에 거짓을 섞어 놓고 가버렸다. 그것보다 그가 왜 그랬는지 그게 더 불편했다. 그가 섞어 놓은 거짓에는 모두 이유가 있었다. 그리고 그 이유는 하나같이 모두 그에게 엄청난 충격을 주었다.

멍한 얼굴의 강 형사의 머릿속에 몇 가지가 작은 것들이 부딪히며 조용한 소용돌이를 일으켰다. 보여준 칼자국은 진짜였다. 아버지에게 당한 거라고 했다. 그리고 아버지가 죽을 뻔했다고 했다. 그리고 아버지는 노인이 준 시모가모 기록을 가지고 한국으로 건너갔다.

'아버지는 어떻게 호텔 스카이블룸을 운영하는 야쿠자에게서 나올 수 있었던 거지? 아니 왜 나온 거야?'

갑자기 중요한 것을 묻지 않았다는 생각이 퍼뜩 들었다. 하지만 대답해줄 노인은 이미 역사의 한 페이지로 넘어가 버렸다.

"사요! 그저께 우리 아버지 집에 전화할 때, 적어놓은 수첩을 보고 그랬다고 했잖아, 맞지?"

사요가 끄덕였다.

"잠깐만 기다려 보세요. 가져올게요."

하더니 일어나 서재로 달려갔다.

잠시 후 두꺼운 스크랩북과 작은 수첩을 가져왔다.

"자, 보세요."

사요는 자신의 말이 맞다는 것을 확인받고 싶어 했다. 먼저 스크랩북을 열었다. 거기에는 정말 노인의 기사가 빼곡히 정리되어 있었다. 기사 옆엔 젊을 적 그의 얼굴이, 동그란 사진으로 붙어 있었다. 분명 그였다. 강처중이었다. 연희전문 졸업식 사진에서 본 것보다 주름이 조금 더 있을 뿐이었다.

"그리고 여기요."

그녀가 펼쳐서 건네는 수첩을 받아들었다. 겉표지를 검정색 인조가죽 커버로 씌운 수첩은 손에 쏙 들어왔다. 수첩의 뒤쪽엔 분명 아버지의 집 전화번호가 적혀 있었다. 수첩은 간단한 메모를 적은 것이었다. 뒤쪽에 적힌 전화번호도 그리 많지 않았다.

적혀 있는 번호가 적다는 느낌을 사요가 읽은 것 같았다.

"기자 생활할 때 쓰시던 취재노트는 따로 있어요. 보실래요?"

"아니, 됐어. 충분해."

건네주는 수첩을 웃으며 받아들던 사요가 '어' 하는 가벼운 호기심의 소리를 냈다.

그녀의 눈길이 멈춘 곳은 수첩 표지를 싸고 있는 커버였다. 표지를 끼우듯이 싸는 커버여서 표지 안으로도 비닐 커버가 반쯤 씌워지게 돼 있었다. 수첩을 넘기는 서슬에 그 안쪽에서 뭔가가 조금 삐져나왔던 것이다.

사요가 그것을 손으로 끄집어내려 했다. 왠지 모르지만 불길한 느낌이 가슴을 훑고 지나갔다. 그만두라고 하고 싶었다. 노인과 관련된 것은 모든 것이 다 불안했다. 하지만 사요의 손가락이 더 빨랐다.

사요가 끄집어낸 것은 오래된 사진이었다.

"어! 할아버지 젊었을 때 사진이네. 그런데 이 사람은 누구지? 한번 보세요."

건네는 사진을 침을 한 번 삼키고 받아들었다.

두 남자가 찍힌 사진이었다. 한 명은 중년의 강처중이고 다른 한 명은 젊은 시절의 아버지였다. 노인 옆에 아버지는 매우 친밀한 사이처럼 가까이 서 있었다. 자신이 복제해 왔던 시모가모 기록을 줄 정도였으니 가까웠을 것이다.

하지만 가슴이 두근거렸다. 충분히 그럴 수 있다고 자위했지만, 가라앉지 않았다. 노인이 아버지를 바라보는 눈길 때문이었다. 그건 언젠가 아버지가 그를 바라보던 눈길을 꽤 많이 닮아 있었기 때문이었다.

"꼭 형제 같네요."

사요가 옆에서 하는 말이 천둥처럼 울렸다. 그러자 정말 형제처럼 보였다. 가슴의 뜨끔거림이 현실이 되어가고 있었다. 산란한 머리는 또렷이 한 가지 사실을 부인하려 했다.

회색빛이 된 강 형사는 사요에게 어려운 부탁을 했다. 그녀는 흔쾌히 받아들었다.

노인은 《경향신문》 기자였다. 그리고 《아사이신문》에도 글을 썼다. 그런 그가 기록을 남겼을 거라 생각했다. 그건 딱히 특별한 목적이 있어서가 아니어도 그렇다. 오히려 특별한 목적이 없기 때문에 진솔한, 그 무언가를 주절거려야 하는 것이 글 쓰는 자들의 공통된 심리이자 병폐였다.

한 시간 정도 걸렸다. 원하는 것을 발견했다. 그런 느낌이 드는 노트를 찾았다. 읽을 수 없는 일본어였지만, 분명 그럴 것 같은 오래된 노트였다.

노인도 역시 일기를 썼다. 아무도 알아주지 않는 외로운 상황에서, 들려줄 사람 없는 적막한 흰 공간에다, 그는 자신의 얘기를 들려주었던 것이다. 읽으며 하나씩 한국어로 번역해 들려주던 사요의 눈이 벌게졌다. 씩씩한 사요가 화장실에 다녀오겠다며 물기가 반짝이는 얼굴로 나가서 한참 있다 들어오기를 몇 번이나 해야 했다.

결국 알게 되었다. 예상하고 있었지만 충격은 너무 컸다.

'진실은 치명적인 것이다. 감당할 수 있는 자만이 맞닥뜨릴 수 있다.'

언덕 저편에서 노인이 다시 소리치는 것 같았다. 하지만 치명적이어도 알아야 했다. 진실은 숨긴다고 진실이 아닌 것은 아니기 때문이었다.

어쩌면 그는 노인이 평생 중요하게 생각했던 윤동주의 시모가모 기록을 아버지에게 주었다는 것을 알았을 때부터 알고 있었는지도 모른다. 아니 남원 집에 온 사요의 전화를 받았을 때부터 이럴 줄 알았는지도 모른다. 노인의 일기를 찾자고 사요에게 말하기 전에 이미 느끼고 있었을 것이다. 수첩 속에서 삐죽 사진이 나오기 전부터, 그 사진 속에서 아버지를 바라보는 노인의 깊은 우려의 눈빛을 보기 전부터, 이미 알고 있었는지도 모른다. 어쩌면 교토의 이 집에 처음 들어선 그날, 노인을 만났던 그때, 이미 짐작했었는지도 모른다. 어쩌면…… 어쩌면 말이다. 진실은 언제나 눈앞에 있으니까…….

노인은 야쿠자가 아니었다. 하지만 아버지가 야쿠자의 딸을 구해주고 그녀와 결혼한 것은 맞았다. 노인의 일기는 아버지가 어떻게 해서 오사카 야쿠자 조직에서 탈퇴할 수 있었는지를 말해주었다.

노인은 야쿠자 밑에서 일하는 아버지를 보고 복잡한 심경이었던 것 같다. 그래서였는지, '조선 놈이 야쿠자 똥구녕이나 핥고 있느냐'는 거침없는 말에 아버지는 분노보다는 자괴감을 느끼는 얼굴이 되었다고 일기에 적었다. 노인은 아버지를 꺼내기로 맘먹고 오사카 〈스카이블룸〉의 야쿠자 가이도 하라시와 독대했다. 가슴의 상처는 그때 안게 된 것이었다.

일기에 쓴 대로라면, 병원에서 깨어난 노인의 바로 옆 침상에 아버지가 있었다고 했다. 아버지는 노인에게 다친 이유를 몇 번이고 물었지만, 노인은 슬며시 웃는 것으로 언제나 넘겼다고 했다. 그리고 얼마 후 아버지는 가이도 하라시와 손을 끊고 오사카를 떠나 한국으로 건너갔다고 했다.

노인이 한 청년을 빼내기 위해 야쿠자 보스와 독대한 것은 그 청년이 평범한 사람이 아니었기 때문이었다. 그 청년은 노인이 잃어버렸던 아들이었다.

노인은 일본에서 어느 정도 안정되자, 1950년 한국을 떠날 때 두고 간 처와 아들을 찾았다. 좌익분자의 처와 아들은 생각하고 싶지 않은 갖은 수모 속에서 살고 있었다. 노인이 찾았을 때, 부인은 이미 이 세상 사람이 아니었고 아들은 일본에 건너와 있었던 것이다.

노인의 일기를 덮는 사요를 바라보며 강 형사는 생각했다. 백방으로 수소문해 찾은 아들이 일본 우익 야쿠자의 하수인이 되어 있는 모습을 봤을 때, 노인의 심경이 어땠을지 상상이 되질 않았다. 그 심경은 잘 몰라도 하나는 분명히 알 것 같았다.

노인은 자신의 심장을 도려내서라도 잃었던 아들을 구렁텅이에서 건져낼 생각이었을 것이다.

PM 08:20

노인과 두 번 만났던 그의 서재로 들어갔다. 어제 앉았던 소파에 앉았다. 반대편에 이제는 주인이 없는 휠체어만 덩그러니 놓여 있었다. 그 너머 벽에는 신농씨를 그린 주인 없는 서화가 아무 말 없이 걸려 있었다.

그렇게 멀지 않은 시간, 손을 뻗으면 잡힐 것 같은 시간, 잡아채면 시간의 뒷머리를 꼭 잡을 수 있을 것 같은 시간에, 노인은 저기 앉아 있었다. 앉아서 말했다. 형형한 눈빛으로 단호하고 분명하게, 그렇게 말했다.

노인의 냄새가 났다. 목소리도 들렸다. 휠체어 위에 노인의 모습이 나타났다. 형형한 눈빛이 가슴을 뚫어 보았다. 표정은 깊고 깊고 또 깊었다.

강 형사는 가슴이 먹먹해졌다. 눈시울이 달아올랐다. 할아버지를 할아버지라고 불러보지 못했다. 할아버지는 손자를 앞에 두고도 손자라고 불러주지 않았다. 갑작스럽게 나타났다 갑작스럽게 사라진 할아버지의 심정을 더듬어 보려고 노력했다.

참으로 노인은 박정했다. 아니 완고했다. 아니다. 그도 정확치는 않다. 꼭…… 그다웠다.

사요에게 한국으로 같이 가자는 말은 차마 못했다.

자기 앞에 쌓여 있는 것도 제대로 감당하지 못하는 주제에 사촌동생까지 받아들일 수는 없었다.

씩씩한 사요는 할아버지 유지를 받들어 하숙집을 더욱 번창시켜야 한다는 말로 눈물 섞인 미소를 지어 보였다.

2006. 07. 30. 일.

PM 06:30

비서실장이 건네준 전화를 끊은 검버섯 가득한 노인은 올 것이 왔다는 느낌이었다. 목소리는 젊은 남자였다. 자만하지도 분노하지도, 그렇다고 질책하는 것도 아닌 무거운 목소리였다.

—7시에 찾아뵙겠습니다.

그게 전부인 그 목소리가 자신이 뿌린 씨의 마지막을 찾아오는 자의 목소리라는 것을 알았다.

가회동의 명물인 고풍스런 아흔아홉 채 기와집의 주인인 권민욱 의원은 검버섯이 가득한 얼굴로 그를 기다렸다.

안내되어 온 남자는 전통식으로 복원한 커다란 안방의 중앙에 앉았다. 그리고 상석에 앉아 기다리고 있던 권 의원의 검버섯 가득한 얼굴을 바라보았다. 둘이 마주 앉은 안방은 무거운 침묵 속에 휩싸였다.

권 의원은 그가 누구인지 금방 알아봤다. 모를 수 없었다. 작년 광화문사건부터 이 나라가 가야할 길을 막아서는 골칫덩어리를 어찌 모를 수 있겠는가.

역시 그로군, 하는 마음이 되며 외려 편안해졌다.

"나를 만나겠다고 한 이유가 뭔가?"

한지로 바른 방문에 바람이 불어 살랑거리는 소리가 났다.

강 형사가 검버섯 노인의 왼쪽 무릎 위에 얹어진 왼손을 바라보았다. 손을 쥐고 있지만 그도 역시 약지 마지막 마디가 없었다. 분명했다. 천천히 얼굴을 살폈다. 검버섯 가득한 얼굴이 뱀 허물처럼 푸석푸석하게 번들거렸다.

오래 앉아 있고 싶지 않았다. 찾아온 목적을 떠올렸다.

"시모가모 기록을 보았습니다. 이제 별 소용없는 강신앙 씨를 그만 풀어주시지요."

너무 직접적인 말에 권 의원이 인상을 찌푸렸다. 무슨 소리냐는 표정이었다. 하지만 강 형사는 개의치 않았다. 어떻든 아버지는 아버지였다. 적의 손에 그대로 둘 수는 없었다. 시치미를 떼도 이젠 더 이상 이용가치가 없다는 것을 깨닫게 되면 풀어줄 게 분명했다.

강 형사는 조금 더 강하게 나갔다.

"그리고 시게코 아니, 아야코 여사도 만났습니다."

물론 방 형사가 만난 것이었다. 노인의 어깨가 딱딱하게 경직되는 듯 보였다.

"윤동주와 맹세한 분이 의원님이란 것을 알게 되었습니다. 그리고……"

강 형사는 신노우 노인보다 훨씬 신수가 좋아 보이는 그의 모습에 씁쓸했다. 뒤틀린 역사에 신물이 났다.

"그 맹세를 깬 분이 의원님이란 것도 알게 되었습니다."

강 형사는 권 의원을 노려보았다.

"그렇게 쉽게 깰 맹세였다면 왜 손가락까지 자르셨습니까?"

노인의 얼굴에 비웃음이 차기 시작했다. 노인은 부인하지 않았다.

"알고 싶으냐?"

검버섯이 번들거렸다.

"진실을 알고 싶으냐 말이다?"

진실이란 말에 속이 저절로 움찔했다. 너무 많은 진실에 괴로웠다. 정말 괴로웠다. 어려운 침묵이 방 안을 눅직하게 눌렀다.

"지금 너는 진실은 아파도 알아야 하는 거라고 생각하겠지? 그 아픔이 더 나은 미래를 만드니까, 라는 시답지 않은 신파를 연출할 생각이겠지? 그러냐?"

비웃음 끝에 노인이 차갑게 말했다.

"진실은 위험한 것이다."

아무 말도 할 수 없었다. 대꾸할 수 없었다. 지난 일들이 주마등처럼 떠올랐다.

"불발탄을 돌멩이로 두드리고 있는 철부지 어린애를 말리지 않을 순 없다."

노인의 준엄한 듯한 표정으로 말을 이었다.

"모두 다 안다고 좋은 것이 아니다. 모르는 것이 모두를 위해 좋은 때가 더 많은 법이다. 철부지들에게 진실을 던져줘서 대체 어쩔 셈이냐?"

노인의 검버섯이 끔찍하게 보기 싫었다. 강 형사는 결심을 굳혔다.

"진실을 알고 싶습니다. 말씀해 주십시오."

노인은 어줍지 않은 놈이 설친다는 듯 경멸어린 표정으로 실룩거렸다. 강 형사는 개의치 않았다.

"진실을 말씀해 주십시오. 알아야 합니다. 더 나은 미래가 될 거라 생각해서가 아닙니다. 더 우리가 성숙해질 거라 믿어서도 아닙니다. 비록 아파도 괴로워도 진실을 알아야 하는 이유는 진실이 바로 여기 눈앞에 있기 때문입니다. 그것을 지나치지 않고는 한 걸음도 더 나갈 수 없기 때문입니다."

도대체 무슨 소리냐는 듯 검버섯이 다시 번들거렸다. 노인은 고개를 돌려 외면하며 마뜩치 않다는 표정을 지었다.

"왜 맹세를 깨셨습니까? 왜 배신하셨느냔 말입니다?"

목소리에 힘이 들어갔다. 권 의원의 볼이 씰룩거리며 떨렸다. 그가 강 형사를 지그시 노려보며 입을 열었다.

"먼저 배신한 것은 윤동주였다."

권 의원의 입 주위가 가늘게 떨렸다.

"동주가 맹세를 잊고 흔들리는 것 같다고 말한 것은 강처중이었다."

할아버지의 이름이 나올 거라고 생각했지만 너무 빨랐다.

"1942년 3월 동주와 몽규가 일본에 건너가고 얼마 안 지나서였다. 6월쯤이었다. 처중이가 말했다. 동주가 맹세를 잊고 흔들리는 것 같다고, 일본에서 보내온 동주의 시가 이상하다고, 시는 속일 수 없는데, 마음의 진실을 담는 것이 시인데, 그런데 그의 시가 이상하다고, 그렇게 처중이가 말했다."

강 형사는 아무 말도 하지 않고 초연한 눈빛으로 바라보기만 했다.

"그래서 처중이와 함께 7월 초 도쿄에 갔다. 거기서 동주와 아야코를 만났다. 정말 아야코는 눈부시게 아름다웠다. 지금 생각하면 젊은 그가 아야코에게 빠진 것을 이해할 수도 있다. 하지만 그때는 이해할 수 없었다. 동주를 설득했다. 일깨웠다. 하지만 그의 눈은 이미 사랑의 욕정으

332

로 풀어져 있었다. 연희전문에서 굳게 맹세했던 그 맹세를 휴지조각마냥 잊고 있었단 말이다. 난 그런 동주를 도저히 용서할 수 없었다."

홍분한 권 의원이 천천히 숨을 골랐다.

"그때 도쿄에 이상한 소문이 흘렀다. 내란이 일어날 거란 흉흉한 소문 사이엔 천황 히로히토의 첫째 딸 시게코가 저주를 받아 아프다는 미신이 미친 듯이 퍼져나갔다. 그런데 곧 소문이 사라졌다. 하루아침에 누군가가 입을 막듯이 말이다. 그리고 그와 함께 아야코가 사라졌다. 정말 바람결에 날아간 것처럼 사라졌다. 히로히토는 무서운 자였다. 그는 죽은 시게코 대신 아야코를 데려간 것이 아니었다."

순간 섬뜩한 생각이 강 형사의 머리를 쑤셨다.

"그렇다. 병약한 시게코를 없애고 대신 아야코를 데려간 것이다. 한 번에 두 가지 일을 처리한 거지."

적지 않은 충격이었다. 권좌를 위해 친딸을 죽이다니 말도 안 되었다. 권 의원은 회심의 미소를 지었다.

"내가 동주에게 말했다. 좋은 기회이니 아야코를 발판으로 삼아 천황 히로히토를 암살하자고 설득했다. 그런데 동주는 주저했다. 아야코를 불행하게 만들면 안 된다는 생각으로 가득 차 있었다."

강 형사가 더 이상 들을 수 없어 끼어들었다.

"그래서 동주를 일제 특고에 팔아넘긴 건가요?"

싸늘한 비웃음이 날아왔다.

"그때 태어나지도 않은 자네가 뭘 안다는 건가? 그 시대를 살아봤는가? 자네가 동주에 대해, 나보다 뭘 더 얼마나 잘 안다는 건가?"

검버섯 노인의 말에 오만한 자신감이 흘렀다.

"팔아넘긴 것이 아니다. 동주가 재빨리 결행하지 못하는 바람에 그리

된 것이다. 히로히토의 반대자들은 쌍둥이 딸의 소문을 추적해서 결국 아야코에게 의심의 눈초리를 보냈다. 릿교대학에서 친하게 지내던 동주에게 화살이 돌아오는 것은 시간문제였다. 위급했다. 동주가 방학을 핑계로 7월에 만주 용정에 있는 고향으로 갔다가, 교토의 도시샤대학으로 전학한 것이 바로 그 때문이다. 저들을 피해서 도망친 것이다. 동주는 도망치지 말고 결행했어야 했다. 아야코를 발판으로 처음 목적처럼 천황 히로히토의 목에 칼을 꽂았어야 했단 말이다. 그렇게 도망쳤기 때문에 모든 일이 그르치고 만 것이다. 도망치던 끝에 잡혀서 후쿠오카로 가게 된 것은 결국 동주 자신의 업보다. 누구의 탓도 아니란 말이다. 모두 민족 앞에 제대로 행동하지 못한 윤동주 그 자신 때문이란 말이다."

권 의원은 네깟 것이 무얼 아느냐는 표정으로 볼을 실룩거렸다. 억울하다는 표정이 역력했다. 정말 그렇게 생각하는 것 같았다.

이 검버섯 노인은 다른 말을 하지는 않았다. 역사에 기록된 것과 같은 사실만 말했다. 그렇지만 그 모든 것을 자신에게 합리화시켜 말했다. 정작 문제는 그가 그렇게 믿는다는 거였다.

윤동주를 팔아버린 악독한 배신을 노인은 어떻게라도 스스로 변명하고 합리화했을 것이다. 처음에는 그 거짓된 변명과 가식적 합리화에 스스로도 얼굴이 화끈거렸을 것이다. 가슴도 떨렸을 것이다. 하지만 그것이 반복되고, 시간이 지나고, 한둘 그렇다고 믿는 얼간이들이 주변에 생기자, 변명과 가식이 진실이 되어버렸다. 뻔뻔하게도 자신이 억울하게 피해를 입었다고 믿게 되어버렸다. 자기변명이 진실이 되자, 자기 합리화가 진실이 되자, 노인은 정말 원통하고 억울한 느낌의 자기 연민에 빠져버린 것이다. 이제 그는 누가 아무리 뭐라 해도, 절대 아니라고 지적해도, 자신은 억울하다고 당장이라도 울음을 터트릴 것이다. 그에게는 그만의 진실이 따로 있으니 말이다.

　노인은 정작 왜 특고에게 밀고했는지는 말하지 않았다. 본질을 피해 버렸다. 그건 그럴 수밖에 없다. 히로히토를 죽일 기회를 놓친 동주 문제가 크게, 아주 크게 보이고, 자신의 밀고는 먼지보다 미미하게 느껴지기 때문이다. 그의 기억 속에 자신의 행동은 정당했던 것이다. 왜 자신이 특고에게 밀고를 했는지, 왜 자신이 동주를 밀고할 수밖에 없었는지는 이미 그의 기억 속에서 오래전에 사라지고 없을 것이다. 왜냐하면 진정한 진실, 그의 말대로 위험한 진실, 치명적인 진실을 그는 외면하고 부인했기 때문이다.

　그러나 진실은 사라지지 않는다. 어느 누가 함부로 고개 돌리고 부인하고 외면한다고 해서 퇴색하지 않는다. 그 진실은 기억의 창고 속 깊은 곳에 살아남는다. 누군가 열어 빛을 보게 할 그때를 기다리며 지금도 묵묵히 그 자리를 지키고 있다.

　강 형사는 시간의 퇴적 속에 감추어져 있던 진실을 찾아냈다. 시모가모 원본을 황궁비밀서고에서 꺼내왔던 것처럼, 그는 이 검버섯 노인의 배신과 밀고의 진실을 과거의 시간 속에서 꺼내왔고 그래서 노인의 말이 더러운 변명, 거짓된 합리화라는 것을 똑똑히 알 수 있었다.

　강 형사는 그 시간의 퇴적 속에 가라앉아 있는 진실을 끄집어 올릴 생각이었다. 그것은 진실이 치명적이어서도 아니고, 진실이 위험해서도 아니었다. 아파도 알아야 하는 것이어서도 아니었다.

　그건 진실이 바로 여기 있기 때문이었다. 그 진실이 자기 위에 쌓인 먼지를 털어내고 있는 그대로 펼쳐봐 주기를 바라기 때문이었다. 그래야 한 걸음 앞으로 나갈 수 있다.

　강 형사는 가식으로 번들거리는 노인의 얼굴을 향해 입을 열었다.

"그렇게 당당하시면, 왜 20년 전 시모가모 기록이 나왔을 때, 그걸 덮으셨습니까? 그것도 민족을 위한 일이셨습니까?"

검버섯 노인이 의외의 일격을 당한 표정이 되었다. 강 형사의 목소리에 분노가 섞였다.

"아니, 그보다 더 옛날, 1950년에 강처중을 서대문형무소에서 사형시켜 죽이려 한 것도 민족 때문입니까?"

노인의 늘어진 볼이 가늘게 떨렸다.

"왜 말씀을 못하십니까?"

강 형사의 목소리가 점점 더 격앙되었다.

"연세대사건을 세상에서 완전히 덮으려 하신 이유는 무엇 때문입니까? 정말 자신이 한 일이 옳다면, 떳떳하다면, 그렇게 궁색하게 덮으려 하실 이유가 어디 있습니까? 평생의 동료였던 주신덕, 정준오, 홍학규의 살인자를 찾는 것보다 더 소중하게 감추어야 할 것이 도대체 무엇입니까?"

연세대사건에서 죽은 세 명의 노인들이 이 검버섯 가득한 권 의원과 어떤 비밀을 공유했는지는 잘 모른다. 일제 만주군관학교 출신이라는 것과 강처중을 죽이는 데 공모하고 앞장섰다는 것만 알 뿐이었다.

강 형사는 권 의원의 검버섯이 움찔거리는 것을 보았다. 노인은 새로운 변명의 시나리오를 짜기에 분주한 것 같았다. 그렇게 만들어진 궤변은 그에게 또 다른 진실이 될 터였다. 흔들리지 않는 자기만의 진실이……

"7월 17일이었습니다."

뜬금없는 강 형사의 말에 노인은 흠칫했다. 머릿속이 뒤엉켰을 것이다.

"시게코, 아니 아야코 여사는 분명 1942년 7월 17일의 일을 기억하고 있었습니다."

노인이 갑작스레 뒤로 훌쩍 물러앉은 것 같은 느낌이었다.

"아야코 여사가 17이란 숫자를 좋아해서 정확히 기억한다고 했습니다. 그래서 손자 후지와라와 방 형사의 결혼식이 7월 17일인 것이 정말 행운이라고 생각했답니다. 결과는 반대였지만 말이죠."

강 형사는 신노우 노인에게는 차마 말하지 못한 진실을 풀어냈다.

"바로 아야코 여사가 누군가와 하룻밤을 보낸 날이 7월 17일이었습니다. 그 일로 임신해서 아들을 낳았고, 이름을 후지와라 히라누마라고 지었습니다."

강 형사는 방 형사에게 들었던 내용을 떠올렸다. 찾아온 그는 불을 켜지 않았다는 것, 아무 말도 하지 않았다는 것, 모두 분명했다.

"아야코는 같이 밤을 보낸 사람을 동주라고 생각했습니다. 그래서 동주의 창씨명인 히라누마로 아들의 이름을 지었습니다. 히로히토의 반대자들이 눈여겨보고 있는 상황에 그러다니 정말 위험천만한 짓이었습니다. 하지만 동주에 대한 진정한 사랑의 애정, 비운으로 잡혀간 동주에 대한 안타까움 같은 것이 그런 두려움을 과감히 벗어던지게 했던 것 같습니다."

노인의 얼굴에 처진 살가죽이 벌벌 떨리기 시작했다.

"그런데 그 모든 노력이 헛수고였어요. 슬프게도 말이죠."

강 형사는 힘을 주어 말했다.

"아야코와 같이 밤을 보낸 사람은 윤동주가 아니었으니까요."

충격에 노인의 몸이 갸우뚱 흔들린 것 같았다.

"7월 17일이라면 동주가 절대 도쿄에 있을 수 없거든요. 아까 의원님 말씀처럼 동주는 7월 방학을 맞아 급히 고향 용정으로 갔습니다."

노인의 얼굴이 사색이 되었다.

"일본은 기록을 잘 남겨 놓더군요. 덕분에 1942년 릿교대학의 학기가 언제 끝났는지 찾을 수 있었습니다. 7월 9일이더군요. 의원님 말씀처럼 고향으로 비겁하게 도망치려 했으니, 방학도 됐는데 동주가 도쿄에서 17일까지 미적거리지는 않았을 겁니다. 틀림없이요. 아야코가 말한 7월 17일에 동주는 도쿄가 아닌 만주 용정 집에 가 있었습니다."

수많은 동주 연구자들에게 정말 감사했다. 그들이 없었다면 진실은 어둠 속에서 영원히 잠들 뻔했다.

"그럼 누가 1942년 7월 17일 아야코를 만났을까요? 누가 아야코와 동침했을까요? 도대체 누가 동주 흉내를 냈냔 말입니다."

강 형사는 교토의 신노우 노인의 서재에서 김 순경의 전화를 받던 때를 떠올렸다.

배신자가 권민욱 의원이란 것을 아는 순간 느닷없이 후지와라 유이치의 얼굴이 떠올랐다. 두 얼굴이 묘하게 겹쳤다. 미워하던 자였기에 떠오른 것이라고 지우려 하자, 후지와라가 죽던 장면이 생각났다. 그러자 저절로 그날의 쨍쨍했던 히가시교엔의 날씨가 떠오르며, 7월 17일이란 날짜가 머릿속에서 울렸다. 순간 시게코가 동주와 잠자리를 같이 한 것이 7월 17일이라고 방 형사에게 했던 말이 마음을 헝클어 놓았다. 그리고 결국 이렇게 시간의 퇴적 속에서 먼지를 털어낸 진실을 끌어 올릴 수 있었던 것이다.

강 형사가 다그치듯 물었다.

"권 의원님. 아야코가 후지와라 히라누마라고 이름 지은 자의 아버지는 누구일까요? 후지와라 유이치의 할아버지가 윤동주가 아니라면 그는 과연 누구일까요?"

강 형사는 한참을 형형한 눈으로 노인을 쏘아 보았다.

"평생 굽실굽실 떠받들던 놈들에게 손자가 처참하게 죽는 모습을 보신 소감이 어떠세요, 권민욱 의원님?"

검버섯 노인은 끙 하는 소리를 낸 듯했다.

"무…… 무슨 소리냐, 지금……."

이마저 변명하고 합리화하려 하자, 강 형사가 그만 흥분하고 말았다.

"당신이 윤동주를 배신한 건 아야코를 보고 반해서가 아니었나요? 아야코 옆에 서 있는 것이 윤동주가 아니라 자신이어야 한다고 생각한 것이 아니었냐고요? 윤동주가 결행을 주저한 것이 아니라, 당신이 그 결행을 막은 것이 아니었냐고요?"

놀람과 충격으로 노인의 입이 저도 모르게 벌어졌다. 강 형사는 자신의 추론을 고함치듯 소리쳤다.

"아야코를 뺏고 싶은 당신이 윤동주를 서둘러 고향으로 보내고 아야코를 속여 약속을 잡은 것, 아니었나요? 그리고 그것이 탄로날까봐, 동주에게 도쿄는 위험하니 교토로 가라며 도시샤대학을 권유한 것이 바로 당신 아니었나요? 그래도 불안한 당신이 아예 윤동주를 없애 버릴 작정으로 일제 특고에 밀고한 거죠? 아닌가요? 그렇죠? 안 그래요?"

노인의 얼굴은 검버섯까지 창백해진 것 같았다. 격앙된 흥분을 가라앉히며 강 형사가 말했다.

"다른 기억들은 다 조작해 합리화한다 해도, 몸에 남은 기억까지 조작할 수 있으세요?"

노인이 아야코를 품에 안은 것을 떠올리는 것 같았다.

"정말 그것까지 그럴 수 있다면, 정말 대단하신 분이시군요."

강 형사가 자리에서 일어섰다. 사색이 되어 부들부들 떨고 있는 검버섯 노인의 번들거리는 얼굴을 마지막으로 노려보았다.

"당신 같은 사람은 죽일 가치도 없어. 이미 죽은 거니까."

주체할 수 없는 말이 거칠게 비아냥거려졌다.

"자기만의 멋대로 진실 속에서 오래오래 장수하셔야지요, 권 의원님."

그대로 돌아서서 장지문을 열고 밖으로 나서려던 강 형사는 문을 잡은 채 잠시 멈췄다. 그리고 나직이 한마디를 뱉어냈다.

"그렇게 놈들 뒤를 봐주느라 제 손자를 저격해 암살하는 것을 돕다니, 참 대단도 하십니다."

그는 벌컥 문을 열고 나섰다.

더럽고 음침한 아집으로 똘똘 뭉친 이 집을 한시 바삐 벗어나고 싶었다.

PM 10:40

이미 문을 닫은 수유리 4·19 국립묘지 앞에는 한둘씩 걷는 사람들 몇이 있을 뿐 한적했다. 강 형사는 공원 앞 널찍한 계단에 앉았다. 그의 옆에 방 형사가 따라 앉았다. 별이 하나둘씩 따라왔다.

가회동 권 의원의 집을 나서는 순간 강 형사는 참을 수 없었다. 그는 가슴이 시큰하게 저릴 정도로 방 형사가 보고 싶어 견딜 수 없었다. 그녀가 어떤 상황인지 모르지 않지만 그것을 신경 쓰고 싶지 않았다. 남의 눈치를 보며 평생을 지내고 싶지 않았다. 무작정 전화를 걸었다. 그녀는 기다리고 있었던 것 같았다.

계단에 나란히 앉은 강 형사는 권민욱 의원을 만났던 이야기를 그녀에게 들려주었다. 후지와라 유이치가 동주의 손자가 아니라 권 의원의 손자라는 말에도 그녀는 놀라지 않았다.

그가 말을 마치고 멀리 아래 보이는 불빛들을 바라보았다. 크고 작은 불빛들이 제 각기 다른 색깔로 명멸했다. 고요한 소음이 멀리 차분하게 흘렀다. 부드러운 정적 속에 포근한 담요를 깔아놓은 느낌이었다. 바람이 불었다.

"권 의원이 죽이려 들면 어떡하려고 그랬어요?"

작은 질책 속에 섞인 따스함이 그를 부드럽게 감쌌다. 그의 얼굴에 가벼운 미소가 떠올랐다.

"그럴 리 없어. 자기 집 안마당에서 사람을 죽이기엔 그는 너무 주변을 신경 쓰는 사람이거든. 자신이 아슬아슬하게 쌓아온 카드로 만든 세계를 단번에 무너뜨릴 수는 없었을 거야."

멀리 별을 세었다. 그 별들도 도시의 불빛들처럼 부드러운 정적을 흘리고 있었다.

"그래도 이제 언제든 선배를 죽이려 달려들 수 있잖아요?"

"아니, 그렇지 않아."

별빛을 따라 그의 말이 느려졌다.

"내가 그를 만났다는 것을 다른 사람들 모두가 알잖아. 그는 그게 두려울 거야. 또 나를 건드리면 시모가모 기록이 튀어나올지도 모르니까 그는 그러지 않을 거야. 아버지도 곧 풀어줄 거고……."

강 형사는 권민욱 얼굴의 검버섯이 어쩌면 그의 모든 아집과 독선들이 모여서 밖으로 드러난 것일지도 모른다는 엉뚱한 상상을 했다.

방 형사는 강 형사가 권민욱을 잡지 않고 그대로 돌아선 것에 대해 묻지는 않았다. 그를 잡을 근거는 없었다. 증거는 어디에도 없었다. 윤동주를 배신한 것은 물론 세종로테러의 뒤처리를 공안44 대신했다는 증거도 없었다.

"선배, 그런데 진짜로 동주가 배신한 걸 수도 있잖아요? 어떻게 권민욱이 그랬다고 확신해요? 선배가 나중에 한 말은 다 선배의 추론일 뿐이잖아요."

그가 둥글게 웃었다.

"사람이 인생에서 아무리 꾸미고 조작해도 절대 그럴 수 없는 것이 있거든."

"뭔데요?"

그의 미소가 짙어졌다.

"삶."

"삶이요? 같은 말 아니에요, 인생이나 삶이나?"

의아스런 눈빛으로 쳐다보는 방 형사의 눈을 바라보며 그가 말했다.

"아니, 달라. 아주 많이……."

조바심이 났지만 그의 말은 느렸다.

"인생은 결과이고 삶은 과정이거든."

다시 여고생이 된 것 같은 그녀에겐 알아 듣기 어려운 말이었다.

"인생이 걸어간 발자취라면 삶은 걸어가는 발걸음이야."

말이 이어졌다.

"발자취를 두고 사람들은 많은 말들을 하지. 옳다 그르다 잘했다 잘못했다, 아마 전혀 엉뚱한 소리도 할지 몰라. 하지만 삶에 대해서는 그럴 수 없어. 삶은 지나간 발자취가 아니라 지금 걸어가는 과정이니까, 순간순간 진실되게 놓아야 하는 발걸음이니까."

알 것 같기도 했다. 그의 말이 혼잣말처럼 흘렀다. 도시 불빛이 멀리 별처럼 빛났다.

342

"윤동주의 발걸음이 남긴 발자취를 두고, 옳다 그르다 좋다 나쁘다, 할 수는 있겠지. 부추길 수도 있고 깎아내릴 수도 있겠지. 하지만 그의 발자취를 두고 그를 추켜준다고 그가 더 위대해지지 않는 것처럼, 그를 폄하한다고 그의 가치가 사라지는 것은 아니야. 그는 그냥 그일 뿐이니까. 매 순간 진실한 발걸음을 걸으려고 진지하게 고민하고 갈등했던 하나의 성실한 삶이었으니까……."

그의 눈빛이 말소리를 따라 점점 깊어졌다.

"윤동주가 정말 히로히토를 암살하려 했는지는 잘 모르겠어. 아야코를 이용하려고 접근했는지, 아니면 진정 사랑했는지도 모르겠어. 하지만 그 어느 것이든 그가 혼신의 힘으로 옳다고 고민한 진정한 발걸음을 내디뎠다는 것만은 느낄 수 있어. 아니 알 수 있어. 논리적으로, 그럴싸한 이론으로, 설명할 수는 없지만 그냥 알 수 있어. 그건 분명 알 수 있는 거야. 그냥 저절로 알게 되는 거야. 내 안으로 편안하게 흘러들어와 내 가슴을 울리고 그렇게 다시 다른 이에게로 흘러넘쳐가는 그런 거야. 그게 바로 삶이거든……."

그의 눈망울에 별빛이 들어와 부서졌다. 부드러운 정적이 주위에 고요히 내려앉았다.

포근한 한밤의 시원한 바람이 불어왔다. 살랑거리는 방 형사의 머릿결이 바람에 날리며 향기를 흘렀다.

강 형사는 그 바람결에 조용히 이야기를 꺼내 놓았다. 그녀가 모르는 이야기를, 알지 못해도 괜찮을 이야기를, 그렇게 하나씩 풀어 놓았다.

어린 시절에서 시작한 그의 가족 이야기가 신노우 노인과 사요에게서 끝났다. 아버지가 공안44라는 것과 자신의 생모가 일본 여인이라는 것까지 하나도 숨기지 않고 말했다. 평온하고 한적한 말투였다.

방 형사는 그가 자신을 한밤중에 불러낸 이유를 알았다. 강 형사의 속 깊은 말에 그가 자신을 진지하게 대한다는 것을 느꼈다. 비로소 그가 자신을 옆에 나란히 앉을 자로 여긴다는 것을 알았다. 그럴수록 마음속 갈등이 조금씩 커졌다. 그를 위해 하지 않은 말이 그와 자신을 막는 것이 되고 말았다는 괴로움이 깊어졌다.

"저…… 선배……."

그의 말이 흔들리는 그녀의 말을 막았다.

"현진아, 내가 말한다고 네가 꼭 말해야 하는 것은 아니야."

그녀의 눈동자가 흔들렸다. 그는 여전히 멀리 별빛이 된 불빛을 보고 있었다.

"너에게도 너의 때가 올 거야. 그때 누구의 강요도 시선도 아닌, 네 진지한 고민의 옳은 발걸음을 내디디면 돼. 그러면 되는 거야."

강 형사는 세종로가 무너지던 날, 남원에 내려가던 버스 안에서 그녀의 전화에 지금처럼 진실을 말했다면 어떠했을까 생각했다. 그럼 정말 많은 것이 달라졌을 것이다.

"그 발걸음이 남긴 발자취가 어떨지 두려워하지 말고 내디디면 돼."

강 형사는 일본 황궁 지하의 비밀통로를 걸어가며 그녀가 숨기고 있는 것을 탓했던 자신의 모습을 떠올렸다. 그녀가 숨기기 전에 자신이 먼저 숨겼던 사실을 까맣게 잊고서 그녀만을 비난하고 탓했다. 자신을 속였다고 원망했다. 분명 그랬다. 그런 생각 그런 마음이 시간이 지나고 지나면, 쌓이고 쌓여 반복되고 반복되면, 자신이 권 의원처럼 되지 않는다고 장담할 수 없었다. 강 형사는 그것이 두려웠다.

"발자취를 위해서 발걸음을 옮기려 해서는 안 돼. 그건 진짜 삶이 아니거든. 네가 매 순간 진실하다고 생각하는 진짜 삶을 살아. 알았지?"

방 형사는 일렁거리는 강 형사의 눈빛을 보며, 천천히 고개를 기울여 그의 어깨를 의지했다. 그렇게 그녀도 그의 눈길을 따라 별빛이 된 불빛을 보았다. 그리고 그 속에서 그가 찾는 별을 함께 찾았다. 그러자 그 별이 가슴속으로 날아왔다.

천천히 그녀는 진지한 고민의 발걸음을 내디뎠다. 그녀의 작은 입에서 나직한 진실이 흘러나왔다. 일본에 팔리듯이 가게 되던 날부터 돌아오던 날까지 하나도 빠짐없이 그녀의 가슴을 이야기했다. 버림받은 것 같은 분노, 평생 따라다닐 손가락질에 대한 두려움, 저들에 대한 복수, 히로히토의 비밀일기, 그리고 무엇보다도 그에게 미안하고 서운했던 감정까지 모두 이야기했다.

밤하늘에 떨리는 작은 목소리가 일렁거리는 동안에 그녀는 얼룩지는 얼굴을 손으로 몇 번이나 닦았다.

마지막으로 그녀는 히로히토의 비밀일기로 하려는 일을 말했다. 그녀의 엄마를 설득할 생각을 말했다. 그 정도라면 엄마도 허락할 거라고 말했다. 그의 자존심을 상하게 할까봐 이제껏 말할 수 없었다며 울먹거렸다.

강 형사의 어깨 위가 따뜻하게 젖었다. 그리고 그의 가슴도 젖었다.

그렇게 발걸음 둘이 나란히 걷게 되었다. 조금 더 늘어난 세상의 별들을 헤아리기로 하면서…….

AM 10:00

"네가 점점 무모해지는구나."

칭찬인지 질책인지 모를 말을 던지며 백 실장이 건너편에 앉은 방 형사를 노려봤다. 방 형사는 더 이상 눈빛이 흔들리지 않았다.

"약속을 지켜야 한다는 건, 네 선생이 가르치지 않았나 보구나?"

이 시점에서 굳이 '선생'이란 말을 듣고 나오는 의미를 모르지 않았다. 하지만 그녀는 어머니의 노회한 도발에도 흔들리지 않았다.

"약속된 물건은 꼭 드릴 거예요. 우선은 제가 좀 봐야 할 것이 있어서요."

백 실장이 코웃음을 쳤다. 그리고 앞 테이블에 놓인 커피 잔을 들었다.

"아예 애를 낳은 후에야 내놓겠다고 으름장을 부릴 태세로구나."

비웃음이었다. 하지만 방 형사는 달콤한 상상에 빠져들었다.

"아니요, 그렇지는 않을 것 같아요. 결혼식이 끝날 때쯤이면 다 읽을 것 같아요."

백 실장은 싸늘한 표정으로 차가운 웃음만 흘렸다. 그녀는 어머니의 표정에 신경 쓰지 않기로 했다. 예상했던 일이었다.

"우린 멀리 떠날 거예요. 선배도 경찰을 그만둘 거고요. 복잡한 일에 이젠 더 이상 휘말리지 않을 거예요."

백 실장은 행복한 상상에 젖어 있는 딸의 얼굴을 노려보았다.

"그땐 가지고 있고 싶어도 싫어요. 그걸 가장 유용하게 활용할 사람은 우리나라에서 엄마밖에 없다고 선배도 그랬어요. 당연히 엄마께 드려야죠."

"결혼 허락과 물건을 맞바꾸자고 배짱을 부릴 처지가 아닐 것 같은데?"

방 형사가 짐짓 그것도 모르냐는 듯 활기찬 표정으로 눈을 깜빡거렸다.

"어머, 무슨 말씀이세요? 허락과 물건을 맞바꾼다니요? 물건은 그냥 드려요. 지금 결혼 허락을 받으러 온 거로 생각하세요? 아니에요, 그냥 통보 드리러 온 거예요."

방 형사의 당찬 표정에 오히려 백 실장은 픽 웃고 말았다. 자신을 꼭 빼닮았다는 생각을 속으로 주워 섬겼다.

백 실장이 커피 잔을 내려놓으며 말했다.

"진짜 주긴 줄 거냐? 너는 준다고 말만 했지, 정작 그게 뭔지 이름도 알려주지 않았다. 그러니 네 말이 사실인지 어떻게 믿으라는 거냐?"

방 형사가 당연하다는 투로 말했다.

"제 말을 믿으세요. 엄마 딸이잖아요. 딸의 말을 못 믿으세요?"

느닷없이 백 실장이 크게 웃었다. 그리고 정말 한심하다는 표정이 되었다.

"그걸 어떻게 믿느냐?"

"예?"

"그걸 어떻게 믿느냔 말이다?"

"엄마가 딸인 저를 못 믿으면 어떻게……?"

실장의 말이 차갑게 그녀의 말을 잘랐다.

"그런 말이 아니다."

"예?"

백 실장이 싸늘한 표정으로 방 형사의 눈을 뚫어지게 쳐다보았다.

"네가 나를 어떻게 믿느냔 말이다?"

무슨 뜻인지 이해하지 못했다. 두근거리는 심장이 방 형사를 혼란스럽게 만들었다. 백 실장의 단호한 말이 이어졌다.

"네가 내 딸인지 너는 어떻게 믿느냔 말이다?"

갑자기 당황스런 표정이 된 방 형사를 향해 백 실장이 차갑게 말했다.

"내가 너를 어렸을 때 딸이라고 부르며 같이 살았다고 해서, 너는 나를 엄마라고 생각하나 본데, 그게 정말 진실일까? 넌 내가 네 엄마라는 것을 어떻게 알았느냐? 그것이 진실이라고 확신하는 근거가 뭐냐? 네가 나를 엄마라고 믿는 근거가 뭐냔 말이다?"

두려움에 흔들리는 눈망울이 눌린 목소리를 냈다.

"노…… 놀리지 마세요. 이런 거 갖고 장난치지도 말고요. 그냥 결혼이 맘에 들지 않으면 엄마답게 그렇다고 말하시면 되잖아요? 왜 이러세요?"

싸늘한 표정의 백 실장은 늦추지 않았다.

"물론 난 그따위 시답지 않은 결혼은 반대다. 더욱 일본에서 가져온 물건으로 나를 협박하는 네 태도도 맘에 들지 않는다. 내가 맘만 먹으면 네게서 그깟 것을 빼앗지 못할 것 같으냐? 너는 나를 엄마라고 생각해서 편안하게 말하며 협상을 하자는 것 같은데, 그게 네 착각인 줄 어떻게 아느냐? 나는 국정원 기조실장이다. 이 나라의 그림자를 책임지고 있는 사람이란 말이다. 너는 과연 나를 누구라고 생각하느냐? 네가 생각하는 내가 과연 진짜 나일까? 그렇다는 근거는 어디 있느냐?"

방 형사의 눈망울이 터질 듯이 흔들렸다.

"나는 너보다 더 오래 살았다. 그리고 네가 태어났을 때, 이미 너만큼의 지성을 가지고 있었다. 너 하나쯤 속여 바보 만드는 것은 일도 아니다. 자, 내가 그렇게 하지 않았다는 근거를 대봐라? 내가 진짜 네 엄마라는 근거를 대보란 말이다. 말도 안 되는 약해빠진 감정이나, 조작 가능한 혈액형, DNA 따위의 시답지 않은 것들 말고, 진짜 진실을 대보란 말이다."

방 형사의 커다란 눈에 눈물이 고였다.

격앙된 실장이 소파에서 일어나더니 뒤로 돌아 자기 책상으로 갔다. 서랍을 열고 길고 얇은 하얀 담배를 하나 꺼내 들더니 불을 붙였다. 그렇게 선 채로 팔짱을 끼고 길게 연기를 내뱉었다.

방 형사의 눈에 고인 눈물이 볼을 따라 내렸다. 시간이 멈춘 듯한 침묵이 사무실 안을 가득 눌렀다. 백 실장이 담배를 비벼 끄고는 소파로 돌아와 다리를 꼬며 앉았다. 그리고 차갑게 방 형사를 노려보았다.

"바보 같은 년……"

정말 낯선 모습의 어머니가 그녀가 알던 어머니인지 정말…… 자신할 수 없었다. 흔들리는 가슴이 아프게 미어졌다. 눈에 새로운 물이 차오르기 시작했다.

"아직 멀었다, 멀었어……."

하고는 백 실장이 눈을 감았다.

무엇을 가리켜 한 말인지 명확치 않았다. 그렇지만 어느 하나가 아니라 모든 것일 수도 있었다.

방 형사의 눈에서 다시 볼을 따라 눈물이 흘렀다.

AM 10:20

꿈결 같은 지난밤의 황홀함이 채 가시지도 않은 강 형사는 온 세상을 다 얻은 기분이었다. 경찰서 책상에 앉아 히죽거리는 그를 보고 천 반장이 여러 번 이상한 듯 처다보았지만 무시했다.

식은 간단히 하기로 했다. 초청할 사람들이 많지도 않았다. 아는 사람들 모두에게 청첩장을 돌린다면 경찰들보다 조폭들이 더 많이 올 것 같았다. 길게 끌지 않기로 했다. 복잡하게 생각할 것도 없었다. 그냥 모든 것을 홀홀 던져버리고 새롭게 시작하면 되었다.

방 형사가 비밀서고에서 찾은 히로히토의 일기를 보여주었다. 지하벙커에서 아카사카궁으로 통하는 비밀통로를 쉽게 찾을 수 있었던 것도 그 때문이었다고 했다. 보여준 히로히토의 일기는 빼곡히 적힌 일본어에 군데군데 그림이나 문양이 있었지만 읽을 수 없는 그는 흥미롭지 않았다. 히로히토가 해양생물학에 조예가 깊었다는 설명을 방 형사가 해주지 않았다면 그림들을 절대로 갑각류나 삼엽충 같은 것이라고 볼 수 없었을 거였다.

비밀일기를 밤을 새워 읽은 그녀는 우려했다. 2차대전사를 새로 써야 할 지경이라며 인상을 찡그렸다. 우리나라와 관련된 것도 가히 충격적이었지만, 무엇보다 히로히토의 할아버지인 메이지 일왕이 남긴 보물 얘기가 암시되어 있다고 했다.

방 형사는 모두 백 실장에게 주고 훌훌 털어버리자고 했다. 그 역시 자신의 정보력이나 힘으로는 불가능하다는 것을 알고 있었다. 공안44도 한배회도 상대할 수 없었다. 무엇보다 총명한 그녀가 그렇게 말한다면 이유가 있을 거라고 생각했다.

자리에서 일어나 휴게실로 향했다.

일이 손에 잡히지도 않았지만 딱히 할 일도 없었다. 커피를 빼들고 창가 테이블에 앉았다. 자연스럽게 앞으로의 계획이 부풀어 머릿속에서 즐거운 비명을 질러대기 시작했다. 주변의 다른 얘기는 아예 들리지도 않았다.

그래서 중간부터 들렸다. 한 자리 건너에 마주 앉아 오렌지주스 캔을 놓고 낄낄대는 순경 둘이었다. 한 명은 처음 보는 얼굴인 것이 새로 온 듯했다.

"왜 왼손을 잘랐다는 거야."

"자세히는 모르겠는데 안중근을 흉내 낸 것 아닐까?"

"안중근? 아하, 그래서 왼손 약지구나?"

"그런 것 같아."

"그럼 오른발 엄지는 왜 잘랐대?"

"거야 잘 모르지."

"몰라?"

"글쎄, 엄지가 잘리면 잘 못 걸으니까, 그래서 그런 것 아닐까?"

"아하. 그럴 수 있겠네. 그런데 왜 하필 오른발이야?"

"낸들 아나. 아마 왼쪽 손가락을 잘랐는데 왼쪽 발가락까지 자르면 너무 한쪽으로 기울어 뒤뚱거릴까봐 그랬는지 모르지. 균형을 잡아야지."

그 순경은 뒤뚱거리며 걷는 시늉을 하며 재미있다고 낄낄거렸다.

강 형사는 공연히 그들이 눈꼴사납게 밉살스러웠다. 엉뚱하게도 자신을 무시하는 것 같다는 느낌이 들었다. 죽은 자를 놀리는 그들의 흉내가 뭔가를 불편하게 건드렸다. 그리고 계속 거슬렸다. 깐죽거리며 들러붙는 날벌레들처럼 귀찮으면서도 떨어낼 수 없는 텁텁함에 짜증스러워, 일어나 그들에게 뭐라 할 참이었다.

"어, 여기 있었네. 한참 찾았어."

고개를 돌린 곳에는 천 반장이 히죽거리며 서 있었다.

"민원실로 빨리 가봐. 반가운 얼굴이 찾아."

천 반장이 들어서자 순경 둘이 낄낄거리는 것을 멈추고 벌떡 일어서서 경례를 하고 나가버렸다. 순경들이 나가자 강 형사의 흥분된 가슴이 진정되었다.

천 반장에게 알았다고 끄덕이며 휴게실을 나가는 강 형사의 머릿속엔 자신을 찾아왔다는 사람에 대한 궁금증보다는 이 기묘한 느낌의 정체가 더 궁금했다. 생각해보면 순경들의 흉내는 아무것도 아닌데 왜 그것에 순간 격앙되었는지 알 수 없었다. 뭔가 불편한 부조화의 껄끄러움이 그의 가슴을 감쌌다.

경찰서 본관 오른편 건물에 있는 민원실 문을 밀고 들어서는 순간, 가벼운 놀라움에 눈이 커졌다. 천 반장의 웃음을 이해했다.

하얀 얼굴의 윤 소령이 그를 보고 의자에서 일어섰다.

전혀 그녀답지 않은 부드러운 미소를 지으며 고개를 숙여 인사했다. 더구나 사복이었다. 을왕리 해수욕장에서 그녀를 보고 처음이었다. 사건이 다 해결된 마당이어서 그런지 그전처럼 죽일 정도로 밉지는 않았다. 그녀 역시 남의 명령을 듣는 위치에 있었다. 명령에 따라 움직이고 보고했을 거란 그녀를 위한 변명이 마음속에 생겼다.

"말씀드릴 것이 있어서 왔습니다."

그녀는 여전히 차갑고 아름다웠다. 가득했던 살얼음 같은 긴장이 풀려 있는 얼굴이 보기 좋았다. 민원실 데스크에 앉아 있는 여경들이 고갯짓을 해대는 것이 눈에 들어왔다.

"퇴역했습니다."

그녀가 웃었다. 하지만 눈빛엔 약간의 아쉬움이 깃들어 있었다. 강 형사는 문득 미안한 마음이 들었지만, 그녀 때문에 죽은 송범구 선생님 생각이 들자 그런 마음이 사그라들었다. 그녀는 역시 윤 소령이었다. 언제나처럼 빠르고 거침없었다.

여전히 솔직했다. 그 이상도 이하도 아니었다. 그녀는 자신이 올린 보고 때문에 송 선생님이 돌아가셨을 수도 있다는 말을 먼저 했다. 자신이 의도한 것은 아니지만 그런 결과를 초래했다고 말했다. 변명처럼 느껴졌지만 변명이 아님을 알았다. 물론 그녀는 그런 말을 하러 온 것은 아니었다.

"세종로사건 때문에 왔어요."

조금 당황스러웠다. 그는 세종로사건을 히가시교엔에서 빠져나온 이후로 한 번도 생각해 보지 않았다.

"그리 놀라실 필요는 없어요. 어쨌든 세종로사건 때문에 구속까지 되셨으니 다른 사람은 몰라도 강 형사님께는 말씀드려야 할 것 같아서요."

그녀는 쓸쓸한 웃음을 지었다. 윤 소령을 안 이후 처음 보는 표정이었다.

"세종로사건은 미제로 영구 종결시키기로 했어요."

특수부가 해체되면서 공식적으로는 이미 종결된 사건이었다. 하지만 국방부와 검찰에서는 비밀리에 수사가 진행 중이었다. 그것까지 그치겠다는 말이었다.

"그동안 잡아서 조사하던 사람들도 조용히 하나씩 풀어줄 거고요."

잠시 말이 끊겼다. 윤 소령은 히가시교엔에서 터진 폭탄에 대해서 알고 있었다. 그녀가 짐짓 만들어낸 활기로 그것 보라는 듯 입을 열었다.

"역시 사라진 폭약은 형사님을 따라갔죠?"

그러고는 쓸쓸히 웃었다. 자신이 옳았다는 가냘픈 항변 같았다. 그의 옷차림에 미세하게 묻어 있는 여인의 향기에 마음이 녹진해질 때쯤이었다.

"자, 이제 그럼 이만."

하고는 그녀가 일어섰다. 그리고는 그의 눈빛을 보며 그냥 고개를 숙여 인사했다. 강 형사는 아무리 생각해도 그녀가 퇴역한 것은 자신이 을왕리 해수욕장에서 고함쳤던 것 때문인 것 같았다. 뭐라도 말을 해야 할 것 같은데 입이 떨어지질 않았다. 윤 소령은 그대로 민원실 유리문을 밀고 나갔다.

뒤따라 민원실을 나섰다.

"잠깐만요, 소령님."

돌아보는 하얀 그녀의 얼굴이 눈에 시릴 정도로 아름다운 미소를 지었다. 문득 미안해졌다. 그녀도 자신처럼 역시 장기판 위의 말일 뿐이었다. 그런 그녀에게 너무 가혹한 말을 했었다는 자책감이 들었다.

역시 윤 소령은 윤 소령이었다.

"그런 생각하실 필요 없어요. 어쨌든 제 잘못이에요. 저는……."

그때 강 형사의 핸드폰이 울렸다.

"잠시만요."

핸드폰을 꺼내 고개를 조금 돌리고 받았다.

방 형사였다. 저녁을 같이 먹자는 말이었다. 평소답지 않게 풀이 죽은 목소리였다. 강 형사는 자신의 잘못이기나 한 양 뜨끔했다. 그러자며 예약은 자신이 하겠다며 얼버무리는 말을 하고 끊었다.

"그렇게 어색하실 필요 없어요. 결혼은 언제하세요?"

전화를 끊고 돌아서자마자 윤 소령이 물었다. 거침없는 진실 사냥꾼, 얼음공주인 그녀다웠다.

미소는 수정처럼 반짝였지만 차갑지는 않았다. 조금 슬퍼 보이는 것도 사실이었다. 머뭇거리며 아직 날짜는 생각해보지 않았다고 거짓말을 했다. 그러나 그녀는 이미 속을 훤히 보고 있을 거였다. 순간적으로 거짓말한 것이 더 속을 화끈거리게 했다.

소령은 그녀답지 않은 그윽한 눈빛이 되었다.

"방 반장님 전화 받으려면 꼭 핸드폰 가지고 다니세요. 그때처럼 핸드폰이 없어서 일 망치지 마시고요."

윤 소령은 여전히 방 형사를 반장이라고 불렀다.

"예?"

"강 형사님이 모친 초상으로 남원에 내려갔을 때 말이에요. 핸드폰이 안 된다며 얼마나 방 반장님이 괴로워하셨는지 아세요?"

윤 소령이 힘겨운 미소를 지었다. 하지만 강 형사는 딴 생각을 했다. 그녀의 미소 때문이 아니었다. 그녀의 말 때문이었다. 뭔가를 건드렸다. 건드려서는 안 되는 것을 건드린 느낌이었다. 스멀거리는 독거미가 등을 타고 목덜미로 기어오르는 느낌이었다. 작은 움직임이 께름칙했다. 이어지는 윤 소령의 말에 그의 뒷목을 거미가 꽉 무는 줄 알았다.

"강화 안 중사 건도 핸드폰만 있었다면 그렇게 오해를 받지도 않았을 테고요. 위치를 알 수 있었을 테니까요. 이제부터는 아예 핸드폰을 두 개 장만하……."

윤 소령이 갑자기 말을 끊고 그를 쳐다보았다.

"어디 편찮으세요?"

"아…… 아니요, 전혀."

고개를 저으며 맑은 표정을 지어냈다. 얼음공주가 놓칠 리 없었지만, 윤 소령은 방 형사와의 일 때문에 그런 거라고 생각했다.

강 형사는 꾸며낸 활기로 윤 소령과 악수하고 작별했다. 아름다운 모습에 서늘하고 매끄러운 부드러운 감촉이었다. 하지만 그는 그런 것을 하나도 느낄 수 없었다.

강 형사는 비틀거리며 눈에 들어오는 벤치에 앉았다. 나무 밑에서 노닥거리며 담배를 피우던 의경 몇이 황급히 자리를 피했다. 그들의 눈길은 '미친놈'이라고 말하고 있었지만 그런 것을 신경 쓸 여력이 없었다.

뒷목을 찌르는 듯한 짜르르한 충격이 온몸을 감쌌기 때문이다. 뒷목을 타고 기억의 벽이 살짝 터진 틈으로 쏜살같은 영상이 쑤시고 들어왔다. 지난 5월 취조실에서 윤 소령에게 시달릴 때 번개처럼 스친 영상이었다. 살짝 터진 균열의 틈을 흘깃 엿보고 완전히 망각 속으로 달아나 버린 것이었다. 다시는 떠오르지 않던, 무엇을 보았는지조차 생각나지 않던, 나중엔 보았다는 사실까지 잊어버렸던, 바로 그 영상이었다.

새엄마의 영안실이었다.

째진 눈과 격투를 벌이고 아수라장이 되는 장면이었다. 병정 눈을 한 사내가 이모의 목에 칼을 들이대고 아버지가 나타나는 장면이었다. 그때 핸드폰이 박살났다. 윤 소령의 말처럼 모든 것이 그렇게 시작되었다.

경찰에서는 연락되지 않는 그가 세종로를 폭파시키고 무단이탈한 것으로 생각했고, 그의 위치는 그가 새로 사 신은 랜드로버에 심겨진 추적기를 통해 공안44의 수중으로 고스란히 흘러들어갔다.

그 뒤바뀐 랜드로버와 위치추적기를 방 형사도 생각해냈고, 자신도 그녀가 찾은 길을 따라 동일한 결론에 도달했었다. 위치추적기를 부착한 구두 바꿔치기, 추적기를 심어놓을 시간, 구두를 벗은 곳, 아니 벗어야 하는 곳, 영안실, 그리고 아버지…… 그렇게 정리됐다. 해결되었다.

하지만 그의 깊은 곳에서는 뭔가가 긴 막대기가 되어 홰홰 젓기 시작했다. 물속에 얌전히 가라앉아 있던 것들이 꾸물꾸물 들고 일어서기 시작했다. 명확하고 분명하던 것들이 서로 혼란스럽게 엉키며 흙탕물이되어 갔다.

흙탕물들이 차츰 가라앉으며 다른 그림을 만들어냈다. 그 그림은 보고 싶지 않지만 봐야 하는 거였다. 취조실에서도 그렇게 보았을 거다. 하지만 깨닫지 못했다. 보고 싶지 않아서 외면했던 것이다. 굳이 변명하자면 그때는 마약에 취했었기 때문이라고 핑계 댈 수는 있다.

다시 떠올라 그의 눈앞에 펼쳐진 영안실 광경은 그의 기억 속 그대로였다. 조금도 다름이 없었다. 하지만 뭔가 크게 잘못되었다는 느낌을 떨쳐버릴 수 없었다. 돌이킬 수 없는 중대한 실수를 저지른 것 같은 불안감에 시달릴 때였다.

그때 벼락 같은 소리가 기억 저편에서 울려왔다.

—잘 왔다, 아들아.

벼락 맞아 머리가 터지는 줄만 알았다. 몸이 한없는 나락으로 떨어져 내렸다. 영안실에서 아버지가 한 말이었다.

순간 강 형사는 자신이 발견한 믿을 수 없는 사실에 정신이 까마득해졌다. 눈앞의 모든 것이 퇴색하며 뿌옇게 빛을 잃어갔다.

'아니었다……. 아버지가 아니었어…….'

강 형사는 충격에 한동안 넋이 나가 버렸다.

한참 후, 그는 여전히 떨리는 손으로 교토의 사요에게 전화를 걸었다. 사요는 그가 짐작했던 대답을 들려주었다.

강 형사는 전화를 끊고도 한참을 벤치에 앉아 있었다.

교토 신노우 노인의 집에서 진실의 어귀로 접어들었던 그는 마침내 진정한 진실에 도달하고 말았다.

맞닥뜨린 진실 앞에서, 그는 더 이상 소스라치지도 당황하지도 않았다. 단지 소리 죽여 울기 시작했을 뿐이다.

그는 그렇게…… 진실을 받아들였다.

2006. 08. 15. 화.

AM 06:00

사표를 썼다. 자리에 놓았다. 광복절 이른 시간이었다. 아무도 없었다.

텅 빈 사무실의 조용한 정적을 둘러보았다. 많은 생각이 떠올랐다가 가라앉았다. 오래 있지 않고 나왔다. 마주치면 하게 될 말이 싫었다.

복도를 걸어 나오는데 의경 하나가 경례를 했다. 쓰지 않게 미소를 지으려고 노력했다.

주차장에 세워둔 엑셀 운전석 문을 열었다.

일본의 지로에게 부탁한 것의 답이 어제 왔다. 전화선을 타고 오는 지로의 목소리는 그답지 않았다. 사무적인 그의 목소리에 전에 없는 안타까움이 담겨 있었다.

모든 것이 말끔하게 분명했다.

헝클어진 퍼즐 조각들이 제자리에 꼭 맞게 들어앉았다. 하나도 빠진 것이 없었다. 어색한 것도, 어수선한 것도, 모호한 것도, 이상한 것도 하나 없었다. 그 모든 것들이 합해져서 커다란 진실을 만들어 냈다.

진실은 아프기도 하고 위험하기도 하고 치명적이기도 했다. 하지만 그 진실과 진실 사이에서 방황하고 오해하고 고민하고 슬퍼하고 환호했던 어리석은 욕망과 시간들이 더 가슴 아프고 괴로웠다.

며칠 동안 방 형사를 의도적으로 피했다. 그녀의 활기찬 환호를 밝은 얼굴로 대할 자신이 없었다. 아직 그녀에게 말할 준비가 되지 않았다. 다 끝난 후, 모든 것이 다 끝난 후, 그때 말할 생각이었다.

엑셀은 남원으로 향했다. 모든 것이 한 바퀴 돌고 나니 제자리였다. 꼭 처음 같았다.

이제 처음처럼 아버지에게 가야 했다. 사라진 아버지를 찾아야 했다. 형사가 아닌, 아들로서 말이다.

PM 01:00

한여름 뙤약볕은 매미 소리와 함께 울리는 골짜기 시냇물 소리에도 아랑곳하지 않았다. 흘러내리는 땀이 눈을 쓰라리게 했다.

지리산을 의지한 산자락 중턱, 한쪽에 뚝 떨어진 외딴 집을 올려다보았다. 팍팍해지는 다리보다 가슴이 더 퍽퍽했다. 그래도 강 형사는 깨진 기와에 퇴락한 방 두 칸짜리 오두막을 향해 묵묵히 걸어갔다.

서츠가 다 젖었을 때였다. 집 앞 텃밭에서 고추 김을 매고 있던 동옥이 이모가 놀란 눈이 되어 반갑게 손을 내저으며 달려왔다. 이모는 촌스러운 꽃무늬가 들어간 몸뻬바지에 허연 수건을 머리에 쓰고 있었다. 땀에 쓰린 눈이 더 아렸다.

"야야, 어쩐 일이다냐? 이 더운데, 이 봐라 다 젖었다."

뙤약볕에 그을린 이모의 걱정스러워하는 검은 얼굴을 마주 대하자 가슴이 저미는 것 같이 되었다.

"밥은 먹었냐?"

이모는 머리에 쓴 수건을 벗어, 있지도 않은 툇마루 먼지를 닦았다. 하루도 빠짐없이 아침저녁으로 걸레질을 했을 마루는 손때에 반질반질했다. 안방과 조그만 건넛방 문 손고리도 손때로 윤이 났다. 툇마루 닦아준 곳에 걸터앉으며 고개를 저었다.

"내 얼른 차려올게."

그만두라고 하려다가 그냥 입을 다물었다. 이모가 차려주는 밥을 먹어본 지도 정말 오래되었다는 생각이 들었다.

안방 문을 열어보았다. 구석구석 혼자 사는 중년여자의 곤궁함이 꾀죄죄하게 묻어 있었다. 건넛방도 열어보았다. 어릴 적 기억이 떠올랐다. 그때와 하나도 달라진 것이 없어 보였다. 난장이나라처럼 모든 것이 조금씩 작아진 것만 달랐다. 참 불편하겠다는 생각을 했다.

문을 닫고 다시 툇마루에 나앉았다. 손바닥만 한 마당 한켠에 있는 펌프가 눈에 들어왔다. 어릴 적 여름날 아버지 몰래 여기 올 때면, 이모는 언제나 이빨이 딱딱 부딪힐 정도로 시린 펌프 물로 등목을 해주곤 했다.

'우리 태혁이, 많이도 컸네.'

'이모? 이모는 왜 여기 혼자 살아?'

'그거야, 이렇게 우리 태혁이 오면 등목 해줄라고 그라지.'

'정말? 그라면 나랑 살자.'

'그럴까?'

이모는 부랴부랴 칠이 벗겨진 동그란 나무 상에 밥을 내왔다. 돼지고기 김치찌개에 콩자반, 그릇보다 더 위로 퍼 올린 고봉밥 한 그릇.

"어여 먹어라."

이모는 김치찌개를 참 맛있게 끓였다. 시큼한 김치를 폭 넣고 돼지고기를 큼지막하게 썰어 넣고 끓인 찌개의 시원한 맛은 이모만이 낼 수 있는 깊은 맛이었다.

"이모 음식 솜씨는 정말 변함이 없어."

반은 입에 발린 소리임을 모르지 않지만 이모는 초등학생마냥 환해졌다. 흐뭇한 웃음으로 옆에 앉아 바라보는 이모를 생각하니, 목이 메는 것을 억지로 참으며 그 많은 밥을 다 먹었다. 더 먹으란 것을 아침을 늦게 먹었다며 손을 저었다.

이모는 숭늉을 한 대접 떠 왔다. 구수한 맛이 가슴을 뜨끈하게 쓸어내렸다. 강 형사는 숭늉과 함께 눈물을 쓸어내렸다. 모르고는 모르지만 알고는 넘어갈 수 없었다.

이모의 얼굴을 보면 말을 할 수 없을 것 같았다. 시원하게 터진 앞을 내다보았다. 아래로 고불고불한 길에 몇 채의 집들과 군데군데 밭이 보였다. 뙤약볕에서 허리를 굽히고 김을 매는 사람들이 띄엄띄엄 보였다. 더 멀리는 지리산이 아스라했다.

눈이 시려왔다.

"이모, 나 한 가지 물어볼 게 있어?"

"뭔데?"

상을 들고 부엌에 가려다 말고 이모가 다시 앉으며 말했다. 그는 잠시 주저했다.

"이모는 왜 우리 아버지랑 그렇게 사이가 안 좋은 거야?"

이모가 아니란 듯 손사래를 치는 서슬이 느껴졌다.

"안 좋기는 뭐가 안 좋아. 그런 거 없다."

하지만 말은 당황스러움이 묻어 있었다.

"서로 만나지도 않잖아."

"그거야, 살기 바빠 못 만나는 거지. 서로 안 좋아서 그런 거 아니다."

강 형사는 파란 하늘에 뙤약볕이 참 잘 어울린다는 엉뚱한 생각을 했다. 뜸을 들이던 그가 다시 물었다.

"이모는 왜 혼자 살아?"

"야가 갑자기 나타나서 무슨 소리노? 늙은 이모 놀리나?"

강 형사가 서글픈 미소를 지었다. 눈은 여전히 앞에 펼쳐진 밭과 논과 하늘을 향하고 있었다. 노인 몇이 더 나와 콩밭에 김을 매기 시작했다.

"이모, 나 그동안 고생 많았다."

어린아이가 되어 다시 투정을 부리고 싶었다. 그럴 수만 있다면 그러고 싶었다. 하지만 그럴 수 없었다. 이모는 그러냐는 표정이 되었다.

"그려?"

"응, 내가 얘기 한번 해볼까?"

"……해봐라."

강 형사는 여기 올 때는 이모의 얼굴을 보고 말할 생각이었다. 하지만 도저히 그럴 자신이 없었다.

"이모도 기억하지? 지난 5월 8일 어버이날……. 그때 세종로 사거리에서 폭탄이 터졌잖아. TV에서 떠들썩했지……."

그는 여전히 시선을 돌리지 못했다.

"그날 아침에 수유리 내 집으로 폭파된 세종로 사진이 퀵으로 배달되어 왔어. 그렇게 이야기가 시작되었지."

넓게 펼쳐진 하늘을 바라보며, 강 형사는 하나씩 하나씩 남 얘기 하 듯 풀어놓았다.

세종로 폭파, 새엄마의 장례식, 버스터미널, 동생 강영주, 강화의 안 중 사, 검거, 심문, 윤 소령…… 그리고 세 노인이 살해된 연세대살인사건, 영풍문고와 워커힐의 폭탄, 후지와라 유이치, 공안44, 윤동주, 시모가모 기록, 동주의 사랑 시, 아야코, 시게코, 히가시교엔, 그리고 신노우인 강 처중과 배신자 권민욱…….

매미는 계속 신경질적으로 울어댔고, 이글거리는 태양은 구름까지 녹 여버릴 듯 내리 쪼였다. 처음 듣는 낯선 말들에도 이모는 아무 말 없이 그냥 듣기만 했다. 그런 이모를 보는 강 형사는 마음이 한없이 무거워졌 다.

이야기를 다 풀어놓고 나자 하늘이 더 파래진 것 같았다. 하지만 저 너머 먹구름이 다가오며 점점 커지기 시작했다. 후텁지근한 바람이 불 어왔다.

"그런데 이모, 이상한 것이 너무 많았다. 그땐 난 그냥 그것들이 이상 한 줄도 몰랐어. 그냥 그런 것인 줄만 알았지. 엉뚱한 것들만 보고 엉뚱 한 곳에서 악을 써대고 있었던 거야. 나는 여기저기 떨어져 있는 진실 을 보고도 진실인 줄 몰랐어. 왜 그랬는지 알아? 그건 윤 소령의 말처 럼, 진실을 못 본 것이 아니라 보고 싶지 않았기 때문이었어."

이모는 한쪽 무릎을 세운 채로 앉아 손에 잡은 걸레로 조심조심 마 룻바닥을 문질러댔다. 몸빼 입은 동네 아주머니가 저 아래 밭에 나와 김매는 것이 눈에 들어왔다.

"내가 보고도 보지 못한 진실 중에서 정말 중요한 게 뭐였는지 알아? 그건 바로, 나를 잡았다가 다시 풀어준 거였어."

어느 나무에 매달렸는지, 매미가 자지러지듯이 울어댔다.

"공안44가 파놓은 함정은 절대 벗어날 수 없는 거였어. 물론 권 의원이 뒤를 봐준 거였지. 나는 세종로폭파범과 강화 안 중사 살해범으로 체포되었어. 그런데 너무 허무하게도 쉽게 풀려났어. 표면적 이유는 영풍문고와 코엑스에서 발견된 폭탄 때문이었지만 그건 말도 안 돼. 내가 잡혀 있어도 공범이 설치할 수도 있는 일이니까 말이야. 더욱 사라진 C4 폭약의 행방이 여전히 오리무중인데도 말이야."

조금 떨어진 콩밭에서 김매던 흰 수건의 몸빼 아주머니가 일어서서 잠시 허리를 폈다가 다시 쭈그려 앉는 것이 보였다. 강 형사는 상 위에 놓인 식은 숭늉을 들이켰다. 작게 숨이 나오면서 가슴에 맺히려는 것이 풀어지는 듯했다. 하지만 이제 시작이었다.

"내가 풀려난 진짜 이유는 연세대사건 때문이었지. 시모가모 기록이 나타난 거야. 윤동주를 배신한 권 의원이 그것을 잠재우기 위해 어쩔 수 없이 물밑 협상을 벌여 나를 풀어줬어."

먹구름이 하늘을 전부를 덮었다. 갑자기 세상이 어두워지더니 세찬 바람이 불었다. 흙냄새가 올라왔다. 천둥이 멀리서 으르렁거리며 다가왔다.

"그런데 그가 누굴까? 도대체 누가 나 같은 것을 위해서 권 의원 같은 실력자를 협박했을까? 사람들을 살해해 가면서 말이야. 아마 영풍문고와 코엑스의 폭탄도 그가 설치했을 거야. 이래저래 나를 풀어줄 핑계거리로 댈 표면적 이유가 필요하기도 했으니까 말이야."

하늘이 으르렁거리며 천둥을 쏟아내더니만, 후드득거리는 빗줄기가 길게 한둘씩 내리치더니 이내 하얗게 비가 쏟아지기 시작했다. 멀리 밭을 매던 사람들이 부산하게 일어나 근처 집으로 뛰는 것이 보였다.

마당에 모래가 서걱거리는 것 같은 소리가 나며 하늘이 노한 듯이 천둥이 쿵쾅대며 퇴락한 집을 흔들었다. 장독대에 부딪히는 빗소리와 갑자기 생긴 조그만 물줄기에 빗소리가 첨벙거리며 튀었다. 빗소리 외에 세상에 아무 소리도 나지 않았다.

"나는 궁금했어, 이모. 살인까지 해가면서 나를 빼내고 싶어 할 사람이 도대체 누구일까, 하고 말이야. 난 그게……."

이모는 고개를 숙이고 한쪽 무릎을 세운 채로 석상처럼 말이 없었다. 걸레를 쥔 손만 작게 움직였다.

"아버지일 거라고는 꿈에도 생각하지 못했어."

빗줄기가 더 거세지며 우르릉 소리가 바로 옆에서 들렸다.

"글쎄, 아버지가…… 형사 아들놈을 살리겠다고 사람들을 살인한 거야."

비가 바가지로 퍼붓듯이 쏟아지며 건넛산이 무너질 듯 벼락이 쳐댔다.

"그 진실, 아버지가 나를 살리려고 살인했다는 진실은 언제나 바로 내 눈앞에 있었어. 그런데도 난 그걸 못 봤어. 보고 싶지 않았던 거야. 난 나중에 아버지가 복제본 시모가모 기록을 가지고 있다는 사실을 알았어. 은사이신 송 선생께서 여기 남원까지 와서 돌아가신 것을 알았거든. 죽은 공명환 교수의 사모님도 그렇게 말했고. 무엇보다 난 연세대사건을 일으킨 연쇄살인범이 아버지의 부하라는 사실도 밝혀냈어. 서대문형무소역사관으로 보내 살인을 저지르게 한 것이 아버지란 사실을 이미 알았단 말야. 이 모든 것을 다 알았어. 그랬는데도 난 아버지가 나를 빼내기 위해 그랬다고는 단 한 번도 생각하지 않았어."

입안이 바짝 말랐다. 숭늉을 들이켰지만 갈증은 가시질 않았다.

"난 형사이면서도 눈이 멀어 있었어. 당연히 해야 할 기초적인 것도 하지 않았거든. 왜 연쇄살인이 일어났는지, 그리고 왜 연쇄살인이 멈췄는지, 그 동기에 한 번도 의혹을 품지 않았던 거야. 왜 그랬을까? 도대체 왜 나는 진실을 못 봤을까? 아버지가 나 같은 후레자식을 위해 그러지 않을 거라고 생각해서 그랬을까? 아니면 아버지가 살인범이 아닐 거라고 속으로 우겨서 그랬던 걸일까?"

콩밭에서 김을 매던 아주머니가 비옷을 입고 나와 쏟아지는 빗속에서 일을 다시 시작했다. 삽으로 밭의 도랑을 손질하는 것 같았다.

"아니 아니, 다 아니었어. 내가 똑바로 진실을 못 본 것은 꺼림칙하게 불편한 뭔가가 마음속에 끼어들어 기묘하게 둥지를 틀었기 때문이야. 이모 그게 뭔지 알아? 그게 뭔지 나는 훨씬 나중에야 알았어. 겨우 며칠 전에 알았지."

강 형사의 눈앞에 하얗게 비가 쏟아졌다.

"이모, 내가 어리석었던 것이 또 하나 있어. 나를 잡아넣은 자들과 풀어준 자들이 달랐다는 것을 계속 놓쳤어. 나를 풀어준 것은 권민욱이지만, 잡아넣은 것은 일본 공안44였거든. 나를 잡아넣으려고 심혈을 기울여 함정을 팠던 공안44는 너무 어이없게 내가 풀려나왔지만 아무런 조치를 취하지 않았어. 처음엔 의심을 품지 않았지. 일본 우익이 한국 우익과 손을 잡을 리 없으니 의심할 수도 없었지. 하지만 나중에 권 의원이 동주 문제로 공안44에게 약점이 잡혀 있다는 것을 알고서는 조금 달라졌어. 맘만 먹었다면 공안44는 나를 풀려나지 않게, 아니 풀려난 후에도 다시 감옥에 잡아넣도록 할 수 있었던 거야. 그런데 공안44는 그러지 않았어. 왜 그랬을까?"

하얀 수건을 쓴 이모의 숙여진 고개가 가늘게 떨렸다.

"이유는 간단해. 공안44의 원래 목적이 나를 잡았다가 다시 풀어주는 거였으니까."

점점 더 어두워지는 하늘에 천둥이 미친 듯이 울부짖었다.

"정확하게 말하면, 나를 잡아넣어서 누군가를 도발하고 그래서 풀려나도록 하는 거였어. 그게 공안44의 교묘한 음모였지. 나를 잡아서, 내가 풀려나기를 바라는 누군가가 나서기를 바란 거 말이야. 공안44는 처음부터 나를 감옥에 계속 둘 생각은 없었어. 나를 계속 잡아두면 히가시교엔의 엄청난 회오리 속으로 제 발로 걸어서 들어올 수 없을 테니 말이야."

하얀 빗줄기는 그칠 생각이 없어 보였다. 하지만 강 형사의 목소리는 건조해졌다.

"내가 풀려나기를 바란 사람이 누군지 모를 때는 모든 것이 혼미했어. 하지만 아버지가 나를 감옥에서 끌어내려고 연세대사건을 일으켰다는 것을 아는 순간 깨달았어. 모든 것을……."

비는 사정없이 내리 쏟았다.

"연세대사건의 핵심은 윤동주의 시모가모 기록이야. 배신자 권민욱은 그 때문에 협박을 받아 나를 풀어줬거든. 여기서 의문이 생겼어. 시모가모 기록은 한국의 권 의원에게는 엄청난 것이겠지만, 일본 공안44에게는 별 볼 일 없는 거였어. 그것이 한국에 나돌든, 누군가를 협박하든 별로 중요한 일이 아니었어. 그런데, 왜 공안44는 나를 잡아넣어서 아버지를 자극해 시모가모 기록을 쓰도록 만들었을까? 그게 의문이었지. 그러자 자연스럽게 다른 질문들이 따라왔지. 아버지가 시모가모 기록을 가지고 있다는 것을 아는 사람은 누구일까? 그리고 아버지가 시모가모 기록으로 권 의원을 협박한다고 확신할 근거는 무엇일까, 같은 거였어. 결국 알고 보니까 같은 말이더라구. 도달한 지점이 같은 데더라구."

으르렁거리는 천둥이 다시 몰아쳤다. 이모는 고개를 숙이고 있었다.

"똑같은 게 하나 더 있어."

강 형사는 잠시 처연한 표정이 되었다.

"처음에 나는 은사이신 송범구 선생께서 남원에서 살해되신 것이 윤 소령 때문인 줄 알았어. 윤 소령이 정보를 모아 보고하는 족족 위에서 누군가가 시모가모 기록을 뺏으려고 달려들었거든. 서대문경찰서에 불을 지르고, 검시의 민 박사를 살해하고 말이야. 그런 짓을 한 것은 분명 그들이었어. 하지만 송 선생님을 살해한 것은 아니었지. 내가 윤 소령에게 보고해서 선생님이 돌아가셨다는 죄책감 때문에 그때 난 제대로 된 판단을 하지 못했어."

빗방울이 굵어졌다.

"누군가 시모가모 기록을 뺏으려 했다면 기다려야 했어. 선생께서 시모가모 기록을 가지고 있는 자를 만나기를 기다려야 했다고. 그런데 그러지 않아. 남원에 도착한 그날 밤 즉시 살인이 일어났어. 그땐 놓쳤지만 이상한 거였지. 선생을 죽이는 것은 하나도 급하지도 않았거든. 중요한 것도 아니었단 말이야. 선생이 살아야 기록을 가진 자를 만날 텐데, 어리석게도 그 중요한 고리를 스스로 없애 버린 거야. 이상하지 않아? 난 어리석게도 그때는 그것을 몰랐어."

세상이 하얗게 될 정도로 비를 퍼부어댔다.

"누굴까? 선생님을 죽인 자가? 그자는 이미 누가 시모가모 기록을 가지고 있는지 알고 있기 때문에 죽일 수 있었던 거야. 그렇기 때문에 선생이 누구를 만나러 온 건지 대번 알았지. 남원에 들어서는 순간, 선생의 의도를 대뜸 간파했단 말야. 위험했지. 선생이 만약 시모가모 기록을 가지고 있는 자의 집으로 찾아간다면 말이야. 선생께선 그래서 돌아가신 거였어."

강 형사는 다시 숭늉을 들이켰다.

"공안44의 목적은 간단했어. 방 형사와 나를 히가시교엔으로 끌어들인 후, 후지와라 유이치를 암살해서 우리나라를 압박하려는 거였어. 독도를 뺏고 종군위안부 문제를 청산하고 자기들 교과서 문제에 시비를 더 이상 못 걸게 하려는 속셈이었지. 부가적으로 일왕을 정신 차리게 하려는 것도 있었지만……."

이모는 여전히 고개를 숙인 채로 세찬 빗소리에 섞이는 이야기를 듣고만 있었다.

"그래서 여성천황제를 뒤에서 조종해 후지와라를 띄었지. 그리고 방 형사와 결혼하도록 술수를 부렸어. 문제는 나였지. 내가 제 발로 걸어 들어와야 하는 거였거든. 교토의 신노우 노인이 강처중이라는 사실을 알게 되는 순간, 아니 내 할아버지라는 것을 알게 되는 순간 모든 사건이 분명하게 맥이 통하기 시작했어. 혈관에 힘줄이 돋으며 점점 발딱발딱 뛰기 시작했어."

바닥에 밥알만 몇 개 남은 숭늉 대접을 보고 가던 손이 멈췄다. 비가 미친 듯이 쏟아지는데도 온몸은 미이라처럼 바싹바싹 마르는 것 같았다.

"공안44는 나보다 더 우리 집 계보에 대해 잘 알고 있었어. 신노우 노인이 강처중이라는 사실을, 아버지 강신앙이 신노우 노인의 아들이고, 나는 그 손자가 된다는 것을 너무나도 잘 알고 있었다고."

이모의 떨리는 얼굴이 창백해졌다.

"난 거꾸로 생각했지. 할아버지 강처중은 윤동주라면 무덤 속에서도 벌떡 일어날 위인이었어. 누군가 그를 동주 문제로 찾아간다면, 그것도 손자처럼 믿을 수 있는 자가 만약 찾아간다면, 분명 타락해가는 동주의 손자인 후지와라를 훈계하고 계도하는 일을 맡길 거라고 예상했지. 아버지 강신앙을 자극하는 것은 간단했어. 어리석은 아들놈을 잡아넣으면 되는 거니까. 그래서 그동안 잠잠하던 시모가모 기록이 20년 만에 다시 나타나 연세대사건을 일으키게 되었지. 그리고 아버지 강신앙은 납치되어 어디선가 손가락이 잘려 못난 형사 아들놈에게 보내지지. 곧 협박 편지와 함께 아버지를 감금한 사진도 날아들고. 이모가 들고 온 그 폴라로이드 사진 말이야. 단서를 찾던 형사 아들놈은 오래된 편지 봉투를 받아들고 그렇게 제 주제도 모르고 시모가모 기록을 찾겠다고 일본으로 건너가지. 그렇게 불나방처럼 히가시교엔으로 달려들게 된 거지."

이모는 창백하다 못해 세찬 빗줄기 속에 섞여버리는 것 같았다.

"어때 이모, 재밌어?"

강 형사는 오늘 절대로 이모의 얼굴을 똑바로 보지 못할 것 같았다.

"정말 재미있는 얘기 하나 더 해줄까?"

이모는 석상처럼 움직임이 없었다. 강 형사의 가슴이 미어지는 것 같았다.

"이건 딴 얘긴데, 공안44는 후지와라가 윤동주의 손자라고 생각했어. 하지만 사실은 그렇지 않다. 배신자 권민욱의 핏줄이야. 권민욱의 손자라고."

이모가 흠칫했다. 강 형사는 속으로 작은 탄식을 흘렸다. 그는 잠시 참담한 기분에 젖었다.

"후지와라가 윤동주의 손자가 아니라 권민욱의 손자라는 진실을 공안44가 알았다면, 아니 할아버지 신노우가 알았다면, 분명 이 모든 것은 시작되지 않았을 거야. 절대로……"

강 형사는 잠시 울적해졌다. 진실이 숨어들고 거짓이 나설 때, 진실을 묻어버린 거짓들이 횡행할 때, 느닷없이 찾아드는 비극은 진실을 숨긴 자의 잘못인지, 거짓을 만들어낸 자의 잘못인지 분간하기 어려웠다.

갑자기 하늘에서 벼락이 떨어졌다. 이모가 움찔했다. 말이 끊어졌다.

멀리서 누군가가 허옇게 쏟아지는 장대비를 뚫고 달려오는 것이 눈에 들어왔다. 가까워 올수록 강 형사의 가슴이 아프게 흔들렸다. 머릿속이 하얗게 변하며 해야 할 말을 잊어버렸다.

갑작스런 장대비에 온몸이 다 젖은 채로 마당에 들어선 사람은 방 형사였다. 손에 머리통만 한 수박을 들고 있었다.

툇마루 바로 앞 처마 안으로 바짝 들어서며 그녀가 말했다.

"선배, 치사하게 수박 고르는 동안 먼저 가면 어떡해요? 비 다 맞았잖아요?"

함빡 젖은 블라우스가 달라붙어 살결이 고스란히 드러났다. 빗물이 머리카락을 따라 바닥에 떨어졌다. 짐짓 화났다는 듯 눈썹을 치켜뜨는 그녀의 표정이 당혹스러웠다.

"어, 그게 저……"

"됐어요. 몰라요. 이게 뭐예요. 다 젖었잖아요. 아, 죄송해요. 이모님이 시군요. 말씀 많이 들었어요. 방현진이라고 합니다."

그녀가 고개를 숙이자 젖은 머리카락이 흔들리며 마루 위로 물이 튀었다. 강 형사는 처음으로 이모의 얼굴을 보았다. 이모는 큰 짐을 던 표정이었다. 하지만 그는 알았다. 오늘 이후 다시는 예전처럼 돌아갈 수 없다는 것을……

PM 03:20

칙칙한 색깔의 긴치마에 어릴 적 본 이모의 줄무늬 셔츠를 입은 방 형사가 안방에서 나왔다. 뒤따라 나온 이모는 수박을 썰겠다며 부엌으로 서둘러 들어갔다.

비는 그칠 생각이 없어 보였다. 더위가 한풀 꺾였다.

전혀 어울리지 않는 색깔에 깃이 낡아 떨어진 셔츠를 입었지만 그래도 그녀는 예뻤다. 수건으로 머리를 비비며 그의 옆에 앉았지만, 꼭 다문 입매는 화났다고 말하고 있었다.

"현진아……"

"됐어요."

새치름하게 냉랭한 척했다.

"선배는 자기가 이기적인 거 알기는 알아요?"

멀뚱거렸다.

"왜 선배 혼자 짐을 지겠다는 거예요? 뭐든지 다 짊어지고 감싸기만 하면 된다고 생각하는가 본데, 그건 정말 이기적인 거예요. 알아요?"

눈초리가 올라가는 품이 화가 조금 풀린 듯했다.

"여긴 어떻게 알았어?"

"선배 사표를 보고 천 반장님이 놀라 서장님에게 뛰어가고, 서장님이 저에게 전화했어요. 선배 핸드폰 추적해 남원이라고 하길래, 가족관계를 조사해 주소를 찾아냈어요. 그런데 사직서는 결혼하고 내기로 하지 않았어요? 그만둘 때 그만두더라도 부조는 받고 그만둬야죠? 이렇게 경제관념 없는 남자에게 전 시집 못 가요. 결혼 없던 걸로 해요, 알았죠?"

장난치는 표정이 기분이 거의 풀렸다고 말했다.

"걱정 마. 곧 직장 구할 거야. 더 좋은 직장. 부조도 많이 받을 직장 말야. 이래봬도 내가 대학원을 나왔잖아."

"흥!"

강 형사가 토라지듯 고개를 돌린 방 형사의 옆구리를 살짝 꼬집었다. 몸을 비틀며 방 형사가 피하더니 그의 손을 탁치며 낮은 목소리로 구시렁댔다. 싫지 않은 표정에 강 형사는 다시 집적대며 달라붙었다. 그녀의 마음이 다 풀어졌다.

"선배, 도대체 왜 여길 왔어요? 이제 그만 돌아가요, 예?"

그녀는 불안한 눈동자로 짙은 하소연을 했다.

"선배는 이제 형사가 아니잖아요. 그냥 그대로 넘어가면 안 돼요? 예, 선배?"

그녀의 말이 가슴을 흔들었다. 틀린 말이 아니었다. 모두 끝난 일이었다. 그걸 굳이 파낼 필요는 없었다.

이모가 수박을 썰어서 들고 나왔다. 밝아진 목소리였다.

"참 맛있것네. 어여들 들어."

하고는 다시 부엌으로 들어가려 했다. 방 형사가 툇마루에서 일어서며 말했다.

"이모님, 같이 드세요."

"아니여, 어여 들고 있어. 난 설거지를 하고 올 테니."

강 형사는 이모의 뒷모습을 바라보았다. 평생 외롭게 혼자 늙어가는 이모의 뒷모습이 쓸쓸해 보였다. 그것이 강 형사의 마음을 더욱 심란하고 쓰라리게 만들었다.

비옷을 입고 밭을 갈던 한 아주머니가 진흙이 다 된 손을 털며 이모네 집으로 걸어왔다. 이모에게 뭔가 물으며 두런두런 얘기를 하더니 호미를 빌려갔다. 기세 좋게 오는 빗속에서도 김매기에 여념이 없었다.

잠시 그 모습을 보며 강 형사는 고민에 빠졌다. 눈앞에 진실이 있었다. 그것을 끄집어낼 수 있었다. 그러나 꼭 그러지 않아도 되었다. 상관없었다. 모두 끝난 일이었다.

하지만 그럴 수 없었다. 묻혀버린 진실은 예상치 못한 비극을 초래하기 때문이었다. 진실이 사라진 자리에 거짓의 독버섯이 현란하게 피어나기 때문이었다.

히가시교엔에 쏠린 시선과 어수선한 문제가 해결되면, 가까운 때에 또다시 놈들은 거짓의 냄새를 맡고 하이에나처럼 들이닥칠 것이 분명했다.

진실은 밝혀야 했다. 바른 토대 위에 옳은 그림을 그릴 준비를 해야 했다.

몇 번씩 바뀌던 강 형사의 표정이 굳어지는 것을 보고 방 형사가 그의 팔을 잡으며 뭐라 말하려 했다. 하지만 그의 말이 더 먼저였다.

"현진아, 너 얘기 한번 들어볼래?"

그녀의 얼굴 가득 우려가 퍼졌다. 부엌에서 달그락 거리던 소리가 순간 멈춘 것 같았다. 강 형사는 눈을 질끈 감고 주저하던 번지점프대에서 몸을 던져 버린 심정이 되었다. 크게 요동치는 줄이 자신을 잡아줄지, 제 무게에 끊어질지 자신도 알 수 없었다.

"세종로가 폭파 된 날, 내가 여기 남원에 내려왔잖니? 그게 모든 것의 시작이었어."

방 형사는 굳이 다 아는 말을 하는 그가 불안하기만 했다.

"새엄마가 뺑소니사고로 죽어서 여기를 내려온 것은 정말 중요한 거였어. 그동안 수유리 내 집에 콤포지션 C4를 가져다 놓을 수 있었으니 말이야."

방 형사는 어디로 튈지 모르는 그의 말 때문에 안절부절못했지만, 강 형사는 개의치 않았다.

"새엄마는 왜 하필 그날 뺑소니를 당한 거야? 꼭 짠 것처럼 말이야."

그는 거센 빗소리와 경쟁하듯 목소리를 높였다. 방 형사는 그의 팔을 붙들고 걱정스런 표정으로 흔들었다. 하지만 그는 멈추질 않았다.

"새엄마 분향소에서 양아치 놈들과 격투를 했지. 아버지의 부하 놈들이었어. 내 핸드폰은 박살났고 내 랜드로버에는 위치추적기가 심겨졌지. 난 모든 것 아버지의 짓이라고 생각했어. 아버지가 공안44라고 생각한 거야. 그런데 내가 틀렸어."

신들린 듯이 말을 뱉어내는 강 형사의 모습에 방 형사는 어쩔 줄 몰랐다.

"정작 문제는 그게 아니었어. 더 중요한 것은 그 다음이었거든. 나는 강화 안 중사의 집으로 향했어. 목이 잘려 죽은 안 중사 일가족의 시체 앞에서 잡히게 하는 것이 놈들의 계략이었어. 물론 놈들은 내가 운 좋게도 도망칠 줄은 몰랐지. 그런데 현진아, 내가 왜 강화로 가게 되었는지 알아? 윤 소령의 취조를 받을 때 난 놀라운 문제점을 보았지."

강 형사는 다시 그날 영안실에서부터 있었던 일들이 영화처럼 눈앞에 나타났다.

자신이 분향소에 올라가려 할 때, 내려오는 여자와 부딪힐 뻔했다. 그리고 아버지의 부하들과 싸울 때, 갑자기 나타난 아버지 뒤에 그 여자가 다소곳이 고개를 숙이고 있었다. 남원 버스대합실에 그 여자가 따라와 안 중사에 대해 울며 말했다. 그렇게 흥분한 자신은 강화로 미친 듯이 달려갔었다.

"난 취조실에서 인사불성이 되기 전에 바로 영주를 보았어. 아니 영주라고 믿은 여자를 보았어. 난 그 여자에게 속았어. 하얀 소복을 입은 그 여자는 분향소에서 내려온 것처럼 꾸몄어. 그리고 아버지 뒤에 다소곳이 고개를 숙이는 장면을 연출했지. 마치 자신이 소란스런 난투극 때문에 아버지를 불러온 것처럼 말이야. 사실 그 여자는 그냥 아버지 뒤에 서 있었던 것뿐이야. 다소곳이 고개를 숙여 머뭇거리는 행동을 보여주었을 뿐이라고. 아버지는 그 여자가 뒤에 있었는지도 몰랐겠지. 아니 알았어도 그냥 조문 온 사람이라고 생각했을 거야. 그런데 난 그 여자가 버스터미널에 나타나서 자신을 강영주라고 소개하는 순간, 그 모든 것을 한 번에 꿰어서 이해한 거야. 어린애가 처녀가 되는 10년 동안 한 번도 만나지 못해 알아보지 못한 거라고 철석같이 믿었지. 나는 그녀의 거짓말에 따라 앞선 기억을 조작해서 이해했던 거였어. 그렇게 그 여자가 내 동생 강영주가 되어 버렸지. 일단 거짓을 진실로 받아들이자, 그 여자의 말에 빠져들어 버렸고, 강화로 한달음에 내달렸던 거지."

"선배, 이제 그만……"

강 형사는 방 형사의 말을 무시했다. 조금 줄어들었지만 비는 줄기차게 내렸다.

"진짜 영주는 6년 전에 집을 나가 지금 어디에 있는지도 모른다는 것을 최근에야 알았어. 콩가루 집안에 그 정도면 꽤 오래 버틴 거긴 하지. 그래, 그렇다면 그 여자는 누구일까? 영주를 흉내 낸 그녀는 누구일까? 내가 강화에서 당할 일을 생각하면 공안44의 요원이 분명하지. 그리고 난 불과 며칠 전까지만 해도 아버지가 공안44 요원이니까, 그녀도 당연히 그렇다고만 생각했어."

강 형사는 말하는 것을 조금도 망설이지 않았다. 갇혔던 그 무엇인가를 풀어놓는 듯했다.

"그런데 그녀가 공안44라면 아버지는 절대 공안44일 수 없어. 그게 바로 내가 번개처럼 본 진실이었어."

강 형사는 갑자기 부엌 쪽으로 고개를 돌리더니 버럭 고함을 쳤다.

"이모! 이모! 이제 그만 설거지 다 했으면 이리 나와 봐! 거기서 뭐해!"

빗소리를 뚫고 절규처럼 울렸다.

한참 후 이모가 쭈뼛거리며 나왔다. 그리곤 조금 떨어져서 툇마루에 걸터앉았다. 방 형사가 몇 번이고 강 형사의 팔을 원망스럽게 치며 말렸고, 이모를 향해 올라 앉으라고 여러 차례 권했다. 이모는 한사코 사양했다.

강 형사는 두 여자의 실랑이를 무시하고 말을 했다.

"현진아, 내가 본 진실이 뭔지 들어볼래?"

방 형사의 얼굴 가득 울음이 번지려 했다.

"취조실에서 언뜻 스치는 놀라운 광경을 보았어. 보고도 몰랐지. 그래서 사라져 버렸어. 진실을 보고도 난 내 스스로 물리쳐 버렸지. 그럴 리 없다고 말이야. 믿지 않은 거야. 받아들이지 않은 거야. 그렇게 불경스런 생각을 해서는 안 된다고 나 스스로 거절하고 부인하고 밀쳐낸 거야. 그랬으니 아무리 떠올리려 해도 떠오르지 않을 수밖에……. 난 그걸 며칠 전 윤 소령을 다시 만나서야 겨우 깨달았지."

강 형사의 목소리에 우수가 섞였다. 방 형사의 눈에서 눈물이 떨어졌다. 그녀는 손을 들어 급히 닦았다.

"아버지가 공안44라면, 모든 것의 주모자라면, 영주로 꾸민 그 공안44

요원은 분향실에서 나오며 나와 마주칠 뻔한 쇼를 할 필요가 없었어. 아버지 뒤에 다소곳이 고개를 숙이는 연출을 할 필요가 없었다고. 그냥 아버지가 그녀를 동생 영주라고 소개하면 그만이었던 거야. 아니 그냥 '영주야' 하고 한 번 부르기만 해도 그냥 영주가 되는 상황이었다고."

강 형사의 기억 저편에서 다시 아버지의 목소리가 들려왔다.

'잘 왔다, 아들아.'

그날 아버지는 그렇게 불러주었다. 그렇게 불러주지 않았다면, 못난 후레자식을 그렇게 반겨주지 않았다면, 십 수 년 만에 나타난 놈을 그렇게 따스하게 불러주지 않았다면…… 영원히 거짓의 수렁 속에서 허우적거렸을지도 몰랐다.

"가짜 영주는 아버지가 보낸 게 아니었어. 가짜 영주는 나를 강화로 보내기 위한, 공안44가 꾸민 음모의 중요한 핵이었어. 아버지가 그런 것이 아니라면, 결국 아버지는 공안44일 수 없는 거야."

강 형사의 목소리에 물기가 젖으려 했다. 빗줄기가 다시 정신없이 굵어졌다.

"그럼 누구지? 누가 공안44인 거지? 아버지 말고 내 랜드로버에 추적 장치를 심고, 핸드폰을 박살내게 한 자가 누구지? 영주가 집을 나가 새엄마 장례에 절대 올 수 없다는 것을 아는 자가 누구지? 도대체 누구지?"

강 형사의 목소리가 많이 떨렸다.

"이 공안44는 정말 많은 것을 알고 있어. 나보다 더 우리 집의 계보를 꿰뚫고 있어. 할아버지 강처중이 신노우란 이름으로 일본에 생존해 있고, 아버지 강신앙이 그에게서 시모가모 기록을 받았다는 것을 알고 있으며, 아들인 나란 놈은 아버지와 틀어져 오랫동안 왕래도 안 했다는 것을 알고 있었어. 새엄마에 대한 복잡한 시시콜콜한 감정까지 모두 알고 있었다고."

한동안 세찬 빗소리 외에 아무것도 들리지 않았다. 서걱거리며 바닥에 꽂히는 빗소리에 이따금씩 천둥이 섞일 뿐이었다.

"공안44가 계획한 프로젝트는 나에 대해, 나의 과거에 대해, 우리 집안의 지저분하고 뒤숭숭한 것에 대해 모르면 절대 성립할 수 없는 작전이었어. 아무리 내가 막 돼 먹은 놈이라도 새엄마 장례식에는 꼭 내려올 것이고, 동생 영주가 6년 전에 집을 나갔다는 사실을 절대 모를 것이며, 아무리 미워해도 아버지를 볼모로 잡으면 반드시 불속이라도 뛰어들 것이라고 철저하게 예상하고 준비한 거지. 누굴까? 이렇게 줄줄 꿰차고 있는 사람이 말이야."

강 형사는 고개를 돌려 툇마루 끝에 쭈그리듯 앉아 있는 이모를 향했다.

"이모, 그게 누굴까? 변수 많은 이런 작전에서 순간순간 적재적소에서 감정을 자극하며 궤도를 이탈하려는 것을 그때그때 수정해 끌어당길 수 있는 그런 사람이 과연 누굴까? 이모는 알지? 그게 누군지 알지?"

이모는 아무 말이 없었다. 비 내리는 오두막 툇마루는 비에 섞이는 강 형사의 절규 같은 소리 외엔 아무 소리도 없었다.

"이런 모든 것을 잘 알고 있으면서도, 아버지 말고 죽은 새엄마 말고, 그럼 또 누가 남지? 이모? 내 주위에 누가 또 남아 있는 거지?"

강 형사가 고개를 앞으로 돌렸다. 줄기차게 쏟아지는 빗줄기를 향했다. 눈앞에 온통 하얘질 정도로 쏟아 부었다.

"글쎄 그건…… 아무리 생각해 봐도 이모밖에 없는 거야……."

강 형사는 하소연하듯 목소리가 맥없이 처지며 느려졌다.

"현진아…… 바로 이모였다. 내 이모였다."

잠시 온 세상이 정지된 것 같았다.

강 형사의 흔들리는 목소리만 고백하듯 일렁거렸다.

"내 이모가 공안44 요원이었어. 나를 감옥에 집어넣고, 나를 일본으로 보내 죽게 한 게, 바로 내가 사랑하는 이모였다……."

멀리서 벼락이 쳤다. 천둥소리가 다시 울리는 것이 비가 더 세차게 올 것 같았다. 하늘이 칠흑같이 시커메지기 시작했다.

오랫동안 아무도 입을 열지 않았다.

"생각해 보면, 새엄마가 죽었다고 전화한 것도 이모였지. 나를 남원으로 부른 것이 이모였어. 아버지는 처음부터 나를 부를 생각도 없었으니까. 핸드폰이 싸움에서 고장 나지 않았다면 아마 이모가 그걸 변기에라도 빠뜨렸을 거야. 그리고 실수라고 말했겠지. 내 말이 맞아, 이모?"

강 형사는 혼잣말하듯 멍하니 말을 했다.

"아버지가 납치되고 잘린 새끼손가락이 경찰서로 배달돼 오지. 난 시모가모 기록을 찾을 단서가 필요했어. 그때 이게 나왔어."

강 형사는 주머니 속에서 뭔가를 꺼내 놓았다. 구겨진 편지봉투였다. 교토 신노우 노인의 집 주소가 적힌 오래된 편지봉투, 일본으로 건너가게 된 단서였다.

교토[京都] 사쿄[左京]구 다나카다카하라[田中高原]정. 신노우[神農]

"물론 내가 안달하고 이모를 들볶았지. 아버지가 어디로 갔는지 아냐고 말이야. 뭔가 단서라도 될 것이 있냐고 졸랐지. 이모는 당연히 모른다고 했어. 그리고 정말 우연처럼 이것을 꺼내 보여주었지."

강 형사는 봉투를 뒤집었다. 뒷면에는 연필로 삐뚤빼뚤 적힌 글씨가
있었다.

　아부지가 참 조아요.

강 형사가 떨리는 입술을 악물었다.

"이모는 그때 내 어릴 적 딱지와 새총, 장난감들과 함께 이것을 꺼내
보여주었지. 이모 집에 오지 못하게 하는 아버지 몰래 뭔가를 들고 와
놀기 좋아했던 내가 가져온 것이라고 말이야. 맞아, 난 분명 그랬어. 맞
아, 그 딱지와 새총들은 내 거였지."

방 형사가 그를 바라보았다. 빗줄기가 그의 눈시울에 들어오는 것 같
았다.

"그런데 현진아, 다 맞는데, 모두 맞는데, 그 글씨는 내가 쓴 게 아니
야. 난 그런 글씨를 쓸 수 없었어. 그 편지봉투에 글씨를 쓸 수 없었단
말이야. 왜냐하면 내가 딱지치기하고 새총으로 참새를 잡던 어린 시절
에 이 봉투를 가져다가 글씨를 쓰려면, 신노우 노인은 20년도 더 전에
이 편지를 아버지에게 부쳤어야만 해. 그래야 철부지 어린애인 내가 봉
투를 가져다가 글씨를 쓰지. 그런데 교토 신노우 노인의 집 주소가 적
힌 이 편지봉투는 절대 그렇게 옛날에 보내진 게 아니야. 그렇게 옛날에
보냈다면 교토의 주소가 아닌 오사카의 주소가 적혀 있어야 하거든. 20
년 전에는 신노우 노인이 교토가 아닌 오사카에 살고 있었어."

강 형사는 사요에게 전화해 확인한 것을 떠올렸다. 사요는 신노우 노
인이 교토의 그 집에서 하숙을 시작한 것이 교통사고로 죽은 아들 부

부의 보상금을 받았기 때문이라고 했다. 그러니까 자신이 6살 때, 그러니까 15년 전이라고 알려주었다. 그전에는 아들 부부의 직장이 있는 오사카에 살았다고 했다.

"그냥 나는 다른 것들 때문에 그 봉투에 써 있는 글씨를 내가 쓴 거라고 생각했어. 작은 암시였지. 나는 현재에서 과거의 기억을 조작해서 내 맘대로 이해했던 거야. 꼭 가짜 영주에게 당했던 것처럼 말이야."

강 형사는 확연하게 처연한 목소리가 되었다.

"그래서 말야, 난 이런 바보 같은 생각도 해봤다. 왜 하필 세종로가 폭파된 그 5월 8일 어버이날에 새엄마가 죽은 거지? 왜 하필 꼭 그날 새엄마가 뺑소니 사고를 당한 거야, 하고 말이야. 이 못난 후레자식을 남원에 확실하게 내려오게 하기 위해서는 그 방법밖에 없었던 것이 아닐까, 하고 말이야. 어버이날 어머니가 죽었는데도 와보지 않을 놈이라면 정말 인간 말종 중에 말종이겠지? 그치, 이모?"

강 형사의 눈에 물기가 맺히기 시작했다. 눈길은 여전히 빗줄기를 세고 있었다. 목소리가 심하게 흔들렸다.

"이모? 이모? 내 생각이 너무 심한 건가? 너무 심한 거야?"

강 형사는 주룩거리는 비에 대고 악을 써댔다.

"이모! 뭐라고 말 좀 해봐! '이 후레자식 같은 놈! 어디서 배워먹은 버르장머리야!' 하고 호통을 치라고! '의심할 게 없어 이모를 의심해! 이 나쁜 놈!' 하고 내 귀싸대기라도 날려달라고! 이모? 이모? 왜 가만히 앉아만 있는 거야?"

빗속에 젖어가는 새마냥 처량해지는 강 형사의 모습에 고개 숙인 두 여자의 눈에서는 눈물이 맺히기 시작했다.

이모는 여전히 쏟아지는 빗소리 속에 배경처럼 섞여 있었다.

뒷마루 끝에 앉은 이모의 몸뻬바지 위에 놓인 딱딱하게 굳어 갈라진 손끝에 눈물이 떨어지는 것이 보였다. 이모의 갈라진 딱딱한 손의 느낌이 떠올랐다. 갈라진 틈에 시커멓게 때가 끼어 있었다.

'이모, 이모, 연필로 그린 거야?'

'아니.'

'그럼, 사인펜으로 그린 거야?'

'아니.'

'그럼 뭐야?'

'그냥 생긴 거야.'

'에이, 이모 더럽다. 비누칠해서 닦으면 안 돼? 아빠가 그러는데 비누칠하면 다 닦인대.'

'이건 비누칠해도 안 닦여.'

'왜?'

'살 속에 박혀서 살처럼 된 거야.'

'우아! 신기하다. 나도 그랬으면 좋겠다.'

젊은 이모가 웃었다. 나도 따라 웃었다. 이모의 손을 만졌다. 까끌까끌했다. 사인펜으로 그린 거라고 말한 게 미안했다. 이모는 먼 하늘을 바라봤다.

'세상엔 비누로 지울 수 없는 게 많아. 아주아주……'

강 형사는 뜨거운 것이 목구멍까지 치밀어와 걸렸다. 눈시울이 뜨거워지려 했다. 치받치는 뜨거운 것을 삼켰다.

이모를 보았다. 여전히 고개를 숙인 채였다. 엄마처럼 그를 돌봐준, 유일하게 따뜻한 어린 시절을 보내게 해준 사람이 바로 이모였다.

강 형사가 손으로 눈물을 씻고 이모를 향해 말했다.

"부탁이 있어, 이모."

이 말을 하고 싶어 온 것이었다. 사표를 쓴 것도, 방 형사에게 알리지 않고 온 것도, 모두 이 말 때문이었다.

강 형사는 터져 나올 것 같은 것을 이를 악물고 참았다. 그리고 어렵게 입을 떼었다.

"이모, 아버지랑 지금 한국을 떠나."

놀란 방 형사가 고개를 번쩍 들어 그를 쳐다보았다.

"그리고 다시는…… 내 앞에 나타나지 않았으면 좋겠어."

이모는 충격을 받아 갑자기 멈춰 버린 로봇처럼 굳어졌다.

"사표를 썼어. 난 더 이상 경찰이 아니야. 이모를 잡을 수도 없고, 잡을 이유도 없어. 아니 잡고 싶어도 증거가 없어. 이모가…… 나와 현진이를 죽이려 했지만…… 이렇게 죽지 않았어. 그러니 괜찮아. 하지만 이모를 더 이상 그냥 볼 수는 없을 것 같아. 알면서도 계속 볼 수는 없을 것 같아."

방 형사가 눈짓을 계속했다. 조금 가늘어졌던 빗줄기가 다시 굵어지기 시작했다.

"아버지도 그래. 아버지는 살인을 교사했어. 맞아 그 세 노인은 죽어 마땅한 자들일 수도 있어. 하지만 그러면 안 되는 거였어. 아무리 그래도 그러면 안 되는 거였어. 정말 그들이 죽어 마땅한 자들이어서 죽일 생각이었다면, 감옥에서 나를 빼내기 위해 죽이기 전에, 훨씬 이전에 그들을 죽였어야 했잖아. 그렇지 않아?"

강 형사가 고개를 돌려 건넛방 문을 향하며 천둥치듯 목소리를 높였다.

"안 그래요, 아버지? 그렇죠? 아버지, 이제 그만 나오세요. 아버지답게 좀 나오세요. 벽장 안에 숨어 있지만 말고요! 예?"

소리가 윙윙 거리며 퇴락한 집에 울렸다. 이모가 움찔했다. 방 형사는 벌떡 일어나 자기 뒤에 있는 건넛방 문을 놀랜 눈으로 쳐다봤다.

천천히 방문이 열렸다.

정말 강신앙의 육중한 몸이 문턱을 넘어 툇마루로 나섰다. 이모는 그래서는 안 된다는 눈빛으로 부산했지만, 아버지는 단호히 그쪽을 외면하고 툇마루 한쪽에 앉았다.

아들과 아버지의 팽팽한 눈싸움이 한동안 이어졌다.

많은 말들이 육중한 침묵 가운데 오고 갔다. 굵어진 빗줄기만 그들의 사연을 다 알아들었다.

강 형사가 눈길을 떨어뜨렸다. 그리고 방 형사를 향했다. 지어지지 않는 미소를 억지로 만들어냈다.

"현진아, 인사해. 우리 아버지야."

느닷없이 벌어진 상황에 방 형사는 어쩔 줄 몰라 하며 고개 숙여 인사했다. 강 형사는 이죽거리는 미소로 그녀에게 재미있다는 듯이 말했다.

"건넛방에 한 사람 들어가 숨을 만한 벽장이 있어. 어릴 적 나도 거기 많이 숨었는데……"

아버지는 그 옛날 어린 그가 숨은 걸 알고도 모른 척해 줬다. 그것을 그도 그대로 갚았다. 아까 이모의 집에 와서 방들을 추억에 잠겨 열어 볼 때 그는 보았다. 급히 벽장에 뛰어 들어가느라 벽장 문고리가 벽장 안으로 말려들어가 있는 것을 보았다.

"아버지는 말야, 엄청나게 이모를 싫어했어. 그렇지 이모? 아닌가? 싫어하는 척한 건가?"

장난스럽게 고개를 길게 빼서 뒤를 돌아보며, 이모의 동의를 구했다. 이모의 숙인 고개가 떨리기만 했다. 천하의 모든 죄를 뒤집어쓴 듯 아무 말도 못하고 우두커니 쭈그리고 있는 이모의 모습에, 강 형사는 키득거리기 시작했다.

"아버지는 말야, 내가 이모 집에 가는 것을 죽어라하고 싫어했어. 그래서 아버지가 날 찾으러 여길 오면, 벽장 안에 쏙 들어가 숨곤 했지. 정말 아버지는 불같이 화를 냈다니까."

키득거리는 강 형사를 제외하곤 아무도 웃지 않았다. 모두 딱딱하게 굳은 표정이었다.

"현진아 내가 어떻게 아버지가 여기 있는지 알았는지 아니?"

강 형사는 재미있다는 듯 실실거렸다.

"모든 것을 다 알게 되자, 난 아버지가 납치된 게 이상했어. 너무 비효율적인 일처리였지. 공안44 입장에서 가장 좋은 것은 아버지를 그냥 살해하는 거였어. 손쉽고 간편하고 나를 자극하기도 딱이었지. 이래저래 나를 교토로 보내는 것이 목적이었는데 그렇다면, 복잡하게 편지봉투를 위조하는 것보다는 살해된 아버지 시체 위에 단서 하나를 떨궈 놓는 것이 더 낫거든. 그런데도 아버지는 그냥 납치됐어. 도대체 왜 그랬을까? 왜 이렇게 매끄럽지 않고 변수 많은 방법을 택했을까?"

강 형사는 키득거리기 시작했다.

"나도 지로가 어렵게 알아낸 사실을 어제 알려주기 전까지는 확신하지 못했어."

방 형사는 지로가 연락했다는 말에 깜짝 놀랐다. 강 형사의 키득거림이 멈추질 않았다.

"공안44 요원이 글쎄 아버지를 좋아했던 거야. 큭큭큭. 우습지? 우습지? 공안44인 이모가 아버지를 좋아했던 거야. 그래서 죽이지 않은 거야. 이모가 공안44 수뇌부에게 말했겠지. 아버지를 죽이면 모든 프로젝트가 망쳐질 거라고 말이야. 큭큭큭큭."

방 형사는 강 형사가 이제 더 이상 말하지 않았으면 좋겠다고 생각했다. 하지만 강 형사는 투정 부리는 아이처럼 점점 변해갔다.

"그런데 정말 웃긴 건, 아버지도 이모를 좋아했어. 아버지는 말야, 이모를 좋아하면서도 멀리했던 거야. 아니 멀리하는 척한 거야. 남들 눈을 피해야 하니 말이야."

아버지와 이모의 얼굴이 돌처럼 딱딱해졌다.

"아버지는 다른 어디에 잡혀 있는 것이 아니라 내내 여기 이모 집에 숨어 있었던 거야. 나를 도발하기 위해 새끼손가락을 자르기는 했지만 말이야. 참 아팠을 거야. 그치? 정말 웃기지? 현진아 그렇지?"

한참 키득거리던 강 형사가 조금씩 진정했다. 그의 키득거림이 사라지자 사방에 빗소리만 을씨년스럽게 퍼졌다.

강 형사는 진지한 표정으로 아버지 강신앙을 쳐다보았다. 벌떡 일어나 그 앞에 다가가 무릎을 꿇었다. 그리고 똑바로 아버지를 쳐다보았다.

"아버지, 한 가지만 여쭤볼 게 있습니다."

강 형사의 눈빛이 형형해졌다. 방 형사는 불안해 미칠 지경이었다.

"아버지, 아버지는 왜 저를 사랑하셨어요?"

엉뚱한 질문에 방 형사는 당혹스러웠다.

"아버지가 저를 편애하신 것이 저를 사랑해서인가요?"

당황스런 방 형사는 강 형사를 말리고 싶었다.

"아니죠? 그건 아니죠? 그냥 엄마를 잊지 못해, 저를 보기만 하면 엄마 생각이 나서 저를 편애하신 거죠? 그렇죠? 맞죠?"

강신앙은 아무 말도 하지 못했지만 흔들리는 눈빛이 말하고 있었다.

"그렇게 엄마를 잊지 못해서, 비밀의 방에 매일 들어가서 엄마 기모노와 사진을 보고 그리워하신 거죠? 저를 볼 때마다 엄마를 떠올린 거죠? 그렇죠?"

코앞에서 사춘기 소년처럼 대드는 강 형사 때문에 방 형사는 조마조마 불안해서 견딜 수가 없었다.

강 형사의 얼굴이 벌겋게 상기되었다.

"모친이 저만 그렇게 끔찍하게 편애했던 것도 아버지 때문이었잖아요? 아버지가 모친을 거들떠보지도 않고 저만 끼고 도니까, 모친이 아버지의 마음을 돌려보겠다고 그렇게 저만 편애했던 거잖아요? 아녜요?"

강신앙의 표정이 변하는 것을 보고 이모가 흠칫하며 끼어들려고 했지만 강 형사는 멈추지 않았다.

"새엄마와는 왜 결혼하셨어요?"

아버지가 움찔했다. 이건 금기의 말이었다.

"아니 결혼은 진짜 하신 거예요?"

오랫동안 밑바닥에 숨겨두었던 것이 가슴을 찢고 튀어나오자 너무나 아팠다. 상처에 고춧가루를 들어부은 것처럼 얼얼하게 아팠다. 지금이라도 그만둘까 하는 동요가 일었다.

몇 살 차이 나지 않던 새엄마의 그때 얼굴이 떠올랐다. 첫사랑 누나였다. 그리고 그건 다 아버지 잘못이었다. 모두 다……

"할아버지의 눈을 속이려고 그러신 거예요?"

강 형사는 넘어오려는 것을 가까스로 삼키고 아버지를 똑바로 쳐다봤다.

"할아버지가 그렇게 무서우셨어요?"

아버지의 꽉 쥔 손이 부르르 떨렸다.

"그래서 눈가림으로 모친과 결혼하고 인형처럼 새엄마를 세워놓은 거예요?"

강 형사의 눈에 물기가 돌려하는 것을 억지로 참았다. 아무에게도 말하지 못했던 참담한 심정까지 감정을 타고 찾아와 흔들리는 눈을 질척거리게 했다.

"그렇게도 소중했어요? 모친보다, 새엄마보다, 죽어버린 옛 여인이 더 소중했어요? 비밀의 방 속에 꼭꼭 숨겨놓고 잊지 못해 눈물 흘릴 만큼 소중했냐고요?"

강 형사의 목소리가 조금 격앙되었다. 사정없이 쏟아붓는 빗줄기에 대항이라도 하려는 듯 보였다.

"아버지, 도대체 왜 하고 많은 여자들 다 냅두고 일본 여자가 뭐가 좋다고 일본 여자와……"

쩍!

강 형사는 그대로 툇마루에 쓰러졌다. 방 형사의 놀란 눈이 휘둥그레졌다. 이모는 쓰러진 강 형사를 부축하려 달려들다가 쓰러져 손을 내젓는 강 형사의 서슬에 멈췄다. 뺨을 후려갈긴 강신앙의 얼굴은 울그락불그락했다.

강 형사의 왼쪽 뺨이 벌겋게 되었다. 부푼 입술을 혀로 핥으며 일어났다. 그리고 다시 똑바로 무릎을 꿇고 아버지 앞에 앉았다.

"왜, 일본 여자와……."

쩍!

이번엔 좀 더 세게 맞았는지 몸이 뒤로 홱 틀어지며 나동그라졌다.

"선배!"

"태혁아!"

놀란 두 여자가 달려와 일으켰다. 귀가 먹먹하고 정신이 아찔했다. 입술이 찢어져 피가 났다. 고개를 흔들며 정신을 차렸다.

"태혁아, 이모가 잘못했다. 이제 제발 그만 해라."

이모가 흐느꼈다. 방 형사는 손을 입에 대고 가늘게 떨며 어쩔 줄 몰랐다.

강 형사가 다시 무릎을 꿇고 앉았다. 그리고 다시 눈을 들어 똑바로 쳐다봤다.

"아버지, 왜 일……."

쩍!

그의 몸이 툇마루에서 굴러 떨어져 마당에 뒹굴었다. 머리가 진창에 박히고 억수같이 쏟아지는 비에 순간적으로 온몸이 젖었다. 맨발로 달려 내려온 두 여자가 한 쪽씩 붙들어 일으켰다. 뿌리쳤다. 줄기차게 쏟아지는 차가운 비에 벌겋게 된 왼뺨이 더 화끈거렸다. 입안까지 다 터져 피가 흘렀다. 귀도 윙 소리를 내며 멍했다.

어기적거리며 툇마루를 손으로 짚고 간신히 일어섰다. 어찔했다. 뺨 맞은 것보다도 툇마루에서 굴러 떨어지면서 땅에 머리를 부딪쳐서 그런 것 같았다.

뜨끈하고 끈적거리는 것이 얼굴에 한 줄기 흘러내렸다. 만져 보니 피였다. 옛날 일이 생각났다. 키득거리는 웃음이 새어나와 멈춰지질 않았다. 아버지에게 처음으로 맞아 결국 집을 나가게 된 그날의 일이 데자뷰처럼 떠올랐다.

툇마루로 올라가 다시 두 무릎을 꿇었다. 진흙과 빗물로 엉망이었다. 강신앙의 얼굴이 꿈틀거리며 손이 부르르 떨렸다.

"아버지, 왜……."

하는 순간 이모가 달려들어 아버지의 손을 붙잡고 매달렸다. 거의 동시에 방 형사가 강 형사에게 달려들어 그를 몸으로 감쌌다. 그 서슬에 강 형사는 맥없이 툇마루에 쓰러지고 말았다.

마루에 널브러진 강 형사는 그때까지 붙들고 있던 마지막 힘이 온몸에서 죄다 빠져나가는 것 같았다. 완전히 방전된 배터리처럼 손가락 하나 까닥할 수 없었다.

그랬는데 가슴에 북받치는 뜨거운 것이 치밀어 오르며 두 눈을 뜨겁게 적셨다. 그러자 다시 울분이 가슴속 쌓이며 터질듯이 튀어나오려 했다.

"우아악!"

갑자기 터져 나온 울분에 찬 고함에 다들 놀랐다.

"으아악! 악! 악! 악! 아악! 아악!"

목이 쉴 정도로 소리를 질러댔다.

하지만 가슴속에 쌓인 것은 조금도 줄어들지 않았다. 목소리가 가늘게 갈라지며 끊어질듯 이어지며 소리가 나오지 않게 될 때까지 악을 써댔다.

지치지 않게 계속 내리는 폭우와 싸움질하듯 질러대는 울음 섞인 악이 초라한 오두막에 메아리쳤다.

차츰 힘이 잦아들며 가는 흐느낌이 섞여 들었다.

"왜? 왜 그랬어요? 아버지? 왜 그러셨냐고요?"

그의 얼굴은 눈물로 얼룩져 있었다. 사춘기 소년이 되어버린 것 같은 그의 모습에 방 형사는 그동안 험난한 일을 헤치고 자신을 이끌어주던 모습이 겹쳐졌다. 그러자 더 애처롭게 여겨졌다.

"왜 내 엄마가…… 하필…… 일본인이냐고요…… 예? 으흐흐흑……."

방 형사는 그를 다독이며 그만두게 하고 싶었다. 하지만 그의 울음에 끼어들 수 없었다.

"왜 제 인생에 끼어드신 거예요? 왜요? 아버지가…… 아버지가 시모가모 기록을 가지고 끼어드는 바람에…… 여기까지 왔잖아요. 알 필요 없는 것까지 다 알게 되어 버렸잖아요. 이모가…… 사랑하는 이모가 공안44라는 걸 알아버렸잖아요……. 왜 그랬어요? 도대체 왜 그랬어요? 예?"

강 형사의 눈에서 새로운 눈물이 솟아나며 말소리가 차츰 흐려졌다. 빗소리에 섞인 그 소리는 확적하지는 않았지만 가슴으로 들을 수 있는 소리였다.

"왜 제 어린 시절…… 하나뿐인 아름다움까지 가져가셨냐고요……?"

PM 07:10

지겨운 비가 드디어 그쳤다.

악을 쓰고 울다 제풀에 지쳐 탈진해버린 강 형사를 안방에 누였다. 이모가 수건을 꺼내 진흙탕에 더러워진 옷과 얼굴을 닦아주고는, 젖은 웃옷을 벗기고 이불을 덮어주었다. 말없이 옆에서 돕던 방 형사는 이모가 꼭 그의 엄마 같다는 느낌이 들었다.

방 형사를 안방에 두고 이모가 나갔다. 문이 닫혀 똑똑히는 아니지만 툇마루에서 두런거리는 소리가 낙숫물 소리에 섞여 들려왔다. 강신앙의 깊은 신음 소리도 들렸다. 이모가 일어서서 부엌으로 가는 소리가 들렸다. 저녁을 지으려는 것 같았다. 그 느낌은 오랜 세월동안 견원처럼 지낸 사이가 아니었다. 오랜 세월 정이 쌓이고 쌓인 느낌이 삶 속에 간직되어 있는 사이였다.

방 형사는 강 형사의 얼굴을 쳐다보았다. 더 이상 그녀가 알던 그 모습이 아니었다.

갑자기 강신앙의 굵은 목소리가 문 너머에서 울렸다.

"좀 나와 보지 않겠소."

순간 철렁했다. 천천히 일어나 문을 열고 나갔다. 강신앙은 조금 전과 변함없는 모습 그대로 툇마루에 앉아 있었다. 조금 떨어진 곳에 다리를 비스듬히 하고 고개를 조금 숙이고 앉았다. 그를 똑바로 볼 수는 없었다.

조금도 움직이지 못한 채 눈망울만 흔들리는 방 형사에게 강신앙이 산 같은 몸을 움직여 천천히 다가왔다. 그리고 곰처럼 큰 두 손을 들어 화들짝 놀란 그녀의 손을 덥석 잡았다.

깜짝 놀란 방 형사가 고개를 들었다. 눈에 들어온 강신앙의 얼굴은 세상을 호령해도 자식을 위해 참새의 마음이 되어 버리는 아버지의 얼굴이었다. 강 형사를 매섭게 후려치던 모습은 온데간데없었다. 육중한 그가 간절한 표정으로 말했다.

"내 아들을 잘 부탁하오."

굳센 바위 같은 남자의 가슴이 격하게 흔들리고 있었다. 한 번도 이런 부탁을 해본 적이 없는 사람의 투박한 진심이 밀려들었다.

아버지 강신앙의 가슴은 소리 없이 울고 있었다.

마지막이란 표정으로 강신앙은 오랫동안 가슴속에 묻고만 살았던 이야기를 꺼냈다.

그녀는 강 형사에게 이미 들은 게 있어 처음부터 놀라지는 않았다. 듣는 동안 차츰 강 형사가 지로에게 들었다는 것이 무엇인지 짐작할 수 있었다.

방 형사는 이모가 부엌문 뒤에 숨어서 몰래 듣고 있는 것을 모르지 않았지만, 안방에 누워 있는 강 형사가 얼핏 깨어났다는 것은 알지 못했다.

"이 세상에 진실은 어디에도 없소."

20년 전 복제본 시모가모 기록을 아버지 신노우, 아니 강처중의 서재에서 발견했다. 배신자가 누구인지 물었다.

"아버지는 끝내 말씀하지 않으셨소. 아버지는 이미 당신을 사형시켜 죽이려 했던 친구를 용서하셨으니까."

강신앙은 시모가모 기록을 훔쳐서 한국에 가져왔고, 윤동주와 그리고 아버지 강처중과 연희전문을 같이 다닌 자가 누구인지 조사했다. 그리고 강 형사가 그랬던 것처럼 권민욱이 배신자라는 것을 찾아냈다.

"하지만 난 결코 아버지의 원수를 용서할 수 없었소. 아버지가 어떻게 살아오셨는지 모르는 자는 절대 이해할 수 없을 거요."

그런 자는 역사의 심판을 받아야 했다. 하지만 20년 전 공명환 교수에게 넘기려 했던 것이 좌절되자, 어떻게 알았는지 신노우 노인이 불호령을 내렸다. 하나도 남김없이 태우라는 거였다. 노인은 권민욱에게 대드는 아들이 꼭 강가에 내놓은 아이처럼 위태롭게 보였기 때문이었다.

하지만 강신앙은 그러겠다는 대답과 달리, 기록을 태우지 않았다. 태울 수 없었다. 역사의 진실을 자기 손으로 없앨 수는 없었다.

"언젠가 진실을 밝힐 때가 올 거라 생각했소"

신노우 노인이 돌아가실 때까지 참을 생각을 했다. 그렇게 동주의 진실이 20년 동안 잠이 들었다. 방 형사는 어떻게 신노우 노인을 만나게 되었는지를 물었다. 강신앙은 깊은 표정이 되었다.

〈스카이블룸〉의 이사장 가이도 하라시는 야쿠자이자 공안44 중간 보스였다. 그는 두 명의 딸이 있었다. 사치에, 아리사. 그는 두 딸을 끔찍이도 사랑했다.

어느 날 첫째 딸 사치에가 곤경에 처한 것을 강신앙이 구해주었다. 그 일로 크게 다친 강신앙에게 고마운 감정을 품은 사치에는 그를 극진히 보살폈다. 듬직하게 일을 처리하는 강신앙을 아버지 하라시도 맘에 들어 하는 것을 아는 사치에는, 그 고마움이 사랑으로 변한 것을 고백했다. 강신앙도 그녀가 싫지 않았다. 한동안 평온한 나날이었다. 둘째 아리사가 속마음을 고백하기 전까지는 말이다. 복잡해진 것은 강신앙 역시 첫째 사치에보다 첫눈에 반한 둘째 아리사에게 더 끌리고 있었다는 사실 때문이었다.

의무감과 사랑, 감정과 애정 사이에서 남모르게 번민하며 괴로워하는 그를 보다 못한 둘째 아리사는 자신이 물러서기로 결심했다. 그를 잊는 것은 불가능했지만, 어려서부터 쌍둥이보다 더 각별하게 우애 깊었던 언니 사치에를 아프게 하는 것을 계속할 수는 없었다. 게다가 언니 사치에는 강신앙이 구해주던 그때 여자로선 끔찍한 일을 당했다. 그래서…… 평생 아이를 가질 수 없었다.

396

"그때 신노우라는 분을 만났소."

신노우라는 말이 안방에 누워 있는 강 형사의 귀에도 똑똑히 들렸다.

"강마른 그분이 칼을 들고 설치던 내게 야쿠자의 똥구녕을 핥는다며 호통을 치셨지. '네놈은 조선 놈이 아니더냐? 네 애비가 지하에서 통곡을 하겠구나'라는 말을 이전에 들었다면, 아마 가차없이 칼을 휘둘렀을 테지."

말을 하는 동안 친근해진 강신앙은 친딸에게 옛날이야기를 들려주는 듯 편안한 말투로 변했다.

"그런데 그때 나는 사치에와 아리사 사이에서 고민하고 있었거든. 문득 신노우라는 분의 말씀이 나를 살려준 것 같았어. 깜깜한 골짜기 아래서 헤매다가 절벽을 타고 넘어가 새로운 세상을 나갈 수 있을 것 같은 느낌이었어. '그래, 원래 맨몸이었다. 떠나자!' 하고 맘먹은 것이 그때였지."

방 형사는 회한으로 흔들리던 강신앙의 얼굴이 다시 단단해지는 것을 보았다.

보스는 허락하지 않았다. 조직이 무너질 수도 있는 일이었다. 야쿠자는 잔인했고 가이도 하라시는 교활했다.

'가도 좋다. 다만 네게 준 모든 것을 놓고 가라.'

그 말은 있는 그대로였다. 돈이나 옷 같은 것이 아니었다. 말 그대로 '모든 것'이었다. 떠나려는 그를 불러 세운 말이 그것이었다.

'네가 여기 올 때 목숨이 붙어 있지 않았다. 실낱같이 가는 한 줄기였다. 나머지 목숨은 놓고 가라.'

그를 살려준 간호와 극진함으로 소생한 목숨도 그들이 준 거라는 논리였다. 야쿠자들의 무차별적인 폭력에 정신을 잃고 앞이 희미해질 때였다. 갑자기 한 여인이 달려들어 그를 감쌌다. 둘째 아리사였다.

'제 뱃속에 이분의 아이가 있어요. 이분의 것을 다 뺏어야 한다고 그랬죠. 그렇다면 그것도 뺏으세요. 저부터 죽이세요.'

그가 아는 그녀는 다소곳하고 여린 여자였다. 말도 크게 하지 못하는 꽃 같은 여자였다. 단도를 빼들고 자기 목에 대며 그런 말을 할 여자가 아니었다. 불같은 성질의 아버지 앞에 그렇게 나설 수 있는 여자가 아니었다. 무엇보다도 진실이 아닌 거짓을 가지고 그렇게 할 여자가 결코 아니었다.

그런 생각이 어지럽게 섞이며 정신을 잃었다.

병원 침대에서 깨어난 그의 옆에는 아무도 없었다. 건너 옆 침대에 가슴에 깊은 상처로 사경을 헤매던 신노우가 있을 따름이었다. 왜 그가 거기 그렇게 있었는지 그는 끝내 아무 말도 하지 않고 퇴원해 가버렸지만, 이내 알게 되었다.

그가 야쿠자인 가이도 하라시 밑을 떠나려 하다가 인사불성이 되었다는 소문을 들은 신노우는 자신의 책임감을 통감했다. 가이도 하라시를 만나 담판을 벌였다. 교활하고 잔인한 하라시는 목숨 대 목숨의 조건을 걸었고, 신노우는 그러겠다는 말과 동시에 칼을 들어 자신의 가슴을 힘껏 찔렀다.

만약 단호하고 호쾌한 신노우의 행동을 저지하려고 급히 나선 하라시의 손이 아니었다면 정말 심장까지 깊숙이 박혀 절명할 뻔했었다. 하라시가 나선 것은 신노우에게 호감을 품어서가 아니었다. 다른 이유 때문이었다. 조센징으로서는 가질 수 없는 신노우의 호쾌함이 매우 불쾌해서였다. 신노우를 그렇게 죽게 한다면 그의 당당함이 기억이 되어 부하들 사이에 영원히 남게 될 우려가 있었다. 또 이미 자신들이 린치한 강신앙이 사경을 헤매고 있어 어쩌면 죽을 수도 있는데, 만약 신노우가 죽고 강신앙마저 죽는다면 신노우와 한 약속을 지키지 않는 셈이 되는 거였다. 야비함을 약속의 소중함으로 위장한 그에게 약속을 지키지 않는다는 것은 부하들을 통솔할 기반을 잃어버리는 것과 같은 거였다.

가슴에 피를 뿜어대며 창백한 얼굴로 쓰러진 신노우를 놓고, 그래서 가이도 하라시는 이렇게 선언했다.

'강신앙이 실낱같이 목숨이 남아 있는 것처럼 신노우도 실낱같은 목숨은 남아 있다. 목숨 대 목숨의 약속은 지켜졌다.'

이후 생사는 자신의 약속과 무관하다는 하라시의 간교한 말에 모두들 광기어린 굴복을 했다.

그 광기는 딸에게도 예외는 아니었다.

'뱃속의 더러운 씨를 버려라!'

낙태하라는 명령에 한사코 고개를 완강히 흔드는 딸을 보고 하라시는 분노했다. 결국 하라시는 야쿠자 보스로서 마지막 명령을 자기 딸에게 내렸다. 출문이었다.

그 명령에 옆에 서서 아버지의 분노를 풀려고 노력하던 첫째 사치에까지 경악하고 말았다. 사치에는 그렇게 여리고 유약한 동생이 결연한 태도로 자기의 새끼발가락을 자를 줄은 꿈에도 생각지 못했다. 신음소리 하나 내지 않고 이를 악물고 스스로 자기 발가락을 자르는 동생의 이마에 솟는 고통의 땀방울을 사치에는 끝까지 볼 수 없었다.

툇마루에서 들려오는 이야기 소리가 강 형사의 옛날을 흔들어 깨웠다. 아주 오래전 옛날, 이젠 다 잊어버렸다고 생각한 그 옛날이 떠올랐다.

'왜 여기가 이래?'

'다쳐서 그래.'

'그런데 여기는 왜 안 그래?'

'거긴 안 다쳤어.'

'아, 다행이다.'

'왜?'

'다친 데가 밥 먹는 데가 아니니까.'

'누가 밥을 발로 먹니 손으로 먹지.'

'그래도 밥 먹는 손이 밥 먹을 때 발이 아프면 손이 슬퍼하잖아.'

'우리 태혁이 정말 착하구나……'

하고 나를 가슴에 끌어안아 주었다.

'이모, 이모, 난 이모 냄새가 정말 좋아.'

'이…… 이모도…… 태혁이 냄새가 정말 정말 좋아……'

"그래서 어떻게 되셨어요?"

밖에서 들려온 방 형사의 목소리가 옛날을 흩어 버렸다.

"몸을 회복한 내 앞에 그녀가 나타났지. 꿈만 같은 일이었지. 결혼식도 올리지 못했지만 그런 건 중요치 않았어. 얼마 지나지 않아 아이가 태어났어. 꼭 아리사를 닮은 아들이었지. 그런데……"

신노우는 불같이 화를 냈다. 신노우가 자신을 위해 목숨을 걸었다는 것을 알게 된 강신앙은 참았지만, 축복은커녕 아리사와 아이를 버리라는 말에는 당황하지 않을 수 없었다. 한국 사람이라고 해서 일본 여자와 결혼하지 못할 것이 무어냐고 대드는 그를 향해 신노우는 입에 담을 수 없는 말로 싸늘하게 대했다. 그것만이 아니었다.

강신앙이 어렵게 구한 직장의 동료와 상사들에게 그의 처가 야쿠자의 딸이라는 것을 떠벌려 멀어지게 했고, 직장에서 쫓겨나게 만들었다. 그렇게 여러 군데를 전전했다. 거듭된 신노우의 이해할 수 없는 협박과 패악에 분노한 강신앙이 더 이상 참지 못하고 폭발하려 했다. 결판을 내겠다고 나가려는 그의 팔을 붙들고 늘어진 것이 아리사였다.

흔들리는 눈빛으로 주저하며 꺼낸 말은, 그를 놀라게 하기에 충분했다. 그리고 왜 그렇게 신노우가 그에게 간섭하는지 그제야 알게 된 거였다. 신노우가 그의 친아버지라는 말을 사랑하는 아리사가 아니라 다른 자가 했다면 결코 믿지 않았을 거였다.

신노우의 박해에 남편과 신노우 사이에서 몸이 달았던 아리사는 신노우를 만났다고 했다. 신노우 역시 아리사를 보고 싶던 참이라고 했다.

'우리 사이에 더 이상 끼어들지 마세요.'

'충분히 끼어들 사이다. 너보다는 가까운 사이다.'

'부부보다 가까운 사이가 있나요?'

'있다. 핏줄은 당긴다.'

아리사는 신노우의 말이 진실임을 알았다. 그렇게 끝났다. 그동안 그것을 말하지 못하고 혼자만 삭이고 있었던 거였다.

'저는 아버지를 배반했지만 당신까지 아버지를 배반해서는 안 돼요.'

충격에 휩싸인 강신앙은 그녀의 간곡한 요청에 약속을 하고 말았다.

강신앙은 신노우를 찾아가 말했다.

'헤어지겠습니다.'

강신앙은 자신이 아들임을 아는 사실을 내색하지 않았다. 그건 아리사와의 약속이었다. 아리사가 약속을 요구한 것처럼, 그도 그녀에게 한 가지를 요구했다.

둘은 같이 일본에서 한국으로 건너왔다. 아버지 신노우의 눈을 속여야 했다.

"나는 홀아비처럼 저놈을 길렀소."

그 다음 툇마루에서 흘러나온 그 말이 안방문의 창호지를 뚫고 강 형사의 가슴에 꽂혔다. 뜨거운 것이 눈에 솟구쳤다.

"난 저놈에게 아리사를…… 이모라고 부르라고 했지."

'우리 태혁이…… 정말 착하구나.'

'이모, 이모, 난 이모 냄새가 정말 좋아.'

'이…… 이모도…… 태혁이 냄새가 정말 정말 좋아……'

기억이 모두 났다. 모두 다 났다.

"예? 그럼, 이모님이 강 선배의 어머님이세요?"

놀란 방 형사의 말에, 안방에 누워 있는 강 형사는 누운 채로 고개를 저었다. 눈물이 양쪽 옆으로 뿌려졌다.

'아니야, 현진아. 그게 아니야. 이모가…… 이모가…… 둘이야, 둘.'

휴게실에서 순경 둘이 손가락과 발가락을 말하며 시시덕거리지 않았다면 나는 영원히 내 먼지 쌓인 진실의 기억을 깨우지 못했을지도 모른

다. 균형이 맞지 않으면 어떻게 하냐며 낄낄거리며 뒤뚱거리는 시늉을
내지 않았다면 영원히 묻혀만 있을 기억이었다.

피가 끓는 머릿속에, 새엄마 장례식 때 이모가 불편하게 절뚝거리던
영상이 스쳤다. 곰곰이 더듬은 기억은 오른발이라고 말했다. 분명 오른
발을 절었다. 이모는 그때 다쳐서 그렇다고 했다. 분명 다쳤을 거다. 분
명 그랬을 거다.

그때 다시 잠자던 오래전 기억이 떠올랐다. 이모가 따뜻하게 물을 받
아 목욕을 시켜주었던 기억이었다. 커다란 대야를 잡고 옹알거리던 내
기억…… . 그때 나는 물었다, 이모에게. 이모의 왼쪽 새끼발가락이 없는
것을 보고…… .

'왜 여기가 이래?'

'다쳐서 그래.'

'그런데 여기는 왜 안 그래?'

'거긴 안 다쳤어.'

'아, 다행이다.'

'왜?'

'다친 데가 밥 먹는 데가 아니니까.'

'누가 밥을 발로 먹니 손으로 먹지.'

'그래도 밥 먹는 손이 밥 먹을 때 발이 아프면 손이 슬퍼하잖아.'

기억은 불완전한 것이다. 현재가 과거를 만들어낼 수도 있다. 권민욱
이 그랬다. 가짜 강영주가 그랬고, 조작된 편지봉투가 그랬다. 하지만 그
들만 그러는 것이 아니라 나도 그럴 수 있다. 마음대로 조작해서 기억하

고 우기는 것이 아닌지, 나도 나를 자신할 수 없다. 내 과거는 내가 더 잘 안다고, 내 기억은 누구보다 내가 더 잘 안다고 우긴다면, 무조건 내 기억이 옳다고 확신하다면, 그건 그들과 조금도 다를 바 없다. 거짓을 진실로 만든 그들과 꼭 같다.

할아버지 신노우는 알면서도 사실 속에 거짓을 섞어 진실을 만들었다. 나와 두 번 만났지만 그때마다 모두 온전한 진실을 말하지 않았다. 할아버지가 남긴 일기가 있지만 그것도 얼마까지 진실인지 장담할 수 없다.

권민욱은 진실은 위험한 것이라고 했다. 할아버지는 치명적인 것이라고 했다. 그리고 아버지는 이 세상에 진실은 없다고 했다.

하지만, 권민욱도 아야코와의 관계를 부정하지 못했다. 할아버지도 아버지를 사랑해서 시모가모 기록을 파기하라고 했다. 그리고 아버지도 마찬가지다. 아버지도 모든 것을 다 던져버리고 뛰어든 것은 나를 사랑해서였다.

아무리 조작해도 바꾸지 못하는 것이 있다. 바꿀 수 없는 진실이 있다. 아무리 시간의 먼지가 두껍게 쌓여도 변함없이 증언하는 것이 있다. 절대 잊혀지지 않는 것이 하나 있다.

그건 몸에 새겨진 사랑의 기억이다.

'아, 다행이다.'
'왜?'
'다친 데가 밥 먹는 데가 아니니까.'

그랬다. 아주 옛날 이모는 왼발 새끼발가락이 없었다. 그래서 그 이모는 빨리 걷지 못했다. 어려서 뛰는 나를 한 번도 따라온 적이 없었다. 넘어진 나를 일으켜주러 올 때도 한참 걸렸다. 가쁜 얼굴로 비척거리며 급한 마음을 따라주지 못하는 몸을 이끌고 달려왔다. 이모는 자신도 힘들면서 언제나 걱정스런 얼굴로 나에게 달려왔다. 그렇게 그것이 뭔지 모르지만 이상했던 나는 그것을 선명한 기억으로 남겨 놓고 있었다.

장례식에 나타난 이모는 오른발을 절었다. 그 옛날 이모였다면 절대 그럴 수 없다. 절대 그렇게 힘 있게 왼발로 땅을 디디며 오른발을 절 수 없다. 절대로, 절대로……

"아리사는 태혁이가 네 살 때 죽었소."

강 형사는 다시 눈물이 났다. 가슴이 터질 듯했다. 한 번도 불러보지 못한 말이 입안에서 뱅글뱅글 돌며 가득해졌다.

그때쯤인 것 같다. 발가락이 없어 힘들게 걸으며 웃던 이모는 된장찌개를 정말 잘 끓였다. 입술이 간직한 그 맛을 찾아내 깊은 심연 속에서 기억을 끌어올렸다.

'이걸로는 왜 안 돼?'

'그건 안 돼.'

'왜?'

'태혁아 그건 못 먹는 거야.'

'왜?'

'그건 못 먹어. 이건 다른 거야.'

'아, 그럼 이건 이모 거구나?'

이모는 정말 천사처럼 웃었다.

아버지와 어머니 없는 불안 때문이었는지 자다가도 쉬를 했다. 그것
이 좋지 않다는 느낌을 가질 정도의 나이 때까지도 그랬다. 그럴수록
고쳐지지 않고 더 심해졌다. 이모가 나를 쓰다듬으며 타일렀다. 마당가
에서 엉덩이를 내리고 끙끙거리던 내가 자랑스럽게 내 똥을 가리키며
말했었다. 그렇게…… 말했었다. 그때 이모는 정말 정말 천사처럼 웃었
다.

"그래서 태혁이에게 더 이상 이모 집에 가지 못하게 했소. 차마 이모
가 죽었다는 말을 할 수 없었거든. 그런데 어느 날 사치에가 나타났소.
그리고는…… 여기서 살겠다고 했소."

아니, 이모가 살겠다고 말한 것이 아니었다. 그런 것이 아니었다.
언제가부터 아버지는 이모에게 가지 못하게 했다. 하지만 몰래 몇 번
가서 빈 집을 보고 이모를 찾았다. 이모는 없었다. 천사처럼 웃던 이모
는 더 이상 없었다. 알 수 없는 무서움에 혼자 남겨졌다. 주룩거리며 흘
러내리는 눈물에 늘어지는 코를 훔치며 쭈그리고 앉아 있었다. 그러기
를 매일같이 그랬다. 그러던 어느 날 집 마당에 서 있는 사람이 있었다.
난 '이모!' 하며 반갑게 달려들었다. 비벼대는 얼굴에 흘러내린 내 코가
범벅이 되었다. 난 너무 반가운 마음에 제대로 알지 못했다.
'어디 갔었어?'
'으…… 으응?'
'이제 어디 가지마. 알았지, 이모? 태혁이 버리고 어디 가면 안 돼. 알
았지?'
'으…… 으응……. 그……그래…….'
'약속할 거지?'

'으응…… 그래…… 약속…….'

이모는 분명 내 얼굴에서 안타깝게 죽은 동생 아리사의 눈매를 보았을 거다. 나는 그 약하게 흔들리는 틈을 야비하게 파헤쳐 움켜쥐었다.

분명 나는 다른 냄새가 난다는 것을 알았을 거다. 분명 얼굴이 조금 다르다는 것도 알았을 거다. 아니 분명히 묘하게 다른 뭔가를 느꼈을 거다. 평소에 한 번도 입은 적이 없는 옷을 입고 있는 것을 보고 이상하게 생각했을 거다. 분명 그랬을 거다. 그런데도 나는…… 나는, 이모가 없는 빈 공간을 견디는 게 싫었다. 분명히…… 분명히 그랬던 거다. 정말 시원하게 끓인 돼지고기 김치찌개를 먹을 때마다, 옛날 된장찌개가 이 맛이었다고 자꾸 스스로 속였던 거다. 그러면서 일부러, 일부러 그 맛을 잊어버리려고 했던 거다. 그랬을 거다. 분명히…….

그렇게 나는 이모를 여기에 묶어 두었다. 어디로 멀리 가지 못하게 묶어 두었다. 젊은 여자를 평생 홀로 늙게 묶어 두고, 나는 내 멋대로 떠나 버렸다. 내 맘대로 다니면서 언제나 돌아오면 반갑게 맞아달라고 이모를 이 집에 붙들어 매었다.

세련된 패션이 몸빼가 되고 가늘고 흰 손이 갈라져 굳은살이 박혀 더 이상 지워지지 않는 검은 때가 끼게 되도록 한 것이 바로 나였다. 사시사철 햇볕에 나이보다 쭈글거리는 피부가 된 것도, 허리와 다리를 남몰래 혼자 주무르며 두드리게 된 것도, 모두 다 나 때문이었다.

그런 이모를…… 잔혹한 외할아버지의 협박에 어쩔 수 없이 휘둘려야 했을 가엾은 이모를…… 나락에 떨어지는 것같이 갈등했던 이모를…… 나는…… 공안44라고 정죄하고 지목했다. 이곳에 침투한 공안44의 끄나풀이라고 그렇게 몰아세웠다. 내가, 내가 그렇게 공안44의 세포가 되도록 여기에 묶어 놓고서는…….

"아니요, 그렇지 않아요. 현진 씨."

이모가 부엌에서 나와 툇마루에 밥상을 엎는 소리가 안방으로 흘러들었다. 이모의 말투는 생판 모르는 사람처럼 변해 있었다.

"제가 말씀드릴게요. 모두 제 잘못이에요."

언니 사치에는 동생 아리사를 정말 사랑했다. 그리고 기꺼이 자신과 강신앙의 사랑을 축복하는 아리사의 말을 진심인 줄 알았다.

그녀는 자신이 강신앙을 사랑하는 동안 동생의 번민이 깊어지고 있었음을 그날 아버지 앞에 대들던 동생의 모습을 보고 소스라치게 깨달았다. 저토록 사랑하면서도 자신을 위해 기꺼이 양보한 동생의 마음에 속으로 주체할 수 없이 흐느꼈다. 그것이 동생을 향한 평생의 미안함이 되었다.

쫓겨난 아리사를 아버지의 눈을 피해 도와준 것도, 한국으로 건너간 아리사가 강신앙과 같이 살지 않는다는 것을 알고 강신앙을 죽이겠다며 길길이 분노하는 아버지를 간곡히 만류한 것도, 모두 그녀 사치에였다.

강신앙이 다른 여자를 두고 아리사를 멀리한 것이 아니라 신노우의 눈을 피하기 위해서 그렇게 한 것이란 걸 아는 사치에는 강신앙을 이해했다. 그리고 그렇게 하자고 약속을 강요한 것이 아리사라는 것을 잘 아는 사치에는 착한 동생의 성품에 더 가슴이 아팠다.

동생 아리사가 죽은 자리를 대신한 것은 우연이 아닌 필연일지도 모른다. 원래부터 그 자리는 사치에의 자리였으니까. 더욱 그녀는 달리 갈 곳이 없었다. 옛날 그 참혹했던 린치로 더 이상 여자가 아니었다. 아이를 가질 수 없는 자신을 생각하면 이 아이는 동생이 자신에게 남겨준

축복이었다. 그렇게 아이를 받아들이고 이모가 되었다.

아버지 가이도 하라시가 강신앙을 감시하겠다는 딸 사치에의 핑계를 진정으로 받아들였는지는 모른다. 특별히 사랑했던 둘째 아리사의 죽음이 던져준 충격으로 하라시가 이전과 달리 조금 유약해져서 그랬는지도 모른다. 다만 그답게도 하라시는 딸 사치에게 비밀요원이 돼야 한다는 것을 강요했다.

그렇게 사치에는 일본에서 죽은 자가 되고, 한국에서 동생을 대신한 자리에서 이모로 부활했다.

한평생 자신을 제대로 봐주지 않는 남자를 바라보기만 하면서 살았던 이모는 행복했을까? 그 남자의 마음속에 자신도 사랑했던 동생이 가득 담겨 있는 것을 보는 마음은 어떤 것이었을까?

아버지가 그렇게도 냉정하게 이모를 박대한 것은 진심이었을까? 그렇게 박대한 것이 정말 죽은 아내에 대한 사랑 때문이었을까? 이모의 마음을 정말 그렇게도 몰랐을까? 모친과 결혼한 것은 진정이었을까? 아니면 할아버지의 눈을 피하려는 술수였을까? 모친이 죽자 새엄마와 결혼한 것도 결국 할아버지의 눈 때문이었을까?

내 어머니 아리사는 아버지가 이렇게까지 평생 당신을 가슴에 품고 살기를 진정 바랐을까?

문득 툇마루에서 들리는 방 형사의 목소리가 강 형사의 머릿속을 멈추게 했다.

"누구세요? 아, 빌려 가신 호미요. 저쪽에 그냥 두세요."

그때 강 형사는 일어나 나왔어야 했다. 아니 앉기래도 했어야 했다.

그렇지만 아련한 아픔이 주는 달콤함에 아이처럼 취해서 이불 속을 벗어나지 못했다.

어른처럼 일어서고 싶지 않았다. 참아야 하고, 잊어야 하고, 말하지 말아야 하고, 알고도 모른 척해야 하는, 어른처럼 되고 싶지 않았다. 그러고 싶지 않았다. 조금 더 투정 부리고 조금 더 울상 짓고 조금 더 떼를 쓰고 싶었다. 한 번도 해보지 못한 아빠 엄마에 대한 칭얼거림을 정말 꼭 한번 해보고 싶었다. 조금만 더 위로받고, 조금만 더 사랑받고 싶었다. 그게 다였다.

그렇게 생각했다. 그리고 그건 그렇게 과도한 것은 아니라고, 엄청난 것을 요구하는 것은 아니라고 생각했다. 그렇게 이기적이기만 한 것은 결코 아니라고 생각했다.

그러나…… 그러지 말았어야 했다.

정말 그러지 말았어야 했다. 자신은 더 이상 칭얼대도 되는 요람속의 사탕을 쥔 아이가 아니었다. 이미 투정의 때는 끝났다. 인정할 것은 인정하고 받아들일 것은 받아들여야만 했다. 힘들어 지치고 짊어지기 어렵고 싫어도, 마땅히 자신이 감당해야할 것을 묵묵히 지고 걸어가는 용기가 있어야 했다. 그래야만 했다. 그게 바로 삶이니까.

날카로운 목소리가 오두막을 찢었다.

"사치에! 이 배신자!"

갑작스런 여자의 날카로운 고성에 강 형사는 온몸에 소름이 돋았다. 근거 없는 공포가 온몸으로 밀려들며, 급한 마음과 달리 조금도 움직일 수 없었다.

"안 돼요!"

탕! 탕!

"악!"

쟁반 엎어지는 소리와 우당탕하는 소리가 섞였다.

탕! 탕! 탕!

부엌에서 쨍그랑 하고 부리나케 뛰어나오는 소리가 났다. 신음소리와 넘어지는 소리, 마당에 장독이 깨지는 소리가 정신없이 뒤섞여 안방으로 휘몰아쳐 들어왔다.

강 형사의 머릿속에서 사이렌이 터질듯이 울어대며 경광등이 미친 듯이 빨간 불을 켜댔다.

놀란 강 형사가 허우적 일어났다. 세상은 빛의 속도로 달려가는데 자신은 뭍에 끌려 올려진 바다거북보다 더 느리게 움직이고 있었다. 손을 버둥거리며 후들거리는 발을 끌고 안방 문까지 가는 것이 평생 쓸 힘까지 다 써도 가지 못할 것처럼 조금도 줄어들지 않았다.

이윽고 안방 문을 밀어 젖히자, 이미 세상은 어두워져 있었다. 밖의 어두운 광경이 눈앞에 펼쳐지면서 세상과 같은 속도로 움직일 수 있게 되었다.

"안 돼!"

지붕이 무너져 내릴 것 같은 고함소리에 마당에서 뒤엉켜 있던 몸뻬를 입은 두 여자가 순간적으로 움찔거렸다.

강 형사의 눈엔 그들이 서로 권총을 뺏으려고 손을 높이 치켜들고 뒤엉켜 싸우는 것이 들어오지 않았다. 툇마루에 뒤로 쓰러져 미동도 않는 아버지를 보기는 했지만 그것도 잠시였다. 마당 한가운데 쓰러져 있는 여자, 배를 움켜쥐었지만 셔츠가 벌겋게 물들도록 흘러나온 피에 그 손까지 벌겋게 된 여자만이 두 눈 가득 들어찼다.

"안 돼!"

맨발로 마당으로 뛰어나가 창백한 얼굴로 눈을 감고 있던 그녀를 끌어안았다. 피가 배어 나오는 그녀의 배를 강하게 눌렀다.

"현진아! 현진아! 눈을 떠! 현진아!"

정신없이 흔드는 서슬에 그녀의 감긴 눈이 가늘게 떠졌다. 바르르 떨리는 눈썹처럼 목소리가 희미하게 가늘었다.

"서…… 선배……"

그녀가 미소를 지으려 했다. 하지만 반도 지어지지 않았다.

"나…… 선배랑…… 결혼하……"

그리고 그냥 그녀가 눈을 감았다.

"안 돼! 안 돼! 안 돼! 안 돼!"

아무리 흔들어도 다시 눈을 뜨지 않았다. 미친 듯이 울부짖는 강 형사가 핸드폰을 눌러대며 그녀를 들쳐업고 길을 따라 뛰었다.

어떻게 그녀를 들었는지, 핸드폰에 무엇을 눌렀는지, 눈앞 길로 내려가면 되는 것인지, 아무것도 생각나지 않았다. 그의 눈엔 아무것도 보이지 않았다. 아무 소리도 귀에 들리지 않았다. 아무 생각도 들지 않았다.

총을 쏜 여자가 비옷을 입고 호미를 빌리러 와서 자신들을 살펴보고 갔다는 것도, 그 여자가 바로 〈스카이블룸〉의 가이도 하라시와 그의 첫째 딸 사치에를 감시하기 위해 공안44가 심어놓은 요원이란 것도, 이모가 아버지 강신앙을 죽이라는 지령을 어기고 구출해서 몰래 숨겨두었다는 것도, 그는 알지 못했고 알고 싶지도 않았다. 그런 건 하나도 중요하지 않았다.

툇마루에 쓰러진 아버지도 총을 맞았을 거란 생각도 그의 머릿속엔 없었다. 아버지가 그녀보다 더 위급한 상태라는 것도 몰랐다. 무엇보다 그때는, 자신이 아버지를 벽장 안에서 나오라고 하지 않았다면, 비밀요원이 절대로 아버지를 향해 총을 겨눌 수 없었다는 것과, 그걸 막으려고 달려드는 방 형사가 총에 맞을 수 없었다는 사실을 알지 못했다. 생각하지도 못했다.

피를 흘리는 그녀를 안고 미친 듯이 내달리는 그는 아무것도 생각할 수 없었다. 오직 그녀만을 생각하며 울부짖는 가슴을 안고 어둠을 뚫고 달릴 뿐이었다.

그 후로도 오랫동안 그는 몰랐다.

이모가 공안44의 요원이지만, 그를 몰아서 감옥에 들어가게 하고 다시 일본으로 건너가게 했지만, 그것이 그를 죽이려는 공작이었다는 것을 이모는 전혀 몰랐다는 것을…… 외할아버지 가이도 하라시가 이모에게 그렇게 움직이지 않으면 그의 심장에 총알을 박아 넣겠다는 협박 같은 명령을 했다는 것도 그는 몰랐다. 부분만 알고 조각조각 떨어진 사실을 쫓으며 공작에 던져지는 하수인의 끔찍함을 그는 미처 알 수 없었다.

이모가 동생 아리사의 아들을 제 몸보다 더 아낀다는 것을, 그를 위해서라면 무슨 일이든 할 수 있다는 것을, 상상할 수 없이 잔인해질 수도 있다는 것을…… 그는 알지 못했다.

그리고 그는 영원히 알 수 없었다.

시모가모 기록을 찾아 송 선생이 남원에 오기 전에 이미 아버지가 공안44에게 납치되어 있었다는 사실을, 송 선생을 죽인 것이 이모가 아니라 아버지를 납치한 다른 요원이었다는 것을 그는 알 수 없었다.

아버지의 손가락이 잘리는 폴라로이드 사진에 이모가 정말 기겁하며 놀랐다는 사실도, 그가 일본으로 건너가자 필요 없어진 아버지를 죽이려는 요원들에게서 목숨을 걸고 구출해서 집에 숨겨주고 있었다는 사실도, 그는 알 수 없었다.

이모가 그에게 단 한마디 변명도 못한 이유가 바로 동생 아리사의 아들을 죽일 뻔했다는 엄청난 죄책감 때문이라는 것을…… 그는 결코 알 수 없었다.

그는 그저 외할아버지 가이도 하라시의 잔인한 피가 이모에게도 흐른다고 생각했을 뿐이다.

그리고 그렇게 조각난 진실이 파편이 되어 묻혔다.

부분의 파편이 진실이 되었다.

1.

얼빠진 눈의 강 형사는 피 묻은 옷으로 병원 로비 구석 벤치에 구겨져 있었다. 조금 떨어진 수술실 문 앞에 서서 조금도 움직이지 않고 수술실을 노려보고 있는 백성연 실장을 도저히 똑바로 쳐다볼 수 없었다.

초조하게 기다리던 긴 시간 이후, 절대 일어날 것 같지 않은 일이 일어났다.

축 처진 어깨로 나타난 의사가 젓는 고개에, 백성연 실장의 눈에서 눈물이 흘렀다.

그는 자신을 지탱하던 뭔가가 툭 하고 끊어져 깊고 어둔 심연 속으로 사라져 가는 것을 느꼈다. 얼음송곳을 쏟아낼 듯한 백 실장의 눈초리에도 멍한 그의 눈은 반응하지 않았다.

다그치는 국정원 요원들과 수사관들의 호통은 그에게 아무런 고통이 아니었다. 이모의 오두막에는 그날의 총격과 처참했던 상황을 짐작케 하는 낭자한 선혈과 뒤엎어진 밥상과 마루에 말라붙은 국물, 깨진 그릇,

피 묻은 옷들과 부서진 가구들만 남아 있었다. 아버지도 이모도 그리고 살인자도 모두 없었다.

깊은 충격에 빠졌지만 백 실장은 결코 권력을 남용하지 않았다. 무엇보다 강 형사는 사표를 쓰고 총까지 고이 서랍 속에 넣고 남원에 간 상태였다. 총을 쏜 것이 그일 수 없었다.

공허한 가죽만 뒤집어쓰고 허탈하게 풀려나온 그의 앞에는 아무것도 보이지 않았다.

방 형사의 영안실에는 다가갈 수 없었다. 국정원 요원들이 막지 않았다고 해도, 들어가 그녀의 사진 속 미소를 볼 자신이 없었다.

장례식장 밖에서 뜬눈으로 사흘을 보냈다. 덥수룩한 수염처럼 모든 것이 헝클어졌다.

그리고 그녀를 바람에 놓아주는 곳에도 그가 설 자리는 없었다.

그렇게 그의 현진이가 떠나 버렸다.

2.

전 국회의장 권민욱 의원이 지병으로 별세했다. 건국에 기여한 그의 공로를 인정해 국립묘지에 안장되었다. 조문을 온 사람들 중에 검은 양복 차림의 차분한 인상의 60대 후반의 남자도 있었다. 분향을 하고 고개를 숙였다.

조금 멀리 떨어진 곳에서 국방장관과 외무장관, 그리고 국가정보원장이 그의 뒷모습을 바라보며, 고개 숙인 어르신께서 무슨 생각을 하실지 궁금해 했다.

그의 묵념은 조금 길었다. 다들 권민욱 의원을 남달리 생각해서라고 여겼다. 아무도 그의 머릿속에 떠오른 생각을 짐작할 수 없었다.

'새 술은 새 부대에 담아야 합니다. 벌써 가셨어야지요.'

그리고 진지한 애통함을 담은 표정으로 국립묘지를 걸어 나왔다. 수수한 세단에 오르며 뒤따라온 사람들의 배웅에 온화한 미소로 답했다.

세단은 천천히 그의 거처인 청평 호반으로 돌아갔다.

3.

후지와라 유이치의 저격 사망 이후 시름시름 앓던 시게코 여사가 죽었다는 뉴스가 일본을 떠들썩하게 달군 지 꼭 사흘 뒤, 온 일본은 축제 분위기에 휩싸였다.

현 일왕 아키히토[明仁]의 둘째 아들 아키시노노미야[秋篠宮] 왕자와 가와시마 기코[川島紀子] 왕자비 사이에서 그렇게도 기다리던 아들이 태어났다. 일왕 아키히토의 손자가 태어난 것이다.

이날을 기점으로 일본 어디에서도 더 이상 여성천황을 인정하는 황실전범 개정안을 들먹이지 않았다.

황실전범 개정안은 백지로 돌아갔다.

2006년 9월 6일의 일이었다.

4.

유럽 쪽의 긴박한 상황을 보고하기 위해 비밀리 입국한 김성배 국정원 제1차장 특별보좌관은 인천공항에서 우연히 범상치 않은 분위기의 한 여성을 보았다.

장기주차장 쪽이었다. 멀리 하늘을 바라보고 있는 그녀의 모습에서 짙은 바람이 풍겨나는 것 같았다. 익숙한 느낌이었다. 하지만 그녀가 여기 있을 리 없다는 것을 알고 조금 갸우뚱했다. 그녀의 시선이 머문 곳을 따라가던 김 보좌관은 그녀가 물기어린 눈으로 아스라이 멀어져가는 한 대의 비행기를 좇고 있었다는 것을 알았다.

하늘에서 눈을 돌려 다시 바라본 곳에는 이미 그녀의 모습이 사라진 후였다.

대기한 리무진에 오르며 그는 고개를 갸웃거렸다. 그리고 곧 잊어버렸다. 말도 되지 않았기 때문이었다. 그렇게 그는 그녀가 국정원의 흡혈마녀 백성연 기조실장일지도 모른다는 생각이 스쳤던 것까지 완전히 까맣게 잊어버렸다.

인천 하늘을 떠나 뉴욕으로 향하는 대한항공 KE0085편 1등석에는 이제는 더 이상 세상에 존재하지 않는 한 사람이 타고 있었다. 기내에서도 짙은 선글라스를 벗지 않는 그녀는 자신의 선택이 최선이라 믿기로 했다.

원하든 원하지 않든 그녀는 그림자 속으로 사라져야만 했다. 이제 다시는 이전처럼 될 수 없었다. 잘 알았다. 정말 잘 알았다. 하지만 지난 일들이 주마등처럼 눈앞을 스치며 한 사람의 얼굴에 가서 멈췄다.

이를 악물었지만, 선글라스 사이로 볼을 타고 흘러내리는 눈물을 어쩌지 못했다.

5.

수유리 반지하의 현관이 찢어지는 신음을 내뱉었다. 검은 비닐봉지를 든 덥수룩한 수염의 남자가 들어왔다. 라면 봉지를 싱크대 위에 던졌다.

바퀴벌레마저 없는 차가운 바닥의 냉기와 시린 적막이 가슴에 파고들었다.

찌그러진 냄비에 물을 받아 가스레인지 위에 올려놓고 스위치를 돌렸다. 딸깍 소리만 났다.

딸깍, 딸깍, 딸깍.

흘러내린 찌든 기름때에 불판이 막힌 것 같았다. 냄비를 레인지 왼쪽 불판으로 옮겨놓고 스위치를 돌렸다.

딸깍. 파란 불이 올라왔다.

냄비 뚜껑을 덮고 그대로 싱크대를 등에 대고 주저앉았다. 엉덩이의 차가운 기운이 등을 따라 올라왔다.

'그녀가 그때 저기 와서 앉았는데……. 차가운 바닥에 앉아 종알종알 댔었는데…….'

눈시울이 달구어졌다.

'나는 뚱하게 라면이나 먹으라고 했었는데……. 뭔가 가지려면 먼저 버려야 한다고 했는데……. 그랬는데…….'

눈물이 흘렀다. 눈물이 그녀를 찾아 그의 기억들을 거슬러 올라갔다.

'선생님, 늦으시면 어떡해요. 지금 몇 신 줄이나 아세요?'

여고생 그녀가 눈을 치켜떴다.

'왜 선생님은 그렇게 세상을 삐딱하게만 보세요? 그러면 멋진 줄 알아요?'

더 삐딱한 그녀가 말했다.

'경사 방현진, 선배님께 인사드립니다.'

그녀가 웃으며 경례했다. 그렇게 가슴속에 들어왔다.

'선생님이라고 안 불러서 삐친 거죠? 남자가 그렇게 소심해서 뭐가 될래요?'

그녀가 뿌루퉁거렸다. 그녀 주위로 시원한 바람이 불었다.

'선배 말고 오빠라고 하면 안 돼요?'

그녀의 은근한 눈동자가 흔들렸다.

'야, 강 형사! 그냥 내가 좋다고 말하면 안 되니?'

술에 기댄 그녀가 손가락질을 해댔다.

'그냥 두세요. 됐어요. 그냥 그녀에게로 가세요.'

그녀가 차가운 눈물을 흘렸다.

'선배, 도와줄 거죠?'

그녀가 나에게 등 뒤를 맡겼다.

'우리…… 결혼할래요?'

그녀가 내 가슴속 얘기를 했다.

거듭 급하게 덜컹거리는 소리가 현실로 끌어들였다. 라면물이 다 끓었다. 엉덩이가 딱딱하게 차가워졌다. 볼에 말라붙은 차가운 것을 손으로 닦았다.

그리고 일어섰다.

물이 끓어 넘치며 김이 찌그러진 냄비뚜껑을 들썩이며 뻐끔뻐끔 덜컹거렸다. 그 김이 위로 솟아 올라가는 것을 따라 눈길이 올라갔다. 가스레인지 뒤쪽 창문이었다. 그의 눈에 생각지 못한 것이 들어와 눈을 가득 채웠다.

그녀의 글씨였다.

김이 창문에 쓴 그녀의 동글동글한 글씨를 보여주었다. 볼 수 없던 그녀의 글씨를 김이 서리면서 들려주었다.

권민욱을 만나고 돌아와 4·19탑에서 그녀를 만났다. 그리고 여기로 와 내일을 약속했다. 그날, 바로 그날 쓴 거였다. 나도 몰래…… 써 놓은 거였다.

그 위에 오랫동안 앉은 고운 먼지가 덮고 있었지만 하얗게 피어오르는 김이 그녀의 동글동글한 글씨를 꺼내 보여주었다.

오른쪽 레인지가 고장 나지 않았다면 영원히 나타나지 않았을지도 모른다. 라면물이 끓어 넘치지 않았다면, 덜컹거리는 이 가벼운 냄비에 끓이지 않았다면, 무럭무럭 피어오르는 하얀 김이 그쪽으로 가지 않았다면, 영원히 몰랐을지도 모른다.

동글동글한 글씨 속에 그녀가 나타났다. 그리고 말했다. 웃으며 말했다.

뜨거운 것이 목에 치밀며 가슴을 격하게 흔들었다. 그녀의 웃음이, 미소가, 향기가, 감촉이 밀려들었다.

잊을 수 없는 그리운…… 하지만 이제는 없는…….

그는 그대로 주저앉고 말았다. 그리고 오랫동안 참고 참았던 울음을 터뜨렸다.

사랑해

창문에 나타난 동글동글한 그녀가 차가운 바닥에 주저앉아 한없이 오열하는 그를 내려다보고 있었다.

조각난 진실의 파편을 쥐고

나도 연애라는 것을, 아니 비슷한 것을 해본 적이 있다. 학부 때 나란히 앉았던 불문과 여학생이었다. 언제나처럼 어수선하고 번잡한 이야기를 주워섬기고 있는데, 어느 날 문득 내 뒤숭숭한 수다를 멈추게 하고는 이렇게 물었다.

"니체 아세요?"

멈칫했는데, 그건 니체를 처음 들어서가 아니었다. 책을 몇 권 읽기도 했으니 아주 문외한도 아니었다. 하지만 그 '니이체~'라고 한 발음 앞에선 왠지 '안다'고 말하면 안 될 것 같았다. 아니, '안다'고 하는 것보다 더 많이 알아야 할 것 같은 느낌이 더럭 들었다.

그 후 난 뭐든 쉽게 '안다'고 말하기가 두려워졌다.

좋은 선후배와 선생님을 만난 덕에 얼치기이긴 해도 학자가 되었다. 그렇지만 모르기는 마찬가지였다. 갈수록 '안다'고 말하기가 더 어려워졌다. 게다가 세상에! 배울수록 아는 게 줄어드는 게 아닌가.

이 소설은 아는 것에 대한 글이다.

제일 좋아하는 시인을 꼽으라면 아마도 윤동주는 다섯 손가락 안에 들어갈 거다. 시를 모르는 사람들도 '하늘을 우러러 한 점 부끄럼이 없기를' 하는 말은 들어봤을 거다. 윤동주는 우리에게 이런 사람이다.

하지만 그를 제대로 아는 사람은 드물다.

국문과를 나왔다고 해서 나을 것도 없다. 물론 나도 그랬다. 윤동주가 다녔다는 대학에 입학했고, 그의 시비 앞을 매일같이 지나다녔지만 별다른 감흥이 없었다. 솔직히 관심이 없었다. 만주 용정에서 태어난 그가 일본 후쿠오카 감옥에서 젊은 나이에 죽었다는, 학력고사 시절 외운 내용이 전부였다. 외운 지식이 진지할 리 없었다. 진지함이 없는데 무슨 고민과 열정이 있겠는가. 사실 열정이 없으면…… 아무것도 아니다.

누군가 물으면 '민족시인이라더군' 하는 시큰둥한 반응이 전부였던 내가 그를 진지하게 보게 된 계기는 엉뚱하게도 핀슨홀이 2층이냐 3층이냐 하는 내기 때문이었다. 연희전문 시절 기숙사로 윤동주가 공부하고 잠을 잤던 핀슨홀은 밖에서 보면 2층처럼 보이지만 들어가서 계단을 올라가면 신기하게도 3층까지 가게 된다. 밖에서는 보이지 않는 그 다락방에서 윤동주는 별을 보고 사색하고 고민하고 그리고 시를 썼다. 아마 그랬을 것이다.

내기? 내기는 당연히 내가 졌다. 잘 알지도 못하면서 큰소리치는 버릇이 어디 가겠는가.

덕분에 윤동주에 대한 관심이 생겼고 여기까지 오게 됐다.

이 소설은 밖에서는 2층처럼 보이지만 사실은 3층인 핀슨홀처럼 살았던 윤동주에 대한 글이다.

운이 좋아 소설을 쓸 수 있었고, 과분하게도 《진시황 프로젝트》로 뉴웨이브문학상을 수상했다. 힘을 내란 뜻으로 알고 열심히 소설을 썼다. 그렇게 이 소설을 썼다. 3년 전에 탈고해 여러 출판사 편집자들과 이런저런 이야기를 나누었는데, 그때 지금 있는 학교에 임용이 되었다. 갑작스레 불어난 일로 정신을 차리지 못하며 시간만 보내다가 세 번째 소설 《왕의 군대》를 먼저 출간했다. 제자의 엉뚱한 일을 물끄러미 지켜보시던 이윤석 선생님께서 충고해 주시지 않았다면 이 글을 출간할 생각도 못했을 것이다. 선생님께 누가 되지나 않았으면 좋겠다.

졸렬한 글이 이나마 체제를 갖추게 된 것은 모두 휴먼앤북스 하응백 선생님과 구본근 편집장님 덕분이다. 머리 숙여 고마움을 전한다. 그리고 오래전 초고를 읽고 언제 나오느냐며 성원해 주신 가람교역 이호영 대표님과 김주성 원장님께도 감사드린다. 하시는 일이 번창하기를 기원한다.

앞선 분들의 윤동주에 대한 부단한 연구가 없었다면 이 글은 시작할 수도 없었다. 특히 송우혜 선생님과 박노자 선생님의 글은 큰 도움이 되었다.

혼자 히죽거리며 원고를 정리하는 내내 지켜봐준 아내에게 이 글이 기쁨이 되었으면 좋겠다. 그리고 거대한 산처럼 보이던 것도 결국은 하나의 작은 결심에서 시작된다는 것을 아들과 딸이 알았으면 좋겠다.

윤동주처럼 말이다.

2012. 7. 백양관 연구실에서

유광수